BLOOD RELATIONS
THE SELECTED LETTERS OF ELLERY QUEEN 1947-1950
EDITED BY JOSEPH GOODRICH

エラリー・クイーン 創作の秘密
往復書簡 1947-1950年

ジョゼフ・グッドリッチ 編
飯城勇三 訳　国書刊行会

もし、われわれの間の状況を一冊の本にまとめたら、そいつは、とても信じられない代物になるだろうな。

――一九四九年五月十二日付けのフレデリック・ダネイから
マンフレッド・B・リーへの手紙より。

マンフレッド・B・リーとフレデリック・ダネイ（合作の筆名で有名）原稿を検討中、1940年代の宣伝写真。Frederic Dannay papers, Rare Book & Manuscript Library, Columbia University, New York.

目次

エラリー・クイーン 創作の秘密

往復書簡一九四七―一九五〇年

序

偉大なるエラリー・クイーンと彼の（彼らの）創作の苦しみから生まれた手紙をまとめたジョゼフ・グッドリッチの魅力的な本。それに添える序文の執筆を頼まれるのは、名誉なことです。

もし、あなたがクイーンについてすでにご存じでなければ、少しの間、耳を傾けてください。クイーンは実際には、フレッド・ダネイとマンフレッド・B・リーの二人の従兄弟《いとこ》同士であり、それぞれが、独自の方面で輝かしい才能の持ち主でした。そして、二人の男は、お互いを相手に認めさせるための闘いにおいて、どちらも妥協することはできませんでした。すべてのエラリー・クイーン・ファンのみなさん、すべてのミステリ・マニアのみなさん、ただ極上の読物が好きなすべての人は、腰を下ろして始めましょう――ジョゼフ・グッドリッチが発見した、クイーンの従兄弟たちの間で交わされた貴重な手紙を楽しむことを、彼が添えた注釈を楽しむことを、この手紙を書いた二人の男に関する彼の知識を楽しむことを。あなたの好奇心をそそるために、この本でなされる暴露のいくつかによって、あなたも私と同じように唖然とするだろう、と言っておきましょう。これらは正真正銘、目を見張るものなのです。ここでは、最後の数通の手紙は、私を涙ぐませたということだけ白状しておきましょう。

　私の心の中で、フレッド・ダネイは、ひときわ特別な場所を占めています。今はなき合作仲間のリチャード・レヴィンソンと私が大学の新入生だった頃、彼は私たちの一番最初の犯罪短篇小説を、《エラリー・クイーンズ・ミステリ・マガジン》に載せてくれたのです。この雑誌は現在も生き続け、栄えています。そこで初めて活字になった短篇「口笛吹いて仕事して」によって、私たちは、テレビドラマでの犯罪とミステリの執筆と製作の四十三年間にわたる旅を始めたのです――一九八七年のディックの早すぎる、そして、とても惜しまれる死まで。私はその旅を、特に短篇小説の分野で続けています。

　ディックと私は、フレッドと会い、彼とミステリの話をして長い午後を過ごすという、とほうもない幸運に恵まれたことがあります。私たちは、ニューヨーク市で開かれた、〈アメリカ探偵作家クラブ〉のエドガー賞授賞式の夕食会に出席していました。自分たちのテレビ・シリーズ『刑事コロンボ』と『エラリー・クイーン』が、エドガー賞の特別賞を得た夜だったのです。私たちは壇上に呼ばれました。賞を受け取った後、私が演壇の階段を歩いて降りると、白髪交じりの鬚を生やした年配の紳士が私たちを待っているのが見えました。その紳士は私を抱きしめました。そして目を輝かせながら告げたのです。「私はエラリー・クイーンだよ」と。雪がひとひら当たっただけでも、私はひっくり返ったでしょう（「びっくり仰天」を表す「羽根になでられただけでもひっくり返る」という言葉をさらに大げさにしたもの）。ディックが私に続いて降りてくると、彼もまた、温かく抱きしめられました。

　そこにいるのは、偉大な執筆チームの存命者でした。私たちにとって、ミステリにおける一番最初のアイドルの一人だったのです。私たちは、それぞれの妻がまだ拍手をしているテーブ

ル に戻り（あなたの奥さんがあなたのファンでないとしたら、離婚した方が良いですよ！）、エドガー像を傷つけないようにしながら、腰を下ろしました。その直後、フレッドがやって来て、私たちを翌日、ラーチモント――偶然にも、私の義理の妹エリザベスが、その頃住んでいた場所――にある彼の自宅に招いてくれたのです。ディックと私と妻たちは、ロサンゼルスへの帰りの便を手早くキャンセルし、フレッドに会うために、グランド・セントラル駅発の列車の予約を取りました。

伝説のミステリ作家と親しく過ごす午後、期待に満ちた私たちは、共に緊張し、興奮していました。フレッドは最高にもてなし上手な主人役であり、愛想の良い話し好きな紳士であることがわかりました。とても快活な奥さんの手になる遅めの昼食をとってから、私たちは落ちついてミステリの話をしました。話題は、フレッドとマニーの仕事から、この国とヨーロッパにおける他の著名なミステリ作家たちにまで及びました。

ここで、ディックと私が、クイーンの本を、そしてジョン・ディクスン・カーの本も読んで育ったことを説明しておくべきでしょう。彼らが私たちのお気に入りだったのです。フレッドの親友にして隣人であるカーは、その小説の中で、きわめて巧妙で、ときには信じられないほど独創的な仕掛けを作り出してきた、クイーンに匹敵する巨匠でした。すばらしい仕掛けを作り出すその手法を学んだことは、私たちの経歴における最大のヒット作『刑事コロンボ』――これは、巧妙だがルール違反ではない（と私たちは望んでいます）仕掛けにあふれています――を作る際に、大いに参考になりました。

小学校の授業が終わると、私たちは、この三人の輝かしい作家のいる学校に向かいました。

私たちが最初のミステリ経験を積んだ作家が、彼らだったのです。世界のどこにも、彼ら卓越した教師から学ぶこと以上の訓練はないでしょう。そんなダネイとカーの友人同士が、暖かい夏の夕暮れに外に腰掛け、自分たちの作品や他の偉大な作家について話し合っている――こんな光景を、あなたは想像できますか？　ああ、庭の塀の上からこっそり覗きたかった！

映画学校や大学の講義で、私はいつも犯罪ものの作家志望者に訊かれます。「どのようにプロットを学べば良いのですか、リンクさん？」と。私は自分が心から信じていること、すなわち構成の才能は天与のものだということを彼らに教えることは、決してありません。代わりに、私は彼らに言います。優れたプロット考案者の作品を読みなさい。エラリー・クイーンやジョン・ディクスン・カーやアール・スタンリー・ガードナーやアガサ・クリスティのような作家の作品を。そして、現代のマイクル・コナリーやジョー・ネスボやドン・ウィンズロウや、その他ひとにぎりの作家たちの作品を。それがまさに、ディックと私が若かりし頃に学んだやり方だったのです。最高の実践者から学んだあなたは、ほどなく彼らの猿真似から離れ、自分自身のスタイルを見つけるでしょう。ただし、私は彼らにこうも言います。経験のない作家がすべきことは、書くこと、書くこと、**書くこと**です！　彼らの人生において、書くことが最も重要になるべきなのです。

フレッドとの長い、楽しい、有益な午後を録音する機会がなかったことを、私は悔やんでいます。ですが、カーは真の巨匠の一人だという私たちの考えに彼が同意したことは覚えています。私たちがお気に入りのクイーン長篇は『災厄の町』――従兄弟たちが厳格な探偵小説形式と純文学を混ぜ合わせることを試みた作品――だと彼に話したことも。彼らは、自分たちがやろうとしたことを見事に達成した、と私は思っています。あなたも同意できるかどうか、この本を再読して確かめてください。どのように二人の若者が、知性によって書くのと同じくらい、心と魂によって書くことができたのかがわかって、驚くことでしょう。もっとも、今の私は、フレッドが『災厄の町』を彼の個人的なお気に入りとは考えていなかったことを知っているのですが。

フレッドは、私たち二人が光栄に思うことを話してくれました。彼は、私たちの「エラリー・クイーン」シリーズは、映画とテレビでこれまで試みられたエラリーの映像化の中で、最高のものだと言ってくれたのです。私たちは、これ以前にも、『九尾の猫』のパイロット版の脚本を書いたことがありました。この脚本は、ディックと私がヨーロッパ旅行をしている間に、プロデューサーによって大幅に書き換えられてしまったのです。私たちはクレジットから自分たちの名前を外し、**nom de plume**《ノン・デ・プルーム》（筆名）を使うことにしました。もし、あなたが画面で〝テッド・レイトン〟という名前を見かけたら、すぐにチャンネルを変えるように警告しておきましょう！

思いやりにあふれたフレッドは、この災いに触れることはありませんでした。フレッドは、私たちのシリーズで主役を務めたジム・ハットンが気に入っていました。そこで私たちは、彼に教えたのです。ジムはこの番組に心底打ち込んでいたので、早起きするために撮影所に泊りこみ、やる気十分で、新しい撮影開始日には台本を暗記していたことを。これこそが、役に打ち込む俳優の姿ではありませんか。

ディックと私はパイロット版の脚本を書いてそれを製作した後、その跡を引き継がせるべく、映画界とテレビ界における最高のミステリ脚本家を選び出しました。あいにくと、私たちは、この番組で満足のいく視聴率をとることができませんでした。きわめて人気のある『ソニー＆シェール』（アメリカで大人気の夫婦デュオの冠番組）と競合する時間帯に、しかも、彼らが大いに世間の注目を浴びた離婚騒動の後に再結成した時期に、組み込まれたからです。スキャンダルに飢えた大衆は、再びよりを戻した二人を見て狂喜しました。そのときわかったのです――私たちのシリーズが、世間を虜にするこの二人のスターより長生きすることはできないと。番組はその通りになり、そして――私たちテレビ界の常連が使う巧みな言い回しを使うと――ついにはトイレに流されてしまいました。あとで知ったのですが、ＮＢＣで番組編成の舵取りをする人物は、ミステリ・ファンですらなかったのです。だったら、そもそもなぜ、こいつが番組の時間帯を決めたのでしょう?!　テレビ・シリーズにようこそ（シェールの曲「Welcome To Burlesque」のもじりか?）、みなさん。

私はいまだに、この番組を愛する人々から手紙やｅメールをもらっています。さらに言えば、本書中でジョゼフが言及しているように、このシリーズは今年、特別ＢＯＸセットで世に出ます。おっと――もう一つありました。これをあなたに教えるのを忘れていましたね。フレッドは私たちに、彼がすべての入り組んだプロットを案出し、それにマニーが肉付けをして長篇を作り上げた、と話してくれたのです。私たちは、あらゆる執筆チームが、ミステリや他の分野の創作において、それぞれ異なるやり方を持っていることは知っていました。にもかかわらず、私たちにとっては、これは意外きわまりない暴露だったのです。

こういったことすべてが、ジョゼフ・グッドリッチのこの見事な新しい本に通じていくのです。彼はクイーンの oeuvre《オーブレ》（すべての仕事）を、すみからすみまで、わき道まで知り尽くし、愛しています。誓ってもいいですが、フレッド・ダネイの靴のサイズさえ知っているはずです。彼は、ミステリを愛する私たち全員に、この驚嘆すべき幾通もの手紙――親密で、輝かしく、ねじれた関係のもたらす喜びと苦しみを見せてくれる幾通もの手紙――を給仕してくれて、大いにもてなしてくれました。

クイーンの激越な合作のやり方を知って、私はかなりの驚きを禁じ得ませんでした。ディック・レヴィンソンと私が続けてきた合作のやり方とは、対極のものだったからです。私たちはお互いの才能を心から尊敬しているので、論争することなどは、めったにありませんでした。もし私たちが執筆中に障害にぶつかった場合は、二人とも、家族のもとに帰り、別々に考え抜きます。翌朝、私たちは〈ユニバーサル・スタジオ〉の自分たちのオフィスで顔を合わせますが、そのときには、二人のどちらかが、いつでも解決策をたずさえていました。こうして私たちは、うまく走り出すわけです。

合作する作家は、誰もみな――少なくとも表面上は――仲が良いのですが、これは **savant**《サヴァン・》 **sans dire**《サン・ディール》（「賢い人は口に出さない」＝「言わぬが花」）という理由がほとんどでしょう。ただし、ディックと私に関しては、まぎれもなく無二の親友でした。二人は共に成長し、同じ趣味を分かち合い、同じ夢を持っていました。実際、仕事仲間のスティーヴン・ボチコは、私たちについて、いつもこう言っていました――「あの二人は、お互いに、相手が途中まで書いた文章を書き続けることができるのさ」と。《ニューヨーク・タイムズ》紙に載ったディックの死亡記事には、「二人は合作コンビ以上のものだった。二人は兄弟だったのだ」と書かれていました。ディックはかつて、私にこう指摘したことがあります。「僕は君のような女性と結婚し、君は僕のような女性と結婚したね」と。そして、実のところ、彼は完全に正しかったのです。

この書簡集を夢中になって読み終えた今、私は、フレッドとマニーがこれだけ争っているにもかかわらず、これらの本が出版されて日の目を見たという事実を信じることができませんでした。しかし——ああ、神に感謝を——二人はそれをやってのけたのです！　かくしてクイーンの作品の数々はこの世に存在することになり、作品の数々を書き上げた二人の人物の輝かしい名声もまた、この世に存在することになったのですから。この二人の紳士は、最高の中の最高なのです。

私たちは全員、これらの宝石の数々を箱から出してくれたジョゼフ・グッドリッチに感謝の念を抱いています。私は確信していますが、彼は、知的な殺人ミステリに、かつての栄誉を取り戻す手助けをしたことになるでしょう。あなたの、このどう見ても〝好きでした仕事〟に感謝します、ジョゼフ。あなたの本は、間違いなく、クイーンの栄光に多くのものを付け加えることでしょう。

ウィリアム・リンク
二〇一一年十月

ウィリアム・リンクと故リチャード・レヴィンソンは——《ニューヨーク・タイムズ》紙によれば、「アメリカのテレビ界のロールス氏とロイス氏」（チャールズ・ロールスが設立したロールス社とヘンリー・ロイスが創設したロイス社は合併してロールスロイス社になった）は——『刑事コロンボ』、『ジェシカおばさんの事件簿』、『マニックス特捜網』、『警部マクロード』、そして『エラリー・クイーン』を含む十六の放映されたテレビ・シリーズにおいて、製作や脚本や脚色を行った。リンクは以下を受賞している。二度のエミー賞、二度のゴールデン・グローブ賞、ピーボディ賞（アメリカのテレビとラジオの優れた放送作品に贈られる賞）、テレビ脚本における長年の功績で、パディ・チャイエフスキー名誉賞（全米脚本家組合の賞で、チャイエフスキーはアカデミー脚本賞を三度もとったアメリカの著名な脚本家）、アメリカ探偵作家クラブからエドガー・アラン・ポー賞を四度とエラリー・クイーン賞、ＭＷＡ南カリフォルニア支部からレイモンド・チャンドラー賞、バウチャーコン20でのミステリ公演賞、アガサ・クリスティ・ポワロ賞——そして、これはほんの数例に過ぎない。リンク氏とレヴィンソン氏は、一九九四年に〈テレビ芸術科学アカデミー〉の殿堂入りを果たした。短篇小説作家としても実績があり、その作品は、《エラリー・クイーンズ・ミステリ・マガジン》と《アルフレッド・ヒッチコック・ミステリ・マガジン》にたびたび掲載された。リンクは、クリッペン&ランドリュ社から刊行された、コロンボ警部が活躍する一ダースの新作短篇からなる『刑事コロンボ13の事件簿』（邦訳書では別冊付録の短篇も収録しているため十三作になっている）の作者でもある。

EQのABC

一九二八年から一九七一年にかけて、二人のブルックリン生まれの従兄弟同士は、泥棒から恐喝、さらには殺人にまで範囲が及ぶ、何百もの犯罪を計画して実行した。彼らはその悪行によってさらし台にかけられる代わりに、暴力を生み死を商う者としての仕事にもたらした発明の才と技巧によって歓迎され、世界に名を知られる人物になった。

マフィアの一員や、〈殺人株式会社（一九三〇年代のアメリカに実在した犯罪組織）〉のメンバーのことを言っているのではない。私が言及しているのは、フレデリック・ダネイ（一九〇五～一九八二年）と、マンフレッド・B・リー（一九〇五～一九七一年）、合作用の筆名《ノン・デ・プルーム》である〝エラリー・クイーン〟の方が良く知られている人物である。

エラリー・クイーンは一人ではなく二人であり、そのダネイとリーが起こした犯罪は、何百万も売れた本のページの中に記されたものなのだ。桁外れに人気のあるミステリ作家として、二人は何世代にもわたる読者を楽しませてきた。野心的で創意に富む著者としての二人の仕事は、アメリカの――そして世界の――激動の四十年間の歴史の中の問題と事件を含んでいる。エラリー・クイーンをつぶさに見ることは、二十世紀をつぶさに見ることなのだ。それはまた、どちらか一人では創造できなかったものを共に創造した二人の男の心理的な活動をのぞき込むことでもある。

ダネイとリーは、どのようにエラリー・クイーンを創造したのだろうか？　ミステリ評論家のフランシス・M・ネヴィンズやジョン・L・ブリーンや他の人々が口を揃えて言うところによると、物語の始まりは、一九二八年だった。ダネイとリーが進取的な二十三歳で、宣伝と広告の仕事――喧噪と狂騒の十年間が絶頂に達していた時代に働くのにふさわしい職業――に就いていた時期のことである。だが、二人の若者は、別の野心を持っていた。晩春のある日の昼食の席で、従兄弟たちの一人が、《ニューヨーク・タイムズ》紙に載った告示を話題にした。出版社のフレデリック・A・ストークス社と《マクルーア》誌が、探偵小説の書き下ろし長篇のために、七五〇〇ドルの賞金を出すというのだ。これは、二人のミステリ愛好家が見送るには、あまりにも絶好の機会ではないか。レストランを立ち去るまでのあいだに、彼らは一つのプロットを案出していた。続く数箇月にわたって、二人は精力的に執筆した。ここで一時間、あそこで一時間、とやりくりして、夜と休日に働いたのだ。

ダネイとリーは、しばしば読者が、小説中の探偵の名前は覚えていても、作者の名前は忘れてしまうことを知っていた。二人は自分たちの犯罪解明者に、自分たちのペンネームと同じ名前を与えることに決めた。だが、どんな名前にすればいいのか？　最終的に彼らは、響きとリズムが完璧な組み合わせを思いつく。〝エラリー〟は、ダネイの少年時代の友人から採ったもの。〝クイーン〟は、〝エラリー〟とぴったり合うという理由で選ばれた。何年もたってから、ダネイはこう釈明した。彼とリーは純真な若者だったので、〝クイーン〟が王族の肩書き以外の別のものを示している（「同性愛者」の意味もある）という考えはなかった、と。

二人は自分たちの原稿を、コンテストの締め切り日である一九二八年十二月三十一日に書き上げた。

二人は作品を提出し、待った。

さらに待った。

二人はついに勇気を奮い起こして、ストークス社と《マクルーア》誌の両方の代理を務めていた〈カーティス・ブラウン文芸エージェンシー〉に電話をかけた。すると代理店は、彼らは受賞したが、それは秘密にしておくように、と伝えた。結果は間もなく公表されることになっている、とも。

従兄弟たちは、文学的な名声と大金の夢を見た。おや、これなら、七五〇〇ドルで、それぞれの妻を連れて南フランスに行き、異国で楽しく暮らしながら次から次へと傑作を書けるじゃないか。彼らは〈ダンヒル〉の店に行き、それぞれパイプを買い、〝ＥＱ〟のイニシャルを入れて、自分たちの文学者としての新生活の船出を祝った。

しばらく経ったが、何も発表されなかったので、彼らは再び〈カーティス・ブラウン・エージェンシー〉に電話をかけた。

一回目と二回目の電話の間に、《マクルーア》が破産し、その資産は別の雑誌に引き継がれた。そして、新しい所有者たちは、七五〇〇ドルの賞金を他の人に授与したのだ。

「われわれはそのとき、これは運命からの恐ろしい一撃だと思いました」ダネイは何年もたってから、こう言った。しかし、何もかも失われたわけではなかった。フレデリック・Ａ・ストークス社が、一九二九年に彼らの原稿『ローマ帽子の謎』を出版し、作者と探偵のエラリー・クイーンが世に出ることになったのだ。

　ダネイとリーは賞金はもらえなかった。小さなカフェでパイプをふかすために南フランスに逃れることもなかった。しかし、二人は、どちらも予見することができなかったものを、別のものを手に入れたのだ。一生続く仕事と、三十九冊の長篇、七冊の短篇集、数え切れないラジオ脚本、膨大な量の評論／編集的な考察を。ダネイとリーと彼らの創造物は共に成長し、共に栄え――そして、共に死んだ。リーの死後、ダネイはシリーズの継続を考えていると語ったことがある。しかし、「トナカイの手がかり」という唯一の例外を除けば、その考えからは何も生まれなかった。このクリスマス・シーズンのための、ちょっとした楽しい物語は、エドワード・D・ホックの代作で、一九七五年に《ナショナル・エンクワイヤ》誌に初掲載された。何年も経ってから、ホックはさらに、エラリーの活躍する数作の短篇（クイーン贋作「インクの輪」と「ライツヴィルのカーニバル」）を書いている。そして、他の作家も、同様に手を出している。ノスタルジアの練習問題としては、これらの小説は充分好ましい。しかし、本来の魔法使いによる本物の魔法は消え去っているのだ。

　この魔法は、全盛期には多大な称賛を浴びていた。ダネイとリーの大衆的人気の絶頂期である一九四〇年代と一九五〇年代には、二人は世界で最も知られているミステリ作家だった。彼らは《ライフ》誌で、《ニューヨーカー》誌で、《コロネット》誌で、《パブリッシャーズ・ウィークリー》誌で、そして、それ以外の雑誌でも詳しく紹介された。彼らの写真が〈バランタイン・エール〉の広告に使われたこともある。エラリー・クイーンのミステリ長篇は、ハードカバーでもペーパーバックでも読むことができた。それらは、一億五千万部以上も売れていた。ハリウッドのB級映画のシリーズでエラリーを演じるラルフ・ベラミーを見ることもできた。ラジオでのエラリーの冒険の数々を聴くことも、コミック本で彼の功績を目で追うこともできた。エラリー・クイーンのボードゲームで遊ぶことも、ジグソーパズルのピースを組み立てることもできた。かつてはテレビも加わっていて、一番最近では、一九七五～七六年のNBCのシリーズでエラリーはテレビに登場している。ダネイとリーは、ミステリ界の〈オスカー賞〉であるエドガー賞を五回受賞した。彼らはアメリカ探偵作家クラブの創立メンバーであり、この団体が一九八三年に創設した〈エラリー・クイーン賞〉は、出版においてこの分野に寄与した栄誉ある人々に、そして合作チームに与えられている。

ダネイとリーは、探偵小説の歴史と発展において、そして二十世紀の大衆文化において、大きな役割を果たした。彼らの一九二〇年代の終わりから一九三〇年代の前半にかけての長篇は、フェアプレイによる犯人当ての名作と見なされている。それ以降の作品は、形式上の実験と、大胆で知的で社会的で哲学的な内容を包含している。第二次世界大戦以降の長篇は、とびきり大胆で、その視野は広い——大量殺人が、常軌を逸した心理への考察が、マッカーシズムが、キリストの受難が、神の死が、アウシュヴィッツが、現代生活の狂気が、背景や主題として表れている。推理の有用性それ自体さえ——古典的ミステリの要石《かなめいし》としての価値を持つものさえ——疑われた。エラリー・クイーンは合理性を体現している。しかし、破壊や大量虐殺が大きく広がって変遷する世界において、彼の役割とは何なのだろうか？　ダネイとリーは、自分たちを囲む世界の混沌を見渡す思慮深き人物だった。ミステリは、彼らがこの混沌を——同時代の他の分野におけるごく一部の作家だけが考え抜き、それよりさらに少ない作家だけが挑むことができた課題を——包含し映し出すために用いる形式だった。

　クイーンが与えた影響について語る際には、ダネイの編集者、アンソロジスト、蒐集家、そして評論家としての役割に触れずに済ますことはできない。彼の《エラリー・クイーンズ・ミステリ・マガジン》の舵取りとしての四十年間は、間違いなく、ミステリ出版における不朽の名声を確実なものにするだろう。ダネイは、何ダースもの新人作家を見いだし、支え、既存の作家を歓迎する家を提供したのだ。さらに加えて、『一〇一年の娯楽——一八四一—一九四一年の偉大な短篇探偵小説集』、『完全犯罪大百科』、『犯罪の中のレディたち』、何巻にも及ぶ『クイーン栄誉賞』（ＥＱＭＭコンテストの入賞作を収めたもの）のような、独創的なアンソロジーも編んでいる。だが、それでもあなたは、ダネイの業績を余すところなく把握したわけではない。彼は、ひるむことのないミステリの布教者だった。文学の一形式としてミステリの評価を高め、正当性を獲得するために戦ったのだ。彼の《ＥＱＭＭ》とアンソロジーの仕事は、リーとの論争の種にもなった。リーは自分が編集作業から——彼が大して関心がない作業から——外されていることを腹立たしく思い、ないがしろにされていると感じた。

　ダネイの編集者としての活動だけが、リーとの不和が生じた原因ではなかった。彼らが合作していた四十年を超える歳月は、競争の歴史だったのだ。それは、子供時代まで起源をさかのぼり、成人になってからは、生計を立て、各々の家族を養うための終わりのない必要がそれに燃料を供給した。経済的な破局には、常に脅かされ続けてきた。どちらにも、平穏なときはめったになかった。絶えず続く仕事、絶えず続く不安、絶えず続く抑圧――自由業の作家の嘆きである。体調もまた、ダネイとリーに高い代価を求めた。二人の関係は――親戚として、作家として――愛と憎しみが同等に組み合わさった、劇的で難しいものだった。

ダネイもリーも、小柄で、禿げかかり、眼鏡をかけた、歯科医か会計士に間違えられそうな人物だった。しかしながら、彼らの内面の方は、対照性の研究対象と言える。二人ともブルックリンで生まれたが、ダネイはニューヨーク州北部の小さな町で牧歌的な少年時代を過ごし、その時期を楽しそうに回想している。リーはブラウンズヴィルの暴力に満ちた通り《ストリート》の産物であり、そこは今でも、子供が育つにはタフな場所である。そして、リーはこう書いたことがある。多感なユダヤの少年がしばしば行った文学への精神的な引きこもりは、敵意ある環境のトゲから逃れるためだった、と。リーはその死ぬ日まで、辛く、傷ついた少年が心の中に残っていたと、私は信じている。ダネイも――詩人志望の本の虫も――他の理由のため、心の中でリーと同じような旅をしたことに、賭けてもいい。

二人ともユダヤ移民の子供だったが、宗教は、彼らのもう一つの分岐点である。二人のうち、ダネイの方がずっと信心深く、しきたり通りにふるまった。息子たちがバルミツヴァ（ユダヤ教の成人である十三歳に達した少年）になると、ダネイはユダヤ教の大祭日（ユダヤ暦の新年の十日間で新年祭と贖罪の日を含む）を祝った。さらに彼は、どのような状況が、自分を懐疑論者から信仰者に変えたのかを、手紙の一つで語ってもいる。絶え間のない試練と病気――そこには糖尿病が含まれるが、それだけではない――にさらされたダネイの人生は、ときにはヨブ（旧約聖書のヨブ記より、苦しみを耐え忍ぶ人の代名詞）さながらだった。だから、彼が宗教に慰めを見いだしたことは、容易に理解できる。そして、それが彼の創作力に根深い影響を及ぼしたことも、理解できる。『十日間の不思議』も、『第八の日』も、ダネイの宗教的な関心がなければ存在しなかっただろう。彼らの仕事に対して書簡が光を当てた最も興味深い付随的情報は、エラリー・クイーンの人物造形の本質的なユダヤ性をダネイが認めていることである。

リーの人生もまた、ヨブからかけ離れているわけではなかったが、その救済は、言葉の中に見いだされた。彼の言葉への愛は、先祖たちの信仰に直結しているようだ。伝記作家で劇作家のジョーン・シェンカーは、かつて、ヴィヴィアン・M・パタラカ（アメリカの英文学教授で、ホロコーストについての著作が多い）へのインタビューの中で、ユダヤ教についてこう言っている。「わたしの知る限り、それは読み書き能力を強いる唯一の宗教です（あなたがバトミズヴァ（少女におけるバルミツヴァ）またはバルミツヴァになるには、Torah《トーラー》（ユダヤ教の律法）を読むことが出来なければなりません）。そして、本への尊敬の念を過大に示す唯一の宗教でもあります（もし、あなたが神聖な文書を落としたら、それにキスすることになっています）」と。とはいえ、この方面以外で、リーが組織的宗教のために時間を割くことは、めったになかった。

リーの野心は、二十世紀のシェイクスピアになることだった。彼がそれに失敗したのは、恥ずかしいことではない。ただし、願望と達成の間にある隔たりは、リーの苦悩のもう一つの源になった。その苦悩について、リーの息子のランドは、「僕がこれまで会った中で、父は最も幸福に縁遠い人間の一人だったと思う」と語っている。ダネイはミステリの分野に専念し、その歴史と可能性に情熱を傾けた。リーはこの形式それ自体《パーシー》に、そこまで興味を持っておらず、かくして、エドマンド・ウィルソン（「誰がロジャー・アクロイドを殺そうがかまうものか」等の探偵小説批判を発表したアメリカの著名な作家・評論家）のような評論家たちが軽視する分野に自分の文学的活力を費やすことに対して、葛藤が生じることになった。

彼はミステリが好きでないのと同様に、自分でミステリを書くことも好きではなかった。これが、二人の間にさらなる違いを呼び起こすことになった。ダネイは自身の問題に対して、仕事の中におのれを埋没させることによって、逃避を求めた。リーはそう幸運ではなかった。ＥＱものの長篇、短篇、ラジオドラマを書くことは、彼の陥った罠からの逃避を、まったく提供してくれなかった——実のところ、書くこと自体が罠だったのだ。

ダネイは学者気質で、理論的で、悪魔のように巧妙な長短篇を案出し、プロットを組み立てた。彼の理性的な口調は、傷つきやすい性格を覆い隠していた。リーは感情的で、かんしゃく持ちで、そして、彼も傷つきやすかった。その才能は、人物と雰囲気をプロットに持ち込んで、生き生きと描くことだった。牧歌的なニューイングランドの町と同じようにたやすく、恐怖に震える都市風景を創造した。どちらの才能も、もう一方がなければ発揮することはできない。だから、この依存に対して、双方に摩擦が生じることになる。双方が、もう一方から過小評価されていると感じ、不安になり、お互いに自分が受けるべきだと感じている尊敬と称賛を求めたのだ。二人は互いに、感情的にも、経済的にも、法的にさえも、エラリー・クイーンによって結びつけられていた。しかし、すべての中で最も強い絆《きずな》は、親戚関係だった。「賭けてもいいですが」と従兄弟たちの一方は、《ルック》誌に語った。「もしわれわれに血縁関係がなかったら、とっくの昔に別れていたでしょうね」と。もう一方はこう言った。「私はその意見に与《くみ》しません。われわれは、自分たちが貴重な財産を持っているのがわかっていました。もしわれわれが別れたら、この財産は壊れてしまったでしょう」と。

エラリー・クイーンが生み出すお金は、いつでも差し迫って必要とされていた。彼らの財政上の要求が、健康問題とうち続く家庭の悲劇によって、増大していったからだ。ダネイは一九四〇年の交通事故で重傷を負って死にかけた。最初の妻が癌との長びく闘いののちに、二人の息子を残して死ぬのを見るしかなかった。二度目の結婚は、他の点では幸福だったが、悪性の脳障害を持ち六歳で死んだ子供の誕生による苦労があった。彼の人生最後となる三度目の結婚は、ダネイに幸福な数年間の晩節をもたらした。

リーは、もっと多くの養うべき家族があった――全部で八人の子供と別れた妻、さらには自身の両親が。さまざまな肉体的、精神的病気が彼の人生を悩ませた。高血圧と心臓病、十年も続いた作家としてのスランプの深刻な症状、彼自身とその仕事についての疑念に押しつぶされるような感覚。これは、リーが入院する直前の一九六二年四月十五日にダネイに書いた手紙を読むと、実によくわかる。［訳者より。以下の文は「別れの言葉」の章にも引用されているので、注釈等はそちらに添えた］

自分の人生を振り返ってみると、その内容は、ほとんど人間のものではないように思える。ここで言う人間であることとは、成し遂げることができて、自分自身を乗り越えることができて、分が悪くとも人生から何らかの勝利を手に入れることができる、という意味だ。僕は一度も幸福ではなかった。僕はひとときの心の平安を持ったことさえ、一度もなかった。僕は自分に純粋な誇りを感じたことは、一度もなかった。僕は、自分が天秤に置くことができるわずかな楽しみより、ずっと重い多くの苦痛を愛する人たちにもたらしてきた……。それを考えると腹が立つ――つまり自分自身に腹が立つ。そして、自分にはできるとわかっていることをやる機会がほしい――最初は自分自身のために、次に、自分を

通して他の人たちのためにやる機会が。というのは、他のどんな順序でもこれはできないからだ。〔……〕
ときおりわれわれ二人が言っているように、君と僕はお互いと結婚しているようなものだ。そして大抵の結婚が――双方にとって――地獄への道行きのように感じられるならば、われわれもそうだ。しかも、われわれのどちらも、過去三分の一世紀に、何かを成し遂げたわけではない。誤解しないでくれ。僕はガラハッド卿に向かって「Mea Culpa!《メア・クルパ》」と叫んでいるのではない。われわれは罪を分け合っているのだ――結婚には二人が必要だからね。われわれ各人の弱点は、心理的に言えば、お互いにお互いを必要としていた、ということだ。そして、おそらくは双方が生きている限り、われわれはお互いを必要とし続けるだろう。だが、その必要性は不健全なものだ。そして、僕としては、二人の関係が病気から回復し、健康なものになるのを見るために、充分長く生きたいと思っている。可能性は低いが、僕が病院から戻って来ることができなくなった場合のため、君にこのことを知ってほしかったのだよ。

リーはさらに九年間生きて、一九七一年に心臓発作で死去した。六十六歳。ダネイは一九八二年まで生きたが、エラリー・クイーンはリーと共に死んだ。
彼らの活動期間の半分以上で、ダネイとリーは離ればなれになり、手紙と電話で意思の疎通をはかって合作していた。この「地理的な分離」が――ダネイが一九四八年七月二日に書いたように――彼らの「長く、複雑で、無理解だらけの手紙」の原因となった。二人の往復書簡には、相手と意思を通じ合いたい、理解をしてほしい、正しく認識してほしい、という願望が噴き出している。書簡はまた、願望がかなわずに不満が生じた際の怒りにも満ちている――リーはダネイの手紙の一通に対し、「不公正で侮辱的で不合理な数千語」と評した。ダネイはすばやく言い返した。親戚として育った親密さだけが、どのようにして彼らがお互いの痛いところを、こんなに的確に、こんなに効果的に攻めることができるのかを説明できる。「絶え間ない殴打と乱打が」とダネイは一九四八年秋に書いた。「……私を一人で働くことができない状態に追いやってしまうだろう」と。

　ダネイとリーは、意見が異なることでもよく知られている。「私たちは探偵小説に対して、根本的に異なる姿勢を持っているのです」とダネイはかつて、インタビューにこう答えたことがある。リーが付け加えた。「僕たちは何ごとに対しても、根本的に異なる姿勢を持っているのです」（フランシス・M・ネヴィンズ『エラリー・クイーン　推理の芸術』では発言者が逆になっている）。この言葉は、本書の書簡によって裏付けられている。彼らの不一致は厳しいものであり、お互いの心に深刻な影響を与えた。これらの書簡は、傷つけ、えぐり、激しく非難し、説教し、そしてののしっている。ふさわしい題名、プロットの論点から、世界情勢まで、何であれ、そのすべてが個人的な当てつけとして受け止められ、激しい討論の題材を提供した。書簡のすべてにおいて、小さいが明白な自己演出的要素があることは留意する価値がある。お互いに自分を演出しようとするのは、並みはずれて傷つきやすく、敏感だからだ。シェイクスピアの陰鬱なデンマーク人のように、彼らは「肉体が生まれながらに受け継いでいる心痛と無数の苦痛」（『ハムレット』三幕一場）を受けやすい傾向があった。ダネイとリーは、その人生の終わりまで共に働き、互いをいらだたせる運命を与えられた、激しやすく、異常に神経過敏な男たちなのだ。「君は、僕の手紙を開封した後で具合が悪くなった」リーはかつて、ダネイにこう書いた。「僕は、君の手紙を開封する前に具合が悪くなった。封筒の君の手書きの文字を見ただけで、僕はいらいらさせられた」と。

リーが実に適切に言葉にしたように、従兄弟たちは創造における「地獄への道行き」のような「結婚」相手だった。彼らの合作における才能の分裂は度を超えていて、これが二人の間に存在する緊張状態の大きな部分を占めていたと私は信じている。ダネイとリーは、自分たちの合作のやり方を明かさないことで有名だった。質問されると、どんなときであろうが、煙幕を張るのだ。私は、これは恥ずかしさと怒りからきているに違いないと憶測している——一人では書けないことに感じた恥ずかしさと、仕事の始まりまたは終わりを他の誰かに依存することへの怒りだ。「それぞれが作品に対する自分の貢献を守るのに汲々とし」とリーは一九四八年の夏に書いている。「相手がそれを侵犯すると憤慨する」し、「一致しないという単なる事実が、たちまち、一致しない点を弁護するための一つ、あるいは複数の議論を呼び起こしてしまう」と。

フランシス・M・ネヴィンズは、ダネイとリーのどちらも、一人では小説の仕事を完成できないと示唆したことがある。もしできたならば、彼らは間違いなくそうしただろう。もし避けることができるなら、誰がいくつもの痛みを耐え抜こうとするだろうか？　避けることはできなかったのだ。勘定書を支払ってくれる本を書くために、彼らはお互いの才能を必要としていたのだ。

ダネイは(一作だけ例外があるが)プロットと作中人物を思いつくことはできたが、それに生命を吹き込むことはできなかった。リーは(一作だけ例外があるが)ダネイが提供した物語の骨格に肉付けすることはできたが、物語それ自体を生み出すことはできなかった。ダネイの例外は、彼のニューヨーク州エルマイラの少年時代を基にした長篇『ゴールデン・サマー』で、一九五三年にリトル・ブラウン社から刊行されている。リーの例外は、一九四八年の短篇「クリスマスの人形」で、EQの短篇作品の傑作群の中でも、上位に位置付けられている。リーの作家としての自我は、ダネイのプロットに指図されることに憤慨し、反抗した。ダネイは、リーが自分を「賢い発案者」でしかないと見なしていて、提供した梗概を踏みにじっていると感じた。書き上がった原稿に、ダネイはしばしば幻滅し、失望させられた。例えば、彼の『九尾の猫』に対する嫌悪は、本質的には、この無力感に帰すべきである。ダネイは、これまで『猫』に不機嫌にさせられた、唯一の人物に違いない。この作は、クイーンの業績において唯一無二の高みとまでは言わなくとも、最高峰に位置する本の一つと見なされている。

書簡から判断すると、二人の仕事が二人に与えた楽しみは、わずかだったようだ。誇りの方は、そうではなかった。ダネイとリーは、自分たちが作り上げたものに誇りを持っていた。しかし、楽しみの方は、ほとんどと言っていいほど欠けているように見える——読者にとってはそうではないのだが。これらの書簡で議論されている『猫』や他のクイーン作品は、大衆文学における不朽の名作である。途方もなく野心的な、読み始めたらやめられないこれらの長篇は、新たな世代のミステリ・ファンのために、再刊するに足る大きな価値があるのだ。

クイーン研究の草分けであるフランシス・M・ネヴィンズは、ダネイとリーの作品を、四つの基本となる時期に分けている。

第一期（一九二九～一九三五年）は、十三の長篇（エラリーと彼の父親であるニューヨーク市警のクイーン警視が登場する九作と、最初はバーナビー・ロス名義で出版された俳優ドルリー・レーンもの四作）を含む。これらの本は、悪魔のように入り組んだパズルに特化し、黄金時代の名作と見なされている。この時期のエラリーは、S・S・ヴァン・ダインが開拓したダンディな名探偵そのものの役を与えられていた。エラリーは、フランネルの服ときざな鼻眼鏡《パンス・ネ》を身につけ、古典を引用するハーヴァード出の純然たる知識人として創造されている。オグデン・ナッシュ（アメリカのユーモア詩人）はかつて、ヴァン・ダインの探偵役についてこう書いたことがある。「ファイロ・ヴァンスにはお尻《パンス》にひと蹴りが必要」と。この時期のEQに対しては、その上さらに、硬い深靴にした方が良いという意見が大多数を占めるだろう。第一期のエラリーについて、リーはかつて、「地上最大の気取り屋」と言っている。まったくもって、その通りではないか。

第二期（一九三五～一九四二年）には、五作の長篇が含まれる。そこで示されるのは、エラリーとその父親が巻き込まれる謎の単純化であり、エラリーの性格の軟化である。どちらの変化も、ダネイとリーが自分たちの作品を高級誌と映画に合わせて仕立てたことを如実に示している。彼らは、前者ではいくばくかの成功を収め、後者ではごくわずかの成功しか収めなかった。大スクリーンでのエラリー・クイーンの表現に、本当に満足できるものは一つもなかった。ネヴィンズが述べているように、この時期の長篇は、知的には薄っぺらで、上質な――あるいはそこそこ上質な――ボール紙でできた人物が登場する。振り返ってみると、この時期の本は、「エラリーとクイーン宇宙を人間らしくする前進における最初の数歩」として見えてくるのだが。

第三期（一九四二～一九五八年）は『災厄の町』で始まり、十二の長篇で勝利に勝利を重ねていった。ネヴィンズによれば――

この時期には、クイーンが挑もうとしなかったものはない。われわれがここで見いだすことになるのは――複雑な推理パズルであり、とてもしっかり描かれた人物描写であり、小さな町も大きな都市もページの上で生命を得ているような詳細な描写であり、私設のめちゃくちゃな〝不思議の国のアリス〟的な異世界の創造であり、歴史的、精神医学的、宗教的次元の探求であり、マッカーシズムやその他の種類の政治的腐敗に向けた憎悪の賛歌であり、初老の恋物語のやさしいスケッチであり、エラリーの青年時代のノスタルジックな再創造である。（『エラリー・クイーンの世界』より。拙訳）

この時期の長短篇は、創意と情感に富んでいる。書簡が示すように、これらの作品は、創造者たちの健康と心の平穏を犠牲にして生まれた。とはいえ、読者は、その犠牲に感謝するしかない。第三期の仕事は、ダネイとリーの創作者としての人生の絶頂と言える。

第四期（一九六三～一九七一年）には九つの長篇が含まれ、その前に五年の空白期間がある。この中断は、一般には、リーの作家としてのスランプと、従兄弟たちの側にクイーン冒険譚を終わりにしたいという願望があったため、とされている。ダネイとリーが自らの生計をクイーンに依存していたことを考えると、私はいつもこの決定を不思議に思っていた。彼らは本気で、エラリーを捨てることを考えていたのだろうか？　おそらく、もっと実りのある疑問は、『盤面の敵』でエラリーを復活させることを彼らに納得させたのは何か、だろう。この疑問に対する決定的な答えは存在しない。われわれが知っているのは、リーは相変わらず作家としてのスランプに苦しんでいたことと、シオドア・スタージョンが本の第一稿を仕上げたことしかない。リーは作家としてのスランプを克服し、エラリーが登場しない非シリーズもの『孤独の島』を含む最後の数作のＥＱ作品を書いた。この長篇は、現代的な舞台と無教養で卑しい作中人物を持ち、従兄弟たちがこれまで試みた他のどの作品とも似ていない。そして、そのために低く評価されている。

ネヴィンズによると、第四期にして最後の時期の長篇群は、それ以前の時期の主題の再利用がなされ、あからさまに人工的なパズル作りに対するダネイの関心を典型的に示している。ここには、現代的な状況からの撤退、すなわち「写実的な本当らしさの試みからの退却」がある。人はこれを〝ＥＱのマニエリスト時代〟と呼ぶかもしれない。熱狂的なファンは大きな関心を寄せるかもしれないが、おそらく、それ以外の人はさほど好奇心を示さないだろう。最後期の本の中には、それ以前の作品の高みに達したものは一作もない。とはいえ、クイーン・ファンにとっては、これらの本の中には多くの評価すべきものがあるのだが。

『エラリー・クイーン　創作の秘密』の内容は、ニューヨーク市のコロンビア大学の〈稀覯本と手稿ライブラリー〉に所蔵されている〈フレデリック・ダネイ文書〉から選り抜いたものである。コロンビア大学はこの文書を、ダネイの息子、ダグラスとリチャードから一九八〇年代に入手した。書簡の大部分は、マンフレッド・B・リーが北ハリウッドにいた一九四七年から五〇年に書かれている。この期間の前と後の書簡は、ごくわずかしか残っていない。

どれを収録し、どれを外すかの選択は、難しい仕事だった。私が絞り込んだ書簡は、長篇群に、それらの作品を生みだした合作に、そして、合作者たち個々の人生に新たな光を当てるものだ。この往復書簡には抜けている箇所があるが、創作上の頂点である数年間のダネイとリーを断片的にせよ見せてくれる魅力的な手紙である。われわれは、彼らの第三期にして最も生産的な時代（一九四二〜一九五八年）の真っ只中で働いている従兄弟たちを見ることを許されるのだ。手紙は、『十日間の不思議』と『九尾の猫』と『悪の起源』の――すべてがクイーンの全作品《オーブレ》の最高傑作に位置付けられている作の――創作の様々な面を伝えている。

三十年以上にわたってエラリー・クイーンを読んできた者として、この書簡集を整理して編集することは喜びだった。私は仕事を終え、この二人がまぎれもなく、才能に恵まれた、不完全で傷つきやすい人間だったに違いないと、これまで以上に感じている。私のエラリー・クイーンに対する称賛の念は、私が読み始めた頃より、ずっと大きくなった。このブルックリン生まれの従兄弟たちに対する称賛の念は、私が読んだ幾通もの手紙によって、いや増した。やすやすと創造することは、神にしかできない。人間は苦闘しなければならないのだ。ダネイとリーは苦闘し、そして、成功を収めた。しかしながら、彼らの代償は大きかった。この書簡集は、その苦闘と代償の一部を記録している。

私の望みは、ダネイとリーが討論し、話し合い、主張し、思いやる言葉を読者に聞いてもらうことだ。私は、彼らのやりとりから距離を取って、前後関係を示す材料を提供し、必要な、あるいは適切なときだけ注釈を添えるようにした。

亀甲括弧の中の省略符号――〔……〕――は、必要がないか、密接な関係がない部分をカットしたことを示す。ダネイとリーは、指摘をめぐるやりとりでは、自身の文章と同じくらい、お互いの手紙を引用している。私は、彼らの執拗な引き写しと繰り返しを、手紙の文章の感じや意味をゆがめないように最善を尽くして、大幅にカットした。

手紙の文章を分けるために使った三つのアスタリスク（＊＊＊）は、ダネイとリーによる元の手紙がそこで区切られていることを示している。

往復書簡の半分を占めるダネイの手紙は、大部分がコピーである――原本はリーに送られた。これらのコピーは、ごく一部しか署名がされていない。わかりやすくするために、私はダネイがいつも使う署名（「ダン」）を、これらのコピーに加えた。ほとんどがタイプで打たれたこの往復書簡では、書名は下線が引かれていたが、これを二重カギ括弧（『　』）にした。いくつかのスペルミスやタイプミスは修正した。〔訳者より。以上の文は表記の説明が邦訳に合うように訳した。それ以外では、訳文の傍点は原文がイタリック、太字の原文は全部が大文字になっている。〕

警告を一つ。ここから先にはネタバラシが含まれている。プロットが明かされている。殺人者が名指しされている。

ジョゼフ・グッドリッチ

ニューヨーク市ブルックリン
二〇一一年十月

クイーン年表

一九〇五年　一月十一日　エマニュエル・ベンジャミン・レポフスキー（Emanuel Benjamin Lepofsky）→マンフレッド・B・リー（Manfred B. Lee）、ニューヨークのブルックリンで生まれる。
十月二十日　ダニエル・ネイサン（Daniel Nathan）→フレッド・ダネイ（Fred Dannay）、ニューヨークのブルックリンで生まれる。
一九〇六年　ネイサン一家、ニューヨーク州エルマイラに引っ越す。
一九一七年　ネイサン一家、ニューヨーク市に戻る。
一九二五年　リー、ニューヨーク大学を卒業。
一九二六年　ダネイ、メアリー・ベック（Mary Beck）と結婚。
一九二七年　リー、ベティ・ミラー（Betty Miller）と結婚。
一九二九年　『ローマ帽子の謎（*The Roman Hat Mystery*）』がフレデリック・A・ストークス社（Frederick A. Stokes）から出版。
一九三〇年　『フランス白粉の謎（*The French Powder Mystery*）』ストークス社。

一九三一年　『オランダ靴の謎（*The Dutch Shoe Mystery*）』ストークス社。

一九三二年　『ギリシャ棺の謎（*The Greek Coffin Mystery*）』ストークス社。

『エジプト十字架の謎（*The Egyptian Cross Mystery*）』ストークス社。

『Xの悲劇（*The Tragedy of X*）』と『Yの悲劇（*The Tragedy of Y*）』がバーナビー・ロス（Barnaby Ross）名義でヴァイキング社（Viking）から出版。

一九三三年　『アメリカ銃の謎（*The American Gun Mystery*）』ストークス社。

『シャム双子の謎（*The Siamese Twin Mystery*）』ストークス社。

『Zの悲劇（*The Tragedy of Z*）と『レーン最後の事件（*Drury Lane's Last Case*）』がバーナビー・ロス名義でヴァイキング社から出版。

ダグラス・ダネイ（Douglas Dannay）生まれる。

ジャクリーン・リー（Jacquelin Lee）生まれる。

アーニャ・ピーター・リー（Anya Peter Lee）生まれる。（リーは彼女の母ケイ・ブリンカー（Kaye Brinker）と一九四二年に結婚した後、養女にする）

一九三四年　『チャイナ橙の謎（*The Chinese Orange Mystery*）』ストークス社。

『エラリー・クイーンの冒険（*The Adventures of Ellery Queen*）』ストークス社。

一九三五年　『スペイン岬の謎（*The Spanish Cape Mystery*）』ストークス社。

パトリシア・リー（Patricia Lee）生まれる。

一九三六年　『中途の家（*Halfway House*）』ストークス社。

「危険、執筆中（*Danger: Men Working*）」。EQの唯一の舞台劇。ローウェル・ブレンターノ（Lowell Brentano）との合作。ボルティモアとフィラデルフィアで短期間上演されたが、ニューヨーク市での上演は一度もなかった。
《パブリッシャーズ・ウィークリー（*Publishers Weekly*）》誌の記事が、ダネイとリーが〝エラリー・クイーン〟だと明かす。

一九三七年　『ニッポン樫鳥の謎（*The Door Between*）』ストークス社。

一九三八年　『悪魔の報復（*The Devil to Pay*）』ストークス社。
『ハートの4（*The Four of Hearts*）』ストークス社。
リーと妻のベティ・ミラーが別居。

一九三九年　『ドラゴンの歯（*The Dragon's Teeth*）』ストークス社。
「エラリー・クイーンの冒険（*The Adventures of Ellery Queen*）」ラジオ放送開始。続く九年間に放送局はCBSからNBC、さらにABCに移り、配役も時間帯もスポンサーも変わったが、支持され続けた。
リチャード・ダネイ（Richard Dannay）生まれる。

一九四〇年　『エラリー・クイーンの新冒険（*The New Adventures of Ellery Queen*）』ストークス社。
ダネイが交通事故で重傷を負う。

一九四一年　『一〇一年の娯楽――一八四一―一九四一年の偉大な短篇探偵小説集（*101 Years' Entertainment: The Great Detective Stories, 1841-1941*）』リトル・ブラウン社（Little, Brown）。

《エラリー・クイーンズ・ミステリ・マガジン（*Ellery Queen's Mystery Magazine*）》創刊。


一九四二年　リーとベティ・ミラーが離婚。

『災厄の町（*Calamity Town*）』リトル・ブラウン社。

『短篇探偵小説　書誌（*The Detective Short Story: A Bibliography*）』リトル・ブラウン社。


一九四三年　リー、キャサリン・フォックス・ブリンカー（Catherine Fox Brinker、愛称ケイ［Kaye］）と結婚。

『靴に棲む老婆（*There Was an Old Woman*）』リトル・ブラウン社。

クリストファー・レベッカ・リー（Christopher Rebecca Lee、愛称キット［Kit］）生まれる。


一九四五年　『フォックス家の殺人（*The Murderer Is a Fox*）』リトル・ブラウン社。

『エラリー・クイーンの事件簿（*The Casebook of Ellery Queen*）』マーキュリー・ベストセラー（Mercury Bestseller）。

アンソニー・ジョゼフ・リー（Anthony Joseph Lee）生まれる。一九八七年死去。

メアリー・ダネイ死去。

一九四七年　マンフレッド・B・リー・ジュニア（Manfred B. Lee, Jr.）生まれる。
リー、EQのラジオ番組の監修のためコネチカット州ノーウォークからカリフォルニア州北ハリウッドに引っ越す。

一九四八年　ダネイ、ヒルダ・ヴィーゼンタール（Hilda Wiesenthal）と結婚し、一家はニューヨーク州ラーチモントに引っ越す。
『十日間の不思議（*Ten Days' Wonder*）』リトル・ブラウン社。
スティーヴン・ダネイ（Stephen Dannay）生まれる。
EQのラジオ番組の放送終了。

一九四九年　『九尾の猫（*Cat of Many Tails*）』リトル・ブラウン社。

一九五〇年　『ダブル・ダブル（*Double, Double*）』リトル・ブラウン社。
リーとその家族、東海岸に戻り、コネチカット州のウェストポートに引っ越し、さらにロクスベリーに引っ越す。

一九五一年　『悪の起源（*The Origin of Evil*）』リトル・ブラウン社。
『クイーンの定員　一八四五年からこの分野で刊行された最も重要な百冊の本で描き出す探偵＝犯罪短篇小説の歴史（*Queen's Quorum: A History of the Detective-Crime Short Story as Revealed by The 100 Most Important Books Published in this Field since 1845*）』リトル・ブラウン社。
ランド・ベンジャミン・リー（Rand Benjamin Lee）生まれる。

一九五二年　『帝王死す（*The King Is Dead*）』『犯罪カレンダー（*Calendar of Crime*）』リトル・ブラウン社。

一九五三年　『緋文字（*The Scarlet Letters*）』リトル・ブラウン社。

一九五四年　『ガラスの村（*The Glass Village*）』リトル・ブラウン社。

一九五五年　ジェフリー・ロバート・リー（Jeffrey Robert Lee）生まれる。一九九〇年死去。
スティーヴン・ダネイ、六歳で死去。

一九五六年　『クイーン検察局（*QBI: Queen's Bureau of Investigation*）』リトル・ブラウン社。
『クイーン警視自身の事件（*Inspector Queen's Own Case*）』サイモン&シュスター社（Simon & Schuster）。

一九五七年　『クイーン談話室（*In the Queen's Parlor, And Other Leaves from the Editors' Notebook*）』サイモン&シュスター社。

一九五八年　『最後の一撃（*The Finishing Stroke*）』サイモン&シュスター社。

一九六三年　『盤面の敵（*The Player on the Other Side*）』ランダム・ハウス社（Random House）。

一九六四年　『第八の日（*And On the Eighth Day*）』ランダム・ハウス社。

一九六五年　『三角形の第四辺（*The Fourth Side of the Triangle*）』『クイーンのフルハウス（*Queen's Full*）』ランダム・ハウス社。

一九六六年　『恐怖の研究（*A Study in Terror*）』ランサー社（Lancer）。

一九六七年　『顔（*Face to Face*）』ニュー・アメリカン・ライブラリー社（New American Library）。

一九六八年　『真鍮の家（*The House of Brass*）』ニュー・アメリカン・ライブラリー社。
『クイーン犯罪実験室（*QED: Queen's Experiments in Detection*）』ニュー・アメリカン・ライブラリー社。

一九六九年　『孤独の島（*Cop Out*）』ワールド出版社（The World Publishing Company）。

一九七〇年　『最後の女（*The Last Woman in his Life*）』ワールド出版社。
一九七一年　『心地よく秘密めいた場所（*A Fine and Private Place*）』ワールド出版社。
　　　　　　マンフレッド・B・リー、四月三日に六十六歳で死去。
一九七二年　ヒルダ・ダネイ死去。
一九七五年　レヴィンソン（Levinson）とリンク（Link）のテレビ・シリーズ『エラリー・クイーン（*Ellery Queen*）』が放映開始。一シーズンで終了。
　　　　　　「トナカイの手がかり（The Reindeer Clue）」が《ナショナル・エンクワイヤ（*National Enquirer*）》誌に掲載。
　　　　　　ダネイ、ローズ・コッペル（Rose Koppel）と結婚。
一九八二年　フレデリック・ダネイ、九月三日に七十六歳で死去。

一九四七年　十日間の不思議は続く

※本章では『十日間の不思議』の真相に触れています。

一九四七年十月には、フレッド・ダネイと彼の二番目の妻ヒルダ（「ビル」と呼ばれている）は、ニューヨーク州ラーチモントに住んでいた。十四歳のダグラスと、八歳のリチャード――ダネイの最初の結婚での息子たち――が、同居していた。ダネイが四十二歳の誕生日を祝うタイミングで、[*1] プレゼントが贈られる――ヒルダの妊娠である。

マンフレッド・B・リーは、一月に四十二歳になった。彼と二番目の妻ケイと三人の子供たち――四歳のキット、二歳のトニー、そして乳児のマンフレッド・ジュニア――は、北ハリウッドに住んでいた。ラジオ版『エラリー・クイーンの冒険』の脚本執筆と監修のために、リーはコネチカットからカリフォルニアに引っ越したのだ。リーは、合作におけるいつも通りの仕事、すなわち、実際の執筆をやり続けていた。[*2] しかし、ラジオ番組のためのプロットは、最後の数年間は、ダネイ以外の人物が提供したものだった。《エラリー・クイーンズ・ミステリ・マガジン》の要請と、[*3] 最初の妻が一九四五年に亡

＊1　ダネイの誕生日は十月二十日、リーは一月十一日。

＊2　クイーンの小説はダネイがプロットを立て、リーがそれを小説化するという手順で執筆されていた。ラジオドラマの脚本も同じ。

＊3　《エラリー・クイーンズ・ミステリ・マガジン（EQMM）》は、創刊当時は季刊だったが、一九四二年から隔月に、そして一九四六年から月刊になった。このため、ダネイは多忙をきわめたと思われる。

くなったことが、ダネイをラジオ番組の現場から去らせたのだ。彼の役割は、評論家兼ミステリ作家のアンソニー・バウチャー[*4]と、ラジオ脚本家のトム・エヴァレットが埋めた。

この他の点では、ダネイの生活は、一九四一年に確立したやり方に従っている。EQの長短篇のためのプロットを案出し、《エラリー・クイーンズ・ミステリ・マガジン》の編集をして、短篇の年次コンテスト[*5]の主宰をする。彼は静かで気取らない男だった。ラーチモントの隣人のほとんどは、彼が名高い執筆チームの片割れだとは、思いもしなかった。

ラジオ番組は、雑誌のように、安定したありがたい収入源だった。いや、おそらくは、やがて明らかになるように、それほど安定してはいなかったのだ。『エラリー・クイーンの冒険』は、九月の終わりにスポンサーを失い、十一月の終わりに自主（つまり、スポンサーなしの）番組として再開された。

従兄弟たちは西海岸と東海岸に離れて住み、遠距離合作をしていた。列車で運ぶ普通便では遅すぎるので、彼らは頻繁に（しばしば長文の）航空便を利用して、合衆国の郵便機構をきりきり舞いさせた。彼らは電話でも打ち合わせをしたが、頻繁というほどではなかった。当時の長距離電話は、高価で時間のかかる通信手段だったのだ。

議論すべきことはたくさんあった。リーは、ダネイが『十日間の不思議』[*6]と名付けた新作長篇のための梗概を受け取ったところだった。

この梗概は、ニューイングランドの小さな町ライツヴィルを舞台とするクイーン長篇

＊4　バウチャー（一九一一〜六八年）は、この当時、ラジオ版『エラリー・クイーンの冒険』で、リーのためにプロットを提供し、《EQMM》で、ダネイのために評論や小説を寄稿していた。

＊5　一九四五年からは、《EQMM》誌上で公募による短篇の〈年次コンテスト〉が開始されている。

＊6　『十日間の不思議』は梗概の題名のまま一九四八年に刊行された。

の三作目のためのものである（一作目は一九四二年の『災厄の町』、二作目は一九四五年の『フォックス家の殺人』）。梗概では、ハワード・ヴァン・ホーン――エラリーが戦前、パリにいた時期の知人[*7]――が、クイーン家に助けを求めて訪れる。ハワードは周期的な意識喪失に苦しんでいた。そして、記憶を失っている間に、何かしでかしてしまうのではないかと恐れてもいた。エラリーは彼を助けることができるのではないか？　エラリーはそうは思わない。彼は精神科医ではないし、本当に必要なのは専門医の力添えであることは明らかだからだ。だが、困り果てた青年の求めを、エラリーは拒むことができない。彼はハワードに同行し、ライツヴィルの富裕層が住む土地に建つヴァン・ホーン邸に向かう。

　そこでEQが会うのは、ハワードの魅力的な義母サリー、やせぎすで冷笑的なハワードの叔父ウルファート、ハワードの年老いた、そして宗教に取り憑かれた祖母クリスティーナ。彼ら全員の上にそびえ立つのが、ハワードの父、ディードリッチ・ヴァン・ホーンだ。ディードリッチは、見せかけでない威容と、支配者の風格と、人を支配する力でできている巨人《ティターン》のような男だった。

　エラリーは、ハワードとサリーが情事にふけっていることを知らされる。罪の証拠となる手紙が盗まれ、恋人たちは恐喝されている。不本意ながら、エラリーは助けようとする。問題はあっという間に悪化していく。やることなすことがことごとく裏目に出て、エラリーはヴァン・ホーン邸を恥辱にまみれて立ち去る。洞察のひらめきが、ヴァン・ホーン家の出来事の背後にひそむパターンを明らかにする。十戒が順繰りに破られて

＊7　エラリーはナチ党員を探すためにパリにいた。

――その背後にはハワードがいる。エラリーが、「汝、殺すなかれ」だけが、まだ破られていない戒律だと覚《さと》った瞬間、ハワードが父親殺しを目論んでいることを知る。エラリーは急いでヴァン・ホーン邸に引き返すが、時すでに遅し。ハワードは、ディードリッチ・ヴァン・ホーンのベッドで寝ていたサリーを絞め殺していた。ハワードは、間違って自分の愛する女《ひと》を殺してしまった上に、行われるであろう殺人事件の裁判に直面することができないハワードは、自殺をはかる。手首を切り、ロープの輪に首を入れ、銃で頭を撃ち抜いたのだ。事件はぞっとする結末を迎える。

一年ほどたち、エラリーは、些細だが、彼を「ハワードは本当は有罪ではなかった」という結論に導く情報を、ひょっこり見つける。ディードリッチ・ヴァン・ホーンが恐喝者にして絞殺者であり、若い頃に教え込まれた地獄の業火を説く宗教に導かれ、自身の復讐のための土台として、十戒を選んだのだ。ハワードとサリーは姦通の罪を犯した。ディードリッチ・ヴァン・ホーンは、ハワードが、なおその上に、他の九つの戒律も破ったと思われるように細工をした……殺人も含めて。[*8] クイーン作品のファンであるディードリッチは知っていたのだ。[*9] この計画がエラリーのような者にはマタタビになることを――そして、彼を間違った結論に導くであろうことを。エラリーは、哀れなハワードと同じように、たやすく操られてしまったのだ。

『十日間の不思議』は、クイーン長篇の最高傑作である。力強さ、ほの暗い優美さ、『不思議』が持つ鋭さと厳然たる明晰さと同じものは、他にはほんの一握りのEQ作品しか共有していない。その込み入ったプロットには、〝神のごとき操り人形遣い〟への

＊8　エラリーの推理ではハワードが自由意志で破った戒律は二つになっている。
＊9　ディードリッチは作中探偵のエラリーが作家として発表した過去の事件記録を読んで推理のパターンを学んだ。

ダネイの好みが刻印されている。自意識過剰で自己言及的な遊びへの彼の嗜好は、後年の本の欠点となっているが、ここではプロットを損なってはいない。その着想はスケールの大きさと華麗さを備え、ネヴィンズの評によると、「壮大なドラマを犯罪小説に」混ぜ合わせたものになっている。*10

リーの文章は場面に応じて最適なものが選ばれ、現在の読者が他のクイーン長篇を読むときに耐えがたいと感じる過度な修飾は、まったくと言っていいほど姿を消している。『十日間の不思議』に含まれる言葉を高めているのは、『欽定訳聖書』の――この本の着想の源《みなもと》の――言葉のこだまを響かせる手法が功を奏しているためでもある。*11

性格描写の円熟と深みが、『十日間の不思議』の力強さのもう一つの側面である。われわれは、ハワードとサリーに共感しながら読むが、二人がエラリーを裏切ったときには、ぎょっとさせられる。*12 われわれは、彼らが過ちに陥りがちな性格だとわかっているし、人間がどれだけひどいふるまいができるかもわかっている。われわれは二人に共感するし、エラリーにも共感する――その共感のほとんどはエラリーに対するもので、その理由は、彼はただ単に、二人を助けてやろうとしただけだからだ。

エラリーは成功を収めなかった。その失敗は、彼自身の手法が彼に向けて使われたためであり、それが、よりいっそう、彼を苦しめ悩ませる。エラリーのご自慢の論理は、彼を操ることができる手段以上のものではないと証明されたからだ。複雑で outré《ウトレ》な（とっぴな）ものに対する彼の欲求が、釣り針の餌に食いついたのだ。

彼の手法が彼を失敗させたとき、昔ながらの処罰の可能性が生じる。『十日間の不思

＊10　ネヴィンズの『エラリー・クイーンの世界』からの引用。邦訳書では「犯罪小説と宇宙のドラマ（cosmic drama）をあえて一つに溶け合わそうとする」となっている。「cosmic」には「宇宙の」という意味もあるが、直前の文が「神々との戦い」なので、「壮大」と訳した。

＊11　『欽定訳聖書』は、ジェームズ一世のもとで英訳された一六一一年刊の聖書。簡潔な表現、荘厳な韻律、美麗な語句は、近代英語の文章に大きな影響を与えた。例えば、『十日間』冒頭の文は「創世記」の転用である。

＊12　『十日間の不思議』の「七日目」、ハワードが宝石盗難の罪をエラリーになすりつける場面のこと。

議』が真に衝撃を与えるのは、この点に他ならない。エラリー・クイーンは、名探偵は、警視の息子は、法律を無視して、自分で事を運ぶ。彼は、ディードリッチ・ヴァン・ホーンに二つの選択肢を与える。暴露か……机の引き出しにある銃か。

エラリーがヴァン・ホーン邸を出て、夜の闇の中に踏み出すと、一発の銃声が響く。

エラリーの人生を支える柱は――犯罪に対する合理的推理と法による処罰は――崩れ落ちた。エラリーは心を乱され、悲しみに満ちた人間として歩き去る。ダネイが『十日間の不思議』をエラリー最後の事件として構想したのは、驚くようなことではない。

これが、リーとの論争の種になった。エラリーを架空の人物というより実の息子のように見ていたらしいリーにとって、エラリーに関するほとんどすべてが論争の種になるのだ。残念ながら、ダネイがこのアイデアを最初に持ち出した手紙は失われている。そして、われわれが入手できたのは、リーが相当大きな驚きをぶつけているはずの手紙に対するダネイの返信だけである。エラリーの探偵活動が終わる？　不可能だ！　だが、それこそが、ダネイが提案したことなのだ。彼はエラリーという作中人物の性格について、考え抜いた。そしてそれを時代と共にどう変えるべき――変えなくてはならないかを（たとえエラリーの推理の歳月を終わらせる時が来ていたとしても）深く考えていた。だが、リーは彼自身のアイデアを持ち、そのために戦うことをいとわなかった。

ダネイは、『十日間の不思議』の「雑誌先行掲載」という自身の願望について言及している。《サタデー・イヴニング・ポスト》誌や《コリヤーズ》誌といった、当時原稿料が高く、対象読者が広い雑誌に掲載することが大いに望ましい――そして難しい、と。

エラリーは、《コスモポリタン》誌が『ハートの4』を掲載した一九三八年以降は、上質紙の雑誌[*13]のどれにも登場していない。これは、《レッドブック》誌が『真鍮の家』を掲載し、EQが光沢紙の雑誌に最後に登場した一九六八年まで続いた。

『十日間の不思議』は買い手が付かなかった。振り返ってみると、これは理解しがたいというわけではない。この暗い小説は、雑誌小説がやるべきことを——ちょっとしたゴタゴタに見舞われたって問題ない、すべては上手くいくさ、と元気づけることを[*14]——完全にやりそこねている。『十日間の不思議』では、すべてが絶対に上手くいかない。人の命は失われ、神の救いはもたらされない。灰の味[*15]は避けられない。

高級誌に売り込む際の問題は——そして、高級誌が求める原稿の構成要素は何かについては——次作『九尾の猫』で熱く激しい議論の種になる。

だが、論争の種は、それだけではない。決してそれだけではなかった。では、ダネイが出した二通の手紙から始めるとしよう。

*13 「上質紙（slick）」や「光沢紙（glossy）」を使う雑誌は高級で、「ざら紙」を使う雑誌、いわゆる〈パルプ・マガジン〉は低級と言われている。

*14 《コスモポリタン》に掲載されたクイーンの『中途の家』『ニッポン樫鳥の謎』『悪魔の報復』『ハートの4』を思い浮かべると、グッドリッチの言いたいことがわかるだろう。

*15 「灰の味（taste of ashes）」の「灰」は、後悔、悲痛の念の象徴。

一九四七年十月十八日

親愛なるマン。

同封したのは、クイーンの新しい長篇『十日間の不思議』の五十九ページ[*1]の梗概だ。補足的なメモや参考資料なども添えてある。

*1 訳者が『間違いの悲劇』の梗概を訳した時の感じでは、五十九ページは二百枚程度。完成稿は四倍弱の長さになる。

この梗概は、私が最初に書こうとしたものを捨てて、新たに書いたものだ。二箇月にわたる、濃密で根を詰める仕事だった。この間、私の書斎の明かりが消えない夜が、幾晩あったことか。ピーク時には午前三時まで仕事をしていた。おかげで、『十日間の不思議』にうんざりする域にまで達してしまったよ。そして、この梗概が自分の手を離れ、間もなく君の手に渡るのを見ることは、私にとって、喜ばしいものになるだろう。

君がこれを気に入ってくれることを望んでいる。

私の方は、二、三日、のんびりするつもりだ。それが終わると、再び仕事に戻らなければならない。君も知っておいた方がいいと思うので、私のスケジュールを書いておこう。

その一。今年のコンテスト[*2]は十月二十日に締め切る。おそらく七百篇ほどの原稿が寄せられるはずだ。もちろん、どれもみな、最初に雑誌編集部の下読み担当が目を通すことになる。だが、それでも私は、コンテストがすべて片付く前に読んでおかなければならない原稿を、たっぷりと抱えることになるだろうね。それから、受賞者を決めなければならないし、雑誌のために入選作を揃えておかなければならない――まあ、少なくとも十五作は必要だ。さらに、単行本で出すアンソロジーに収める短篇の準備もある（もっとも、現時点では出版契約を結んでいないのだが）[*3]。どれもこれも、時間がかかり、手間もかかる仕事だ。

その二。今すぐにでも、雑誌二号分の準備をしなければならない。私は前もっ

＊2　一九四七年は《ＥＱＭＭ》の年次コンテスト第三回（一九四八年度）。単行本 *The Queen's Awards, 1948* はリトル・ブラウン社から一九四八年に刊行。

＊3　年次コンテスト上位入選作は《ＥＱＭＭ》に掲載されて、単行本に収められる。ただし、落選作も収録されたり、どちらか一方にしか載っていない短篇もある。ダネイが「準備」と言っているのは、そのあたりの振り分けだろう。

て、雑誌のかなり先の号まで準備を進めておいた。だから、長篇のための仕事を入れても、最低限の中断で済んだわけだ。だが、この先行して進めておいた分も、今や使い果たしてしまった。

その三。ダシール・ハメットの新しい短篇集を編み、序文を添えて、まとめなければならない。[*4]

その四。O・ヘンリーの本も、序文を添えて、まとめなければならない。[*5]

これらすべてを、一月一日までに終わらせなければならない――というわけで、私がまだ両手に余るほどの仕事を抱えていることが、君にもわかってもらえたと思う。年の初めまでにこれを終わらせるのが精一杯だろう。

ラジオドラマの状況については、おそらく、今すぐ放送再開まで行くことはないと思う。[*6]だから私は、君がこの長篇にフルタイムで注力することを提案したい。仮に、ラジオドラマの放送が再開されることになったら、私はこう提案したい。君は自分の仕事を調整し、割くことが可能な週の一部を、確実に都合がつく時間だけでいいから長篇に振り向けてほしい。それと、君がベストを尽くした場合の時間的制約を洗い出してみてくれないか。そして、この長篇がおおよそいつ頃終わると考えているのかを教えてくれ。(a)ラジオ番組の仕事がない場合と、(b)ラジオ番組が再開した場合とで。この質問をするのには、重大な理由がある。私は来年の初め頃には、再び時間をとれるようになると思う。このときに計画を進めるのが、お互いにとって賢明だろう。そのために私が何を進めれば一番

＊4　クイーンが言及しているハメットの短篇集は（複数形なので）*Nightmare Town*（一九四八年。邦訳『悪夢の街』）と*The Creeping Siamese*（一九五〇年）と思われる。

＊5　クイーンが言及しているO・ヘンリーの短篇集は*Cops and Robbers*（一九四八年）と思われる。

＊6　実際には十一月二十七日から再開された。

いいのかを、知っておきたいわけだ。

　今はまだ、この次の長篇について考えることはできない。次の長篇については、年の初めが過ぎるまで、私が考える必要はないだろう。

　これも覚えていてほしい。われわれは、この新しい長篇の雑誌先行掲載を狙ってみたい。普通なら、二箇月分載で充分だろう。リトル・ブラウン社[＊7]の方は、遅くても一九四八年の冬までには刊行したいと思うはずだ――雑誌掲載が本の刊行を遅らせることにならない限りは[＊8]。だが、今日び、本の製作がどれほど大変かは、君も知っているだろう――リトル・ブラウンは、組版、印刷などの機械的な工程だけで、最低でも六箇月は必要だと言うだろうね。言うまでもないことだが、雑誌に売ることを考えるなら、余分の時間はあればあるほどいい。

　こういった点についても考慮して、君の判断や意見などを教えてほしい。

『十日間の不思議』について。同封した梗概は、創作メモを元に書いた第一稿だ。さらに必要だと思うだけ磨き上げ、余分な個所を削り、といった改稿を行った第二稿を書くことも考えた。だが、第二稿に時間を割いても大した成果を得ることはできないと思った――それにすでに述べたように、私にはもう一度仕切り直す余力は残っていない。目下の私はノックアウト状態だ。覚えておいてほしい。私がこれだけ長い時間をかけた長篇[＊9]は、この作が初めてだということを。そして、これだけ体をさいなむような環境の中で――健康を害し、感覚が鈍くなり、自問自答を繰り返すような状態で――仕事をしたことも、この作が初めてだというこ

＊7　この当時のクイーン作品の出版社。
＊8　当時は（今も？）雑誌に先行掲載すると、連載完了まで単行本を出すことができなかったらしい。
＊9　ダネイが一九七七年に来日した際に行われたイーデス・ハンソンとの対談（《週刊文春》一九七七年十月六日号掲載）では、「完成するのに結局十年もかかった」と語っている。

とを。

私にできるのは、こう繰り返すことだけだ――君がこれを気に入ってくれることを望んでいる。

ダン

ダネイとリーは電話を使って議論した。そして、その議論が次の二通の手紙を書かせることになった。

一九四七年十月二十四日

親愛なるマン。

〔……〕最初に、君の細かい批判や質問のいくつかで、私が覚えているものに対して答えよう。なぜライツヴィルなのか？　なぜ他の場所ではいけないのか？　ライツヴィルの物語が描き出すものは、『災厄の町』のように町そのものの物語とは限らない。『フォックス家の殺人』の場合は、一つの家族[*1]の観点から、ライツヴィルを扱っている。新しい長篇も、実質的にはこれと同じだ。舞台が絶対にライツヴィルでなければならないというわけではない。ただ単に、物語がライツ

＊1　日本語だとわかりにくいが、中心になるのは三組の「フォックス夫妻」なので、「一族」といったニュアンス。

ヴィルで展開し、ライツヴィルの中だけで完結するに過ぎない。ヴァン・ホーン家はアメリカ生活のある断面を表している――フォックス家やヘイト家[*2]とは異なる断面を。だが、それは当然だ。ライツヴィルものの長篇群は、一つ一つの長篇が、他の長篇とは異なっているべきなのだから。

　ライツヴィルを使うことには、単に舞台に設定するだけでも、まちがいなく有利な点があることがわかっている。それは、この新しい本がシリーズの三作目になること――ライツヴィルの歴史物語《サーガ》が成長していることを意味している。私は、ライツヴィルで起きた三つの事件を収めて、特別な題名をつけたオムニバス本を出す可能性さえ視野に入れている。[*3]シリーズものの印象を与えるには、二作では足りない。だが、三作目からは、〈歴史物語《サーガ》〉の意味を持ちはじめる。不利な点は、何一つない。

　ライツヴィルものの長篇群は、それぞれアメリカ生活の一断面を示している。しかし、その断面は、各々の本で異なっているのだ。ヴァン・ホーン家は、富裕層の断面を示している。名門に連なり、表面的な文化を持ち、外見的な教養があり、金持ちの上品さを持っている。もちろん、これもアメリカだ。――そして、その内側には何がある？　ゆがんだ生活、悲劇、そして腐敗した道徳心。それは、ライツヴィルがアメリカの一部であるように、ライツヴィルの一部なのだ。

　なぜエラリーの最後の事件なのか？　君がこの作のポイントの一つを見落としたということはあり得るのかな？　この新作は、探偵小説と小説中の探偵を摘発

＊2　『災厄の町』で中心になるのはライト家だが、事件に強い関わりを持つのはヘイト家の方。

＊3　実際に、一九五六年には、この三作を収めた *The Wrightville Murders* がリトル・ブラウン社から刊行されている。

する部分を持っている。より直接的には、そして、より重要なことは、これが作中人物であり探偵であるエラリーを摘発しているという点だ。この摘発は完璧にして仮借なきもので、皮肉な結末を持っている――結局のところ、エラリーはいつもの通り正しいのだ。[*4]だが、この摘発が進むつれ、そして摘発の結果として、エラリーは一人の人間として浮かび上がることになる。私の意見では、エラリーの誤りやすさと〝明敏さ〟に対するすべての摘発がもたらす唯一の論理的帰結は、彼が探偵活動を放棄することだ。故に、彼の最後の事件になるわけだ。

作中人物のウルファートとクリスティーナについて。この二人の作中人物が、現在のヴァージョンではどちらも不要で一貫性がないという指摘には同意できない。二人はどちらも重要なのだ――特に心理的な面において。確かに、この長篇は（現在のヴァージョンでは）、エラリーの目を通して描かれた三人の人物――ディードリッチ、ハワード、サリー――の物語だ。それ以外の作中人物は、副次的なものに過ぎない。だが、副次的な作中人物だからといって、まったく不要というわけではない。なぜならば、彼らは最初から副次的な人物として造形されたからだ。そしてまた、副次的な作中人物は、すべての場面で一貫性を持って登場するわけではない。心理的な面において、クリスティーナは特に重要な役割――聖書のテーマに続く道を切り拓く役割を演じている。[*5]また、クリスティーナとウルファートは、共に、大邸宅の中で人が暮らしているというある種の雰囲気をかもしだすのに役立っている。[*6]探偵小説としての観点から見た二人の用途もそこに

＊4　解決篇でエラリーは、自分が犯人に欺かれてハワードを死に追いやったことを「正しく」推理する。

＊5　「五日目」にクリスティーナと会ったあと、エラリーの頭に聖書の一節が次々に浮かんでくる場面がある。

＊6　ヴァン・ホーン家には使用人がいるのだが、ほとんど描写がないため、読者は意識できない。

ある。だが、この件は議論が必要なほど重要ではない。

　議論すべきは、君がこの作品全体に対して示した反応についてだ。君は、この物語の構成要素が「陳腐」だと気づいた、と言ったね。これは私をひどく悩ませた。いったい君は「陳腐」をどんな意味で使っているのかな？　物語上の出来事が、ありふれていて、ありきたりだという意味で使っているのか。脅迫という設定それ自体《パーシー》が陳腐だという意味で使っているのか。それとも、宝石の盗難や恋愛の三角関係それ自体《パーシー》が陳腐だという意味で使っているのか。もし、それが君の言葉が意味するものならば、再び、私はこう感じざるを得ない――君は、ポイントの一つを見落としている、と。いずれにせよ、そもそも昔から、われわれは単純に同じ目で物事を見ることはなかったからな。

　新しい本の基本テーマは〈十戒〉の犯罪だ。もしこれが陳腐だと言うのなら、私はお手上げだ。君が十戒のテーマを陳腐だと言いたいとは、信じることができないからね。――君が、作中で展開する出来事や、小さな事件や、設定について言っていることは確信しているよ。私の考えでは、この十戒のテーマは、センセーショナルな題材だ。ファンタジーに片足をかけている点が、人をあっと言わせるのだ。むしろ、センセーショナルすぎると言っていいくらいだ。

　さて、もしこの十戒のテーマが、同じくらいあっと言わせる材料に囲まれていたら、すべてを台なしにしてしまう。やり過ぎてしまう。ファンタジーどころか突飛なものにしてしまう。だが、もし十戒のテーマが、意図的に――もう一度言うが、「意図的に」だ——ありふれた出来事に囲まれていたら、二つのすばらしい結果がもたらされる。第一に、君が言う「陳腐」な展開が、十戒のテーマ自体が持つ、陳腐さとは対極にある真の価値を覆い隠し、そして強調することになる。第二に、日常的な出来事が、十戒のテーマを信じられるものに、説得力があるものに、現実的なものにすることになる。十戒のテーマは、ありきたりの状況から生まれるがゆえに、起こり得るものになる。そして、それが起こり得るものであるがゆえに、現実的なものになるのだ。今ここで、この手紙ではっきりさせておくために、逆に考えてみよう。仮に、十戒のテーマが常識を逸脱した出来事から生じたとしたら、どうなるだろう。この場合、十戒のテーマは常識を逸脱した出来事が起きて、それを可能にしたときにのみ成立するように見えてしまうはずだ。[*7]

この小説では、うわべは日常的な内容でふくらませて展開させることが、高いレベルで要求されている。しかも、陳腐さとは正反対の方向に向かうようにしなければならない。私の見たところ、これはどうしても避けることはできないのだ。これ以外のどんな処理をしたとしても、物語が信じがたいものになるのは避けられないし——それはこの本では致命傷となってしまう。〔……〕

わが家は万事順調だ。ビルの体調はかなり良い——朝の体調不良も不快感もない。彼女がこのまま、妊娠中の女性の大部分が抱える不快感から逃れ続けることができればいいのだが。子供たちも元気だ。わが家で「保育場」（という言葉がある！）[*8]が必要なのはただ一人、私自身だよ。まあ、長篇の仕事がとんでもなく

＊7　十戒を破る行為は、はたから見ると、単に「彫刻をしている」、「署名をしている」、「嘘をついている」、「不倫をしている」だけなので、日常的に起こりえる出来事だという意味か？

＊8　「保育場」の原文は"crechxes"。編者注で「原文のまま」と添えてあるところを見ると、ダネイはフランス語の"crèches（保育所）"を打ち間違えたのか？

疲れることはわかっているし、実際、私は疲れ切っている。さらに、締め切りを過ぎてしまい、一刻も早く片付けなければならない仕事をごっそり抱えてもいる。そして、定期的にやって来て、へとへとになる理由を与えてくれる仕事もある。例えば、いまいましいコンテストの実施だ。年次コンテストは、雑誌にとっては救いの主だ。だが、現在、今年のコンテストは公式には締め切られたというのに、三千ドルの第一席受賞作にふさわしい作がない！　私は真夜中に目を覚まし、ふと気づくと、どうすればいいのか悩んでいることがあるよ。特別扱いの大物作家による原稿はこれから届く——少なくとも、彼らはそう約束してくれた——そして、私の薄れゆく希望は、これらの駆け込み原稿にしがみついているのさ。[*9] 加えて君は、自分が問題を抱えていると考えているわけだ！

ダン

＊9　第一席はアルフレッド・セグレの「裁きに数字なし」（『黄金の13／現代篇』収録）。この作については、「ミステリとは言えない」や「第一席にふさわしくない」といった批判が多い。セグレはイタリアからの参加なので、特別扱いだったのか？

［一九四七年］十月二十五日　土曜夜

親愛なるダン。

〔……〕僕は、「陳腐」という不適切な単語を使ってしまったようだ——君がありきたりの出来事ばかりを選んだ理由は理解した。とはいえ、全体の構成において、これらの出来事が与える影響の強さについては、僕は君とは意見が異なる。

これらの出来事は、十戒のもろもろが明らかになるまでは、ありきたりの出来事以外のものに見えることはない。そして、その時点までには、この本の大部分が読者の胃に収まっている。そこで質問だ。この地点にたどり着くまで、読者はどのように「読み進める」ことになるのかな？　しかしながら、この点は、僕の主要な懸念事項ではない——急いだために、言いたいことがはっきり伝わらなかったようだ。僕が本当に言いたかったこと、僕を本当に悩ませたことは、出来事のいくつかが、『災厄の町』とジム・ヘイト[*1]をかなり強く連想させるということだ。ライツヴィルを舞台にすることは、連想を高めてしまうだけだ。梗概をふくらませる上で、この類似性を僕は恐れている（解決が示される場所では、この類似は明らかに見落とされているが）……。弟と母は不必要な作中人物だという僕の批判についてだが、老女は結末の下ごしらえをする存在だという君の指摘はわかった。だが、弟については、まったくわからない。もし何かを見落としているのでなければ、僕には、彼は一貫性がないように見える。つまり、彼には〝人格〟がない。僕は、弟を傍観者という位置付けで造形しなければならないだろう——つまり、彼が関係する出来事ではなく、人物像をふくらませるわけだ。そしてそれは、ミステリにおいてはそう簡単ではない。特定の作中人物について、あまりにも多くのことを描いた場合、構成における心理面のバランスが崩れるおそれがあるからね。[*2]

しかしながら、僕たちの過去の経験から判断すると、この件について話しても、

＊1　ジム・ヘイトは『災厄の町』の重要人物の一人。『十日間の不思議』のハワードと重なり合う部分が多い。

＊2　「（ウルファートを）傍観者という位置付けで造形する」という文は、「彼が中心となるシーンや出来事を新たに追加するのではなく、その人物描写を増やす」という意味だと思われる。そして、特定の人物だけにそれをやると、ミステリではバランスが悪くなる、と言いたいのだろう。

得るものは何一つないだろう。これ以上、この件で殴り合いの喧嘩をしないことを、お互いに了承すれば、すべてがもっと上手く進むと考えている。僕はおおむね、現在の梗概の線に沿って長篇化を進めることにするよ。「おおむね」と書いたが、これは、僕は信じているからだ。小説化作業における暗黙の許容範囲を決める権利——小説化の際に新たな要素をもぐり込ませたり、物事に新たな役割を割り振る権利を君が僕に譲渡してくれることを。

この最後の文の見解については、くどくど言う必要はない。しかし、僕たちがこの長篇をめぐる議論を打ち切る前に、一つの重要な点について、君にさらなる説明を求めたい。ハワードについて、君はどう考えているのかな？　より正確に言うならば、この作を構想した時に、君はどう考えていたのかな？　一般常識から見ると、僕には彼が理解不能だ。[*3] 例えば、エラリーがこれ以上口をつぐんだままでいられないと言ったときの、彼のエラリーに対する態度が、僕には理解できない。ハワードは「ほとんど狂気じみたかんしゃくを起こし」[*4] て、エラリーが「大きな罪を犯した」かのように「荒々しく」非難する。物語がこの段階に至るまでのほとんどの場面で、ハワードは、そこそこ公明正大な人格に見える——少なくとも僕には、君が彼についてそう設定したように思えた。それが突然、ネズミのような男に変わってしまう——しかも、単なるネズミではない。平気で他人に迷惑をかける愚劣な本性を、まともな人の基準ではどう見ても正しくない本性を持つネズミだ。ハワードは、自分とサリーのためにエラリーが不当な非難を浴

＊3　「七日目」にエラリーが宝石泥棒の罪をなすりつけられる場面のこと。

＊4　完成稿のこの場面には「かんしゃく（tantrum）」は一箇所出てくるが、「狂気じみた（insane）」という単語はない。リーが表現を抑えたのだろう。

びるのを何とも思わない——それ以前の人物描写と照らして、僕にはこれが理解できないのだ。そして、さらにこのあと、彼は感情を害する。なぜならば、不当な非難を浴びることをエラリーが拒絶したからだ！　これが、バランスを欠いた精神の品質証明になると思う。君が僕に伝えたかったものがこれなのか？　もちろん、ハワードを精神異常で不合理な人間として扱うことは簡単だ。だが、そうしたとしても、その不合理さがどこかで行き詰まりを招かざるを得ないだろう。そして、その可能性がある以上、僕はどうみても拙速な解釈で執筆に取りかかることはできなかったわけだ。彼が意識喪失の発作による精神異常だとしても、その無分別さや、自己本位さや、エラリーに対する愚劣きわまりない態度の動機として充分だろうか？　君は、ハワードを読者の共感を得る人物にしたいと思っているのだろう。しかし信じてほしいのだが、どんな肉付けをしようが、読者は彼をやっかいものとして見捨てるに違いない——彼がエラリーに「狂気じみたかんしゃくを起こし」て、非難を浴びせた瞬間に。いや、浴びせないとしても、だ。そうではなく、ハワードが正気だと言いたいのなら、僕は、彼について梗概に描かれている以上のことを知りたいと思う。これはまぎれもなく重要なことだ。だから——君が忙しいのはわかるが——ハワードの人物像を補足した手紙を必ず書いてほしい。ひょっとしたら僕は、彼についてはたどり着く先をつかみ損ねているのかもしれない。もしそうだとしたら、僕を正しい航路に戻してくれ。

　君は梗概に添えた手紙の中で、僕がいつ頃までに長篇化を終えることができるのか尋ねていたね。ラジオドラマをやることになったら、三月一日を目指すつもりだ。この期日を守れるかどうかは、多くの要因に左右される。それでも僕は、期日を守るため、あるいはより早く仕上げるために最善を尽すことを約束しよう。〔……〕

わが家はまだ、引っ越しのごたごたが落ち着いていない。[*5] 問題は山積みで、簡単に解決できないものばかりだ。幸運に恵まれれば、そのうち正常な状態に戻ると思う。

ビルの妊娠が順調だと聞いて、ケイも僕も嬉しい。ケイからは特別に、ビルに愛を送るよ。わが家の子供たちは元気だ――赤ん坊はびっくりするほど体重が増えて――今ではざっと十八ポンドもあるよ[*6]――わが家がここに引っ越してから六ポンドも増えた計算になる！　トニーの鼻は改善のきざしが見えないので、月曜から一週間、有名な鼻の専門医の予約を入れた。これが手術を意味することに疑いの余地はないが、僕たちは手術を望んでいるわけではないのは信じてほしい。だが、あのかわいそうな少年には助けが必要なのだ。君も幾晩かあの子の呼吸を聞いてみたら、なぜ彼を救うために僕たちが多くのリスクを冒すつもりなのかわかるだろう。キットはすてきに育った――大柄で、黄金色の髪だ。家族全員がこの土地を愛している。涼しい時期が少しばかり続いたあと、天候はまた暖かくなった。毎日、太陽が輝いている。東に戻って、いまいましい湿っぽさと寒さを味わったあとでは、実に心地良い。〔……〕

＊5　リーの一家は一九四七年にカリフォルニアに引っ越している。この手紙の最後で「東に戻って……」というのは、仕事か何かで、しばらくニューヨークに戻っていたことを言っているのだと思われる。

＊6　一ポンドは約四五四グラムなので、十八ポンドは八・二キロ。

では、よろしく。

マニー

［1947年］10月25日

ダネイが次の手紙で言及しているのは、「シェイクスピアの刺激」――確証と正当性を与えたという意味で――『ヘンリー六世』第三部第三幕第二場の以下の行が、『十日間の不思議』の構成に与えた影響である。

リチャード三世[*1]「この不思議は少なくとも十日間は続くでしょうね」
ジョージ・プランタジネット「不思議が終わる日より、なお一日延びるというわけだ[*2]」

この長篇におけるエラリーは九日間の不思議のようなものだ。そして、事件に対する彼の華麗な解決は、十日目に――壊滅的なまでに、致命的なまでに――間違っていたことが明らかになる。

以下のダネイの手紙には、ミステリの執筆における具体的なアドバイスも数多く含まれている。リーに向かって自分の選択を正当化する中で、ダネイはどのようにしてそれらの選択がなされたかを説明する。そして、いかにこの本の展開がその独創的なアイデア――十戒――に依存しているか、どのようにすれば読者が作中人物に向ける疑惑を先

＊1　リチャードはこの場面ではまだ「三世」ではない。
＊2　英語の"a nine days' wonder"は、「いかに不思議でも九日間しか続かない」という意味で、日本語の「人の噂も七十五日」にあたる。シェイクスピアが『ヘンリー六世』でこれをもじり、クイーンは『十日間の不思議』でもじったわけである。なお、『ヘンリー六世』の邦訳書では、wonderを「驚き」と訳す場合が多い。

取りし、分散させることができるのかを説明する。ダネイは学究の世界に何度か乗りだしたことがあるが、そこではすばらしい教師だったに違いない。また、『十日間の不思議』における町の使い方を、『災厄の町』でエラリーがニューイングランドの山並みの下に横たわる小さな町を初めて訪れたときと比較対照するくだりにも注目してほしい。

一九四七年十月二十九日

親愛なるマン。

〔……〕十戒のテーマが明かされるまで、ありふれた出来事が完全に意味を持つことはない、という指摘は正しい。だが私には、それは致命的な批判ではないように見える。というのも、平凡に見える出来事には、一つの大きな利点があるからだ。それらは無理なくリアリティをかもしだし、君はこのリアリズムの果実を利用することができる。さらに、平凡なものの中で実際に起こった出来事は、興味を惹かないほど平凡ではない。もちろん、これは私個人の意見に過ぎない。だが、ハワードとサリーとエラリーに起こった出来事は、読者の興味を惹きつけると思う。雰囲気、重苦しさ、緊張の高まり、避けられない悲劇、そして君がこの物語に盛り込むことができるはずのその他のことも。[*1] 物語が進むにつれて、ある感覚が高まっていく――すべての背後に何かが潜んでいるのではないか、何かが

＊1　本作を読んだ人なら、ダネイが期待する雰囲気や重苦しさを、リーがきちんと盛り込んだことがわかると思う。

エラリーと読者の目を逃れていて、やがてそれが緊張状態の中で、そして外部からの恐ろしい圧力[*2]の中で姿を現すのではないか。これも私の考えだが、クイーン・ファン、真のクイーン・ファン、そして真の探偵小説ファンは、そうした「特別のもの」を求めていると仮定してもかまわないと思う。クイーンの本には、いつもそれがあった[*3]。もちろん、君はこの期待を当てにするわけにはいかない。だが、それをかきたてることはできる。さりげなく読者にその準備をさせることもできるはずだ。実際問題として、かなり平凡な出来事でも十分「読める」ものになるだろう――もし君が、状況の中や雰囲気の中にサスペンスを盛り込むことに成功したならば。

　私はもちろん、『十日間の不思議』には、『災厄の町』とのつながりを連想させる、ある種の要素があることには気づいている[*4]。だから私は、この点について注意深く考え抜いた。そして、正しいか間違っているかはともかく、一つの判断を下した――この類似性は妨げとなるほど強いものではない、と。完全な類似点と言えるのはたった一つしかない。それは、『災厄の町』における〝脅迫されて宝石を質に入れる〟という要素だ。だが、それだけのことに過ぎない――単なる要素に過ぎないのだ。『災厄の町』の物語においては、これは重要な役割を果たしてはいない。裁判で証拠として提出されて、最後に簡単に説明されるだけだ。だが、重要なのは、『災厄の町』において、この要素は読者に隠されて、秘密になっていることだ。それは、最後の最後になされる説明を通して、初めて明るみに

＊2　ハワードとサリーの関係を知る恐喝者による圧力を指すと思われる。
＊3　クイーン作品では、ありふれた出来事の背後に犯人の計画が潜んでいることが多い。
＊4　読者から見ると、『十日間の不思議』は『フォックス家の殺人』にも似ているのだが、二人ともそう思っていないのだろうか。

出る。しかし、『十日間の不思議』では、脅迫と宝石の質入れの件は、最初から明かされている——その仕組みは読者の目にさらされていて、プロット上の重要な素材として扱われている。読者は、脅迫や質入れの件を、それが起きた時点で知ることになる——だから、『災厄の町』における脅迫や質入れの件とは、大きくかけ離れた意義を持っているわけだ。それに加えて、『災厄の町』と『十日間の不思議』の間には、少なくとも五年の歳月が存在するということもある。さらにまた、『災厄の町』は雑誌版がまったく出ていないということもある。[*5]

実を言うと、二つの物語の展開において、君が指摘したような何らかの類似性を持つ事柄が存在するとは、私は考えていない。大きな出来事の数々も、主要な状況の数々も、まったく似ていない。そして、『十日間の不思議』における数々の出来事の〝意味〟は、『災厄の町』から遠くかけ離れている——この二作は基本的なアイデアがかけ離れているからだ。たとえば、恐喝のテーマの扱い方で、一方の作では隠され、もう一方の作では明かされているという、途方もなく大きな違いを軽視すべきではないのだ。

おそらく、私は次の点も指摘しておくべきだろう。もし君がまだそれに気づいていないならば、ストーリーに専念するうちにひしひしと感じるようになるだろう。プロット上のアイデアというものは、単なる仕掛けではない。『十日間の不思議』における基本的なシチュエーションは、君がすでに受け入れてくれた十戒のテーマと、すべてが完全に一体となって、切り離すことはできないのだ。ハワ

＊5　『災厄の町』は少数の固定ファンしか読んでいないので『十日間の不思議』に類似点があっても気にする人は少ない、と言いたいのだろうか？

ード、サリー、ディードリッチにかかわる基本的なシチュエーションは、適当に選んだわけではない。そもそも選択の問題ですらない。必然的に生み出されたものなのだ。十戒のテーマを展開するためには、ハワードという人物が二つの罪を犯すことは、必要不可欠なのだ。彼はディードリッチの妻を欲しなければならないし、姦淫しなければならない。十戒のこの二つを破ったハワードの罪こそが、物語の支点になる。すべてを――他の八つの罪への展開も、解決そのものさえも支える要《かなめ》なのだ。もし君がこの長篇の最後の部分（私が言っているのは、十日目の章のことだ）をあらためて読み直すならば、こういった点について、より一層、理解が深まるに違いない。物語の死命を制する点は、エラリーの解決において最も重要な点は、ハワードがサリーを欲し[*6]、姦淫の罪を犯したという不可避にして必須の事実に基づき、そして、そこから生じているということを。

こうした絶対的な「しなければならない」ことは、物語の構造と展開上、気まぐれに選んで良い問題ではない。私は論理的に、必然性に基づき、遂行しなければならなかった。そしてもちろん、この題材の必然性は好ましい展開――とりわけ探偵小説において――をもたらす。それが、君に『災厄の町』を思い出させるという些末な点があるとしても。

君が私のように、はっきりと理解しているかどうかはわからない――しかし、物語が君の中に深く入りこんでいくにつれて、理解してもらえるだろう。この観点を君が学び、そして必然的に選ばれた基本的な題材がさらに印象的なものにな

＊6　完成稿では「ハワードが欲したのはサリーではなくディードリッチだった」となっている。

るかどうかを私に見せてくれることを、心の底から望んでいる。十戒のテーマは、セックス（愛）の三角関係から発展しなければならない――この必然性こそが、展開を決めるのだ。

忘れないうちに。君はこの本の題名についてはコメントをしなかったね。そして、この題名が本に、いつもと違うやり方で、独特の形式を与えたことについても。君は、九日間の不思議が瓦解し、十日目の不思議で解決するというこの題名を、どう思うかな？　本の物理的な形式そのものにまぎれもないパターンを持たせることを*7、君はどう思うかな？　もちろん、シェイクスピアの刺激が十日間の不思議を九日間と十日目の二つに分割させたのは、まったくの幸運の産物だった。その完璧さが私に影響を及ぼしたことを認めよう――これが正しい形だという揺るがぬ確信、シェイクスピアでさえわれわれに味方しているという意味において。言うまでもないが、私はシェイクスピアを見つける前に、九日間の瓦解と、最後の衝撃的な十日目というこの形式を考えていたからね――そしてこのような驚くほどぴったりの一節をシェイクスピアの中に見つけたことで、霊感的な確証を得たわけだ。

さて、ディードリッチの弟、ウルファートに関してだ。彼は一貫性がないどころではない。考え抜かれた巧妙さによって、ウルファートは一貫性を持たされているのだ。それを説明してみることにしよう。ここで言っておかねばならないが、これらの考えとその説明は、即興で、いわばアドリブで書いている。そして、言

＊7　「九日目」の最後に「かくして死の巻を閉じ、これより生の巻を開く」とある。

葉のむなしさに大きな恐怖を感じている。これらはすべて、私には明白きわまりないことに思えるが、それでも私は、それを君にわからせることができないのではないかという思いに悩まされているのさ。だがまあ、全力を尽くしてみよう。

ウルファートの果たす役割は、老女[*8]のそれとよく似ている。君も今では、老女が心理的な〝伏線〟であることをわかってくれていると思う――彼女は聖書のテーマを読者が受け入れる下地を作り、大いなる驚きと大いなる衝撃のための舞台を少しずつ整えてくれるのだ。ここまではいいね。そして、ウルファートもまた、心理的な伏線だ。彼は、厳格な探偵小説に生じた緩《ゆる》みを引き締める。遅かれ早かれ、読者（の一部、あるいは大部分）は、〝首謀者〟――背後にいて実際に力を行使している人物がいるのではないかと疑い出すだろう。ウルファートは、その人物のための伏線なのだ。もしウルファートがいなかったら、さまざまな出来事の影で力を振るう人物を探す、あるいは感じているだけでも、読者はディードリッチへ向かってしまうだろう[*9]。ディードリッチは、容疑をかけることができる唯一の人物であるというだけで疑われるべきではない。誰か他の人物が、この疑惑を引き受けることが可能でなければならないのだ。誰か他の人物が、物語の中で汚れ仕事をやらなければならない――前に述べたように、真実を手探りする読者の意識もしくは無意識に生じた緩みを引き締めるという汚れ仕事を〔……〕

もちろん、君はこう言うかもしれない。ウルファートを外し、老女に二つの心理的役割――テーマを受け入れる充分な下地作りをする役割と、探偵小説におけ

＊8　クリスティーナのこと。十月二十四日付けのダネイの手紙でその役割が説明され、リーは納得している。

＊9　この作には実質、恐喝されているハワードとサリー以外には、ディードリッチとウルファートしか登場しない。従って、ウルファートをカットすると読者は恐喝者がディードリッチだと見抜いてしまう。

る欺瞞と策略のすべてを担《にな》わせる人物として読者にあてがう役割——を持たせることができると。だが、私の意見では、これは悪手だ。それは老女には重荷すぎるし、[*10]彼女のより重要な役割をひどく弱めてしまうからだ。二人の人物を用意して、まったく異なる心理的目的をそれぞれに与えた方が良い。

ひょっとしたら、こんな喩《たと》えを使えば、より理解してもらえるかもしれないな。君は配電盤のヒューズを知っているだろう。これは危険を警告するもので、飛ぶことによって障害を防いでいる。ある意味で、ウルファートは探偵小説におけるヒューズ——読者の頭脳における安全弁として、過負荷を引き受けている。いつだろうと、読者があまりにも真相に近づきすぎたら、ウルファートがその緊張を緩和してくれるわけだ。

ただし、ウルファートが読者の注意を逸らそうが逸らすまいが、ディードリッチは疑惑を免れている、と私が思っているとは考えないでくれ。君も知っているように、私は何年もの間、いわゆる〈意外な犯人〉を重要視してきた。もし、ある物語が自然に、そして無理なく〈意外な犯人〉を提供できるならば、それは結構なことだ。だが、〈意外な犯人〉そのものが時代遅れなのだ——それは探偵小説における、より人工的な策略の一部だが、私の意見では、われわれはそこからもう卒業してしまったのだ。[*11]ディードリッチが陰の黒幕だと考えもしない読者がどんなに多いかを知ったら、君は驚くだろうね。彼は心理学的な潔白という見事な仮面をかぶっていて、ウルファートはこの点で手助けをしている。その上、ウ

＊10　クリスティーナには恐喝者がこの事件でやった行為は肉体的に難しい。

＊11　中期のクイーン長篇は初期の〈国名シリーズ〉などに比べて登場人物が極端に少なく、犯人の見当がつきやすい。これが意図的だったことがわかる。

ルファートに惑わされることなく、物語におけるディードリッチの真の立場をあやまたずに見抜く読者たちでさえも――決してそれを確信しているわけではない。まさにこの不確実性が彼らの疑惑に上乗せされ、サスペンスを計り知れないほど高めるわけだ。〔……〕

私は、ウルファートの役割について君が最終的にどんな判断を下すのか、気になっている。ここまでの文を読んだあと、君がどう思ったのかを教えてくれないか。この物語での彼の登場場面を書きあげるにあたって覚えておいてほしいことがある。私の考えでは、ウルファートはつねに登場している必要はない。梗概を読み直してみれば、ウルファートは君が思っていた以上に登場していることに気づくだろう――これは、緩みを引き締めるという彼のカモフラージュ特性の一つの証左だ。もう一点だけ、純粋に、私の意図したことを君にわかってもらうためだけに、しつこく言わせてもらおう。ウルファートについては、こう考えてほしい。広告のレイアウトで、最も成功するタイプは何だと思う？　それがどんなタイプのレイアウトなのか、君にはわかっていない。そのレイアウト、つまり抽象的レイアウトは影響を与えるが、レイアウトとして押しつけがましくはない。[*12] ウルファートもこれと同じだ。彼が重要ではない人物に見えるということが、彼にとって真に重要なのだ。[*13]

では、ハワードにいこう。そして再び、私は漠然とした感覚を言いあらわす言葉をひねり出すという行為に挑むわけだ。ハワードは〝謎〟ではない――例えば、

＊12　ダネイは作家デビュー前は、広告代理店でアートディレクターを務めていた。

＊13　ウルファートが重要ではないように見えれば見えるほど、読者は彼を疑う、という意味だと思われる。

ジム・ヘイトは〝謎〟であり、かつ、〝謎〟であらねばならないが、こういった意味では、ハワードは〝謎〟ではない。ジム・ヘイトはあいまいな人物でなければならない――彼の行動の動機は明かすことはできないからだ。[*14] だが、ハワードの行動の動機は一点の曇りもなくはっきりとしている。君の言う通り、ハワードはそこそこ公明正大な人間だ。彼は読者の共感を得なければならないし、その共感は壊されたり破られたりするべきではない。だが、君が言う、ハワードのその公明正大さという鎧《よろい》には、亀裂が入っている。彼は意識喪失という病《やまい》を持ち、これが彼の心に恐怖心を――そして罪の意識も――生み出している。彼は大きな精神的重圧を受け続け、それがことあるごとに心の平衡を破るのだ。この〝九十五パーセントの正気と五パーセントの潜在的狂気〟が途方もなく重要なのだ。ハワードが実際にすべての罪の背後にいるように見えるとき、読者の側も、ハワードは狂っているのかもしれない――現にエラリーはそう言っている――という考えを受け入れることが可能となるに違いない。そう言わせるためには、エラリーは、ハワードの狂気があり得ると信じなければならない。[*15]

　それでもなお、ハワードの全体的な印象は、〝いいやつ〟ではある――が、大きな問題を抱えている〝いいやつ〟なのだ。いくつもの問題に立ち向かい、打ち勝つことを――あるいは、打ち勝てないことを絶えず求められ続ける〝いいやつ〟なのだ。ハワードは、自殺に至るまで、そして自殺したことも含めて、読者の共感を得なければならない、という点では、私は君と同意見だよ。では次に、

＊14　ジム・ヘイトの行動の動機は『災厄の町』の謎の核心であり、解決篇まで明かされない。

＊15　エラリーの第一の（誤った）推理では、「ハワードは狂気に取り憑かれて十戒を次々と破っていった」となっている。

君の言葉を借りるならば、ハワードがかんしゃくを起こした場面における、彼の「無分別さや、自己本位さや、エラリーに対する愚劣きわまりない態度」をどうすれば説明できるだろうか？

　説明はこうだ――私にとっては明白なことであり、梗概の行間を読めばわかることだと考えていたのだが。言うまでもないが、ハワードは自分が嘘をついたことをわかっているし、エラリーを裏切ったこともわかっている。そして、ちゃんとわかっていることが、ハワードの公明正大な性格によって、狂気めいたかんしゃくを生み、エラリーへの荒々しい非難を生み出したのだ。[*16] 卑劣な行動を強要されたとき、あるいは強要されたと思ったとき、本当に〝いいやつ〟は、何をするだろうか？　彼は一時的に分別を失い、感情面では子供に逆戻りしてしまう――防衛機制[*17]が働いたのだ。では、この防衛機制は、どのような形をとるのだろうか？　自分が間違っていることを知っている人間は、即座に誰か他の人間の罪を責めるのだ。彼は、自分の罪を無実の人にぶつける。そうだ、マン、こういうことはいつでも起きるのさ。それは、罪悪感を解消する最もありふれた形なのだ。

　これは、君自身が自分の手紙に書いたことによく似ている。君自身のその言葉を、一言一句変えずに引用してみようか。「君が天上からそっけない言い方で――僕が決して君に使わないような言い方で――話す。そしてそれが、常に、そして即座に、僕にこそこそした後ろめたさを感じさせる。かくして、僕は、じっくり考える間もなく、がむしゃらに身を守りはじめる」。ここで君は、ハワード

＊16　「公明正大な性格の持ち主であるハワードは嘘をついたり他人を裏切ることはやりたくない。それなのに追い込まれてやってしまったので、かんしゃくを起こした」と言いたいのだと思われる。

＊17　心理学で、不快や葛藤などから無意識に自分を守ろうとして働く仕組みを指す。

の行動を説明している――事例は同じではない、しかし、反応の原理は同じだ。君が言うように、ハワードの行動は、バランスを欠いた精神の証明になるかもしれない。その可能性は物語にとってプラスどころか必須のものだ。だが、ハワードの行動はまた――実際にそうだったように――完全に正常な人間の証明になるかもしれない。他人を非難すること、他人に八つ当たりすることによって、窮地から逃れようとする。まさにこの行為こそが、自分が百パーセント間違っていることを知っている――どこから見ても間違っているだけではなく、最低であることも知っている――証《あか》しなのだ（そして、それを自覚していること自体が、彼にプレッシャーを与えているのだ）。もちろん、ハワードは冷静さを取り戻したあとに、死ぬほど後悔することになる。しかし、その時点では、もうエラリーは立ち去ってしまっている。[*18] そして、エラリーが戻って来た時には、サリーは殺され、ハワードは自分で自分をとことん切り苛《さいな》み、みじめになっているため、エラリーに対する公明正大とはほど遠い行為などは、もうどうでもよくなっていたのだ。自分が愛した女を自分の手で殺したということに比べれば、エラリーに向けたかんしゃくは、まったくもって些細なものに過ぎないというわけだよ。〔……〕

これで、この長篇に関する君の疑問のすべてに、余すところなく答えることができているといいのだが。もし、まだ疑問があるなら、あるいは私が何か答えを漏らしていたなら、弾丸を撃ち続けてほしい。言うまでもないが、出来事や動機やその他もろもろの理解に関して、私が君に与えることができるものはすべて、

＊18　ハワードに裏切られたエラリーはヴァン・ホーン家を出て行く。途中で引き返すが、その時にはすでにサリーは殺されていた。

君は得なければならない。(それなのに、君は私に、短い梗概を送るよう望んでいるわけだ![19])

ハワードに関して、今、思い浮かんだことを、もう少し書かせてもらおう。ジム・ヘイトとは異なり、ハワードの行動の動機は隠されてはいない。彼の行動のすべては、自身の二つの大きな問題から生じている。一つ目は、たびたび襲われる意識喪失と、それが生み出す精神的苦悩。二つ目は、実ることのない、そして押し殺すしかないサリーへの愛。ハワードに忍従を強《し》いているこの二つが組み合わさったならば、彼がやったような行為を生み出すことになる——抑圧されている、あるいは抑圧されていると考えている公明正大な男に、理不尽なことをさせることになる。公明正大な男が、何でもやってしまう——盗むことも、嘘をつくことも、他の罪を犯すことも——サリーを護《まも》り、自分たちの体面を護るために。

これも覚えておいてほしい。ハワードが常に善にも悪になることができ、本物の善人にもこの世で一番重い罪[20]を犯しても不思議ではないほど理性を失った人間にも見えるようにするには、夥しい問題が存在することを。この完全に相反する二つの人格にハワードを適合させるのに必要なものは、意識喪失によって生み出されている。はっきり理解してほしいのはハワード自身、自分が最も忌むべき行動をとりうることを常に考えていなければならないという点だ。ハワードは、自身の〈ジキルとハイド〉的な人格を信じていなければならず、そして読者はこの分裂した人格を受け入れなければならない——善《よ》きハワードと悪《あ》しきハワードの

*19 リーがしばしば「梗概で細かいことまで指示するな」といった意味の文句をつけることを皮肉っている。

*20 ハワードは実際には「一番重い罪=殺人」は犯していないが、エラリーと読者はそう思い込む必要がある。

両方を、同等の確信を持って受け入れなければならないのだ。もう一つ覚えておいてほしい。ハワードは自身の悪しき人格を、意識喪失の影響下で殺人を犯したことも含めて、本気で疑うことがあってはならない。ハワードが自身の悪しき人格を信じていることが、ハワードの二重の役割の鍵となっているのだ。そしてまた、これはディードリッチの最も有効な武器の一つでもある。これがあるから、ディードリッチはいつでも偽りの事実を、ハワードの意識喪失に押しつけることができるわけだ。その結果、ハワード自身が、自分（ハワード）が告発されているもろもろの罪について、まぎれもなく有罪だと信じるようになる。

今、あらためて考えてみると、意識喪失というテーマ、あるいは記憶喪失のヴァリエーションは、時代遅れだと言われてもやむを得ないな。だが、あらためて言おう。うわべは使い古したアイデアでも、それを使って何をやるかは、プディングを食べて見なければわからない。[*21] ディードリッチが記憶喪失の発作に襲われやすいハワードをどのように使うかという点は、私には、斬新で意外性があるものに感じられる[*22]――少なくとも、私が記憶している限りでは、『十日間の不思議』のようなやり方で記憶喪失を扱っている作品は思い出せない。『十日間の不思議』のように、プロットの目的に沿って作中人物を動かしていく基盤として用いた作品もないと思う。あるいは、別の言い方をするならば、『十日間の不思議』の物語のすべてが、記憶喪失というスプリングボード抜きでは成り立たない。これは物語の展開が記憶喪失から必然的に、とりわけ刺激的に引き起こされるこ

＊21　「プディングの美味い不味いは食べてみなければわからない」（「論より証拠」）にかけている。

＊22　記憶喪失を扱ったミステリでは、「記憶を失っている間に何をしたか？」が謎になる場合が多い。これに対して『十日間』では、犯人がハワードに「記憶を失っている間に殺人を犯した」と思い込ませるというアイデアが用いられている。

とによって証明されている。ある出来事は別の出来事によって生じているのであって、単に出来事が並んでいるわけではない。だから、一連の出来事の一つ一つは、先行する出来事がなければ起こりえないのだ。〔……〕

〝**みんなに幸あれ**〟。私にはこれ以上続けることも詳しく説明することもできない。太字はその埋め合わせのつもりだ。

ダン

1947年10月29日

一九四八年　猫が姿を見せる

※本章では『十日間の不思議』と『九尾の猫』の真相に触れています。

一九四八年四月。ダネイはもはや、自分の『十日間の不思議』の準備稿を擁護する必要はなくなった。リーが、ダネイの選択に対する質疑から、長篇の草稿を完成させる仕事に移ったからだ。次なるリーの手紙は、彼が仕上げた原稿に関する精一杯の弁護であり、ダネイの筋書きを充分に現実的な物語に作り変えるにあたっての選択を正当化するものである。リーはここで、ダネイとの合作における永遠のテーマの一つ、執筆時の自由裁量の必要性を訴えている。リーの貢献をダネイのそれから分かつ境界線はあいまいになりがちであり、これが原因で両者の癇癪《かんしゃく》が破裂したのだ。ダネイは、自分が細心の注意を払って作り上げた構想を、リーが勝手気ままに扱うのに心を痛めていた。リーは、ダネイの選択によって束縛されていると感じていて、非現実的で実現不可能に思える設定と作中人物に、必要なもっともらしさとリアリティをたっぷり与えるために、変更を加えた。彼らは作業を分けたが、その目標は——各々がその力を発揮できる平和な合作は――一度も達成されることはなかった。自身を擁護し、相手を非難することは、ダネイとリーがお互いに向ける二つの特徴的な反応だった。

　ここでもまた、幾通かの手紙は失われているが、[*1] リーが、ハワード・ヴァン・ホーンと彼の父ディードリッチの関係を説明するために、「〈父親像〉[*2] の解釈という精神分析的なアプローチ」を加え、ダネイがそれに強く反発したことはうかがえる。この作の読者には、リーの心理学の利用は実にしっくりくるし、ダネイのアイデアが持つ神学的な大胆さのための、リアルな基盤を提供している。彼ら二人は、その小説上の同僚たちをはるかに超えるレベルの心理学的リアリズムを持つエラリーを作り上げ、今日《こんにち》の、悩み、自己への疑念を抱く探偵への道を開いたのだ。

　スティーヴン・ダネイが産まれた。この時点では、ダネイの家族はすべてうまくいっていた。スティーヴンの問題――産まれたときの重い脳障害に起因する――は、痛ましいことに、数箇月後にわかり、それから数年間続くことになる。

*1　訳者はリーが草稿に添えた手紙と、それを受けてのダネイの手紙を読むことができた。内容は訳者あとがきを参照。
*2　「父親像（father-image）」は、作中でエラリーが説明しているように、「息子にとって理想の父親の姿」という意味がある。

［一九四八年］四月十六日　金曜日

親愛なるダン。

〔……〕君はこう言ったね。「廊下には、亡き者たちの足のにおいが消え残っていた。」[*1] という文は、「調子外れだ」し、「効果的ではない」し、「これを取り巻く

*1　完成稿の「一日目」で、ハワードが簡易宿泊所で目覚めた場面の文（まったく同じ）。後出の「モップがけをする老人」も、この場面に出てくる。

とても良質な要素を損なうことになる」と。この一文を前後と合わせて読み直してみたが、それには同意できない。君を満足させるためにこの一文を取り除くことはできるだろう、それは間違いない。しかし、この小さな、重要ではない例は――われわれ二人それぞれの担当部分がからむことによって――大きく重要な問題を提起する。僕のこれまでの経験に基づく、強く揺るがぬ意見――この一文は調子が合っているし、効果的だし、これを取り巻く要素を盛り上げてもいる――に反してまで、君を満足させるべきかな？　われわれは厳格な境界線を引いて、自分たちの〈領域〉を分けた。[*2] なぜならば、プロットと執筆の両方において、基本的な事柄に関する僕たちの意見の違いがあまりにも強烈だったので、原則においても、実践においても、それらを一致させるのは不可能だとわかったからだ。これを鑑《かんが》みるならば、お互いを満足させようとすることは不毛だ。われわれにできるのは、各自の担当範囲において、自身を満足させることだけだ。〔……〕

　モップがけをする老人に、僕が作中でどんな役割を持たせようとしたか。われわれ二人とも同意すると思うが、この件自体は、まったくもって重要ではない。しかし、たまたま君の具体的な批判が派生的なポイントを提起し、僕がこの物語を書き進めるにあたっての大きな問題の一つの核心に触れることになった。[*3] 君は言う。「作中人物の性格付けは、読者の共感を呼び起こし、かきたてるものにできたはずだ――人間一般に対する共感と、転移によるハワード個人に対する共感をだ」と。君は、僕がタイプライターの前に座るずっと前に提示した疑問を、覚

*2　ダネイがプロットを考えて梗概にまとめ、リーがそれに肉付けして小説化する、という分担のこと。

*3　「大きな問題」とは、「読者がハワードに共感するように描くのは難しい」だと思われる。

*4　完成稿の「七日目」では、エラリーはハワードに裏切られ、首飾りを盗んだ犯人にされる。

えているだろう。ハワードの性格と、それが読者の共感を呼び起こす可能性への疑問だよ。われわれはこの点について、何通か手紙でやりとりしたね。それは僕に懸念を残し、懸念は大きな規模に成長し、僕は梗概をあらためて検討した。すぐに、僕を悩ませているものが何かを悟った。僕を悩ませていたのは、ハワードによるエラリーの否認[*4]だけではなく、君がハワードにとらせた行動のすべてなのだ。その行動とは、サリーと恋に落ちたことではなく、彼女と寝たことだ。もちろん、君はハワードをサリーと寝させなければならなかった。君の探偵小説の筋が、それを要求しているのだからね。[*5]しかし、自分の父親の妻と寝る男が、立派な性格だと受けとられる可能性はない。彼女と恋に落ちる？　そう、それは彼にはどうにもできないことだ。だが、彼女とベッドに行くことは、どうにもできないことではない。このプロットは何かがおかしいのか？　いや、これは、あるタイプの性格の持ち主を――弱い人間を――描いているのだ。もし君のプロットが、サリーと寝た後のハワードに弱さではなく強さを求めていたならば、立派な性格にできたかもしれない。だが、そいつはできなかった。ハワードは父親のもとに行き、自分がやったことを話さなかった――強い男がやるであろうことをやらなかった。ハワードは家を出なかった――これもまた、強い男ならばやることだ。[*6]

［……］かくして君は、ハワードが父に話せない強力でやむを得ない理由を与えるべく、背後にある物語をひねり出す――ハワードは父親を傷つけることを望んでいない、ハワードは父にあまりにも多くの恩がある、などなど。言うまでもな

＊5　この文はわかりにくいので補足を。ダネイの「探偵小説の筋」では、ハワードが十戒を次々と破っていく（ように見える）という点が重要になっている。つまり、ハワードとサリーの愛は、十戒の戒律を破った行為、すなわち〝罪〟でなければならない、というわけ。

＊6　わかりにくいが、リーは「君のプロットでは、ハワードは十戒を破る必要があるので、サリーと寝なければならない。だが、これではハワードを読者が共感できる立派な人間として描けない」。「サリーと寝た後でハワードを強い人間に変えたら、読者は共感できるかもしれない。だが、強い人間ならば、ディードリッチにすべてを告白するはずで、それでは君のプロットにとって都合が悪い」と言っているのだと思われる。

く、ここには彼がとっとと家から出ていくことをはばむものは何もない。しかし、君は彼を家から去らせることができず、かくして、「ハワードのサリーへの愛が、彼をそこにとどめている」という設定がなされた。ここで、僕は明言しておこう。この中に、間違っているものは一つもない――それどころか、とてもよく出来ている。ただ、それは君が望んでいるらしい作中人物、すなわち共感できる人物を君に提供しないというだけだ。そもそも、自分の父の妻と寝ておきながら、それを父に話すことができないその理由が、あまりにも多くの恩があるので、父を傷つけるのを望まないという。こんな男が、僕たちの共感を呼ぶことは、まずあり得ない。読者が作中人物を応援するという意味での共感は、間違いなくあり得ない。仮に、僕たちの共感を呼んだとしても、それは彼のうろたえた弱虫っぷりを気の毒だと思っただけに過ぎない。真に僕たちの共感を呼ぶ人物は、父親の方だ。ハワードはハムレットもどきにはなれる――あくまでも「もどき」だが。とはいえ、優柔不断さの点では、彼はハムレットとよく似ていて興味深い対比を示している。ただし、ハムレットと決定的に違うのは、自分の優柔不断さを解決しようとは決してしないことだ。君はこう言うだろうね。それはフェアではない。少なくとも、ネックレスの紛失を隠すために他人に盗まれたと偽る行動[*7]――おそらくここでもディードリッチを真実を知ることから遠ざけておくために――においては、ハワードはそれを解決しようとしている、と。もし君が、仮にもハワードを「強い」人物と考えているとしたら、それはこういう意味でしかない――父を真

＊7　ハワードは恐喝者に支払う金を捻出するためにサリーのネックレスを質入れする。その後、サリーがネックレスを持っていないことに気づかれそうになったので、盗まれたと偽る。

実を知ることから遠ざけたいというハワードの欲求は、ほとんどヒステリーの域に達している、と。しかし、それが君にとって強さの表現であろうがあるまいが、僕はこう言うことしかできない――その理由は弱い人間を示すものだ。弱い人間は、奇妙なことに、自分の弱さを手放さないでいるために、ときに途方もなく強くなれる。〔……〕

君はどうやったら弱い人間に共感できるというのだ？　このことについて考えれば考えるほど、答えは見つからなかった……つまり、かなり思い切ったアプローチを必要としない答えのことだが。僕には、答えが見えてきた。ハワードに共感を得させる唯一無二の可能性は、彼を、自分ではどうにもならない力の隷属者にすることだ。「自由意志によって」弱い人間は、とうてい「共感」を得ることはできない。だが、環境の産物であるがゆえに弱い人間は、「共感」を得るだろう。ハワードの「環境」を構成しているのは何だ？　明らかに、ディードリッチだ――物語の最初から。そこで僕は、ハワードは子供の頃から父親に支配されてきたことを示唆した。ハワードは〝ファーザー・コンプレックス〟やそのたぐいのものを持っていることを示唆した――すべては、ハワードの弱さに対する責任を、ハワードではなくディードリッチに負わせる流れを作るためだ。僕は、こういう風にすることで、ハワードがおぞましい共感できない行為をやっているときでさえ、共感を得られることを望んだのだ。これが充分に成功しているとは言えないことは事実だ。しかし、少なくともそれは、君がハワードにやらせなければならないことをやらせるための、合理的で確かな、受け入れ可能な根拠を得ようとする試みだ。この造形の結果として、ハワードはこう見えるようになる。彼は卑劣で泣き虫の弱い人間ではない。混乱し、操られた哀れな人間なのだ。もし彼が、愛する者を支配することに固執しない男に育てられていたなら、強く立派な人物になっていただろう……。こういった一連の考えそのものが、付随的に、探偵小説の線上に〈父親像〉を敷衍《ふえん》することになった。僕はここで、僕がスタートしたポイントから出て行き、君の別のポイントの一つに踏み込んだ。[*8] ただし、これらのポイントは統合され、僕にはもう、どうすることもできない。〔……〕

モップを持った老人に戻ろう——この老人は今や、遠く離れてしまったように見えるな。ここでも「ハワードはその環境の産物である」という僕の設定は一貫している。前述の理由で、僕は、ハワードのために、本質的に敵意に満ちた環境を作り上げた。老人は単に、その外界にまで広がる敵意を象徴しているに過ぎない。君が梗概で描いたハワードは、自分を取り巻く世界とうまくいっているとはとてもいえない。まぎれもなくうまくいっていない。ハワードは、すべての点で世界から仲間はずれにされている。そうでなければ、ハワードは君が彼にさせたような、というかそう仕向けざるをえなかった行動を取ることはなかっただろう。だから彼は、簡易宿泊所の落ちぶれた老人からも、仲間はずれにされているのだ。[*9] それは、僕がハワードを、十年前のパリで、いつの間にか仲間はずれになっていることにした理由でもある。[*10] 彼が帰国して戦争が始まったとき、自分自身の故郷

＊8　スタートしたポイント（モップがけをする老人）から、別のポイント（ハワードを読者に共感させるための造形）に入った、という意味だと思われる。この二つが「統合」されている理由が後述の文。

＊9　完成稿では、ハワードは老人に馬鹿にされ、「汚らしい放浪者め！」と言われる。

＊10　完成稿の「一日目」では、ハワードは十年前にパリの左岸に住んでいたが、当時は「あたりには政治をめぐる不穏な空気が流れていた。アメリカから彫刻を学びにやってきて、頭のなかがロダンやブールデルや新古典主義やギリシャ彫刻の線の純粋さでいっぱいの青年にとっては、とまどうことばかりだった」とある。

においてさえ仲間はずれになったのも、それが理由だ。[*11] そして僕は、これを〝ひねりだす〟必要はなかった。材料は梗概の中にあるものを用いている。君がやらなかった唯一のことは——もちろん、僕の観点によると、だが——自分の材料に本物らしさを与えることだった。そう、おそらく君の管轄では、人物造形の面で材料に本物らしさを与えることは必要ないか、あれば望ましいといった程度に過ぎない。しかし、まぎれもなく、僕の管轄では必要なことなのだ。実際、僕の管轄では絶対になくてはならない。君のプロットが、一人の作中人物をめぐって、やってもらわなくてはならない特定の行動について考え抜くのと同じように、その人物の全人生について考え抜くことなしでは、とても執筆作業とは言えない。[*12] だが、君は言うだろうね。自分が何も知らず、予期していなかった別の材料を持ち込んでいる、などなど——君がとがめるように、材料には、「もともとの状況からの重大な乖離《かいり》」をもたらすものさえあるからね。〔……〕

　ハワードが自身を三つの方法で殺した件について。[*13] 君はその理由を尋ねた上で、一部の読者には「少しばかり滑稽な」印象さえ与えるだろうと言ったね。君は、「単なる首吊り」の方が目的にかなうし、「そして、私の意見では、余分な装飾を加えるよりも、よりくっきりと、より悲劇的になる」とも言っている。僕はあらゆる点において、絶対に、断固として、同意しない。僕は、ハワードが自殺をなしとげる上で、「単なる首吊り」では目的が達せられない、と言いたいわけではない。僕が言いたいのは、そのくだりには誰かに何らかの滑稽な印象を与える様

＊11　完成稿の「一日目」には、〝ハワードは病気のために入隊を拒絶され、地元の人たちから白眼視されている〟とある。

＊12　「物語では人生の一部しか描いていないが作者は全人生を考えなければならない」というのは、リー以外にも多くの作家が語っている。リーがわざわざ手紙に書くところを見ると、ダネイはこういう考えができないのだろうか。

＊13　完成稿では、ハワードは自殺をする際に、首を吊り、手首を切り、銃で頭を撃ち抜いている。

相は一つも見つからなかったし、単なる首吊りでは「よりくっきりと、より悲劇的になる」という目的にかなうことはないだろうということだ。まさしく僕は、その逆を言いたいのだ。そして、手首を深く切り、口から銃弾を撃ち込むのは、「余分な装飾」（この文脈でその言葉は、僕の見解に対するずいぶんと意地のわるい理解だと思うよ）などでは決してない。これらは、僕が描いたハワードの心理学的な像においては、事実上、欠くことが出来ないのだ。神経症的な理由による自殺は、一度決意を固めたら、死の道具立てに固執する。死に対する不安が、実にしばしば、複合的な手段という形をとるのだ。自ら手首を切り、自ら首を吊り、自らを撃つ――こういったことすべてを同時に行う自殺の光景は、神経症の文献においてはありふれている。僕の用意した手段は控え目といってもいいくらいだ。彼らはしばしば、毒もあおるからね！　だから、僕はある人物に言わせたのだ――「きっと、いちばんひどい死に方をしたかったのでしょう」と。[*14]この行動はまぎれもなく正しい。ハワードは自分の問題から逃げることを圧倒的な力で強制され、絶対確実に逃げられるよう手配したのだ。ばかげている？　言わせてもらおう、これこそが共感だと！[*15]

さて、君の指摘の残りに関しては、まとめて取り上げなければならない。それらはどれも、別の指摘と結びついているからね。だが、その前に、君の批判によって浮かび上がった課題を取り上げたいと思う。僕が物語に担わせた精神分析的な解釈について君と議論しなかったという批判、決定に君が参加する機会を与え

＊14　完成稿では、「九日目」にハワードが自殺した後、検死官がこの台詞を言っている。
＊15　完成稿を見ると、リーの言い分をダネイが全面的に認めたらしい。

ることすらせずに僕が一人で決めてしまったという批判、等々だ。その批判は、もちろん、上っ面を見ただけでは正しいだろう。しかし、表面だけでなく全体が見えるように、君のために、霧を晴らすべきだと思う。それで君の希望や意見を満足させることはできないとは思うが。

与えられた時点で、そのアイデアが完全な形で浮かんだわけではなかった。そのアイデアが育ったのは、元の梗概に足りていない、整合性がとれていないと僕が考えた部分を手探りをしながら進めているときのこと、執筆の最中でさえあった。それがアイデアとして充分な成長を遂げた姿を見せたのがいつだったのか、正確に言うことはできない。僕が覚えているのは、執筆を進めていく中で、多くの書き直しを、作り直しをやったことだ。〔……〕その期間が終わったとき、作業はさらに前に進んで、議論の問題はすっかり異なる様相を呈していた。君が言う通り、僕は一人でこれに打ちこんできた。僕のように、何箇月もにわたって明けても暮れても一つことを抱えて生きていくのは君には無理だ。僕はそれを、君が必然だと、正しいと、望ましいと信じるものに縛られずにやってきた。決定の分岐すべてにおいて、その都度、そのすべてのことを君に持ちかけることは、率直に言って僕の手に余る。一つには、手紙や電話できちんと話すと、多くの時間を割くことになってしまうので、できなかった。君と僕の間で、この件よりもっと些細な指摘をめぐる論争に何時間どころか何日も費やしたことを、君は覚えているかな？〔……〕三千マイルも隔《へだ》てて、[*16]僕自身が君に説明することなど、ほ

*16　この当時、リーはカリフォルニア州、ダネイはニューヨーク州に住んでいた。

とんど不可能だった。実際にそれは、書き上げた原稿そのものに対する長い議論や照会を必要とする。そしていつも、期限に遅れるというプレッシャーがあるし、僕自身の完全なオーバーワークから来る絶え間のない疲労については、言うまでもない。

かくして、終わりになってから、僕が言ったように——何を？　われわれはお互いの〔……〕役割をめぐるたぶん苦い（僕は「たぶん」と言ったかな？）[*17]議論を始めることになる。それから、われわれは——いつものように——苛立つわけだ。何をするのか？　どちらのやり方を採用するのか？　指図はどちらの権利なのか？　君はどこでやめて、僕はどこから始めるのか？　そして、僕は言うことになる——〈父親像〉の解釈、つまり精神分析的なアプローチを取り除くことは、僕にとってはあり得ないことだ、と。これは、僕がこの物語を書くことができる唯一のやり方なのだ。これは、僕が執筆できるようにするためになすべき唯一のアプローチなのだ。そして君は（君が実際に言ったように）[*18]言うことになる。「だが、エラリーを精神医学の探偵にするのは誤りだ。エラリーを精神医学の分野に通じた探偵にするのでさえも誤りだ！」と。そして、僕は言うわけだ。君はその誤りに対して、僕が負っているのと同じだけの責任を負うべきだ、と。〔……〕もちろん、こいつは君を欲求不満にするに違いない。そして信じてほしいのだが、僕は本気で、腹蔵なく言っている——その欲求不満を僕は理解している、と。だが、ダン、もしわれわれの仕事のやり方と、重要な疑問点に対するわ

*17　リーは、「『たぶん』ではなく『間違いなく』だ」と言いたいのだろう。
*18　訳者あとがきで紹介しているダネイの四月十四日付け手紙を参照。

れわれの観点の根本的な違いが、君に欲求不満をもたらすきわめて現実的な可能性があるならば、それは僕にとっても同じなのだ。これには、重要な意味が一つある。こういった可能性が僕にもたらす欲求不満は、君のより、ずっとずっとタチが悪いということだ。なぜならば、僕たちの仕事の進め方では、君が僕より圧倒的に有利な立場にいるからだ。君が仕事を始めるとき、さらに自分の担当部分の仕事をしている間、君は一切、何の束縛も受けることはない。君は、好きなことを完全に自由にできる。君は、君の手持ちの世界から、君が気に入ったものだけを材料として用いることができる。そして、君の選択に対して、判断を下す者はいない。〔……〕君はよく、既成事実を渡してくると僕を非難するが、僕こそ君に言おう――君が作る長篇の梗概はいつでも既成事実として僕に渡され、それが僕を君の下に追いやってしまう、と。君は僕に、単なる基本アイデアを与えるだけじゃない。君は僕に、単なる登場人物の一揃いを与えるだけじゃない。君は僕に、最終章の細かい点まで仕上げた基本アイデアを与え、会話のタイプまで指示するほど完全に作り上げた登場人物の一揃いを与えるのだ。君は僕に、アルファからオメガまで与えるのだ。君が僕に実際に与えているものは、梗概ではなく設計図なのだ。*19〔……〕

『十日間の不思議』の場合、君から梗概を渡されたその日まで、僕は君の基本アイデアが何かすら知らなかった。十戒のアイデアについては、君は、何箇月も前に僕と話し合ったことがあったね。だが、君は僕の意見を聞くわけでもなく、た

＊19　ダネイの梗概は未刊行の長篇「間違いの悲劇」のために書かれたものが邦訳されている（創元推理文庫『間違いの悲劇』収録）。読んでみて梗概か設計図か判断してほしい。

だ話しただけだった。僕は一応は自分の意見――そのアイデアが気に入ったと言った――を速達で送った。それから長い時間が過ぎ去った。他のアイデアがいくつも話に出た。〔……〕君は、梗概の執筆をしていたときにも僕と話したが、このことについては、何一つ僕に教えてくれなかったね。君はあいまいな言及しかせず、僕は君に尋ねることを控えた。君に質問することは、幽霊を呼び起こすことになるからだ。われわれがお互いの管轄を厳密に分けることを決め、それによって寝かしつけようとした幽霊を。そして、やがて約束の日が来て僕はそれを受け取る。できたての、完全な、最後のピリオドまで――章題まで揃った梗概を！〔……〕君は僕と議論する必要性を感じているのかな？　例えば、この作品をエラリー最後の事件として位置づけることの妥当性について。これは君の担当範囲を超えているのではないか？　エラリー最後の事件に関する問題は、方針の問題であり、そして、方針に関しては、僕の関与は君と同等だ。僕は今でも、この方針は誤りだと考えている。以前僕は、このことを持ち出したが、そのときは、それ以上は踏み込まなかった。その後、それは物語とエラリーの状況の論理的ななりゆきだと君は簡単に述べ、僕は再び、それ以上は踏み込まなかった。[*20]そして僕は、君の方針に沿って書き上げた――それが浅はかで、不必要で、ドン・キホーテ的で、将来の紛糾の可能性を呼び起こすと考えていたにもかかわらず、そして、まだそう考えているにもかかわらず、だ。〔……〕

これが、君が完全な梗概を書くことを始めたごく初期の頃から、以来ずっと続

＊20　ダネイの一九四七年十月二十四日付けの手紙のことだと思われる。

けてきたやり方だ。僕は、自分が信じていない作中人物を動かして、彼らがどんな場合でもやるとは思えないことをやらせなければならない。あるいは、僕の目には薄弱または間違っていると思える理由にもとづいてやらせなければならない。もちろん、それがすべてではないし、大部分ですらない。だが、程度の大小にかかわらず、問題は常にそこに存在するのだ。僕は自分が激しく反対した解決を受け入れなければならない。例えば、『十日間の不思議』の解決には穴がある。[*21] これは、僕でさえ解決そのものを執筆するまで気づかなかった、ほとんどの人には見えない穴だ。この穴を埋めることは、疑いもなく、膨大な量の材料を追加し、すでに存在する多くのものを修正することを意味する。率直に言うと、僕は「くそったれ」と吐き捨ててごまかした。これは間違った姿勢だ。僕個人としては好きではない。しかし、われわれの仕事のやり方や、われわれの間に立ちふさがり、二十年間も立ちふさがり続けてきたもの、プレッシャー、そして存在するその他のいまいましい要素のせいで、僕は今では、疑問を提起する気力も欲もなくなってしまった。間違いだ、間違っている。しかし、思うにそれは僕だけの結果でも君だけの結果でもなく、われわれの結果――われわれがお互いに対してしてきたことの結果なのだ。〔……〕

この本では、ハワードだけでなく、サリーに関しても――こうした観点から――特につらい思いをした。この指摘が君を驚かせるかどうかはわからない。だが、君は気づいているのか？――ハワードはエラリーの言葉を〝否定〟し、彼が

＊21　「解決の穴（hole in the solution）」が何かは不明。あらためて考えてみると墓荒らしの偽装が一番危ういが、「解決の穴」とは言わないか。

重窃盗の罪で告発されかねない危険な状況に意図的に追い込むが、君の梗概では、サリーの役割についてはただの一言も解れずにすませているということを。その嘘に関しては、彼女もハワードと等しく責任を負うのではないのか？　なぜ彼女ははっきり言わなかったのか？　なぜ彼女は沈黙したのか？[*22]　そうだ、君はこう言うだろう。ハワード同様、サリーにも、不倫の件を明かすことでディードリッチを〝傷つける〟ことはしたくないという、抗しがたい強制力が働いたのだ、と。(僕の意見では、この行為は、彼女をハワードと同じくらい――それを上回るくらい――下劣きわまりない人物にしてしまう。なぜならば、少なくともハワードは、公然と嘘をつく〝気概〟を持っているからだ。サリーは卑怯にも、何一つ言おうとはしない。）だが、この理由をそっくり受け入れたとしても、君は梗概でこの件に関して、サリーに言及さえしていなかった――それが彼女のネックレスであり、彼女がそれをハワードに渡し、ハワードがエラリーを説得してネックレスを質入れさせようとしたときには、彼女もその場にいて、彼女自身も質入れを促したにもかかわらず。僕は、君がサリーに言及しない理由をこう解釈している。この時点で、プロットの都合上、嘘が必要になった。[*23]その嘘はすべてをハワードに押しつけて、〝片付けてしまう〟。ハワードの嘘は彼が虚偽の証言などをする人間に見せかける。そして、ここでハワードを利用する際に、サリーの役割を作ると、この狙いがぼやけ、弱まるように見えてしまうことは避けられない。そこで君は、サリーの役割を省いたわけだ。

＊22　完成稿でもサリーは発言しないが、エラリーの内面独白では何度か触れられている。

＊23　プロットの都合で、十戒の「汝、その隣人に対して虚妄の証を立つるなかれ」を破るのはサリーではなくハワードでなければならない。

だが、僕にはそれはできなかった。僕は、サリーについて、本そのものの中で触れなければならなかった。何も触れないことは――それをどう言いあらわしたらいいか、僕にはよくわからないが――いかなる見地からも、話にならぬほど酷い手抜かりになるだろう。君はプロットにしか関与していない。望もうと望むまいと、僕は関与しなければならなかった――作中人物たちに、エラリーに、そして、すべての場面と状況に。〔……〕

ダン、君は僕に言ったね。「読者の心を開かせる鍵の一つは――この本における重要な鍵は――ハワードとサリーの、お互いに対するまったく不純物のない愛だ」と。この点でわれわれの意見は分かれる＊24――みごと真っ二つに。僕は、「食べたケーキは手に残らない＊25」と言おう。もしこれがまったく「不純物のない」――僕は、君がこれを、純粋で、心の底からのもの、ふしだらでもよこしまでもない、という意味で使っていると思っている――愛ならば、そこから敷衍して、ハワードとサリーは、不純物のない人物にすべきだ。それほどまでに、二人の愛が途方もなく大きく、純粋で、心の底からのものだとして、君の梗概はそれをどこから引っぱり出してきたのかな？　どんな行動が君の主張を証明する？　どんな一連の行動が？　彼らが恋に落ちて、同衾して、ロマンティックな週末を過ごしたことか？　その状況を考えると、これで納得する人がいるとは思えない。これは罪ある愛だ――そこが君にとって重要な点ではないか。〝罪ある愛〟を泥沼から引き揚げ、「まったく不純物のない」愛に移し替えるためには、ハワードと

＊24　草稿も完成稿と同じように「ハワードはサリーを愛していたのではなく、父親を取り戻したかった」となっていたようだ。ダネイはこの梗概からの変更に対して「ハワードとサリーの不純物のない愛が重要だ」と文句をつけている。

＊25　「一方を得ればもう一方を失う」の意。

サリーは、まさに君が彼らに望んでいないことをやらなければならなかった。それは、すべてをディードリッチに、彼らが不当な扱いをした男に（そして、ディードリッチが悪魔そのものだとしても、やはり不当な扱いを受けた男に）話すことだ。批判を受け止め、自分たちの問題をきちんとしたやり方で解決しようとすることだ。それが彼らの罪にかけられた呪いを解くことになるだろう。それとも、君の主張は、実は「これは罪ある愛だが、罪ある愛は〝不純物のない〟、〝真摯にして豊かな〟ものにもなり得る」ということなのかな。仮に、そうだとしよう。だが、君は、隠された罪ある愛に、共感を感じることができるのか？　隠すことに固執しているというのに？　隠し通すために、盗み、陥れ、一人の男の自由を危険にさらすことになるというのに？　君は、「状況が愛より強力なことはある」と言うのかな？　もう一度言おう、君が食べたケーキは手に残らない[*26]。たしかにそういう状況はある。だが、そのあとで、愛に何が起こる？　愛はもう状況を乗り越えることはできないのだ。愛は、君が言うように、「良心、道徳心、人間の弱さ」という力によって、「砕かれ」ることがある。もし、愛が良心によって砕かれるならば、そもそもそれは、真に貴《とうと》い愛ではなかったのだ。道徳心によって砕かれる？　それならその愛は、不道徳だったのだ。人間の弱さによって砕かれる？　それならその愛は、弱かったのだ。言い換えると、その愛は、「二人を全面的に共感できる――読者が支持する何かを持つ――作中人物にする愛の一種」とは別の何かなのだ。その愛は、少しも立派ではない。人間らしい？　ああ、

＊26　リーは「プロットの都合による『隠された罪ある愛』は不純物のない愛にはならない」と言っている。

＊27　完成稿の訳では、「七日目」の質入れ前の場面では、

そうだな！　しかし、すべての〝人間らしさ〟が、立派であったり、共感を呼び起こすわけではない。ダン、この二人は弱く、僕は遠く離れた場所から彼らを書くことしかできない。

　サリーは僕には難物だった。僕は、エラリーが罪に問われる危険にさらされたときの彼女の沈黙を正当化するために、僕自身が「非情さ」[27]と形容した性格を付与しなければならなかった。僕は、ある出来事のあと、彼女に、気にかけているのはディードリッチだけと、何度も言い張るようにさせなければならなかった。僕は、エラリーが彼女を――そしてハワードを――僕と同じような目で見るようにしなければならなかった。そうしなければ、僕はこの本をまったく書けなかった。[28]〔……〕

　君は「純粋な悲劇」について語り、さらに、「実際に人生に存在する力」についても語る。この二つは、必ずしも同じことではない。[29]もし、君が言うように、彼が彼女を本当に心の底から愛していたら、純粋な悲劇へ向かってしまう。そこで僕は、それを変えたわけだ。彼は彼女を心の底から愛してはいなかった、そう思い込んでいただけだった、と。彼の動機付けが長年にわたる精神的問題を深く掘り下げたとき、君の言う「悲劇はもはや純粋ではなく、『混乱している』」状態となる。君が「純粋な」悲劇によって何を意味したいのか[30]、僕は本当にわからない。一人の男が、ハワードが偽りの無意識の理由に基づいて行ったような行為をすることが、実生活に存在する悲劇であることはわかっている。なぜならば、そ

「わたしは非情（ruthless）な女になる――わたしがどれほど非情になれるか……」、質入れがばれた場面では「非情な女になる、とサリーは言った」。

＊28　完成稿では、エラリーが宝石泥棒扱いされたあと、サリーは無言のままディードリッチに連れ出される。また、このシーンで、エラリーはハワードとサリーに対して、心の中で「ばかな。こんな裏切りはないじゃないか」と毒づく。リーは、このあたりは、自分自身の気持ちだったと言っているのだろう。

＊29　おそらく、「実際に人生に存在する力」によって操られる者たちの物語は、「純粋な悲劇」ではない、と言いたいのだと思われる。

＊30　ハワードは自分が無意識の理由で行動したと思い込むが、それは犯人が用意した偽りの理由だった。

れは、われわれの大部分がやってもおかしくないことだからだ。〔……〕僕の考えでは、〈父親像〉全体の概念はその含意と派生物もあわせて――僕が言ったように――本を著しく「豊かにする」。作中人物の素材としてもそうだし、解決で明らかになるその意味においてもそうだ。[*31]

　こんな風に言わせてほしい。君は、「これらすべて」は、僕が「ハワードが〈父親像〉の動機付けを持つべきだと感じたから」生じたと感じている。〔……〕そうではない。「僕が〈父親像〉を選んだ」というよりは、「〈父親像〉が僕を選んだ」のだ。なぜならば、〈父親像〉は、すでにそこにあったものから、自然に、そして、必然的な帰結として生じたものだからだ。もちろん、もし僕が〈父親像〉のようなものを知らなかったら、僕はそれを選べなかったし、それが僕を選ぶこともなかった。しかし、その場合に生まれた本は――君がまったく同意しないことはわかっているが――提出したヴァージョンより劣ったものになるだろうと思う。そして、僕が「劣った」と言うときは、人間を描いた本というだけではなく、ミステリとしても劣っていることを意味している。

　それは、ぎりぎりの線まで我が身を危険にさらすことになる。〔……〕

　十日目の章が長すぎる件には、同意する。だが、[*32]「削れ」と言うだけでは、仕事をしたことにならない。君なら、どこを削るのかな？　ディードリッチとエラリーが対峙する長い長い場面に入ると、網羅的な詳細が必要だった。そうしないと必要な説明が欠けてしまう。僕は、君の梗概にかなり誠実に従っている。僕が

＊31　エラリーは第一の（間違った）解決でハワードに〈父親像〉を当てはめて推理するが、第二の（正しい）解決では、それをそのままディードリッチにスライドさせた推理をする。

＊32　訳者あとがきで紹介しているダネイの四月十日付け手紙では、縮める箇所を指摘している。

追加したのは、〈父親像〉に関するものだけだ。これは、大してスペースをとっていない。十日目の章からそんなに多くを削ることができるのか、僕には疑わしい。そして、もし削除がいいかげんなら（さらに、もし大きな削除が先行する九つの章にされたのなら）、君は、今よりもさらにバランスを失った本を手にすることになってしまうぞ！

このままで行こう、ダン。このままで行こう。君と僕のこういった仕事では、あまりにも多くのトラブルを抱え込んでいる。それを引きずり出すのはやめよう。

〔……〕

僕たちは今ちょうど、君の赤ちゃんについての知らせを聞いて喜んでいるところだ。坊やは順調に回復するに違いない。君とビルは〈第七天国〉[*33]にいることだろうと思うよ。間もなく退院して家に帰ることができるだなんて、信じられないよ。これが坊やのスタートというわけだ。坊やはしっかりした、強い男の子みたいだね。君が電話をくれたあの晩からずっと、ケイと僕は坊やの応援を続けているよ。

兄弟よ、僕は**丸一日を費やしてしまったよ**。

マニー

ラジオ版『エラリー・クイーンの冒険』は、一九四八年の五月に電波から去った。不

＊33　ユダヤ教において、神と天使がいる場所と考えられている。この場合は「無上の幸福」の意。

規則な九年間の放送の間、この番組の渡り歩きは、CBS放送からNBC放送に飛び、CBS放送に戻り、その後、最後のシーズンを満了するまでABC放送で過ごした。

ダネイからの以下の手紙には、サンディー・ストロナークの名が登場する。彼は、一九四七年に、〈ウィリアム・モリス・エージェンシー〉に移るまでは、広告代理店〈ヤング&ルビカム〉のラジオ部門で働いていた人物である。彼の骨折りにもかかわらず、EQは、二度と電波に戻ることはなかった。

番組のユニークな〈聴取者への挑戦〉形式——そこでEQがドラマを止め、その週のゲストの著名人たちに、謎を解くことができたかを尋ねる——は、後年、一九七五～七六年のテレビ・シリーズに流用された。[*1]

ダネイは、EQのラジオ番組について、ストロナークと会話した内容を、詳しく述べている。そして、ちょうど下り坂になりはじめていたラジオ業界を惹きつける魅力的な姿を提供するその競合相手についても。そしてまた、作中人物のEQに関して、そして、名探偵が時代を反映するにはどうすれば良いかに関して、ダネイが容赦のない理論を語る、生き生きとした姿を見せてくれる。

ここで言及されている梗概は、『九尾の猫』のためのもの。この長篇のためのダネイの本来の題名は、『その首をはねよ！（*Off With His Head!*）』——彼の最愛のルイス・キャロルからの引用[*2]——だった。「十二月の短篇」とは、《EQMM》一九四八年十二月号に掲載された「クリスマスと人形」のこと。

*1　『刑事コロンボ』で有名なリチャード・レヴィンソンと（本書の序文を書いている）ウィリアム・リンクが製作した『エラリー・クイーン（*Ellery Queen*）』のこと。主演はジム・ハットン、クイーン警視はデヴィッド・ウェイン。詳細は『ミステリの女王の冒険』（論創社）参照。

*2　ルイス・キャロル『不思議の国のアリス』（一八六五年）に登場するハートの女王の台詞。完成稿『九尾の猫』最終章では、エラリーが「女王《クイーン》はいかなる揉め事をおさめるときにも、たったひとつの手を使うのを覚えているでしょう。〝首をはねよ！〟です」と語っている。

一九四八年六月二十四日

親愛なるマン。

〔……〕ストロナークはようやく、ＡＢＣ放送から話を引きだした――なぜ連中がクイーンを打ち切ったかについての話だ。ＡＢＣは、このところ経済上の圧力を受け、いくつかの番組を打ち切らなければならなくなったようだ。問題は、どれを打ち切るか、だった。そこで連中は、どのミステリ番組の放送を継続すべきか打ち切るべきかを裁定するための、精査だか詮議だかを――どう呼んでもかまわないが、何かそういったものを実施した。

彼らの査定が明らかにしたのは、人気のあるミステリ番組だけが――聴取者が何度も戻ってくる番組だけが――備えている最も重要な二つの特徴だ。（１）中心となる探偵役が存在しなければならない。そして、（２）その探偵役は生き生きとしていなければならない――聴取者に現実の人間の冒険に参加している感じを与える資質を持つ人物でなければならない。聴取者が知りたくなり、好きになる人物でなければならない。そして、聴取者が聞きたい、見たい、等々を望む人物でなければならない。

さあ、これが結果だ。ＡＢＣは自分たちの査定の結果を信じた――それに対する議論もなく、一呼吸おいて自分たちの調査結果を問うことすらせずに。ストロナークが言ったように、ＡＢＣは、ラジオがらみのことに関しては、調査結果の根拠を示すことができるが、われわれにはできない。

　ＡＢＣは、まず『時計』[*1]を切った――中心となる人物がいなかったからだ。それから、連中はわれわれを切った。われわれは中心となる人物を持っているが、この人物に対するＡＢＣの失望は、ずっと辛辣なものだった。ＡＢＣは結論を下した――われらが主人公は、他のラジオ番組のように、〝中心となる探偵キャラクターが現実に生きている〟という意味においては、そうではなかった、と。エラリーはおとなしい知識人で、聴取者にアピールする奇抜さを持っていない――ああ、君には連中の言っていることがわかっているね。

　当然、僕は尋ねたよ。連中が他のラジオ番組で見いだした人間的な資質とは何か、と。では、『太った男』[*2]を取り上げよう。主役を演じるスマートは俳優としては大したことはないし、物語も大したことはないと、ＡＢＣは認めている。――ただし、〈太った男〉は、聴取者の心をつかむたぐいの人物である、と連中は言う。彼は奇抜さを持っている。独特ではあるが、どうやら好意的な笑いを呼ぶ奇抜さを。独特の奇抜な癖を。そして、その他のものも。『影なき男』[*3]もまた、人間的な特徴を持っている。――ストロナークはずらずら並べたてたが、今となっては、どうやってみても思い出せない。もちろん、ノラの助け、セックスの助け、他にもいろいろとあったよ。

『ノース夫妻』[*4]を取り上げよう。聴取者はノース夫人を愛している。彼女は探偵

＊1　*The Clock*（一九四六～四八／ＡＢＣ放送）はアンソロジー形式のサスペンス・ドラマ。

＊2　*The Fat Man*（一九四六～五一／ＡＢＣ放送）はＤ・ハメットの『マルタの鷹』に登場するガットマンをスピンオフさせて主役に据えた探偵ドラマ。主演はＪ・スコット・スマート。

＊3　*The Thin Man*（一九四一～五〇／この当時はＮＢＣ放送。ラジオ版題名は*The Adventures of the Thin Man*）は、Ｄ・ハメットの同題長篇に基づく軽ミステリ。ただし、主人公探偵のニックとノラのイメージは一九三四年からの映画版〈影なき男〉シリーズに合わせているらしい。

＊4　*Mr. and Mrs. North*（一九四二～五四／この当時はＣＢＳ放送）は、ロックリッジ夫妻の作品に基づくミステリ・メロドラマ。

物語におけるエース級の夫人で、滑稽な言葉の誤用と、珍妙さと、気まぐれと——そして、他にもいろいろ持っている。彼女はいつも、自分の夫を大ピンチに追い込む。彼女はいつも、最もありそうにない場所で死体を見つける。そして、彼女はいつも、快活だ。これまた、私が言いたいことは君にもわかるだろう。私が書き記そうとしているのは、いわばABCというフィルターごしのストロナークとの会話だ。

『地方検事殿』*5を取り上げよう。ほら、キャラクターが存在しているぞ！　彼は、自分の周囲のすべての物とすべての者を支配している。彼は強く、好戦的だ——マン、すべての者が彼を「サー」と呼ぶ理由を、君はわかるか！

今度はエラリーを取り上げよう。比較してみると、彼は弱く、特色がなく、じっくり考えて一歩引く性格で、うんぬんかんぬん。

さて、真面目になるとするか。ABCが正しいのか、半分正しいのか、間違っているのかを詮索しても無駄だ。われわれは、ラジオが内向きの業界だと知っている——完全に型にはまっていて、そこから出ようとしない。ABCのクイーン番組が聴取率争いで連中をうならせるほど——心底うならせるほど——ヒットしたら、突然、ABCは品質に目を付け、その品質が悪い、番組を「作る」のは品質だと言い出すのさ。そうでなければ、連中はこう言うだろうな。クイーンはこのルールの例外で——この欠点を抱えているにもかかわらず成功した、と。

しかし、われわれは二人ともわかっている——いかに誇大であろうが、たとえ

*5　*Mister District Attorney*（一九三九～五三／この当時はNBC放送）は、当時のNY州知事トマス・E・デューイが、かつてNYの地方検事として組織犯罪と戦った時期の活躍を描いた犯罪ドラマ（ただし、デューイの名前は出て来ない）。従って、「キャラクターが存在している」ことになる。

誤ってさえいようが、ＡＢＣは状況を分析したし、連中の主張には、基本的で重大な真実があることを。〔……〕

ストロナークは、エラリーの特色がなく生気もない個性にもかかわらず、何年にもわたってクイーンがラジオで成功した理由について説明してくれた。彼は、こう考えている。われわれが成功した理由は、われわれがラジオにユニークな形式を持ち込んだからだ[*6]。ただし、結局のところ、何年もの歳月の間に、この形式は単に陳腐なものになってしまった、と。ストロナークが言ったように、今となっては、何百万もの聴取者がみな、クイーン番組の形式に相当親しんでいて、もはや、どんな新鮮な要素も備えていないと――むしろ、その反対だと――多くの人に見なされている。今では、使い古しなのだ。そして、聴取者が今求めているものは、聴取者が毎週毎週聴くものは、キャラクターに他ならない。『サスペンス』[*7]がすっかり落ち込んだのは、それが理由だと、ＡＢＣは感じている――ストロナークは、こうも言っていた。『サスペンス』は、毎週のゲストにトップクラスの俳優を揃えることにこだわっている間は、うまくいっていた。そして、ビッグネームの主演者をあきらめたとき、中心となる人物が不在の――そして、人気も不在の番組になった、と。

われわれの〝ラジオではユニークな形式〟が要因、重要な要因だったことには、私は同意する。しかし、〔……〕私が思うに、初期のクイーン番組の中には――できる限りわかりやすくするために、月並みな言葉を使ってみると――誠実さ、

＊6　ドラマの途中で聴取者に挑戦し、ゲストに推理を語ってもらう形式のこと。

＊7　*Suspense*（一九四〇～六二／ＣＢＳ放送）は、アンソロジー形式のサスペンス・ドラマ。初期にはＪ・Ｄ・カーも脚本を書いていた。詳細はカーのラジオドラマ集『ヴァンパイアの塔』（創元推理文庫）の序文を参照。

高潔さ、純粋さ、といったものが存在した。これは、クイーン番組の最後の数年は持っていなかったものだ――少なくとも、私の言わんとする意味においては。この技巧の純粋さは聴取者に受け入れられ、作中人物としてのエラリーは、この技巧の純粋さと合っていた。これは、私には明白に見えるのだがね？

最後の数年間のクイーン番組の品質は――私の考えでは――ある種のまがい物で、ある種の混成物だ。[*8] 私はいつも、クイーンの番組が、「信念の守護者にして公共心を持つ犯罪撲滅者エラリーと共に、良き市民として行動し、不寛容や他のそういったものと戦う」といった仰々しいオープニングで始まると、それがまがい物であることに気づかされる。そのあと、このテーマが実際にプロットで裏付けられるのを聴くことは、めったにない。〔……〕真実は――わかっているだろうが、これもまた私の意見だ――われわれは、血なまぐさい番組に対する圧力を中和する必要はなかった。われわれの番組は、一度も、そういうタイプではなかったからだ。われわれの強味は――もう一度言わせてもらえば、私が仰々しくせずに精一杯、そういう圧力を乗り越えようとしてきたことは――われわれが高いレベルのミステリ番組、純粋な探偵ものを提供したことであり、われわれの主人公はその構想に合っていた。〔……〕

この点に関する私の気持ちを君はずっと前からわかっていたが、決して賛同はしなかった。そして、君が番組を続けていくことになり、私は口出ししないことに同意した。それからの私は、ごくまれに――君が私に機会を与えてくれるとき

＊8　ダネイはラジオ版『エラリー・クイーンの冒険』を一九四五年に去り、リーはアンソニー・バウチャーなどが提供するプロットを脚本化する仕事を続けた。ダネイが言う「まがい物」とは、「ダネイ以外の人物がダネイの真似をしている」という意味で、「混成物」とは、「クイーンの個性に他の人物の個性が混じっている」という意味だと思われる。

に――自分の意見を弱々しい声で伝える以上のことはできなかった。君はいつも、「ラジオの商品価値」について話した。私はいつも、われわれが本当に売るべき商品について話した――良し悪しにかかわらず、その特質こそがクイーンであり、模倣や折衷ではない、と。〔……〕

さて、このキャラクターの問題はすべて――君もわかっているように、まったく新しい問題ではない――クイーンの長篇それぞれに最も重要な関係を持っている。僕は、七十五ページの梗概を、今すぐ君に送るつもりだ。そして、君にこれを告げることは、私にとっては、何にも増して心地よいひとときだよ。

私は妥協した。〔……〕そして私は、妥協することの危うさを敏感に気づいている。私は、クイーンらしさを抜きにして純然たる探偵小説を書くことはできなかった[*9]――たとえそれが間違っていると思っても。一方で私は、クイーンの長篇小説と、ストレートな雑誌・映画向け探偵小説の間に道を切り開こうと試みた。それが成功したかしないかは、もはや私にはわからない。今回の仕事で私は、その舞台に手を伸ばしたが、いつもそうだが、それは完全に私の手を離れ、私がやろうとしたことはすべて終わった。

先ほど述べたエラリーのキャラクターの問題に、どのようにこれが結びつくのか？　当然のことながら、マン、私はエラリーのキャラクターを、みだりに変えることはできなかった――まず君とあらゆる角度から相談することなしには。新しい長篇の中では、エラリーはエラリーのままだ――新しい種類のエラリーでは

＊9　「当初はこれまでとは異なるものを書こうとしていたが、できなかった」という意味だろうか。前後の文がキャラクターに関するものなので、エラリーの出て来ない作品を書こうとしたのかもしれない。

ない。しかし、彼は桁外れの精神的ストレス（愛ではない）にさらされていて[*10]、これは彼に、演じるべき明確な人間的役割を与える。君が梗概を読んだならば、もっと話すことができるだろう。

　ただし、重要なポイントはこうだ。今回は、最大の注意を払って、徹底的に検討することが、われわれ双方にとって賢明な行為となるだろう。あらゆる領域で、一生を賭けた仕事が自分たちの周りで崩れているような感覚を私たちは二人とも感じている[*11]。〔……〕

　われわれにはわれわれ独自のものがある――これまでの歳月がそれを証明している。われわれはそれを、すなわちクイーンを発展させなければならない――そうだ、変化を伴って。おそらくは新しい取り組みによって。だが、われわれは、エラリーをいきなり〈太った男〉に、あるいは〈影なき男〉に、あるいは〈地方検事殿〉に、あるいは〈ペリー・メイスン〉[*12]に変えることはできない。われわれは、一九四八年が要求する修正を受け入れつつ、エラリーの基本的な純粋さを維持しなければならない。〔……〕

　話を変えよう。十二月の短篇[*13]はどうなっているかな？　それと、心にとどめておいてくれ、マン。君は新しい長篇に取りかかったあとでも、スケジュールを調整して短篇を仕上げなければならない――さもないと、雑誌発売のタイミングに合わせるために、掲載をさらに一年、遅らせることになるからね[*14]。

　お互い、うまくいきますように。スティーヴは七月三日に割礼をする予定だ

＊10　『九尾の猫』の冒頭でのエラリーは、『十日間の不思議』での失敗に押しつぶされ、探偵活動から逃げている。

＊11　「これまで二人が書いてきたタイプのミステリが社会に受け入れられなくなってきた」という意味だろうか？

＊12　*Perry Mason*（一九四三～五五／ＣＢＳ放送）は、Ｅ・Ｓ・ガードナーの作品に基づく法廷ドラマ。

＊13　一九五二年の『犯罪カレンダー』に収められた短篇「クリスマスと人形」のこと。

＊14　『犯罪カレンダー』の収録短篇は、作中で事件の起こった月の《ＥＱＭＭ》に発表されている。十二月に事件が起こる「クリスマスと人形」ならば、十二月号に掲載。つまり、原稿が十二月号の締め切りに間に合わなければ、翌年の十二月号まで待たなければならない、ということ。

――ニューヨークの病院で手術室の予約をとることができたよ。これが一番早い日なんだ！　医師（二人）とラビ[*15]以外は、手術室に入ることを許されないがね。そして、私たちはその日のうちに、スティーヴを家に連れて帰る予定だ。あの子は今日も、いつものように牛乳を飲んだよ！

ダン

*15　ユダヤ教の聖職者。

一九四八年六月三十日

親愛なるダン。

〔……〕僕が責任を持つようになったラジオ番組は、君がプロットを担当していた頃のものとは異なっていた。この相違点には二つの要素がある。

（1）君が括弧の中に入れていたラジオの価値。そして、

（2）人間らしくなったエラリー。

君が初期のクイーン番組のために練り上げたプロットは、大体において数学のパズル[*1]で、そこではパズルの〝要素〟が人間に置き換えて表現されていた。強調されているのは問題と思考だった。そこには君がやっている種類のパズルには欠くことのできない、説明的な、あるいは解説的な会話の長い場面が存在した。事件は起こらず観念が生じているのだ。多くの場合、観念の発生は必然的に事件の

*1　リーはこの時期、自分たちがかつて書いていた本格ミステリを否定する考えを見せている。

発生という形で表されなくてはならないのだが、事件の発生は表に出ず、事の起こった後で語られるに過ぎない。〔……〕

僕は、〔……〕人間たちの物語を求めて、そこから出て行った――並外れた性格、あるいは並外れて興味深い性格、そして／あるいは、対立する人間関係、そして／あるいは、見覚えがあり興味深い背景――論理パズルというより人物、関係、出来事の統合体である物語を求めて。僕は定式《フォーミュラ》と形式《フォーマット》＊2は残した。違いは、君の物語が、実質的には、何もかもが定式と形式の中に収まっていたのに対して、僕がプロデュースしたものは、それらの重要性を縮小した――他の価値を拡大したという意味だよ――ことで、その結果、全体としての効果は、ラジオ的に要素のより良いバランスを得たわけだ。

ここで君は、「そこが良くなかった」と言う。僕は、「僕はこの番組を電波に乗せ続けてきた。そして、これがそうするための方法だった」と言う。僕に言わせれば、僕が君の形式の番組を続けるか、あるいは、僕たちが君の形式の番組を二人で続けていたら、番組はずっと前に打ち切りになっていただろう。〔……〕だが、もし、現在のラジオ界で成功するために要求されるものが、派手で安っぽい、あるいは煽情的な主人公であるならば、そのためにエラリーを、本来の設定から何もかも全く異なる別人に変更しなければならないのなら――この仕事が自分の本分だとか一人で責任を負うべきものだとは、僕は一度も思ったことがない――われわれ二人で、「エラリー」という名の「聖痕」を一切抜きで、新しい主人公を

＊2　ドラマの途中に挑戦を入れる形式は、番組の終了まで続いた。

作り出さなければならない。〔……〕

　君は「真実は、われわれは、血なまぐさい番組に対する圧力を中和する必要はなかった。われわれの番組は、一度も、そういうタイプではなかったからだ」と言う。おや、われわれは中和する必要はなかったかな？　そこが僕は、ずっと不満だったのだよ。われわれの番組は、一度も、そういうタイプではなかった。それなのにわれわれは、そういうタイプであるかのように、圧力を受け続けてきたからだ。〔……〕僕の不平の本質は、ここ二年ほど、ラジオでのミステリに対する反対運動が[*3]、完全に見境がなくなり、無実を有罪として罰するようになったということだ。そして、有罪にされてしまったら最後で――変節を迫るグループの手の届かないところに――逃れることができたのは、「『地方検事殿』」のような、ごく一部の成功した番組に過ぎない――典型的なアメリカ風のやり方だ。この圧力を中和すべきではなかったと、君は言いたいのか？　問われているのは、番組に罪があるかどうかではない。問われているのは、番組は圧力を受けたのか、だ。われわれの番組は圧力を受けた。だから僕は、圧力を中和するために、何かをしなければならなかったのだ。〔……〕

　ラジオの問題についてもそうだが、君の手紙の調子全体が、僕を失望させる。君は番組に対して、かなり不満を持っているように思える。ただし、気持ちの方はいつも、「そうなるだろうな。やっぱり、そうなったか。わかっていたよ」だ。「私は君にそう言ったじゃないか」と手紙のいたるところでしつこく言っている

＊3　F・M・ネヴィンズによると、この時期、ラジオのミステリ・ドラマに対する「犯罪を美化している」という批判が高まっていたらしい。

……「私の意見では」、とか、もちろん、「私の考えでは」とかいう予防線を張って。まあ、これは君との長年にわたるつきあいでは、おなじみの手だが。

いいかい、ダン、僕はしくじってはいない。僕はこの番組を、四年以上守り続けた――君の助力なしに。約二百本の番組のうち、二十七本を除いた他のすべては、僕の立ち会いのもとで放送された。番組はスポンサー付きで――そうだ、そして僕は、お粗末な時間帯で、しみったれの連中と共に、逆風に耐え続けてきた。トラブルが起きそうになると、君は僕に押しつける。そして、君の方は、番組を電波に戻すために、できることを何でもする準備があると言う。だが、願い下げだ。僕は、ストロナークとモリス事務所は、君を騙《だま》したと思っている。と言うよりはむしろ、君が君自身を騙したのだ。事実を言うと、モリスはここ何年も、この番組を有利な条件で売り込むために本当に役に立つことを、何一つやろうとしていない。昨年の秋に危機が訪れたとき、マレー*4が提案することができた最上の策は、自主番組*5だった――かくして、昨年の秋の番組は、放送のたびに流れるコマーシャルがコロコロ変わった。そして今、マーケットが本当に悪くなったとき、われわれは、「これは番組の落ち度だ」という決まり文句を得ることになる。こんなこっけいなことはない。〔……〕

君の長篇の梗概を受け取ったので、まずは目を通してみた。同じ頃に、『十日間の不思議』のゲラ刷りがリトル・ブラウン社から来たので、新しい長篇の問題と取り組む前に、こいつを片付けておきたい。

＊4　マレーについてグッドリッチに問い合わせたところ、以下の回答を得た。「不明だが、前後の文から見ると、〈ウィリアム・モリス・エージェンシー〉あたりの文芸エージェントか、広告代理店の上級職だと思う。一九四〇年代のアメリカのラジオ界では、広告代理店がさまざまなスポンサーのために番組を製作していたので」

＊5　ラジオ版『エラリー・クイーンの冒険』は一九四七年十一月からスポンサーなしの自主番組になった。

後日、僕の考えを詳しく書いて送るつもりだ。だが、とりあえず、君に注意をうながしておきたい急ぎの問題がある。僕にはこの点が突出しているように見えるのだ。

君のプロットにおいて、きわめて重要な点は、医師が、自身の三人の赤ん坊を分娩させた件をめぐって展開している。[*6]

僕はこれまで何十年もの間、自分の子供を取り上げることを許される医師はいない、と思ってきた。職業上の倫理か、明らかな法律違反なのか、その両方か――そこまではわからないが。君はこの件について、何か調査をしたのか？　奇抜な状況に君は何の説明も与えようとはしなかった。[*7]これでは何も問題がないと君が決め込んでいると信じざるを得ない。僕は、医師が自分の妻の子供を取り上げた場合を、一つか二つは知っている。ただし、どれもきわめて特殊な状況であり、緊急事態だったということで説明がつく。僕の知っているある医師は、病院のエレベーターの中で自分の子供を取り上げたが、それは妻を手続き用の部屋へ連れていく途中で――赤ん坊があまりにも早く出てきて、妻はそれをおさえることができなかったのだ。彼は、分娩のためにほかの医師を予約していたが、その医師は間に合わなかった。言い換えると、他にどうすることもできない緊急事態だったわけだ。

だから、君の梗概の医師も、似たような状況下で、一人の子供を取り上げたというのなら理解できる。しかし、三人あるいは二人でも、これは相当無理がある

＊6　完成稿では、カザリス博士は自分の二人（梗概では三人）の赤ん坊を取り上げている。
＊7　完成稿には説明があるが、梗概にはなかったらしい。

だろう。

もし君がこの点に気づいていないか、考慮していなかったのなら、数日かけて調べてはどうかな？　あるいは、もし僕がここに書いたことと相反する他の説明か実例を持っているなら、それが何かを教えてほしい。

＊＊＊

僕にとっては、かなり悲惨な時を過ごしている。過ぎ去りし秋と冬は、かなり重い疲労感を僕に残した——肉体面だけでなく、もっと重要な面でも。サンフランシスコから戻る途中で、僕は集中することが不可能になったと気づいた。そこで僕は、時間の大部分を家のまわりの雑用に費やした——ここに引っ越してからずっとさぼっていた、そして心の中で、自分のために何とか終わらせようとしていた仕事だ。

「何とか終わらせ」るため、僕はかなりの量の仕事をこなした。僕は次の誕生日で四十四歳になるが、これは、一人の男の人生において——何についてであれ、子供じみたことを考えている時期ではない。この数箇月で、僕は多くの成長を遂げ、もうそのときが来たと思う。僕が学んだことの一つは、自分の足で立つということだ。それが、僕がどうしても必要だった授業だよ。

君の雑誌のためのクリスマスの物語を、締め切り——僕の記憶では、八月一日だったね——より早めに仕上げるよ。欠けている月の短篇[*8]をこちらが抱えている仕事に割り込ませることの必要性は、充分承知している。僕はまだ自分のスケジ

＊8　各月の行事に関係する事件を描く短篇集『犯罪カレンダー』で、この時点で未発表の短篇のこと。

ユールを設定していない。君の梗概をざっと読んだだけでも、精神科医の背景についての入念な調査をやらなければならないと、わかったからね。

スティーヴ万歳。やったじゃないか。割礼がすべてうまくいくように祈っているよ。そうならない理由は何もない。〔……〕

マニー

一九四八年七月二日

親愛なるマン。

君の六月三十日付けの速達便は、今日の夕食の席に私が腰を降ろした、まさにそのときに届いたよ。手紙にざっと目を通したが、それで充分だった。夕食は完全に台無しになったよ。私の胃がひっくり返ってしまったからね。

おそらく、私は最低でも丸一日は、返事を控えるべきだが――そんなの、知ったことか。私はただ単に、二十四時間も君の手紙についてイライラし続けて、今以上の結腸[*1]の痛みを引き起こすつもりはないだけだ。だから、今から理性のある、分析的な手紙を書く――あるいは、書こうとしてみる――わけだ。〔……〕

私が抜ける以前のクイーン番組に対する君の現在の評価は、あからさまに公正を欠いている。そうだ、その多くはパズルだった――しかし、すべてがパズルだ

＊1　盲腸と直腸の間を指す。

ったわけではない。事実として、君が今思っているほど、パズルは決して多くはない。さらに、最も頭脳的なパズルでさえも、単なる機械的なプロットではなかった。君は、以前の番組に、君が思っているよりずっとずっと多くの人間的興味を見つけることができるはずだ。私が関わっていた頃からだいぶ経ってしまったので、君はそういう誤った判断をするようになったのではないか。

マニー、正直に言うと、君はほんのわずかでも理解しているとは思えない――私が「技巧の純粋さ」という言葉によって意味しているものを。探偵小説における技巧の純粋さは、あるタイプのまやかしを可能にする――つまり驚きをかきたて、生き生きとした効果や困惑、混乱などを生みだすタイプのまやかしだ。[*2]だが、こういったタイプのまやかしは、現実的であることを装うラジオ番組において、私は見つけたことがない。ああ、もうどうでもいい。われわれはこの件で一世紀にわたって議論することができるが、それでも一歩も進まないままだろう。君がハリウッドに移ってから私に出した手紙のずいぶん多くで、君は自分がどれくらい大きく成長したかを、どれくらい学んだかを述べているね。直近の手紙では、君はこう言っている。「僕が学んだことの一つは、自分の足で立つということだ」と。

これは、脅迫のように聞こえる。それがこの言葉が意味するものなのか？　もしそうなら、一体全体、君は何を考えているのかな？　なぜ、率直に言わないんだ。[*3]

＊2　「探偵小説における技巧」とは、この場合は、日本で言う「トリック」や「仕掛け」に対応すると思われる。
＊3　リーの言葉を、ダネイは「コンビを解消したい」という意味だと思ったのか？

同じ時期のいくつかの手紙において、一度ならず君は言っているね。人と接する際の唯一のやり方は、タフに向かい合うことだ――他のどんな姿勢も、弱さや妥協と解釈される、と。マニー、これはおそろしく危険な処世哲学だよ。タフになる方法を学ぶことは、必ずしも成長や成熟と同じ意味ではない。そうか、君はタフになることを学んだわけだ。けっこうなことだ。私には、ハリウッドに住む多くの人々が、タフになることを学んでいるように見えるよ。タフネスをリアリズムと混同することが、いかに容易であるか、私にはわかるような気がする。君は他の人よりタフであり、よりリアリストというわけだ――本当にそうなのか？　君は成長し、自分の足で立つことによって、君が言わんとすることは、本当にそうなのか？　もし、君の頭の中にあるものが本当にそうならば、マン、君は間違っている――危険な間違いだ。私にはこんな可能性さえ見える。君が、私の最近の行動のいくつかは、君がタフな方針を身につけた結果だと解釈するであろう姿が。それが正しくないことを心から祈るよ。

私が今現在――クイーンに関係するすべてのことについて――どれくらい落ち込んでいるか、君に伝えるすべはない。われわれは、理解という観点からは、これまでよりもさらに遠く離れてしまったように見える。そして地理的な分離が――われわれに長く、複雑で、無理解だらけの手紙に頼るように仕向け――私の心の中のむなしさと絶望を鮮明なものにしていく。私は薄れゆく信頼と、増してゆく不安と、すさんだ疑念の中で、各自の新たな問題に挑むことになる。例えば、私は今、新しい長篇のための過酷な仕事を終えたばかりだ。この仕事にはとりわけ多くの困難と、下すべき新たな決断と、乗り越えるべき妥協がつきまとった。君は梗概を読み、私が君から得た唯一のものは疑問点の提出だけだ。これまでのように私は臆測しかできないが、君は根本的にこの仕事が好きではないのだ。――そして、このことから不可避的に導かれる結論は、やはりこれまでのように、君はこの物語に対してもケンカを売るだろう、ということだ。

じゃあ、マン、新しい長篇が気に入らないというのが本心なら、そして、もし過去の他の長篇でも同じだったように、君のその気持ちが今回もゆるがないのであれば――勝手にしろ。私はそれで結構だ。本当に、心の底から新しい長篇が気に入らないのだったら、その忌々しい梗概をそのまま私に送り返してくれ。それでおしまいだ。無駄になるのは私の時間、私の仕事、私の健康だけだ。

とはいえ、記録に残しておくため、君が持ち出した点に答えておこう。産科医が自分の子供を取り上げるのを禁じる法律はない。これが職業上の倫理的問題というわけでもない。医師たちが通例、自分の子供を取り上げない唯一の理由は、純粋に、ある種の不安からだ。医師の大部分は、自分の家族の一員を扱うことは危険だと認めている――ここで「危険」というのは、彼らは感情の渦に巻き込まれ、完全に客観的な、距離を取った専門家の態度を保ち続けることができないから、という意味に過ぎない。しかしながら、緊急事態でなくても、医師はしばしば自分の子供を取り上げている。私は一人の産科医――ニューヨークの尊敬されている優秀な若い産科医――を知っているが、彼は自分の子供を二人とも取り上げた。

自分の子供を取り上げようという医師が、一部の限られたタイプであることは事実だ。間違いなく彼は、自身に絶大な信頼を置いている。自身を個人的な不安よりも上に考えていることは間違いない。自己中心的な人物なのだろうし、いくぶん自己顕示欲の強い人物でもある。

このタイプはまさに精神科医に多く見られる。[*4]

これに、次の強力な動機付けが加わる。カザリス博士が、彼自身の妻の世話と、彼自身の子供の取り上げは自分でするると主張する――どうやら何も間違いは起きないと考え、異常なまでにやりたがる、漠然とした理由があるらしい――が、読者は最後に知るのだ――カザリス博士は、実は、彼自身の子供を取り上げる明白な動機を持っていた。その動機とは、子供たちを殺すためだ。[*5]〔……〕

どの長篇でも、この段階において私はいつも、途方もないパラドックスに気づくが、常に私はそのパラドックスを解決することを求められている。過去何回も、君は私に、短い梗概を渡すように迫った――「短ければ短いほど良い」と言ったこともあったね。そして、私はいつも、短い梗概では充分に語ることができない、と返信した。かくして最後には、君に七十五から八十ページの梗概を渡してけりをつけることになる――君に言わせれば、あまりにも長い梗概を。

その後、長篇の小説化が終わる頃には、われわれは必然的に、解釈やその他も

＊4　『九尾の猫』で犯人だと見なされるカザリス博士は、産科医だけでなく精神科医でもあるので都合が良い、と言いたいのだろう。

＊5　この動機は完成稿には出て来ない。後出のリーの指摘をダネイが受け入れたと思われる。

ろもろの相違点をめぐって争う。そのときになると、君はいつも言う——梗概には誤りがあり、漏れがあり、その他もろもろがある。私によるこういった漏れが、解釈の相違点を生み出している、と。[*6]〔……〕

君に伝えたように、雑誌の編集が二箇月遅れている——新しい長篇の梗概を七月一日までに終わらせるためだ。だから、どうしても、雑誌の仕事に取りかからねばならない。さもなくば泥沼にはまって身動きがとれなくなるのが目に見えている。この仕事には七月の残りをすべて費やすことになる——二十五の短篇を選び、編集者のコメントを書き、編集し、印刷屋のために短篇の準備をすることで。すべて終わる頃には、私は完全にボロボロになるか、その一歩手前にいるだろうね。皮肉なことに、たぶん、そのときの私には、物事はよりいっそう輝いて見えるだろうな——すっかりくたくたで、それがどんなにくだらないかもわからなくなっているだろうから。今なら、私はこの二十年の仕事を真正面から見ることができる。そして、自分に問いかける。私は、自分がやっていることをどれだけ知っているのだろうか？　どうか私に教えてくれ。

ダン

『九尾の猫』をめぐる手紙は、『十日間の不思議』の時と同様に、傑作が——難産の末に——生み出される現場に、われわれを立ち会わせてくれる。

*6　ダネイはリーに「君は短い梗概を望むが、小説化の際は梗概が不充分だと文句をつける」と皮肉を言っている。

『九尾の猫』のほとんどは、第二次世界大戦後のうだるように暑い夏のマンハッタンを舞台にしている。ニューヨーク市は、〈猫〉――ピンクと青の絹の紐を好んで用いる絞殺者――が次から次へと犠牲者を求めるたびに、無秩序寸前の状態になる。ヴァン・ホーン事件の影響で情緒不安定になっているエラリーは、さらなる痛手を負うこと、さらなる死者を出すことを恐れ、捜査に踏み出せなくなっている。〈猫〉がその死の前足をハーレムに伸ばし、人種がらみの暴動が懸念されるようになって、ようやく動き出すのだ。エラリーは、全力で〈猫〉の追跡に取り組むことになる。

エラリーは、新聞記者のジミー・マッケルとセレスト・マーチン[*1]と手を組む。二人とも、〈猫〉によって姉を失っている。さらにエラリーは、大義のために捜査に協力するもうひとりの転向者エドワード・カザリス博士とも出会う。博士の姪も〈猫〉の犠牲者の一人だった。カザリスは、かつては産科医だったが、中年の頃に神経衰弱になり、精神科医に鞍替えした人物である。そして彼は、〈猫〉の心理的特徴と一致する精神病患者を洗い出すために精神分析医たちの協力を提案し、実行に移したのだ。だが、彼らの努力は徒労に終わることになる。エラリーの手詰まりは続くが、ついに、探し求めていた手がかり――犠牲者の一人の誕生日に関連する食い違いという手がかり――を得る。その手がかりは、絞殺者の次のターゲットを指し示すのみならず、〈猫〉の正体が他ならぬカザリス博士だということも指し示していた。カザリスは今まさに殺人を行わんとするときに逮捕され、勾留される。

事件解決の数箇月後、エラリーは新作ミステリ長篇のために、ニューヨーク公共図書

＊1　原書初刊本にはないが、邦訳書には登場人物表が添えてあり、そこではセレストの姓は「フィリップス」となっている。ただし、彼女は赤ん坊のときにフィリップス家に引き取られたので、本名はマーチン。従って、〈猫〉の第五の被害者シモーヌ・フィリップスは――姉妹同然に育ったが――実の姉ではなく、いとこになる。

館で精神分析関係の資料を調べていた。そこで彼は、〈猫〉が連続殺人の口火を切った最初の日に、カザリスがスイスで開かれた精神分析学の国際学会に出席していたという事実を見つけ出す。事件の証拠は、すべての殺人が同一人物によって行われたことを証明している。ならば、カザリスは〈猫〉ではないのだ。

だが、カザリスではないとすれば……

エラリーは、カザリスの友人にして師《メンター》でもあるベーラ・セリグマン博士*2と話すために、オーストリアのウィーンに飛ぶ。エラリーは、カザリスと〈猫〉に関する一つの考えを持っていたが、確固たる証拠が欠けていたのだ。セリグマンは丁重に話を聞くことに同意し、自身のカザリスに関する知識に基づいて、エラリーの推論を検証する。

エラリーはカザリスの精神分析に関する自分の考えを伝え――そのすべてがセリグマンの沈黙によって認められたあと――自身の結論を引き出す。カザリス夫人が〈猫〉だったのだ。夫人の赤ん坊は、二人とも夫が取り上げたのだが、どちらも死産だった。夫人の狂気は徐々に育っていき、ついには、「カザリス博士がこの世に生を受けさせることに成功したすべての子供を殺していく」という花を咲かせたのだ。カザリス博士はこれに気づき、妻をかばおうとした。彼は、妻のために罪を背負い、〈猫〉を演じたのだ。セリグマンはエラリーの結論に同意を与える。

エラリーは、ニューヨークの父親に電話をかける。正義のために裁判を中止しなければならない。クイーン警視は息子に、カザリス博士と夫人が自殺したことを教える。夫人が密かに独房に毒薬を持ち込み、きれいに問題を片付けたのだ。またしてもエラリー

＊2　セリグマンに対して、エラリーは「教授（Professor）」と呼びかけているが、肩書きはグッドリッチが書いているように「博士（Doctor）」が正しい。

は間に合わず、正義は挫《くじ》かれてしまった。そして、ヴァン・ホーン事件と同じように、エラリーは絶望に打ちひしがれる。

だが、エラリーはセリグマン博士によって救われる。おそらくは、クイーンの全作品の中で、最も心を揺さぶられる一節である。セリグマンは、罪の意識に悩み苦しむ探偵に赦《ゆる》しを与えた上に、人間の謙虚さと限界についての大昔の教訓を授けるのだ。

「神は唯一にして、ほかに神なし」*3

『九尾の猫』の最後で、エラリーは謙虚になり、本来の自分を取り戻す。これは驚くべき道程である。初登場時のエラリーは、鼻眼鏡《バンス・ネ》をかけ、ステッキをついて歩き、ギリシャ語とラテン語の引用を含む豊富な語彙を持つ典型的なハーヴァード大学出の洒落者だった。*4それが、現実的で深みのある性格になり、歳を重ねるとともに思慮深くなり、知性の力には限界があることを知る人物に変わったのだから。彼は、何と遠くにきたのだろうか。

一九四八年七月三日

親愛なるマン。

今朝がた、スティーヴは割礼を済ませ、その後も何も問題はない。私はニューヨークのかかりつけの小児科医（もちろん産科医とは別の人だよ）と一、二分ば

*3　「マルコによる福音書」第十二章三十二節より。
*4　デビュー作『ローマ帽子の謎』（一九二九年）の描写。

かり話をする機会に恵まれたので、医師が自分の子供を取り上げる件について質問をしてみた。

小児科医は、法律においても、職業上の倫理観に照らしても、何の問題もないと認めてくれたよ。純粋に、その医師の性格上の問題だと言っていた。自分の子供を自分で取り上げる、と（何のてらいもなく実際に）主張するような医師は、危うい信念――自分が、自分だけが妻に対して最高の処置を行うことができて、しかも、妻には考えうる最小の危険すら生じることはない、という信念を持っている。もちろんこれは、われわれに自己中心的な人物を思い出させる。

もっとも、小児科医はこうも言ったよ。医師が自分の子供を他の医師に任せずに自分で取り上げるのは、普通とは言い難い、と。[*1] これは私には信じられるように思える。〔……〕

私は梗概の中で、カザリス博士を自己中心的で目立ちたがりで、他人とは違うことをやりたがる性格の持ち主として設定してはいない。それでは、あまりにもあからさまに彼が殺人狂である可能性が提示されてしまうからだ。私は、読者をゆっくりだが確実に、あるいは誤った直観によって、カザリスが狂気の殺人者であると信じ込むように導くべきだと考えた[*2]――これは、二重底の真相の一部でもあるし、カザリス夫人を隠す保護色の役割も果たしているからね。こちらのアプローチの方が私の好みだし、巧妙だと考えている。だから、私はカザリス博士を健全な人物として描き、読者が読み進めていくと、少しずつ彼を疑い始めるよう

＊1　このダネイと小児科医の会話は完成稿の第九章に組み込まれている。

＊2　カザリス博士は、偽りの解決では「狂気に憑かれた殺人者」だが、真の解決では、「妻をかばって『狂気に憑かれた殺人者』を演じた正気の人」となっている。ダネイは博士に関するこのあたりの描写の工夫について語っていると思われる。

になる――博士は〝明らかに〟心理学的に怪しい人物だ、と。それこそが、博士が「自分の子供を自分で取り上げた」ことを、あとになってから提示する理由なのだよ。もし読者が、これは博士の性格に合わないと感じたとしても、その違和感の理由は物語の最後できちんと説明される。そこでは、カザリス博士が自分の子供を取り上げるという異例の行為には明確な動機があったことを、読者は知らされるわけだ。

これらすべては、私には完全にはっきりしている。だが、君にそれをわからせることができていないと聞いても、さほど驚きはしないよ。私は、今回のアイデアをわからせることは、いつも以上に困難だと考えている。私はへとへとで、君の手紙のせいで精神的にかなり落ち込んでもいるのさ。私自身が抱える多くのごたごたについては何も言うまい。昨夜はほとんど一睡もしていない――かつての不眠症がぶり返したらしいな。そして今朝、ビルと私はスティーヴを病院に連れて行くために、六時に起きなければならなかった。寝ておらず、意気もあがらず、万事順調だという医師の言葉を聞くために病院の待合室で丸一時間も待たされて、家では今、坊やが痛みで泣いているわけさ。「とてもじゃないが、ポリアンナ[*3]のようにはなれない」と言わせてもらいたいよ。〔……〕

梗概に補足的な手紙を添えようと思っていたのだが、その時間さえなかった。だが今からでも、書く予定だった補足事項を、君に伝えた方が賢明だと思い直したよ。

＊3　アメリカの女流作家エレナ・ポーターの小説『少女ポリアンナ』に登場する楽天的な主人公。

（1）最初の章の重要性について。この場面では一つの殺人を提示するが、犯人については何一つ明らかにしないこと。このあとに起こる殺人の見通しと連続性が及ぼす影響を強調しておくこと。＊4 そして、最も重要な点は、犯人がいかに他人と接触し、信頼を得たか、等々を暗示しておくこと。＊5 殺人者が一つの犯行をどうやって実行したかを読者がいったん呑みこんでしまえば、その後に起こるどの犯行についても容易に想像することができる。これはカザリスが十番目の殺人を〈猫〉がするように）やってのけようとする場面を読者が目にするとき、さらに明らかになる。いっとき私は、第二の殺人の場面を、そう、物語の途中に入れようと考えていた。だけど、これはやめることにしたよ。現在の形で充分なだけでなく、洗練されているように思えたからね。第一の殺人の場面は、プロローグの性質を持っている。そして、ウィーンにおけるエラリーとセリグマンの最後の場面は、エピローグの性質を持っているのだ。

（2）私は君の注意を、確か、梗概の二ページめにあった「思い返してみれば」という言葉に向けたいと考えている。これは、一番最初の章で読者に与えられた、すべてを明らかにする手がかりなのだ。そこでは、連続殺人のすべてにおいて、殺人者は一度も目撃されていないと読者に教えている。ところが、最後の十番目の殺人の試みでは、カザリス博士は目撃されているのだ。もし読者が第一章を「思い返してみれば」、カザリスが真犯人ではあり得ないことに気づくだろう——作者は第一章から「犯人はどの殺人を犯している最中においても、一度も目撃さ

＊4 「殺人の見通し」は「誰でも殺される可能性があること」、「殺人の連続性」は「いつまでも殺人が続くこと」で、この二つにより、NY市民は「次は自分が殺されるのではないか」と怯えることになる。

＊5 「第一の被害者は犯人と顔見知りだったのではないか」という説は、完成稿では第一章ではなく第二章に出て来る。

れていない」ことを読者に示していたのだから。[*6] 私はこの仕掛けを気に入っているし、読者に気づかれる危険はまったくないと思っている。仮に危険があったとしても――たとえ読者が、長篇の一番最初に作者から与えられた直接の警告を覚えていたとしても――挑戦すべきであり、挑発すべきだろうね。

（3）作中人物たちは、物語の間ずっと、潜在的に秘めている暴力性を引き出すような状況に置かれるようにしてほしい。エラリーへの怒りでジミーは暴力的になり、セレストは腹を立てた雌の虎と化す。こういった場面が、読者の心の中に「この中の誰が狂気に憑かれた犯人なのだろう？」という種を蒔くことになるわけだ。もちろん、カザリス夫人がらみの、ある意味では暴力とも呼べる二つの暴発は[*7]――最後にエラリーが取り上げて説明するように――さらに重要な苗木と言える。すべての人物（カザリス博士のみ意図的に例外とする）が、怒りや暴力を発揮しやすい――もちろん、常に何らかの刺激の結果としてしか生じないのだが――ということは、心理的に重要な意味を持っているわけだよ。その上これは、物語に緊張感を満たし、隠された狂気につながる糸を生み出すことにもなる。

（4）ジミーやセレスト、あるいは双方に対するエラリーの疑いは、殺人者の最大の敵の協力者になるために、エラリーの事件への関与を利用しているのではないか、というものだ。だが、これこそが、〝引っかけ〟と〝二重の引っかけ〟モチーフの幕開きなのだ。ここには、次のような心理学的な構図がある。エラリーのジミーとセレストに対する疑いは、大部分の読者は割り引いて考えるに違いな

＊6　『九尾の猫』の第一章は、事件解決後に振り返って書かれている。従って、この章に「犯人が理由なき凶行に及ぶのを目撃した者は、ひとりもいなかった」と書いてあるのだから、犯行をエラリーたちに目撃されたカザリス博士は、犯人ではないということになる。ただし、旧訳では、「殺人の現場を見たものはひとりもいなかった」となっているので、この伏線は生きていない。「最後の犯行は未遂だったので〝殺人〟としてカウントされていないのか」と読者が考えてしまうからである。原文が〝work〟なので、ここは「殺人」と訳すべきではなかった。

＊7　完成稿を見た限りでは、第四章と第六章で、ヒステリーを起こす（ふりをする）シーンだと思われる。前者は夫を捜査に加える、後者は夫が捜査から離れるのを止めると

い。エラリーが最終的に、彼らは二人とも赤ん坊のように無垢だという結論を下したあとには、なおさらだ（なお、いつでもこの比喩のように、あるときは赤ん坊を、あるときは猫を引き合いに出したり、互いに互いを重ね合わせたりしてほしい）。[＊8] これが読者を、誰か他の人物が、同じ手――エラリーの協力者になるという手を使っているのではないかという疑いに導くことになる。では、読者が疑いを振り替える人物は誰だろうか？　カザリス博士だ。これが〝引っかけ〟だよ。私は、カザリス博士の奥にある真相――犯人は間接的にエラリーの協力者になっているカザリス夫人である――にたどり着く読者は、ごくわずかしかいないと考えている。カザリス夫人が〝二重の引っかけ〟を演じてくれているわけさ。[＊9] そして、頭の良い読者のうち、あるタイプの者に対しては、さらなる〝二重の引っかけ〟になる。エラリーが「ジミーとセレストは潔白だ」という結論を下したとき、このタイプの読者は、かえってジミーやセレストへの疑いを強めてしまうのだから。

（５）物語を通して、誰もカザリス夫人をファーストネームで呼ばないようにすること。彼女の夫は、会話などで直接話しかけるときは、いつも「おまえ」や「ダーリン」などを使う。それ以外の人たちは、彼女を「カザリス夫人」と呼ぶ。私はこの点を気に入っている。最後に真の犯人が暴露されたとき、彼女について何も知らず、何も見えておらず、それでいて、最初から最後まで、いたるところにいたことが強調されるからね。

いう狙いがあった。

＊8　例えば、完成稿の第二章には「その日オライリーは夜通し赤ん坊のように泣いていた」という文がある。

＊9　完成稿の第四章では、カザリス博士が事件の捜査陣に加わるよう、夫人が巧みに話を持って行く姿が描かれている。

（6）私が君の注意を向けたいのは、最後に性的な動機が明らかになるのが性的動機付け（とフロイト）の母国であるウィーンであることの完璧な適切さだ。

（7）君に梗概を送った翌日、ビルと私は映画に行き――『裸の町』[*10]を観た。もしこの映画を観ていなかったら、ぜひ観てほしい――殺人捜査の背景としてのニューヨーク市の映像的な処理を見てほしいのだ。実を言うと、梗概を書いているときは、『裸の町』のことは知らなかった。だけど、『裸の町』は、多くの細かいタッチを示唆してくれると思う。ニューヨークの通りに立つエラリーの周りに広がる典型的なニューヨーク市の風景――遊んでいる子供、頭上の高架鉄道の轟音などを。[*11]

（8）忘れないうちに、全体的な注意点を書いておこう。私が梗概に盛り込んだものには、ほとんどすべてに、プロット上の狙いか心理的な狙いがある。もし、よくわからない点があれば、私に訊いてほしい。

（9）一つ考えていることがある。そのうち、本にマンハッタンの地図を入れるように、出版社に指示しようと思っている。殺人の現場にXの印をつけたものだよ。これを本の見返しに使うわけだ。[*12]

（10）重要な指示をさせてもらいたい。君には、飾らない文体で慎重に物語を執筆してほしい――背景の恐怖やその他もろもろが対比によって高まるように、慎重で控えめな文体で。この物語の場合は、飾らない文体の方が、より効果的だと思う――加えて、この作品を雑誌に連載するチャンスを増やすことにもなると思

＊10　映画『裸の町（*The Naked City*）』は、この手紙が書かれた一九四八年に公開されたアメリカ映画。ジュールズ・ダッシン監督。警察捜査をNYのロケを中心にドキュメンタリー・タッチで描いている。

＊11　完成稿ではそれらしき場面は第六章に出て来る。高架は第十二章だが。

＊12　原書に入っている地図は、新訳版とポケット・ミステリ版にはあるが、旧訳版ではカットされている。

っている。[*13]私は、連載向きにするために、かなり注意深く構成を練っておいた。本作は、二回連載（二回だと短縮されてしまうかもしれないが）、四回連載、六回連載用に分割できるようになっている。[*14]

（11）精神医学関係の事前調査の量について、君が悩まないように記しておこう。どうか、精神医学を突き詰めようとしないでくれ。カザリス博士を精神科医らしく見せかけるために、同業の精神科医と会話をさせたりする必要はない。私は、精神医学の専門用語は最小限にとどめてかまわないと確信しているのだ――本物らしく見せるだけで充分だからね。精神医学の知識は、大部分の場面で――「ほとんどすべての場面で」と言わせてもらおうか――ありふれた日常の言葉を用いて語られれば良い。――そして、それだけで充分に効果的なのだ。平均的な読者には、それ以上は必要ないよ。

さてと、これで私のできることはすべてやったことになるな。〔……〕

ダン

＊13　ダネイが狙っているのは高級雑誌なので、装飾過多の文は受け入れられないと考えたらしい。

＊14　雑誌連載向けに作成された分割案については「訳者あとがき」を参照。

以下の手紙では、リーは、ダネイとの関係における自分の心理的基盤について、実に明快に書き記している。これほど理解していながら行動に移せなかったことは、悲劇と言わざるを得ない。そうしていれば、彼ら双方にとって、人生はもっとずっと楽なものになっただろうに。だが、これだけの重荷を抱えて働き続けることは、それ自体が、そして、それだけで称賛されるべきである。私は、ジョン・レノンとオノ・ヨーコに関するロバート・クリストガウ[*1]の次の言葉を思い出した。「結婚とは、健全な形が調和したものではない。それは、二人の人間が、ねじれや悪化を常に抱え込みながら適応させたものだ。これは、異常な神経症的関係と言えるだろう。しかし、なぜわれわれはいつも、神経症は防止しなければならないと、乗り越えなければならないと、逃れなければならないと、それが当然であるかのように見なすのだろうか？」もちろん、見なす必要はない――結婚が現実のものだろうと、ちょっとした比喩に過ぎないとしても。しかしながら、神経症は、その代償として、過大な負担をもたらすことがある――以下の手紙の数々が示すように。

＊1　ロバート・クリストガウ（Robert Christgau　一九四二年～）はアメリカの音楽評論家。引用文は、「ジョンとヨーコのバラード」に寄せた一九八二年の文と思われる。

［一九四八年］七月五日

親愛なるダン。

〔……〕われわれがお互いに与える負荷のレベルがほとんど同じだと気づくのは、新しい経験ではない。それぞれが深く刻み込まれた相手に対する不平の感覚は、相似形を成している。われわれの間のもめ事は、長期にわたり悪化を続けている原因から発生し、その原因は、われわれの子供時代の昔にまでさかのぼる。[*1]われわれの仕事上の提携の起源である子供時代には、二人は別々であり、たまに

＊1　リーとダネイの子供時代のライバル心は、ダネイがダニエル・ネイサン名義で発表した自伝的小説『ゴールデン・サマー』に詳しい。

部分的に一致することがあった。大人になってからは、われわれ双方の苦境を生み出すことになったその心理学的な原因について、僕は僕自身の理論（おそらく間違っている）を持っている。だが、そいつを持ち出しても無駄だ。おそらく君は同意しないだろうし、いずれにしても、この原因はわれわれがどうこうできるものではない。だが、君の居並ぶ動機付けが何であれ、それは君の中に、支配への強い欲望と必要性を生み出した。そして、僕自身が僕の中に生み出したのは、同じ事柄に対する、より否定的な面だ――支配されることに対する嫌悪と反抗。われわれは、一緒に何かをする状況に置かれたとき、衝突した。衝突がより激しくなるにつれ、われわれはいつも――子供時代の最初の頃から――ライバルとなった。子供時代の遊びにおける競争はそのまま拡大され、大人時代のアイデアにおける競争になった。われわれの間に存在する気質によるライバル意識と社会的なライバル意識があらわになったとき、これらを要因とするさらなる悶着の種が入ってきた。われわれはお互いを嫉妬した――それぞれが異なるやり方で、異なる理由から、異なることについて。友好的な競争として始まったものが、激しく苦い敵意に行き着いた。すべてのやりとりには爆弾が埋め込まれた。かくして、われわれの〈チーム〉としての歴史は、爆発の連続となった。これは、われわれのどちらかが、どうにかできる状況ではない。おそらくは、基本的にわれわれ各々が、ゆがんで揺れ動く劣等感を持っているからだ。そしてわれわれは、無意識のうちに、相手がいかなる分野においても〝上位〟に来るところを見るのを恐れてきた。それが、われわれのどちらも、相手からの敵対的な批判を――それが、どんなに明示されようが、暗示されるだけであろうが――受け入れない理由だ。それが、しばしばわれわれが、相手はそんなつもりもないのに、敵対する性質の批判と見なす理由なのだ。

　われわれが「わかりあう」ために過去二十年間やってきた、口角泡を飛ばした実を結ばない試みの数々は、失敗する運命だったのだ。われわれが常に反感を抱いてきたというだけではなく、「原因」が存在することにさえ同意しなかったという理由によって。例えば、君と僕たちに対する僕の〝感情的アプローチを、君は何年もの間否定してきた――少なくとも、理解できないと明言してきた。この〝感情的〟アプローチにどれだけの根拠があるのか、僕が理解しはじめたのは、ほんのこの数年のことだ――僕の側だけでなく、君の側に関しても。君はたぶん、この論点すべてを否定し続けるだろう。すべてでなければ、少なくとも、君が関わる部分に限っては否定し続けるだろう。だが、それは僕がどうこうできることではない。僕に言えるのはただ、君の僕との感情的関わりについては、多すぎるほどの証拠を僕は持っている、ということだけだ――そして、僕の君との関係の証拠を君が持っているかどうかは神のみぞ知る、だ。ここに至ると、どうすれば自らの首を絞めずにすむのか、僕にはわからない――他のどんな結末も、僕にはまったく想像がつかない。

　いくつかの新たなおまけのような話がここで登場するかもしれないが、根っこの部分は、われわれ二人には何もかもおなじみのものだ。そんなことを続けてもほとんど何の役にも立たない。われわれはいつも不健全で不自然な関係の中にいた――そして今はこれまで以上にその中にいる。僕は思うのだが、もし、今よりも歩み寄り、今よりも健全な関係を築く希望が一つだけあるとすれば、それは、二つの事柄の中にある。一つ目は、それぞれ、自身の神経症の原因を掘り出し、それを相手に当てはめてみること。そして、二つ目は、それぞれが、心の奥底にある原因から生じる反応に対して絶えず抑止力を働かせ、その争点がどのようなものかによって、最小限のことだけやるか、あるいは何もやらないこと。たとえ、成功するチャンスがごくわずかだとしても、これが、われわれ双方がなさなければならない仕事だ。そして、これは容赦なく――僕はほとんどこの言葉を「悲壮な覚悟で」書いている――ごまかさずに、自己を厳しく見つめることでなされなければならない。〔……〕君は、僕の手紙を開封した後で具合が悪くなった。僕は、君の手紙を開封する前に具合が悪くなった。封筒の君の手書きの文字を見ただけで、僕はいらいらさせられた。もし、手紙の中身が議論を呼ぶものでないならば、この懸念は消える。もし、中身が議論の必要があるならば、この感情は長い間、消えずに残る。そして残ったこの感情は、論争を呼び起こす元となる小さな差異を作り出す。僕との関係が、どれくらい大きな、あるいは小さな影響を君の個人的生活に与えているのか、僕にはわからない。しかし、君との関係が、僕の個人的生活に影響を与えているかどうかはわかる。もうかなりの間、僕はこの影響と戦おうとしてきて、いくらかは前に進むことができた。そしてそれは、身もふたもない利己的な理由によるものだ——自分の結婚を守ることを、少なくともささやかな心の平和を達成することを、残りの人生における幸福を、僕は望んだのだ。われわれの〝もめ事〟は、僕の個人的生活に直接影響を及ぼしてきた——より小さい程度なら、今でもそうだ。例えば、僕の子供に対する毎日の態度に。われわれの双方が、合作の二十年間にわたって、相手に不満を抱えてきた。その抱えた不満がまったく関係のないはけ口を探し、見つけ出すのは不思議なことではない。それが、僕が正そうと努力しているものだ。これが成功しないと、われわれの関係に重要な影響を——僕が言いたいのは、根本的に重要な、という意味だ——与えるだろう。そしてこの影響は、僕と僕の家族との関係にまで及ぶだろうし、ひょっとしたら、われわれの交流の表面下に常にある爆薬を湿らせる自制心にも影響が及ぶかもしれない。率直に言って、僕はこれに耐える準備がある。

＊＊＊

〔……〕僕は、君との関係において、自分に何が起こったのかを、表に出すことさえしなかったね。君がそれを持ち出すのなら、俎上に載せるとしよう。心理学的な理由が何であれ、われわれの合作の初期から、お互いに反発する何かが、僕の中に、あるいは君の中に、あるいはわれわれの中にあった。そしてそれが、深い、痛みを伴う罪悪感を僕に与えてきた。僕にそういった感情を引き起こす原因となるものがどれくらい多いのか、その原因を作りだして存続させることに、君がどれくらい多く貢献しているのか、論じてもむなしいだけだ。自分に関して言うならば、僕は自分が何をやったかを知っている。そして、君の支配に耐えるために僕がやったことを、君がどのように利用したかを僕は知っている。僕に起こったことは、自分の罪悪感に、ほとんど完璧に「折り合いを付ける」という単純なものだ。もし僕が、罪悪感を生み出すものに対して何かをやっていたら、今頃は、罪悪感の埋め合わせをして、罪悪感を一掃しただろうに。思うに、こういった罪悪感は、たいていは僕を無力にするか、少なくとも金縛りにしてしまう。そして、衝突が起きたり、非感情的なやりとりがあったとき、僕を君より弱い立場にとどめてしまう。はるか上にいる君へのぞっとする依存の感情は、適応力の正常なバランスをはるかに越えて、僕の中で育っていった。今の僕は、これまでのように君に依存しているとは感じていない。僕は新しい力を見つけたのだ。あるいは、古い力を再び見つけたのだ。僕は、自分の人生と来世を君に負っているとは、もう感じていない。われわれの仕事上の関係について言うならば、僕は、合作に対する自分自身の適応力と、その価値をわかっている。僕は今、君のパートナーだが――これまで長い間感じてきたような――君の子分ではない。僕は君のパートナーとして、パートナーが与えるべきものを、多かれ少なかれ、君に与えるだろう――おそらくは、今の僕ならば、どちらかと言えば「少なかれ」以上のものを。いずれにせよ僕は、自分の貢献が、そうであるべき側に近づいていくようになると思う。

これが、僕が「自分の足で立つ[*2]」という言葉で言わんとしたことだ。「もはや君の足では立っていない」と言ってもよかったかもしれない。もし君が今でも自分の足で立っているのなら、僕だって同じだ。これは、合作のために好ましい立場と見なしてかまわないだろう。〔……〕

君の手紙の最後の段落は、「私はこの二十年の仕事を真正面から見ることができる。そして、自分に問いかける。私は、自分がやっていることをどれだけ知っているのだろうか？　どうか私に教えてくれ[*3]」だったね。いいだろう、僕が君に教えよう。その二十年のほとんどの間、君は自分が何をしているかを正確に知っていた――それとも、知っていると思っていた、かな。そんな君が今、自らに問うべき真に恐ろしい質問を見いだしたのならば、こう伝えることは君の慰めになるだろう――僕は、この二十年目だけでなく事実上二十年間のすべてにわたって、自分自身にその質問をしてきたのだ。もし君が今、自分自身の心理状態を理解したならば、どのように僕が虚空を――ダンテの〝地獄〟の方がよりふさわしい比喩かな？――実際に生涯の約半分[*4]を費やして漂いつづけてきたのか、君はずっと正しく理解することができるようになったはずだ。僕は、自分がやっていることをどれだけ知っているのかなんて、まったくわからない。君はそれを知りたいと思うのかな？　僕は今でも思わない。僕にできるすべては、前に進んで仕事をすることであり、もし、具体的なものがなければ、希望を希望するだけのことだ。

〔……〕

＊2　リーの一九四八年六月三十日付けの手紙の最後の部分に出てくる文。
＊3　ダネイの一九四八年七月二日付けの手紙の最後の部分に出てくる文。
＊4　リーは一九〇五年生まれで、合作の開始は一九二八年。一九四八年時点では、「生涯の約半分」を合作に費やしてきたことになる。

この手紙は、ほとんど一日を費やして書き上げたが、明日までそのままにしておかない方が良いだろう。ここでこの手紙は終わりにして、これから、梗概についての新しい手紙にとりかかるとしよう。こちらの手紙は、今から投函するよ。梗概についての意見の相違は、そんなに存在しないだろう。ここで言っておくが、君は興味深いアイデアを生み出し、君はそのアイデアを巧みに組み立てたと思っているからね。今、僕に見えている困難は、主として、小説化に際してのものだ。反対の立場から言わせてもらうと、僕は、真相の性質を考えると、連載のチャンスがあるとは思えない。あと、映画に売れる可能性はかなり高いと思う――もし、犯人の動機を変えるならば。〔……〕

マニー

一九四八年七月七日

親愛なるダン。

長篇について。

実のところ僕の方は、大して書くことはない。僕はこのアイデアをとても気に入ったよ。初めて読んでいる間、いくつかの事柄は僕を当惑させた。あらためて読んでみると、それらの事柄、あるいはその大部分が当惑するほどのものではないことに気づいた。〔……〕これが雑誌連載になるとは思わない、と僕が言った理由は以下の通り。父親と母親双方の真相の性質だ。自分の子供たちを出産の時に殺す父親、そして／あるいは、夫が他の女には赤ん坊を与えたが自分には与えなかったという理由で、夫の手でこの世に生を受けた罪なき人々を殺す妻に基づいていることが判明する物語を、[*1]雑誌が受け入れるとは思えない。僕が間違っているといいんだがね。

僕はこうも考えている。ここでは純粋に、連載する雑誌側の立場に立って話すのだが——もし雑誌が、掲載する物語に読者が気にかける中心人物を求めるならば、この物語には——この見地からは——それが著しく欠けている。僕たちはセレストとジミーをある程度は気にかけているかもしれないが、それは僕が彼らをどうするかに大きく左右される。[*2]とはいえ、どちらも僕たちの関心の焦点となるほど物語全体の問題に深く関わっているわけではない。〔……〕この物語においては、僕たちは二人の人物に関心を持っている。一人はエラリー、そしてもう一人はニューヨーク市だ。探偵としてのエラリーは、読者の関心に限って言うと、ある程度は惹きつける。とはいえ、雑誌が求めているものは僕の考えでは、探偵に対する関心ではない。都市のほうは、擬人化に力を注いでいられる間は、漠然とした統一体として読者の心に残り続けるだろう。だが、読者の心の中に、個人なら可能な感情を喚起することはないし、できない。

この物語に対して、「できが悪い」とか「興味をそそらない」とか言っている

＊1　完成稿では、「自分の子供たちを出産のときに殺す父親……」の部分は変えられている。どう変わったかは後出。

＊2　セレストとジミーは「親しい人を連続殺人犯に殺され」、「エラリーの捜査に協力し」、「互いに恋に落ちる」ので、通常なら物語の中心カップルになるだが、そうならないのが『九尾の猫』。

のではない。どうやら君が抱いているらしい雑誌掲載の希望を、僕は持っていないと言っているに過ぎない。映画の可能性に関しては、僕はかなり期待できると信じている——とはいえ、手紙に書いたように、おそらく犯行動機が映画向きに変えられるに違いないと思っている。まだ〈ジョンソン・オフィス〉[*3]と〈カトリック教会〉は存在するからね。この作は、恐怖の物語として、映画界が食いつくものを持っている。明らかに、執筆時の君の頭の中には、映画が強くあったようだ。

この題名は気に入っているよ。ただし、この物語の題名としては確信がない。〔……〕僕自身は、もっとシンプルな題名の方がずっと好みだ。そこでもっと一目瞭然で興味をそそる題名を考えてみたよ。

『猫(*The Cat*)』

こちらはより直接的で、より主題に沿っていて、恐怖を要約し、ぞっとする平易さをもち、それは——たぶん、これは個人的な気まぐれかもしれないが——『その首をはねよ!』よりも、ずっと僕に訴えかける。〔……〕

君がカザリス博士に与えた「アメリカで最も偉大な精神科医」[*4]という称号には、少々当惑している。君が彼に与えた経歴はこの称号にふさわしいものではない。精神科医になるには長年の勉強が必要だし、実際の症例研究にはもっと長い歳月が必要だ。ひとりの人間が精神科医として開業する準備ができたと感じるまでには、普通は精神病院で——神経科の業務など——長い時間を過ごさねばならない。

＊3　アメリカ映画製作配給業者協会(MPPDA)は一九三〇年に映画製作倫理規定(ヘイズ・コード)を制定、実質的な検閲機関となった。一九四五年、アメリカ映画協会(MPAA)と改称、エリック・ジョンストン会長の下、ジョンストン(ジョンソン)・オフィスと呼ばれた。性や犯罪の描写が特にその標的になった。

＊4　完成稿では、カザリス博士に関しては——第十三章などで「偉大な(great)男」と評されてはいるが——最上級の"greatest"という表現は出て来ない。

カザリスが有名な産科医か婦人科医で、天才だとしても、君が用意した、彼が精神医学の訓練を積み開業し引退するまでの年月の総計は、僕の意見では、精神医学の王冠を正当化するには不充分だ。僕は、できることなら、さらに長い期間を精神医学の訓練と実践に捧げるカザリスの姿を見たいと思う。[*5]〔……〕

それを考えている間に、『十日間の不思議』と今度の作から直接生まれた僕の今の気持ちを書き記しておこう。それは、この次の作品では、事件によって混乱させられ迷走したりしないエラリーに戻ろう、ということだ。つまり、君は今のところ良い仕事ができているが、これはその本来の価値を失わせることになる。僕は、エラリーにある程度以上の人間性を与えることは、厳しく制限するべきだと考えている。だが、この物語では、その限界に達してしまったように僕には感じられる。僕は、次の作では、自尊心をいくらか取り戻したエラリーを見たいと思っているのだ！——そして、つけ加えるならば、僕が、本作を読んだ者の大部分の心の中に生まれると確信している「エラリーは〝挫折してしまった〟」という不安を払拭することも。彼は自身を充分に非難した。次の作では、彼は、「たられば」[*6]の入り込む余地のない、文句なしの満足感を、正真正銘の勝利感を得るべきだ。

赤ちゃんはここ一週間ほど具合が悪く、ケイと僕は、寝不足を強いられ続けた目でおろおろしている。僕たちは、これは歯が生えてきたためだと考えているが、坊やは毎日体温が一〇三・五度まで上昇し[*7]、サルファ剤と、何やら怪しげな薬を

＊5　カザリスは産科医を引退してから精神科医になるので、他の医師より短い期間で評価を高める必要がある。

＊6　こんなことを言って書いた次作が『ダブル・ダブル』というのは面白い。

＊7　セ氏では約三十九・七度。

与えられている。そして、神の造り給いし最悪の小僧のように振る舞っているよ。僕たちは、スティーヴの割礼がうまくいったと聞いてほっとしている。そして、これから君が抱くのは、普通の不安だけと確信しているよ。お願いだから、君とヒルダが——二人だけでなくスティーヴも！——坊やが他の赤ん坊とは〝違っている〟という心理に陥らないようにして欲しい——普通の親がそう思う程度ならかまわないが。では、みんなによろしく——

マニー

一九四八年七月八日

親愛なるマン。

〔……〕この二十年間、私が自分の仕事に、発想に、能力に、あらゆることに疑問を抱かなかった日は、一日もなかったよ。[*1] 私がこれまで手掛けた作品のすべては、疑問や懸念、恐れや不安から生まれてきた。仮に、私が五十ページもの手紙を君に書いたとしても、例えば、『十日間の不思議』で私が経験した苦痛や苦悩を伝えることは、到底できないだろう。すべての作業が終わる頃には、私はひどく気分が悪くなる——なぜならば、私は仕事の前も、その最中も気分が悪いからだ。私は今このときも、ひどく気分が悪い——『その首をはねよ！』の余波のお

＊1　手紙が前後しているのでわかりにくいが、ここはリーの七月五日付けの手紙に対する返信。

かげで、そして、雑誌二号分の事前準備のおかげで。今の私は、雑誌の短篇に添える編集者の半ページ分のコメント[*2]さえ、一語一語に悩み苦しまずには、まったく書くことができない。君は私のことを知らなすぎる。もし君が、私がこれまでくぐり抜けてきたものを、きちんと正しく把握したければ、ヒルダに尋ねてくれ――彼女はちょうどわかってきたところで、私が苦労するすべての仕事の前に、最中に、後に、面倒なことを押しつけられている。マン、私はしばしば不思議に思うのだが、一体全体、これまでどうやって、私はあれやこれやをすべて片付けることができたのだろうか。これまでどうやって、紙の上に書き記す仕事ができたのだろうか――私があきらめる準備ができ、あきらめることを熱望し、あきらめる気もあるときが百回もあった仕事において、そのすべてをやり抜くことを。

マン、私は真相の性質が雑誌連載の可能性を排除することもなければ、損なうことさえないと思っている。高級誌はますます、いわゆる精神医学的な動機を使うようになっているではないか。連中は、以前ほど狭量というわけではない。もし物語の他の部分が彼らの心をつかんだら、連載の最終回になってようやく明らかになる「精神医学的な」動機も受け入れてくれると思う。〔……〕映画会社を満足させる動機が何かは、私は気にしていない。しかし、われわれを満足させる動機が何かは気にしている。ありきたりの動機――完全な狂気やそのたぐいのものは、私を満足させることはない。この物語は、深みと説得力がある精神医学的

＊2　この当時の《ＥＱＭＭ》には、各短篇に、ダネイによる長文の〈編集者のコメント〉が添えられていた。

な動機を要求していると私は思う。いや、満足どころか、この動機は私に地獄を見させたよ。この動機は、連続殺人を作り上げるには万事都合が良い。連続殺人は、無差別に、非常識に、無意味に見えるだろう。しかし、最後には、明確な動機によって、すべてが結びついていたことがわかるのだ。白状すると、私が作り上げた動機は、間違いなく戦慄を呼ぶだろう——医師が自身の子供を出産のときに殺すことは衝撃的だからね。それだけでなく、この動機はまごうかたなき信憑性を持つだけでなく、作品全体を通して高められた戦慄と恐怖の感覚と調和し、適合している。終幕での動機の暴露における恐怖のタッチは、読者を激しく揺さぶるだろう。心に刻まれ、深い意義を持つ特質——私は、すべてが上手くいったと思っている。〔……〕

スティーヴはつらい時間を過ごしている。割礼はこの子の生活のリズムを——食べることも、寝ることも、すべてを——乱してしまったらしい。まだ痛みが残っていて、治療の間は特にひどいので、少しずつ進めなければならない。この子の体重が、今週は減った気がして、私たちは元に戻るように心配して見守っている。この子は間違いなく私に似ている——いつでもつらい道の方を進むのだ。新しい長篇について必要な議論以外のことが書かれた長い手紙はごめんこうむるよ。これは約束だ——君に対してだけでなく、僕に対しても。

ダン

一九四八年七月九日

親愛なるマン。

　七月七日付けの君の手紙を受け取ったよ。赤ん坊が病気だと聞いて、わが家の全員が気をもんでいる。この手紙が君に届く頃にはすべてが好転していることを、私たちは願っているよ。スティーヴの方もまちがいなく具合が悪い。割礼は疑いなく、この子にとっては乗り越えるのが困難な障害物だったようだ。私たちは昨夜、医師に来てもらったが、その医師は、小さな男の子にはかなりこたえたようだと認めた。明日で割礼から一週間になるが、スティーヴの食欲も睡眠も、まだ元に戻らない。いつもよりひどく泣いているよ。また痛みがぶり返しているのかもしれない。〔……〕

　いいや、私たちはスティーヴを〝違っている〟子供として扱ってはいない[*1]——医師が私たちに教えてくれた生理学《〔ママ〕》的な[*2]処法を除いては。それでもやはり、スティーヴがすべての面で他の子供に追いつくために、これを一年間続けることになるだろうね。この小さな男の子は、まったくもって興味深いよ。ある点では成年に達していると言えるし、別の点では、生後一箇月かそこらでしかないからだ。この子は今月の半ばには生後四箇月を迎える。そしてその点では彼は前向きな子供だ。君の知ってるほかの子供と同じ［ように］。この子は自分が欲しいときに

＊1　リーの七月七日付けの手紙の「坊やが他の赤ん坊とは〝違っている〟という心理に～」を受けての文。

＊2　「生理学的な（physiological）」は「肉体的な（physically）」のタイプミスか?

はそれがわかっていて、野生の馬でもこの子を動かすことはできない。この子は非常に興奮しやすい――神経の塊りのような子だ、と医師は言っている（まったく、この子は私の息子以外の何だというのだろうか？――頑固ですぐかっとなるなんて）。ちょっとした環境の変化にも影響を受けるように見える。そして、この子は疑いもなく、私の胃腸の弱さも受け継いでいるよ。

君の子供たちみんなが元気だと、私たちに知らせてほしい。

＊＊＊

新しい本に対する君のコメントについて。実際のところ、君のコメントの大部分は私に大きな歓びを与えてくれたよ。そして、君が述べたいくつかの事柄については、君がそう言うであろうと期待もしていた。〔……〕真相の性質についてと、それが雑誌連載の可能性に及ぼす効果については、僕はすでに君に伝えている。忘れないでくれ、赤ん坊殺しと見なされる真相は、ひとつの真相に過ぎないのだ。これは物語の中で継続されるテーマではない。最後に明らかになるだけなのだ。私は、ポール・ギャリコがかつて雑誌に書いた、養護施設での赤ん坊殺しの物語を覚えているよ――ほら、非嫡出子や、それ以外の理由で望まれなかった赤ん坊が、しつけのために送られる施設だ。私の記憶では、施設の土地は文字通り赤ん坊の死体で埋まっていたにもかかわらず、雑誌はこの話を掲載した。もし雑誌が、物語の本筋を気に入ったなら、物語の最後で明かされるに過ぎない動機も受け入れてくれるだろうと、私は思う。私が間違っていることはあり得るが――そうでないことを望んでいるよ。

そう、物語には二人の主人公が存在する――君は完全に正しい。主人公は、(1)エラリーと、(2)ニューヨーク市だ。これは私のほうで考え抜き――そういう風に構想を練ったわけだ。理由の一つは、エラリーに〈機械仕掛けの神〉《デウス・エクス・マキナ》*3以上の地位を与えるためであり、エラリーを、〈推理機械〉として以上に、人間として扱う機会を君に与えるためだ。私はこの物語で、エラリーに深い人間的な興味をそそる役割を持たせたと考えている。彼は治安に関する恐ろしいほどの責任を負い――その責任は、一個人としての彼に集中する。彼はその両肩に、市全体の恐怖を負うわけだ。さて、エラリーと都市が主人公になるのは、どこか間違っているのかな？　エラリーの背後にある、これまで知られてきた二十年間のことは忘れてくれ。しばしの間この物語を、エラリーについての最初の物語だと考えてくれ。*4雑誌がこの物語のエラリーに、彼らが主人公に求める種類のキャラクターを見いださないはずはないだろう。なぜこの物語のエラリーが、読者の深い共感を得る真のヒーロー的人物になれないというんだい？

実際には、エラリーはどこかの女性と恋に落ちたわけではない。彼はロマンティックな筋を担ってはいない。だが、これは必要だろうか？　雑誌において最も成功した作中人物の何人かは、裏で糸を引く傍観者として共感を得る人間でもあったではないか。とはいえ、雑誌がロマンティックな筋を期待していることには、私も同意する。これが、セレストとジミーが物語の中であいうことをやる理由

＊3　"deus ex machina"とは、古代ギリシャ劇の終幕で、突然現れて不自然で強引な解決をもたらす神の役。しばしば名探偵を形容するのに使われる。

＊4　これまでとは別人の「新生エラリー」として考えると、高級誌の主人公にふさわしい、と言いたいのだろう。

だ。もっとも、彼らは副主人公に過ぎない——とはいえ、副主人公ではあっても、ロマンティックな筋の必要性を満たすだけの強さは備えている。加えて、エラリーが、彼らを結びつけ、引き離し、そして最後には再び結びつける人物であるという事実もある。[*5]〔……〕そして、都市のことも忘れてはならない。まさに都市というものがそうであるように、それは不規則に広がり、拡散し、巨大でありながら、"作中人物"としても存在し続ける——その背後に、命を持ち、呼吸をして、あらゆる恐怖を抱く、一人の生きた人間を感じさせながら。〔……〕

動機が映画化の機会を損なうかどうかについても、私は君に伝えた。映画会社は、動機を変えることができる——もし連中がそう望むか、変更が必要もしくはその価値があると考えるのなら。従って、動機の変更は、決して映画〔会社〕がこの物語を買うのを思いとどまる理由にはならない——少なくとも、私の知る限りでは。この物語の肝《きも》を、映画会社に食わせてやろうじゃないか——大量殺人を、死の恐怖に覆われた大都会を、高まる緊張を、間接的な被害者である二人の若者[*6]の（障害付き）恋愛沙汰を、とりわけ、その肩にすべての荷を乗せ、たった一人で危険や恐怖と闘う、孤独で共感を誘うエラリーの姿を。〔……〕

私は、カザリスが「アメリカで最も偉大な精神科医」になるまでに必要な期間の長さについては、悩んだりはしなかったよ。だが、もしそれが君を悩ますなら、次のどちらに変えてもかまわない。（a）「最も偉大」にはせず、「最も輝かしい人物の一人」とする。あるいは、（b）彼がこの分野で最高位に就くために要し

＊5　エラリーが、セレストにはジミーを探らせ、ジミーにはセレストを探らせ、お互いに相手を殺人犯ではないかと疑わせる場面がある。

＊6　セレストとジミーは、共に身近な人を〈猫〉に殺されているので、「間接的な被害者」と言える。

た期間の長さを増やす。君はカザリスを今より年長にすることで、後者を実現することができる――とはいえ、私は自分が最終的に彼に与えた〝六十五歳〟という年齢[*7]が気に入っている。もし君が、カザリスの精神科医としての訓練と実践にかけた年数を変えるならば、考えられるすべての関係性を細心の注意を払ってチェックしてくれ。そして別の角度からチェック、再チェックだ――例えば、カザリス夫人の相対的な年齢、セリグマン教授の相対的な年齢、カザリスの経歴の各年代、被害者の相対的な年齢、そのほか[*8]。君もわかっていると思うが、この手の変更は、物語のすべての局面に波及するものだ。私は、すべての筋を、正確なだけでなく常に信憑性があるように保つため、細心の注意を払って仕事をしなければならなかった。もし君が何らかの種類の年代的変更をするならば、より一層注意深くやらねばならない――その変更は、物語のほとんどすべてに影響を及ぼすだろうからね。

私は全面的に君に同意するが、二つの作の後、エラリーは充分すぎるほど失墜したし、彼に人間性を与えるこのやり方は、少なくとも当面は、やりつくしてしまった。〔……〕私はこれを、『十日間の不思議』〔で〕始めて、『その首をはねよ！』で続けた。自尊心と優れた知的能力を失墜させることでエラリーに血肉を与えることを、意図的に狙ったのだ。マン、私はそれが良い方向に向かうために役立つだろうと思うし、エラリーも次は何の条件もなしで成功することができると思う。ただし、『その首をはねよ！』の最後の章での（最後の一言に至って

＊7　完成稿でもカザリス博士の年齢は変わっていない。
＊8　本作の動機は、カザリス博士の産科医時代と密接に関係している。このため、この時代の期間を変えると、犯人も被害者も影響を受ける。

も）エラリーがただの穴の空いた風船だと思わないでほしい。偉大な男は今まで通り、自分の頭からウサギを取り出す。[*9] 忘れてはならないのは、読者に解明してみせるのは、精神科医ではなくエラリーだということだ。エラリーの頭脳はまだ健在だ――ただ、一個の自我として、ひとりの人間としては、彼は大きな打撃を受けた。事件全体、とりわけセリグマン教授が、エラリーの座っている椅子を引き抜き、これまで小説上の探偵の知性に対してなされてきた中で最も芸術的な尻餅をつかせ――『十日間の不思議』で左から一発、『その首をはねよ！』で右のクロスと痛烈なワンツー・パンチを食らわせた。それでもエラリーはそこから立ち上がり、次の物語で充分な栄誉を勝ち取るために帰ってくる。

何ということだ！――さらに一日がつぶれてしまった。とはいえ、この手紙は重要だ。君からの特別な問いとコメントに応じる機会を得たことで、私は非常に鼓舞されたよ。いったんこの本にかぶりついたならば、君はその仕事を心から楽しんでくれるだろう――これこそが、途方もなく重要だと私は感じている。

皆さんによろしく。

ダン

＊9 「自分の頭（head）からウサギを取り出す」は「自分の帽子（hat）からウサギを取り出す」＝「思いがけない行動をとる」のもじり。「自分の帽子からウサギを取り出す」は、クイーンお気に入りの表現で、警視がエラリーに何度も言っている。

一九四八年七月二十九日

親愛なるマン。

〔……〕クリスマスの物語だが、ちゃんと受け取ったよ。マン、私はこの短篇シリーズ[*1]について、君と、ものすごく長い話をしたい。だが私は、とても一通の手紙ではそれができないことがわかっている。われわれ双方が気づいているように、手紙で批評をやり取りする試みは、あまりにも危険だ。とは言え、反対の極に走って、何一つ語らないというのも、私にはできない。

私はこの小説は長すぎると思った――本質的《パーシー》に長すぎるのではなく、長すぎてこの物語の良さを消してしまうのだ[*2]。私は何箇所かカットした――その多くは、今の原稿で言うと三十ページと三十一ページにある。さらにカットしたいところだが、そうすべきだとは思っていない。〔……〕嘘偽りなく、私のカットはこの小説を少しばかり良くしたと考えているし、同様に、さらなるカットも小説を良くすると――引き締まったものになると――考えている。とはいえ、私は完全に、この短篇シリーズにおける君の取り組みを理解したし、原則として、無条件でそれを承認する。だが、私は次の示唆に対して、君が真剣に考えてくれることを望んでいるよ――やりすぎる可能性を生む危険をわざわざ冒すよりは、やらなさすぎの方が良い。

＊1　この時期に《ＥＱＭＭ》に掲載されていた『犯罪カレンダー』収録作のこと。「クリスマスの物語」は、一九四八年十二月号に載った「クリスマスの人形」のこと。

＊2　邦訳書でもわかるが、『犯罪カレンダー』十二作の中で、「クリスマスと人形」が一番長い。次に長い「針の目」は元のラジオドラマが一時間版なのにこの作は三十分版であることを考えると、リーがかなり文章を追加したのだろう。

特に、クリスマス物語に関しては、これが言える。包み隠さずに言うと、マン、この小説は、そのほとんどが奇抜さに埋もれているように私には思える。[*3]〔……〕

＊＊＊

私は、雑誌の仕事の締め切りに追いつき次第、新たな長篇について考え始めるべきだと思っている――われわれは是が非でも、休止なしで自分たちを立て直さなければならない。こいつは私の担当範囲に関しては、ぞっとする見通しだよ――私は仕事にとりかかるためのわずかなアイデアも、あるいはアイデアの萌芽すら持っていない――完全に空白の石板だからね。加えて、私は『不思議』とも、今は君の手中にある長篇とも、丸っきり異なる何かを――あらゆる面で異なるやり方で――やらねばならないという現実がある。今このときから道が見えてくるまで、私がどれくらいの時間を要するかは、神のみぞ知る、だよ……。君自身の仕事の予定に関する見込みを私に教えてくれ――私が言いたいのは、短篇シリーズの残りが割り込むことをきちんと考慮した上での、新作長篇の予定だ。[*4]君の考えでは、いつ新しい長篇を仕上げることができるのかな？　最終期限の日付けを共有することは重要だろう、それがわれわれを左右することになるからね――私は次の長篇の何らかの期限を定めることができるし、［リトル・ブラウン社は］いつ頃入稿するかを知ることができるし、他にもいろいろある。

私たちはみな元気だ。とはいえ、休暇を取るにはもっとお金が必要だが。皆さんによろしく。

＊3　「クリスマスの人形」の、「ルパンのような怪盗が盗難を予告して……」という設定のことだと思われる。

＊4　『犯罪カレンダー』収録作の《ＥＱＭＭ》発表時期は、一九四六年九月〜十一月号、一九四七年一月〜三月号、一九四八年十二月号、一九五一年四月〜八月号で、後半は執筆が難航していることがわかる。

ダン

［一九四八年］七月三十一日　土曜日

親愛なるダン。

〔……〕奇抜さというのは、ある者には食べ物だが、別の者には毒だ。僕は、この短篇シリーズのほとんどで、奇抜さは栄養になっていると見なした。君は明らかに、そのほとんどで毒だと見なした。それがわれわれなのだ。

だが僕は、君の編集者という立場の特殊な事情のことを取り上げたい。当たり前の話だが、君は、自分の雑誌宛てに届いた他の短篇に目を通すときのやり方で、この短篇にも目を通すことになる――雑誌の掲載商品として、雑誌編集者の立場から。しかし、はっきり言うと、この短篇シリーズは、《ＥＱＭＭ》のために書いたのではないし、他の雑誌のためでもない。このシリーズが《ＥＱＭＭ》に載るという事実は、本来の事情からは外れたものなのだ。僕は終始一貫して、この短篇シリーズは、月の順番に並べて一巻にまとめた形で読まれるように考えていた。僕は、まず最初に雑誌に売ろうと真剣に考えたことは、これまで一度も、夢にも思ったことはない。だから、作品の形式も書き方も自由に決めてきた。[*1]

〔……〕

＊1　この文を読むと、『犯罪カレンダー』のアイデアはリーのもので、《ＥＱＭＭ》への掲載は、〝ついで〟だったとわかる。ただし、ダネイにとっては、《ＥＱＭＭ》の読者のために〈エラリー・クイーン〉の作品を載せることは、重要だったのだろう。

君が雑誌を編集しているかぎりは、それがどんな理由であっても、何を載せ何を載せないかを君が指図する権利に対して疑義を唱えることはなかった。けれども、クイーンの半身として、そしてこの短篇シリーズを執筆する責任者として、僕は発言する権利を保有している。《ＥＱＭＭ》のためにすべきことは何かという君の編集者としての観点から、より雑誌にふさわしくするために削除や修正をし、その削除や修正についてわれわれが一致しないというのであれば、むしろ、この短篇を雑誌から丸ごと除外してほしい。《ＥＱＭＭ》に寄稿した場合、君はその立場、主に《ＥＱＭＭ》の編集者という立場に沿って振る舞わざるを得ない。同じ理由で、私は主に〝短篇の提出者であるクイーン〟として振る舞わざるを得ない。〔……〕君は明らかに、「クリスマスと人形」について、かなりの不満を抱いている。[*2] ダン――僕は、何の恨みも、何の敵意も、そして、悪意ある意図のかけらすらなく、これを言っている――なぜ君は、この短篇を没にしないのだ？はっきり言えば、僕はその方が良い。そうすれば、僕は他の短篇を書き進めることができる――完全な本の形を前提として、君と《ＥＱＭＭ》をまったくわずらわせることなしに。もちろん、君はその結果として生まれる本を、決して気に入らないだろう。しかし、この件がなかったとしても、君は決して気に入らないのだろう。自分の合作作品への寄与の結果に、もう一方の〝共作者〟は絶えず不満を抱くことになる――この事実を、われわれ二人は公平に甘受すべきだと思う。

＊＊＊

＊2　クイーンのラジオドラマは小説同様、ダネイがプロットを担当しているが、「クリスマスと人形」はプロットもリーが考えたらしい。そのため、ダネイの批判に過剰反応したのかもしれない。

今回取り上げたこの話題を離れる前に、もう一つだけ。これを最後にしたい。カレンダー連作に関する全体的な不満が多かれ少なかれ君から出ているという事実に照らして、僕が今この連作についてどう感じているかを、君は知るべきだと考えている。僕はこの連作をとても気に入っているし、書きながら多くの楽しみを得ている。[*3] 読者から見ても、高度な面白さを持つ短篇群だと思う。そして、これは珍しい短篇集になると思う……侮辱的な意味ではなく「道を外れている」本として。僕は、この本は好意的な書評を得る可能性さえ持っていると思う。君がこの連作について何を考えているのか、君にはわかっているが、僕にはわからない。君は今、この連作に関する、われわれの判断を分かつ深い亀裂がどれくらい大きいかを判断する立場にいる。

＊＊＊

君は、僕自身の仕事の予定についての見込みを尋ねていたね。予定は漠然としている——君がこれを聞いて残念に思うのはわかっているが予定については、こう伝えるしかない。僕はただ単に、長篇がどれだけかかるのか、事前に教えることができない、というか、事前に計画することができないのだ。僕は自身の時間を最大三箇月ほど割り当てている。そして、やるのに二箇月半かかるだろうと思っている。さらに、二箇月でやろうと試みている。ということは、奇蹟が今すぐ起これば十月一日になるだろう。運が良ければ十月十五日にはできるだろう。だが、十一月一日より前になることを当てにしないでほしい。もしこれが、僕と同

＊3　『推理の芸術』によると、リーはバウチャーには不満を述べている。おそらく、カレンダーの趣向のため、自分の好みではない脚本を小説化しなければならない点が不満だったのだろう。

様に、君にも不充分な予定だと言うならば、われわれは少なくとも一つは、現在の計画表に対して一致しているわけだ。ラジオに関しては、最後までこれについて何も聞いていなかったという君の不平に対しては、僕は理解も共感もできる。僕が最後にこれについて聞いたことは、君に正確に伝えた――それだけだ。

ご家族によろしく――

マニー

以下の手紙では、のちに『犯罪カレンダー』に収められた二つの短篇、「大統領の五セント貨」と「双面神クラブの秘密」への言及がある。

一九四八年八月三日

親愛なるマン。

〔……〕言わねばならないな、マン。君はたまに、とても非論理的になる。例を挙げよう。「もし君がいくらかの変更を、特にバランス面での変更をしたら、もっともっとこの短篇シリーズが好きになるだろう」と言ったからという理由で、君は、私はこの短篇シリーズをまったく気に入っていないという結論を下した。

どんな論理をもってしても、これは理解できない――君が理解してほしいと思っているることだけは理解できるが。まごうかたなき真実はこうだ。全体として、私はこの短篇シリーズを気に入っている。もし君が、いくつかの点で私が示唆した変更に同意してくれたならば、私は今よりもっと気に入るだろう。〔……〕

私がこの短篇シリーズをまったく気に入っていないと言うために、君がどれだけ意図的に曲解したかを、さらに示そう。以下が証拠になる。私は、「〔大統領の〕五セント貨」をMWAアンソロジーのために選んでいる。[*1] 私は、来月刊行されるであろうクックのアンソロジー『年刊ベスト探偵小説』[*2]に「五セント貨」が収録される手助けをした。私は、「双面神クラブの秘密」を『二〇世紀探偵小説』[*3]に選んだ――私はこのアンソロジーでは、（君が疑いもなく正しいと認めているように）愛好家として最善の配慮のみによって、短篇を選んでいる。

ひょっとしたら君は、クイーンの名を冠して出るアンソロジーや《EQMM》の中身に関しては、私の関心が薄いと思っているのかな？　君がこう考えているということはあり得るかな？――私が、クイーンの名を出し続けるためだけに、粗雑だと思っている仕事をして、本や雑誌を刊行していると。それとも、短篇がアンソロジーに収録される際の手数料として、わずかな金を稼ぐために、本や雑誌を刊行していると。私が言いたいことのすべては、初めに言った通りだし、ずっと言ってきた通りだ。私はこの短篇シリーズを以前よりも気に入っているよ。「奇抜さ」の議論に関しては、賛成か反対かにかかわらず、私はそういった議論

＊1　*Murder by Expert* (1947) と思われるが、この本で「大統領の五セント貨」を選んだのはクレイグ・ライスとなっている。ライスの選評は、森英俊・山口雅也編『名探偵の世紀』に訳載。
＊2　*Best Detective Stories of the Year* (1948) のこと。
＊3　ダネイが編んだ *20th Century Detective Stories* (1948) のこと。

に巻き込まれる気は毛頭ないよ！〔……〕執筆が必要な残りの短篇については、《EQMM》の締め切りに間に合うように、君の方で予定を調整してくれると、私はあてにしている。われわれは、たった一つの月も欠けたままにはできない——お金のためではなく、欠けた月を埋めて一年分が揃うことを、この本は要求しているからだ。[*4]

一つ、言いたいことがあるよ、マン。私は心底、議論を望んでいない——何の話かというと、私が《EQMM》の編集をやっているという事実を薄っぺらな理由にして、私のことをとやかく言い続ける君の権利についてだよ。《EQMM》に関しては、私がちゃんと心得てた上で誠実にやっていると、君は信じてくれないのかな？　私がクイーンの短篇に対してやっていることは、ときおり削除をすることくらいしかない。君は理解すべきだ——私は他の作家による短篇でも、同じことをやっていると！！！　私は他の短篇には、莫大な数の書き直しをやってきた[*5]——こういった書き直しをした短篇には、世評やそれ以外の評価で傑作と見なされたものも含まれている——そして、マン、私が多くの短篇を向上させたことは、本来の作者がおおむね認めている。そして、私が多くの短篇を救ったことは、本来の作者がこれも認めている。私が行った変更は、どんな些細な変更さえも、個人の好みに基づくものではなかった——クイーンの短篇でも、他の作家の短篇でも。

新しい長篇について。〔……〕私の仕事の進み具合は、君に逐一、知らせるこ

＊4　『犯罪カレンダー』は十二の短篇がそれぞれの月に対応しているという趣向なので、十二作揃わなければ本にはできない。

＊5　ダネイの「書き直し」の内、性的・差別的表現の修正や、読者の知識不足を埋めるための修正は、他の編集者もやっている。内容の変更は、キャリアの浅い作家に対してしか提案していない（らしい）。問題はカットで、他の編集者が雑誌のページ数の都合で縮めるのに対して、ダネイは作品が良くなると考えてカットしている。リーはこのあたりが不満なのだろう。

とにするよ。君に「ようやく次の長篇のための基本アイデアを思いついた」と書けるようになったときには、最も高いハードルを飛び越えたことになると、私は感じている。

わが家はみんな、ここの暑さをしのげる程度には元気だ。スティーヴは乳歯が生えてきたよ。よりによって、一年で最も暑くてしんどいときに――この子はあらゆることを難しい方に変えてしまうようだ。これが親譲りであることに疑いの余地はないな。それでは。

ダン

［一九四八年］八月四日

親愛なるダン。

梗概をじっくり読ませてもらったおかげで、すっかり詳しくなってしまったよ。だがそのために、いくつかの点に引っかかりを感じざるを得なかった。
（1）この物語の中では、実際の殺人が九件あり、十件目はカザリスによる見せかけの殺人未遂だ。そして、君のプロットでは、七件目の殺人のあと、市はパニックに陥っている――〈ガーデン〉の場面[*1]などのように。君はパニックの広がりを納得させるために、この〈ガーデン〉の場面だけでなく、殺人が数を重ねるの

＊1　第七章のメトロポル・ホールでの暴動のことだと思われる。梗概では〈マディソン・スクエア・ガーデン〉で暴動が起こる予定だったのか？

に合わせて、市の反応を描いた様々な出来事を挿入しているが、僕は、殺人の数が充分ではないという確信に達しつつある。僕の考えでは、ニューヨークのような都市では、事件がどんなに謎めいていたとしても、七つをかなり上回る殺人がなければ、多くの住民が逃げ出すようなパニックにはならないだろうな。もちろん、君が猫を象徴する九という数*2でぴったり殺人を完結させたいと考えていることは、理解しているよ。だが僕は、これはさほど重要ではない要素として、捨ててもかまわないと考えている——殺人者であるカザリス夫人にとって何の根拠もない数であることに、疑いの余地はないからだ。彼女の立場で考えるならば、たった九件の殺人だけしか——猫を象徴する数の殺人だけしか——犯せなかったという事実に、単なる偶然以上の何かがあったという解釈を与えるのは難しい。これは作者にとっての象徴であって、作中人物にとっての象徴ではないのだから。僕はこの象徴性をカザリス夫人に重ね合わすことは可能だとも思っている——新聞が犯人を〈猫〉と呼んだために、彼女の頭にこのアイデアが浮かんだ、といったものだ——が、それをやってしまうと、犯行の軸がぶれてしまうように思える。もし彼女が狂気に取り憑かれ、夫がこの世に送り出した赤ん坊を殺そうとしたのならば、象徴であろうがなかろうが、九という数で殺人を止めたりはしないからだ。〔……〕

（２）実際に殺された九人の内訳は、女性が六人、男性が三人となっている。もし予定されていた十人目の被害者も含めるならば、女性が七人、男性が三人とな

＊2　ことわざ「猫は九つの命を持つ」から。

る。僕は、これは得策ではないと思う。確率的に見ると、比率は逆になる。君が指摘しているように、女性は結婚によって姓が変わるからだよ。カザリス博士の患者を年代順に探し出して殺す際、夫人は何の思惑も抱いていないし、えり好みをしているわけでもなく、産まれた順に選んでいる。となると、平均の法則に従うこととなり、電話帳で名前が見つかる可能性は、女性よりも男性の方が大きくなるはずだ。[*3]〔……〕僕が思うに、この女性比率の高さは偶然ではないのだろう。君がこうした理由として考えられるのは、一つしかない。男よりも女の方が殺される人数が多いと、どういうわけか、雑誌的[*4]な感じを受けるからだ。——おそらくは、被害者の大部分を女性にすることによって、「殺人者の動機には何かしら性的なものがあるに違いない」という推測が生まれることを期待しているのではないかな。かくして読者は、「犯人は男だ」という考えに導かれてしまうわけだ。僕もしこの考えが君の頭にあったならば、僕には実際に巧くいくとは思えない。僕がこの物語を書く際に、どんなに微妙でどんなにわずかであるにせよ、性犯罪の可能性にまったく触れずに済ませることは、絶対に無理だからだ[*5]（あくまでも仮定の話だが、現実社会でこの物語のような殺人が起きたならば、本職の警察官は、真っ先に性犯罪の可能性を挙げるだろうな）。〔……〕

僕から提案がある。第一の殺人の被害者を女性に変えて、読者には女性を狙った殺人だという印象を与えたらどうだろう。〔……〕君が第一の殺人の被害者を男性にした理由は、僕には一つしか思い浮かばない。それは、最初の犠牲者をど

＊3　犯人はカザリス博士の産科医時代のカルテで被害者の名前を調べ、電話帳で現在の住所を確認している。この場合は、結婚して姓の変わる女性よりも、男性の方が被害者に選ばれる可能性が高くなる。

＊4　ここでは煽情的な記事を載せる通俗雑誌を指していると思われる。

＊5　完成稿では第二の被害者は娼婦であり、この可能性が検討されている。

こから見ても「平凡な人物」にするという君のアイデアは、女という性よりも男という性の方に結びつけやすい、というものだ。だが一方では、女性だって「平凡な人物」と結びつけることは可能だし、その方が、より哀れみを誘うだろう。*6

［……］

（3）これは質問だよ（思いつくたびに書いているので、言及している箇所があちこちに飛んでしまっているな）。カザリス博士が逮捕されると夫人が犯行を止めた理由として、君は何か考えを持っているのかな？　君は、カザリスの逮捕から、そのカザリスが犯人であることに疑いを生じさせる手がかりをエラリーが見つけ出すまでに、二箇月が経過したと書いている。この二箇月の間に、さらなる殺人は実行されていない。——事実だけを見ると、カザリスの拘束は、まごうかたなく殺人を完全に打ち止めにしたのだ。君の意図するところは、罪のなすりつけなのかな？　つまり、狂気に取り憑かれたカザリス夫人は、復讐のために夫に罪を着せようとした。そしてその結果として、カザリス博士が理論的には「さらなる」殺人を実行することができない場所に送られた今、犯行を止めた、ということかな？　それとも、夫が自分の犯した罪を背負ってくれたおかげで、彼女の狂気の中から狡猾さが生まれ、新たな犯行から彼女を遠ざけた、ということかな？　カザリス夫人の心理に関するこの疑問に対して、君はどう考えていたのかな？［……］

（4）カザリス博士の経歴についての質問だ。こいつは相変わらず僕を当惑させ

＊6　完成稿では、被害者がどこにでもいる「平凡な人物」だから、NYの住民は「次は自分が狙われるのではないか」と怯えた、となっている。

ている――どうやら僕が以前は飛ばしてしまったか、わかっていなかった点に気づいてからは、なおさらだ。君は、博士が二十一歳のときに〝開業〟したと言っている。だが、これを実現するには、カザリス博士は神童でなければならない。今日では当然のことながら、認可を受けた医大ならどこでも、四年の医学部進学課程と四年の医学課程が義務付けられている上に、最低でも一年のインターン研修が法的に義務付けられている――ということは、合計で九年が必要になるわけだ。僕は、カザリスが医学を学び始めた頃は、医学部進学課程は二年だけで良かったと確信している。だが、そうだったとしても、法律上開業に必要な条件が整うには、最低でもその七年前には大学に入学していなければならない。これは、入学時には十四歳以下だったことを意味する。〔……〕この点について、僕はかなり冴えたアイデアを持っているよ。カザリスのために、飛び級を認めて資格を与える制度が制定されたことにすればいいのさ。それはさておき、この点に関してのみ言うならば、僕はカザリスの年齢を少し上げた方が良いと考えている。さらに僕は、彼が精神医学を学び始めた時期と引退の時期の間の年数を広げるためのつじつま合わせをすべきだという思いも持っている。カザリスをあまり老けさせないために、被害者の年齢も少しずつ若くする必要があるだろうな――言い換えると、最初の被害者である男または女を、四十四歳ではなく、三十九歳か四十歳か、そのあたりにすべきなのだ。*7

（5）君は、「カザリス博士が自分の三人の赤ん坊を意図的に殺した」というア

*7　完成稿では、カザリス博士の開業は二十三歳のときに変更されている。また、第一の犠牲者の年齢は四十四歳のまま。他の点が梗概からどう変更されたかは不明。

イデアに固執しているかな？[*8] 例えば、こう変えたらどうだろうか。カザリスは単なる「婦人科医」であって、「アメリカでトップクラスの産科医」と描写されているわけではない。この事実を使い、肥大化したうぬぼれによって、彼は自分の赤ん坊を――梗概のように――自らの手で取り上げると言い張った、とするのだ。だが彼は、致命的なミスをしでかしたか、力不足（か、神経質過ぎる性格！）だった。かくして、自身の過失か力不足のために、最初の赤ん坊は死に、二番目の赤ん坊も同様だった（この出来事は二件に減らした方が良いと思う）。[*9]これでも、カザリスが神経衰弱になった理由としては充分だと思わないかな？しかも、こちらの場合だと、カザリス夫人が精神を病んだ〝背景〟を、ずっと単純に、ずっと直接的に（そして、おそらくはずっと自然なものに）することができる。カザリス夫人の夫は、何千人もの赤ん坊を、手際よくミスもなくこの世に送り出してきた。それなのに、彼女のときはミスをして赤ん坊は死んでしまった。「わたしは、わたし以外の女のために夫がこの世に送り出すことに成功した赤ん坊すべてを殺してやる。〔……〕カザリスがミスをするなんて信じられないのだから！」[*10]。カザリス博士は、自分の妻の出産を自分でやると言い張ったことだけが過ちだった、とした方が物語がわかりやすくなり、単純になり、〝納得いかない点〟が少なくなると思わないかな？　こうすると、二人あるいは三人の赤ん坊に何が起こったにせよ、死産だったことになる。言い換えると――どんな医者でも、「もっと良い処置」はできなかったことになるわけだ。ただし、この事実に

＊8　「カザリス博士は胎児の父親が妻の不倫相手だと考え、自らの手で赤ん坊を取り上げて殺した」という真相は、完成稿では、ちらりと出てくるだけにとどまっている。だが、手紙を読む限りでは、梗概ではしっきりと書いてあったらしい。

＊9　死んだ赤ん坊の数は、梗概では三人だったらしいが、完成稿では二人に変えられている。リーの提案をダネイが受け入れたのだろう。

＊10　まったく同じではないが、よく似た文章が、解決篇でのエラリーの言葉の中に登場している。

よって、医師が自分の受け持った部分に関しての罪の意識を[*11]――君が彼に与えようとしたものを――持たずにすむということになってしまうな。とはいえ、自明のこととは思うが、別の種類の罪の意識が生まれることになる。ほどなく、カザリスは疑いを抱くか、知るか、発見することになる――自分が失敗した原因が遺伝子にあったことを。言い換えるならば、赤ん坊たちの死産の原因は、婦人科医としてのミスではなく、男親として胚に染みこませてしまった破滅の種[*12]――彼がもたらした遺伝的悪影響か何かのせいだったわけだ。ここで繰り返すが、それでもカザリス夫人の狂気がふくれあがっていくことに、何の変わりもない。彼女を追いつめるのは強迫観念だからだ。「あの人はわたしに赤ん坊を一人も授けてくれなかった。でもあの人は、他の女のために、何千人もの赤ん坊を与えることはできたのよ。だったら、わたしはその子らを殺すことにしましょう」という。

僕は、君の物語のプロットを変更しようとしているわけではない。カザリス博士が自分の赤ん坊を意図的に殺したという点について、不安を感じて――代案を提示してみただけなのだ。これを読んでも、君が自分の考えが最良だと感じるならば、僕は君に従うことにするよ。

君が提起した《ＥＱＭＭ》の編集についての問題は、返事が必要なようだね。僕は、君が雑誌の編集において不誠実だと、直接的であれ心の中であれ、責めたことはない。まったくもって、その反対だよ！　君がどれだけのものを雑誌に捧げているかを、君自身にとってどれだけ雑誌が重要なのかを、僕は知っている。

＊11　カザリス博士は妻に罪の意識を感じているからかばおうとする。
＊12　完成稿には悪性遺伝子の話は出てこないが、代わりに、「へその緒が赤ん坊の首に巻きついて死んだ（のではないか）」という巧妙な理由が語られている。

そして、雑誌との関わりにおいて君がこれまでやってきたことは、まぎれもなく君の最高の行為であり、僕には絶対に成し遂げられないことだ。僕はこの手紙では、編集という行為とその性質について語っているのだ。君の編集手腕に関しては、僕個人の経験からは判断を下すことはできない――僕は、君との〈作家と編集者の関係〉において、これまで行われてきたことから導き出した意見によってしか、話を進めることができない。もちろん、君の雑誌がこの分野において最高なのは事実だ。この点に関しては、僕は疑いのかけらさえも持っていない。そして、もちろん、これはすべて君がやったことだ。トニー・バウチャー[*13]は僕に言ったよ。君の編集の腕を直接知っているトニーや他の人たちは、君はまぎれもなくとても優れた編集者だと――最高の編集者の一人だと――見なしている、と。だから僕も、君の手腕に文句をつける気は毛頭ない。

僕が問いたいのは――そして、これはたぶん、僕の偏見だろうが――僕がやることに対する君の客観的な〝編集〟の手腕についてだ。この件については、それほど単純な問いではない。実質的に、僕のやることは、君自身が提供した材料に基づいて、複雑さを加えることがすべてだからだ。ゆえに、この問いかけは、僕がやることに対する君の客観的な編集の手腕についてだけではない。君が寄与したものについての問いでもあるわけだ。どれくらい客観的に、君は君自身の仕事が関与した部分を見ているのかな？　自分自身の仕事が関与した部分を〝客観的に〟見ていると言うことはたやすい！　しかし、それはどこまで真実なのかな？

＊13　既にに述べたが、バウチャーはこの時期、ラジオ版『エラリー・クイーンの冒険』に参加していて、リーと交流があった。

それをどこまで真実にできるのかな？　特に、君と僕のような、どうしても譲ることができない感情的な人間同士の場合は？　君がどのようにして、君自身を同時に三つの個に分割しているのか、僕にはわからない[*14]――編集者に、小説の基となるプロットの提供者に、そして、合作の相手ときちんと折り合いがつく関係を持つことができない（相手も同じである）共作者に。〔……〕

ダン、この君の雑誌に関する問題のすべてが、常に、双方にかなりの苦々しさを生み出す源になっていた。われわれは何年も、この件については理屈や食い違い、ごたごたをかき集めてきて、そこに益するものはみじんもなかったと思う。なぜならば、われわれがするのは自分の正当化か、そうしようとすることだけだからだ。事の真相は、相手から与えられた示唆や異議の長所短所とは関係なく、それぞれが作品に対する自分の貢献を守るのに汲々とし、相手がそれを侵犯すると憤慨する、ということだ。一致しないという単なる事実が、たちまち、一致しない点を弁護するための一つ、あるいは複数の議論を呼び起こしてしまう。相手の批判に対する容認は存在しない。なぜならば、批判など求めていないからだ。求めているのは同意だけで、それはめったにない。これは、われわれ双方に当てはまる。たとえ、同意や承認があったとしても、それは、しぶしぶ同意したものか、もっと多いのは、まったく同意していないのに、後ろ向きな態度で同意したものだ。

ああ、こんな話はくそくらえだ。こいつは君に新たな不眠を与え、僕の頭をス

＊14　クイーン作品が《ＥＱＭＭ》に載る場合、ダネイがプロットを考え、リーが小説化し、それをダネイが編集者として評価することになる。

イカのように重くさせる。

＊＊＊

どうせなら、とことんまで《ビター・エンド》やって、すっきりさせた方が良いだろう。君の雑誌は、何年もの間、僕にひどい苦しみを与えてきた。僕がそれに激しい抵抗をしてきたことを、君は知るべきだ。そして、君もずっと前から知っているように、《EQMM》は別として、僕は探偵小説を読まない。もう何年も、われわれの作品は別として、僕は一冊も読んでいない。僕が読書のために割くわずかな時間は、遠くかけ離れた主題につぎ込んでいる。こういったことをひっくるめて考慮すると、僕は雑誌の内容について意見を述べる立場にあるとは言い難い。編集者の権限に関しては、すでに述べた通りだ。

称賛すべき内容の雑誌に関して、僕が君に言うことは、わずかしか、あるいはまったくない――これはまぎれもない真実だ。もちろん君は、なぜ言わないのかわかっているね？　僕は雑誌と君に対して、途方もないいまいましさを感じているからだ。〔……〕

なぜ君は、仕事のいくつかを他人に委《ゆだ》ねて、多くの雑務から自分を解放することができないのか？　なぜ君は、仕事にしがみつくことをやめないのか？　なぜ君は、あらゆるところへ首を突っこむのをやめないのか？　なぜならば、その仕事のハードさが、君に混ぜ物のない喜びを与える唯一のもの――君がこれまでクイーンとして関わってきた仕事の中では唯一のもの――だからだ。[*15] 君の重圧の大

＊15　小説の執筆はリーと協力しなければできないが、編集はダネイが単独でやっている。だからダネイは、「混ぜ物のない喜び」を得られる、と言いたいのだろう。

部分は、君が他人に創作上の手助けをやらせることに気が進まないことに起因するのではないのか？　僕は今、それを君に訊いている。おそらく僕は、この件についても間違っているだろうがね。だが、君はいつも、僕にこういった感じを与えるのだ。君が《ＥＱＭＭ》について、例えば、いかにコンテストが君を悩ませるかを語る際には――君がトラブルを、真のトラブルを抱えているときでさえも――君はいつも、そのすべてを――トラブルさえも――楽しんでいるという感じがする。〔……〕

僕は君の雑誌の仕事を過小評価してはいない。僕は君の仕事を尊敬しているし、君はすばらしい仕事をやってきて、今もやっていると思う。しかしダン、僕が見返りもなくこういう評価を下すことは期待しないでくれないか。それを言ったら僕だって、自分がやることに対して、見返りもなくこういう評価を君が下すことを期待しているのだよ。もし、われわれ双方がそれをやったら、すばらしいことではあるがね。あいにくと、われわれは二人とも、相手に対してしぶしぶ辛抱しているような状態だ。そうだろう？　僕はだいぶ前に、辛抱がそれとは別のものになり得るという希望を捨ててしまった。そして、絶対に君もそうだと思っている。たぶん、それでも希望はまだ残されているかもしれないな。

マニー

［手書きの追記］君からの返事が届くまで、実際の執筆に取りかかることはでき

ない。特に、最初の犠牲者の性別は重要だと思う。僕は、材料が揃っている「四月」[*16]の物語の肉付けの方を進めることにするよ。

一九四八年八月七日

親愛なるマン。

〔……〕君に梗概を送ってから、まだ一箇月ちょっとしかたっていない。でも、自分がこうしようと決め、ああしようと決めた際に、どんな根拠によってその決定にたどりついたのかを、何もかも思い出すのは、私にとっては難しくなってきたようだ。いくつかの決定は、三箇月間みっちり考えた結果だ。梗概を書き上げたときには、あまりにも打ち込みすぎたために、仕事がいやになってしまったくらいだ。数多のことを決めていく行為が精神をすり切れさせたので、すべてを手放せるようになったことは、私にとって喜びだった。結論を言おう。執筆の間、私の頭の中では、百万もの細かい点について、あいまいな部分は何一つなかった(君は私の執筆のやり方を知っているだろう。書く内容の大部分は頭の中から引っ張り出したものなのだよ。私はいつも、断片的なメモの助けを借りて、頭の中で完全な物語を組み立てておく。それが終わってから、最後に、梗概の執筆に取りかかるわけだ)[*1]――前述のように、「執筆の間、私の頭の中では、百万もの細

＊16　現在では『犯罪カレンダー』に収録されている、四月をテーマにした短篇「皇帝のダイス」のことだと思われる。この短篇はラジオドラマ用脚本の小説化なので、「材料が揃っている」というわけ。

＊1　ダネイの「断片的なメモ」を使った執筆のやり方については、エッセイ集『クイーン談話室』のリーフ48で語られている。

かい点について、あいまいな部分は何一つなかった」のだが、私が梗概を手放すやいなや、それは頭の中から消え去ってしまった。手放すことが、三箇月にわたる絶え間ない労苦の末に私の頭が爆発するのを防いでくれたわけだ。

だが、一つだけ、君に重く受け止めてほしい点がある。物語のどんな部分においても、私は一度たりとも、単なる思いつきや気まぐれで決めたことはない。今ここで、根拠を思い出すことができようができまいが、私は保証しよう――すべての決定の背後には、ちゃんとした根拠があるのだということを。もし私がそう、最初の犠牲者に一方の性別ではなくもう一方の性別を選んだとしたら、それには明白な根拠があったはずだ。私がしばしば――かなりしばしば――〝直観〟と呼ばれるものによって創作をすることは認めよう。だが、直観とは何なのだろうか？　今では確信しているが、直観の大部分は、私の中にある無意識的な判断によるものなのだ。そしてその判断は、プロットを組み立てる訓練と実践の結果として育《はぐく》まれたものに他ならない。私は、頭の中で対話を行い、良いアイデアを嗅ぎつけることができる。そして、直観と訓練の組み合わせによって、嗅ぎつけたアイデアが良いものかどうかわかるのだよ――そのアイデアの良し悪しを具体的に分析するよりずっと前に。かくして、私は自分の直観を信じることができるわけだ。真摯にかつ誠実に、私は自分の直観が信じるに足るものだということをわかっているのだ。

では、君の質問と提案に行こう。まずは、殺人の数についてだ。この物語の最初の構想段階で、実際に私の頭の中にあったのは、十三件の殺人だった。構想では、それを数字の「十三」の象徴と連携させることさえ考えていた。それに合わせて、章の数も全部で十三章にしようと思っていた。だが、梗概の執筆に取りかかるとき、私は、多すぎる殺人は二つの問題を呼び起こすことに気づいた。一つ目は、多すぎる殺人は扱いが難しい*2ということだ。たとえ、いくつかの殺人の展開を舞台裏にまわしたとしても、やっかいなものになるだろうね。二つ目は、殺人が多すぎると、通俗的な感じが強くなる——かなり安っぽい感じを受けるということだ。多すぎる殺人は、陳腐なパルプ調の感じを物語に与えかねず——それは、どんな犠牲を払ってでも、避けなければならないものなのだ。

私は、最終的に犯罪の数を九件に決めた——が、それが猫を象徴する数だからではない。九件に決めたあとでそれに気づいたのだ——猫の象徴によって題材が規定されたと言うよりは、題材が猫の象徴を呼び起こしたと言っていいだろう。

私は「残忍な殺人が七件では、都市をパニックに陥れるには不充分だ」とは思わない。同じような〈首絞めジャック〉事件*3を見れば、それは明らかだろう。マンハッタンにおいて、一見して無差別で、狂気に満ち、予測不能な殺人が七件というのは決して少なくない——というのも、連続殺人のときは、新聞やラジオなどの累積効果が生じるからだ（オーソン・ウェルズのたった一回の放送*4が、ニューヨークとニュージャージーに何を起こしたか、君は覚えているかな?）。とはいえ、君が、相変わらず九件の殺人とクライマックスでの十件目の（阻止され

*2　殺人の件数が増えると、事件の説明や捜査シーンが増えるので扱いが難しいという意味だと思われる。

*3　〈首絞めジャック（Jack the Strangler）〉事件とは、一九二四年にアメリカで起こった連続絞殺事件のこと。殺人の件数は四件しかないが、かなりの騒ぎになったらしい。

*4　オーソン・ウェルズが一九二八年にラジオドラマ化したH・G・ウェルズの『宇宙戦争』が、本当のニュース放送だと思われて全米がパニックになった事件のこと。また、完成稿の第一章には、「〈猫〉によるパニックの責任の一端は新聞やラジオにある」という意味の文章が出てくる。

た）殺人では不充分だと感じるならば、さらに追加することに反対はしない。私なら、計十三件を上回る数にはしないだろう――この数でさえも、通俗的傾向が強すぎると思っているからだ。だが、もし君が十三件の殺人が必要と感じるならば、「不吉な十三」という切り口を用いた何かを組み込まなければならないだろうね。例えば、もしマリリン・ソームズの殺人未遂を――物語の中では他のどの犯行よりも描かれる場面が多く、盛り上がり、サスペンスにあふれる犯行を――十三件目にしたら、「不吉」な感じは、予定されている犯行への恐怖や、やがて起こるであろう十三件目の殺人を待ち続ける恐怖をさらに高めるのではないかな。*5エラリーと警視は、天才的な殺人者（だとこの時点では考えている）と戦うだけでなく、「十三」という数に迷信的につきまとう邪悪な雰囲気とも戦うことになるわけだ。〔……〕

つけ加えておきたいことがある。梗概では、エラリーは六件目の殺人の時点で事件捜査に加わっている。その次の殺人では、カザリス博士が物語に登場する。この二件の殺人――六番目と七番目――の間は、大きく開けることはできない。エラリーが捜査に乗り出したら、できる限り間を置かずにカザリスを登場させるべきだ。だから、もし君が、六番目と七番目の間にさらなる殺人を加えようと考えているならば、その殺人に枚数を割くべきではない。簡単な言及だけで済ませ、カザリスの登場を遅らせないようにするべきだね。*6

繰り返すが、マン、私は警告しなければならない。君は、このタイプの探偵小

＊5　警察は次の犠牲者がソームズだとわかって罠を仕掛けるが、失敗する可能性も小さくない。これが「待ち続ける恐怖」というわけ。

＊6　犯人のカザリス夫人は、六番目の殺人のあと、エラリーが事件の捜査に乗り出すことを報道で知ると、身近な人物を七番目の被害者に選び、カザリス博士がエラリーの捜査に加わるように仕向ける。このため、六番目と七番目の殺人の間に別の殺人を加えることが難しくなっている。

説は、勝手気ままに変更できないことをわかっていると思う。連続殺人の数を変え、順序を変え、発生日を変えたならば、恐ろしいほどの波及効果をもたらすことになる。たった一つの殺人でも追加したならば、それ以降に語られるすべての事柄に影響が及ぶわけだ。もし君がいくつか殺人を加えるというのであれば、すべての起こりうる波及効果を――時機を、年齢を、描写を、そしてそれ以外のいくつもの事柄を――チェックにチェックを重ねなければならない。私が梗概でこのパターンを練るときには、悪魔のように細心の注意を払わなければならなかったのだからね。君が殺人を追加するかどうかは別にして、私から一つ提案をしたい。すべての殺人について、発見された日、被害者の年齢、殺人の間に経過した日数などをまとめた表を書いたらどうかな。そうしなければ、君が最大限の努力をしたとしても、不整合や間違いといった罪を犯してしまうのではないかと、私は恐れているのだよ。

被害者の男女比率について。私が意図的に被害者のほとんどを女性にしたというのは事実だ――が、君が思うほど大きな〝拡大〟とは言えない。マンハッタンの人口比は明白に女性側に傾いている――現代のすべての大都市がそうであるように。だが、それが理由のすべてではない。私は、少しばかり女性の比率を拡大しても問題はないことがわかっていたし、そうすれば、かなり大きな利点が生じることもわかっていたからなのだよ。物語というものは、女性被害者を多くすると、利点が生じるのだ。読者に与える印象がより強くなるという利点が。雑誌掲載の可能性が高まるという利点が。映画化の可能性が高まるという利点が。――はっきり言えば、あらゆる点において利点しかないのだ。実のところ、なぜカザリス博士のファイルから男性よりも女性の方が多く見つかったかという点について、私は、半ダースもの説得力あふれる完璧な理由を作り出すことができた。――だが、実際問題として、私はこの点を正当化する必要はないと考えている。〔……〕私は以下の前提に基づいて考えたのだ。「最も重要な殺人――読者に対して最も大きな印象を与えなければならない殺人や、プロットの中で最高の見せ場として描かれなければならない殺人――の被害者は、女性であるべきである」という前提に。この点について、私の中では疑いの余地はない。この私の考えの正しさには、感情の面や印象の面から何となくそう思っているだけでなく、冷厳な事実の裏付けがあることもわかっている――読者が刺激を受けたり関心を抱いたりするのは、男性よりも女性の殺人に対してなのだ。（証拠を一つ挙げよう。《EQMM》の表紙に女性の死体を描いたときは、いつも、男性の死体のときよりも売れ行きがいいのだ。すべての《EQMM》の表紙を女性被害者にすべきとは思っていないが、女性被害者を男性よりずっと多くしていることは、君も気づくだろうね。）*7

では、物語において最も重要な殺人はどれだろうか？

それは最初の殺人（アバネシー）ではない、ない、ない。厳密に言えば、最初の殺人はプロローグに過ぎない。〔……〕読者はこの時点では、第一の殺人の重要性も、それ

＊7　《EQMM》一九四七～四八年の表紙における被害者の性別を調べてみると、全二十四冊の内、女性が十九人、男性が五人だった。

がもたらす意味も、それが内包するものも、わかっていない。

この本に登場する最初の重要な殺人は六番目だ――なぜならば、この殺人がエラリーを事件に引きずり込むからだ。そしてこの殺人で、警視が今までの事件のリストを示し、連続殺人の影響や高まる恐怖等々が明らかになる山場をもたらすからだ。*8

次に登場する重要な殺人は、七番目――リチャードソンだ。なぜならば、この殺人がカザリスを物語に引きずり込むからだ。

その次に登場する重要な事件は、八番目――ペトルッキだ。なぜならば、〈マジソン・スクエア〉の暴動のクライマックスになるからだ。*9

最後に登場する重要な事件は、十番目――ソームズだ。なぜならば、最も注意深く舞台上で組み立てなければならない事件だからだ。なぜならば、連続殺人のクライマックスとなるからだ。なぜならば、セレストが巻き込まれるからだ。*10 なぜならば、殺人者らしき人物の逮捕で幕を下ろすからだ。まとめてみよう。重要な殺人は、六番目、七番目、八番目、そして十番目となる。それゆえ私は、物語を組み立てる際に、即座にこの四件の殺人の被害者を女性に決めた。これは必要原理であり――君が理解してくれることを望むよ、マン。もし、この四人の殺人被害者の何人かを女性以外にしたら、読者に与える衝撃は弱くなってしまうだろうね。それに、恐怖や雰囲気やドラマの盛り上げという観点から見ても、物語がかなり弱くなってしまうはずだ。衝撃を与える主軸は、この四つの殺人にある

＊8　完成稿では第五の殺人で警視が説明し、第六の殺人でエラリーが捜査に乗り出している。
＊9　リーの一九四八年八月四日の手紙でも触れたが、梗概では暴動は〈マディソン・スクエア・ガーデン〉で起こったように見える。
＊10　十番目に狙われるのはソームズだが、セレストは彼女と間違えられて襲われる。

——一番最初の殺人も含めて、それ以外の殺人が物語の中でどれだけ言及されようが、どれだけその場で論じられようが。〔……〕
そして、私は四番目の犠牲者——ジミーの姉であるマッケル——を女性にすべきだと決めた。（副）主人公が兄を失うより姉を失う方が、物語にとってずっと良いと考えたからだ。繰り返すが、心情的に訴える力が強くなるのだ。
加えて、五番目の犠牲者——セレストの姉のような存在のフィリップ[*11]——も、なるべくして女性になった。セレストと姉の関係のほうが女同志の関係として、セレストと兄（または男のいとこ）のそれよりも、ずっと効果的で興味深いものになるからだ。セレストがずっと看護をしてきたという過去（言うまでもなく、これはセレストがどんなタイプの人物かを——つまりは彼女の造形を示している）は、病気がちの人物を姉にすることによって、より心に入り込み、より確かなものになる。さらには、われらが主人公と女主人公（単なる言葉上の表現に過ぎないが、ジミーとセレストのことだ）を、「殺人鬼によって兄を失った者同士」よりも、「姉を失った者同士」にした方が、より絆が強くなるという事実もあるからね。
これで、十人の犠牲者のうち六人が女性になったわけだ。お次は、われわれは男性の犠牲者の割り振りに取りかかるか、あるいは、バランス感覚をきれいさっぱり投げ捨てなければならない。〔……〕いったん私は、最初の犠牲者を男性に決めたが、なるべく早く物語に女性の犠牲者を出すべきだということは理解して

＊11　完成稿では、フランス系のフィリップス家は、もともとは「フィリップ（Philippe）」だったが、アメリカで「フィリップス（Phillips）」に改名したことになっている。だが、手紙では「フィリップ」になっているところから見ると、梗概には改名の話はなかったようだ。

いた。〔……〕

一番目の犠牲者が男性に、二番目が女性に決まったあと、三番目は男性――オライリーにすることができた。実を言うと、これには別の必要性があった。できるだけ早く（最初の三件の犯罪の時点で）、男性の一人は独身で、別の一人は既婚であることを、読者にわからせることが必須だったのさ。[*12]〔……〕かくして、九件のうちの七件の被害者が女性に決まったわけだ。当然のこととして、残った犠牲者――九番目のカッツ（この名前は変えないことを希望する）[*13]は男性にしたよ。さて、いいかな。私があらゆる点を考慮して性別を選んだことを、ここまで根拠を挙げて説明してきたね。だが私は、その間もずっと、心配するほど男女のバランスが悪いとは感じていなかったよ。〔……〕

君が殺人を追加しようと決めたならば、男性の犠牲者を増やすことができるわけだ。これが梗概の基本パターンに干渉する[*14]ことはないだろうが、私はそれを変えずにおくべきだと強く感じてはいる。〔……〕

夫が逮捕されたあとのカザリス夫人の行動について。これは、夫に罪を着せようという意図ではない。物語の流れから言って、なぜ罪を着せることになるのか、私には理解できない。カザリス夫人の犯罪は、罪の転嫁を狙うような巧妙さによって考え抜かれ、計画されたものではないのだ。全体としては――「全体としては」だよ――感情に動かされた犯罪に過ぎない。だから、私から見ると、この犯罪には、夫に罪を着せるという意志はまったく合わないものなのだ。

＊12　男は結婚しても姓が変わらないため、既婚者でも被害者に選ばれている、という手がかりのこと。

＊13　「カッツ（Katz）」は、ドイツ語の“Katze（猫）”を連想させるためだと思われる。

＊14　完成稿では、被害者の数も性別も変わっていない。リーが納得したのだろう。

さて、これは何としても認めてもらいたいのだが、C夫人は、彼女なりのやり方ではあるが、頭の良い人物なのだ——そう、狂ってはいるが、かなり狡猾なのだよ。彼女が愚か者ではないことに疑問の余地はない。さらに彼女は、自分が捕まりたいと思って殺人を行ってきたのでもない。自分が逮捕されることなど、望んでいないのだ。従って、自分の夫が〈猫〉として逮捕されたとき、C夫人は腰を据えてじっくり考えたに違いない。彼女は、ある面では正気ではないが、別の面ではじっくり考えることができるほどには正気なのだからね。そして、即座に理解したのだ。夫が留置所にいる間に自分が殺人を続けたならば、夫が実は潔白であることが判明してしまうに違いないということを——彼女は、夫がわざと自分の罪をかぶってくれたことをわかっていた。ならば、ひとたびC博士の潔白が明らかになると、われわれはエラリーが本の最後で気づいたときと同じ立場に立つことになる。警察（とエラリー）は、C博士が潔白であるとの確証を得た瞬間に、彼は誰かをかばっていることがわかってしまう（最後にエラリーがそうしたように）。誰をかばっているのか？　エラリー自身が行った推理に基づけば——それはC博士の妻しかいない。かくしてC夫人は理解したのだ。殺人を続ければ、自分を指し示すことにしかならない、と。ところで、われわれは実際に何が起こったか、わかっているのだろうか？　C博士が逮捕されてから二箇月後までの間に、C夫人が面会に行ったことはわかっている。[*15] そして、二箇月たったときに、またしても夫との面会に出向いて、二人揃って自殺したこともわかっている。こ

＊15　完成稿では「夫人が面会に行った」ではなく「博士が（妻を）頻繁に呼び寄せた」とあり、読者の注意が夫人に向かないようにしている。

れは何を示唆しているだろうか？　間違いなく、この二箇月の間に、二人は包み隠さずにすべてのことを話し合ったのだ――二人がお互いを完全にわかり合ったからこそ、揃って自殺することになったのだよ。そして、二人が何を話し合ったのかは、読者は想像することができるはずだ。C夫人は、警察に行って真実を話したいと言う――夫を自由の身にするために。C博士は、自分が責めを負うと説明して、彼女を思いとどまらせる。おそらく彼女は新たな殺人を犯すと脅したのだろう――C博士の潔白を証明するために。C博士は、それは良い結果をもたらさないことを彼女に指摘する――新たな殺人は彼の潔白を示すが、同時に（すでに述べたように）真っ直ぐ彼女を、彼女ただ一人だけを指し示すことにもなる、と。C博士は、こう脅すこともできたはずだ。もしC夫人が彼の潔白を証明するために新たな殺人を犯したら、警察には、彼女は夫を救うためにやっただけだ――従って、彼がやはり〈猫〉であり、これまでの犯行すべてを実行したのだと説明する、と。

そう、彼らは話して話した。C夫人は、もう一つの殺人を犯したとしても、さらにそれ以上の殺人を犯したとしても、真の助けにはならないことを認めるしかなかった。最後には、二人はお互いに、最終的な解明において伏せられていたことさえ理解し合った。もはや一人だけでなく、二人にとって希望はないことを理解し合った。一人であろうが二人であろうが、過去を消すことはできない。すでに殺人は行われてしまったのだ。さらなる殺人は無益で――C夫人の狂気を癒すことさえもできない。そして今、彼女の夫には死刑の運命が待ち構えているのだ。彼らには——二人にとっては——解決策は一つしか存在しない。かくして彼らは、それを選んだ——心中を。こういったすべてのことは、私には自明に思える。前に言ったように、彼らが最後に揃って決断を下した経過は言わず語らずにしておく。[*16] 二人で示し合わせての自殺が、殺人が完全に止まったことも含めて、すべてを説明してくれるからだ。〔……〕

私には、カザリスが神童だとは思えない。そう、彼は早熟で、クラスでは最年少で、頭が飛び抜けて良かったし、他にも卓越した点はあっただろう。だが、神童ではない。神童というものは、音楽の分野以外では、宣教師として終わるものではないかな——歳をとっても神童のままという者は、めったにいないように思う。〔……〕動機について。カザリスの罪の意識はできるだけ強く、しかも、できるだけわかりやすくするべきだろうか——私はまだ考え続けているよ、マン。彼が自分の赤ん坊三人を殺したという真実は、異常きわまりない動機というだけではなく、桁外れの衝撃を与えるものだ。真実を知らされた読者には、その瞬間に恐怖の感覚が生じるに違いないと私は確信している。おそらく読者は震えあがるだろうね。だが、それは悪いことなのだろうか？〔……〕

私にとって、動機はとてつもなく興味深いものなのだよ。この動機は桁外れの衝撃を持っている——他の探偵小説に登場するほとんどすべての動機が持っていない衝撃を。使い古しの貪欲や恋愛感情や他のありふれた動機のすべてに欠けて

＊16　完成稿にはこういった話は一行も出て来ない。

いる衝撃を。こういった動機と比べると、今回の動機は新しいだけでなく、他のどの動機とも異なっている――真実味があり、驚きがあり、それでいて、物語のあらゆる要素と連携しているのだ。

私がまだ考え続けている点が、もう一つある。もしC夫人が、夫が自分たちの赤ん坊を殺したと知ったならば、二人の結婚生活が続く可能性はないのではという点だよ。カザリスが、妻の不貞を確信しているにもかかわらず、二人の結婚生活を続けていることは、私は是認できると思う。いくつもの結婚生活が――おそらく大部分の結婚生活が！――こうした疑念を抱いたまま続いているからね。だが、私は同じ原則がC夫人にも当てはまるとは信じることができない。もし彼女が夫の行為を知ったならば、それをあいまいなままにしておくことは、どうしてもできない。不貞と〝生まれたばかりの赤ん坊の殺害〟との間には、比較できないほどの差があるのだ。後者は鬼畜の所業であり――私は、どんな女性であっても、それを受け入れることはできないと思う。[*17]

カザリスは赤ん坊を殺さなかった、死は力不足か不手際のためだった、とすべきだという君の対案は、現在の物語における凶悪な真相と比べると、明らかに弱いと感じざるを得ないね。この点については、君にもっともっと考えてほしいと思う。私は物語を練る際に、君の言う設定についても百万回も熟考したが、その都度、否応なしに、そちらの設定は引っ込めざるを得なかった――物語全体の直接の原因となる「カザリスは出産のときに自分の赤ん坊を意図的に殺した」とい

＊17　完成稿では夫人の心理をセリグマン教授に分析させて説得力を持たせている。

う真相の持つ強烈さと衝撃を保つために。おそらく、この差は、感受性の強さの問題か、私には見えていない何かによって生じているのだろうね。私にはこれ以上はわからない。だが、私は感じているのだ。強い説得力を持ち、強烈な鬼畜性を感じさせる動機を薄めることは、あらゆる面で――心理の面からも感情の面からも――力強さを失うことにつながるという事実を。

赤ん坊が死産だった原因はカザリスの悪性遺伝子にあった――この真相は、やはり同様に効果を弱めてしまうように感じる。のみならず、カザリスの罪悪感がかなり弱くなってしまうことも疑いの余地はない。私は、彼の罪の意識はできるだけ強くすべきだと考えているからね。[*18] なるほど、君ならば、より微妙な罪悪感で代用してくれそうだが、その微妙さは私には弱く感じられるし、読者に理解させるのが難しいし、もしそうなると、結末の説得力が失われてしまうだろう。

〔……〕

私は、物語的に見て、現在の動機が最もふさわしいと考えている。この物語にとっても、この本にとってもだ。仮に、動機が衝撃的すぎたり強烈すぎたりして、われわれが雑誌への売り込みに失敗したら、どうすべきだろうか。この場合は、動機に変更を加えた方が良いか、雑誌編集部に訊くことになる――ただし、訊くのは、彼らが物語の最後まで読み終えてからだ。もし、動機の変更が雑誌の採否を左右するならば、最後の章だけを書き直すことになるだろうね。雑誌編集部というやつが、毎回ではないにしても、最終的に拒否するまでに、どれだけ変更を

＊18　カザリス博士は妻をかばって自身が死刑になるわけだから、強い罪の意識が必要になる。

言ってくるか想像できるかな。私はナイオ・マーシュ[*19]の出版エージェントと、この件について話したことがある。〔《サタデー・イヴニング・ポスト》誌が〕彼女の新作の連載企画に興味を示したときのことだ。〔……〕編集部があまりにも広範囲にわたって変更を要求してきたので、ナイオ・マーシュは実質的には、本を一冊丸ごと書き直すことになったのだよ。

カザリスが自分の赤ん坊を殺したことについて、君は不安を感じたと書いているが、なぜそう感じたのかな？　君は恐怖や驚愕にひるんだのかな？　もしそうなら、それは本当に悪いことなのだろうか？〔……〕

映画化について。映画製作者ならば、あらゆる箇所をあらゆる方法で変更するだろうね。「最後の場面のみ変更の必要がある」という理由だけで映画化権が売れないことがあるなんて、私は聞いたことがない。

＊＊＊

というわけで、私は、君が提示したすべての事柄を取り上げたと思う。もし、何か漏らしていたら、教えてくれたまえ（私はそれに抵抗できず、そして君は梗概い、い、い、い、い、を、もっと短くしろと言い、い、い、出す！）。

梗概以外のことまで書くにはとんでもなく疲れ切っている――だから、われわれが二人ともかなりうまくやっていることだけを書いておこう。そして、自分のことも書かせてもらいたい。〔……〕今、二人でいつものように長篇の磨き上げをやっていると、これが私にとってはとんでもなくしんどい作業であることが、

＊19　ナイオ・マーシュ（一八九五～一九八二年）はニュージーランドの作家。《EQMM》に寄稿しているので、ダネイはマーシュのアメリカの出版エージェントと話す機会があったのだろう。

身にしみてわかるよ。実を言うと、雑誌編集の仕事の方は、すでに必要最小限の作業だけに絞るようにしているのだ――それでも、雑誌編集と小説を並行して、何とかやり遂げなければならないのさ。言ってもしようがないことだが、もっと仕事を他人に任せなければ。あらためて質問しよう。一体、私は何を他人に任せることができるのだろうか？

ダン

以下の手紙の中で、リーが言及しているサミュエル・ヨーケルソン博士（一九〇六～七六年）は、（スタントン・E・セームナウ博士との共著である）『犯罪者の人格』[*1]によって、最も名を知られている。その後の手紙でリーは、ヨーケルソン博士に精神分析を受けたいという望みを書いてもいる。実際に彼が受けたかどうかは不明である。しかしながら、リーは東海岸に戻ったあとで（他の家族と一緒に）精神分析にかかったことはわかっている。

［一九四八年］八月九日　月曜日

親愛なるダン。

＊1　Samuel Yochelson と Stanton E. Samenow の共著 *The Criminal Personality* は犯罪者の思考と行動を分析した本で、現在も版を重ねている名著。

〔……〕カザリスが自分の三人の赤ん坊を殺したという事実は、僕に「ショック」を与えなかった。これは恐怖や悪趣味、あるいはその手のものを感じさせるものでもなかった。この点を的確に説明できるかどうか、やってみるとしよう。僕は、自分が精神医学に関する詳細な知識を持っているふりはしない。が、少なくとも、生かじりではあるが、基本的な知識を得るのに充分な量の読書を行ってはいる。加えて、長年にわたるサム・ヨーケルソンとの交際が、僕をこの分野全般に導いてくれた。そして、この卓越した精神科医との親密な交流によって、精神医学の基礎について継続的に学ぶ機会も与えられた。僕の知る限りでは、君は、僕がこの特定の分野に関して持っているのと同等の知識はない――ここで言いたいのは、君が信用できないということでも、僕は信用できるということでもないよ。すべての議論の根底に精神医学の問題があるため、僕はこの点に言及しているに過ぎない。君の物語の狙いのためには、カザリスに妻をかばう行為をさせなければならない。少なくとも、彼がまぎれもなく潔白である時点で、大量殺人者の役を演じさせなければならない。[*1]〔……〕そこで君は、疑うべくもない異常な動機を持ち出すわけだ――「カザリスは自分の三人の赤ん坊を殺した」ことによって、強い罪悪感を植え付けられた、という。かくして彼は、その罪を償うため、実際には妻が犯した犯罪――真実への疑念によって正気を失ったことによる犯罪[*2]――の責任を負うことになる、と。これは納得がいくように見える。あるいは、少なくとも、納得がいかないにしても、もっともらしさは強くなる。

＊1　カザリスは自分の妻が連続殺人犯だと気づき、罪をかぶるために、新たな殺人（未遂）を犯す。

＊2　カザリス夫人は、「実は夫が赤ん坊を殺害したのではないか」という疑念に取り憑かれ、正気を失う。

ただし、プロットを組み立てる段階になると、君は――僕の見たところ――落馬してしまう。君はそのアイデアを（直近の手紙で語っていたように）あまりにも気に入ってしまい、君の目にはそれがあまりにも強固に見えてしまうのだ。かくして君は、カザリス夫妻の年齢的な不釣り合いをすっとばし、事実に基づくことなく、エラリーをその結論にたどり着かせてしまう。それ以外もすべて純粋な臆測で――おそらくは、もっともらしい臆測ではあるが、同じ程度にもっともらしい他の臆測を排除していない。君は、カザリスの側にそれなりの嫉妬があることを前提としている――そう、もっともらしくはある。だが、彼は嫉妬などしていないという考えは成り立たないのか？　君が前提とする「他の男と、とりわけ、自分より若い男と……自分の妻との関係」は――エラリーが知る事実のどれにも基づいていない。[*3] エラリーはどうしてそう言えるのかな？　C夫人が――名声があり立派な男たちのかなり年下の妻たちがそうであるように――完全に夫しか目に入らず、他の男とは、「どれほど他愛のないかかわり」[*4] さえもないように見えるというのに。エラリーはどうしてそう言えるのかな？　C博士は「狂気のような嫉妬」を抱くタイプの男ではないように見えるというのに。言わせてもらおう。実際に君がカザリスに与えた性格から判断すると、彼はまったく根拠がないのに妻に嫉妬するような、この上なく身勝手な男になってしまう。それとも、根拠はあったのかな？　もしあったとするならば、その事実かほのめかしは、どこにあったのかな？　君は、カザリス博士が妻の最初の妊娠の九箇月の間、気に病んで

＊3　夫人の夫との関係に関する情報のうち、エラリーが手に入れたものは、第九章に出て来る「夫ひとすじ」しかない。

＊4　原文は“relationships, no matter how innocent”で、完成稿十二章にはよく似た「どれほどわずかで他愛のない（no matter how slight, no matter how innocent）かかわり（relationships）」という文が出てくる。引用符がついているので、梗概にある表現なのだろう。

いたという設定を持ち込んだ。なぜだ？　どんな事実に基づいて？　彼は気に病むことがあるのだろうか？　そうだとしても、彼は実際に気に病んだのか？*5　僕はこの穴をふさぎたいとは思っていない。ただし、これは指摘しておきたい。こういったタイプの仮定のせいで、いたるところで、エラリーが思い描く仮説に都合が良い臆測が選ばれている。かくしてエラリーは、カザリス博士が出産の際に自分の三人の赤ん坊を殺したという「解決」にたどり着く。［ダネイの手書きによる余白への書き込み］事実は、エラリーは実際にCが赤ん坊を殺したということを「再構成した」という解決に飛びついた。それから、そのあとに起こったに違いないことを「再構成した」──実際には、推理はまったくない──これは当て推量に基づく純粋な推測である。

　ダン、これは、単なる仮説からでは、かなりハードルが高い結論だ。君好みの結論のために──容赦がなく、突飛で、人を驚かせる結論のために──あつらえたものであり、これでは、重大な点がくっきりと浮かび出てしまう。読者は叫ぶに違いない。「一体全体、エラリーはどうやって、その結論に、たどり着いたのだ？」と。論拠となる手がかりは薄っぺらで貧弱だ。われわれはすべての局面においてわき道を避けることができたが、エラリーはやらなかった。人もあろうに、エラリーがそんなことを！〔……〕僕が指摘しているのは、この点だ。僕の観点からは、「C博士が彼自身の三人の赤ん坊を殺した」という結論にエラリーをたどり着かせるためには、あるいはそういう印象を与えるためには、その結論の基

＊5　完成稿では博士の嫉妬と妄想についてエラリーが説得力のある分析を加えているが、あらためて読むと、分析の根拠は何一つ示されていないことがわかる。

となる事実をエラリーに与えることが必須の要件だ。単なる可能性からの臆測であってはならない。[6]〔……〕

　これが、僕が感じた困惑の一つだよ。もう一つは、これだ。〔……〕実際には、「世界的に有名な精神科医」であるカザリスならおそらく、自分が犯罪を犯した場合に感じる自然な罪悪感を合理的に退けることができただろう。それは妻が彼の犯罪を思い悩んで精神病になったからという理由で罰の重荷を引き受けるという決断に身を任せるよりも、はるかに簡単だったはずだ。なぜならば、ダン、カザリスは、たとえ自分が赤ん坊を殺していないとしても、精神科医として、妻がいかにして精神病になったのか、推測できるからだ！　精神病というものは、表にあらわれた行動から引き起こされるわけではない。表にあらわれた行動は、単に、精神を病んだ人格が優位に立った結果、発作が生じたにすぎない。言い換えれば、まず最初に、精神を病んだ人格が存在する。そして、精神科医であるカザリスは、自分にはどうあがいても責任をとることはできないと知るのは間違いない。彼はまた、遅かれ早かれ、妻が何らかの種類の精神病の発作に襲われ、「一線を越える」だろうと知るに違いない。われわれは、カザリス夫人の何が潜在的な精神病に変わったのかを知るために、彼女の子供時代や成長ぶり（われわれはこういったことについて、何も知っていない）について、とんでもなく多くのことを知らなければならない。[7]あえて言わせてもらおう。カザリスに妻の殺人の罪を負わせるために、君が夫妻に与えた事実の中に内在する最も強い動機は、こう

＊6　わかりにくいが、ここまでが手紙の冒頭にある「(カザリスの赤ん坊殺しがリーに)『ショック』を与えなかった」理由の一つの説明。

＊7　カザリス夫人の過去については完成稿でも第九章で簡単に触れる程度に留まっている。

なる——彼は、自分が精神科医だというのに、妻を大量殺人の実行に導いた感情的な錯乱については、何もわかっていなかったか、何をすればいいのかわかっていなかった、と！　僕は冗談を言っているつもりも、皮肉を言っているつもりも、毛頭ないよ。

まとめると、僕は、君が仕上げたように、カザリスが自分自身の子供たちを殺したというのは、技巧的な面から疑わしいと感じるのみならず、精神医学的に間違っているとも感じ、それゆえ真実ではないと感じる。そうでないとしても、少なくともこれは、君のプロットの梗概では触れてさえいない多くの疑問——この分野の知識を持っている者なら指摘するであろう問題——を呼び起こす。そしてそれは、物語をかなり弱めてしまう。率直に言って、たとえわれわれがこれらの問題を調査した方が賢明だとしても、僕にはその時間も意欲もない。きちんとした精神医学の調査をすべきだとしても、僕が適任だとは思えない。しかも君は、調査は最小限に抑えた方が良いと言っていたしね！　僕が仮に、平均的な読者はこういったことには何一つ気づかないし、書いてあることを受け入れてくれると見なしたとしようか。それでも僕は、この本が知識のある人々によるきびしい評価にさらされるとわかっているのにそう見なすことを、「容易な」方法だと感じることはできない。僕には、最も簡単かつ安全で、最も全方面に満足を与えるのは、カザリスの三人の赤ん坊殺しの着想を葬り去ることに見える。君の手紙を読んでいると、この決断を下すことが君にとっていかに困難か、目に見えるようだ。

とはいえ、もしこの着想を葬ったならば、カザリスが妻の犯行の責任を肩代わりする理由を代わりに説明できる何かを見つけなければならない。〔……〕なぜならば、君によると、現行では、カザリスが自分の三人の赤ん坊を殺したという事実は、あまりにも強く、あまりにも驚くべきことで、あまりにも普通でないからだ。それはC夫人による連続殺人の――その時点まで物語のすべてを費やして描いてきた殺人の――罪の暴露を完全に日陰に追いやってしまう。[*8] 君が、赤ん坊殺しの暴露が物語にどれくらい大きな影響を与え、作品のバランスを崩してしまうかを意識しているとは思えない。〔……〕

　率直に言って、ダン、これまでのことから考えると、この一つの変更に同意するほど君が僕の考え方を理解できるとは、さほど期待していない。しかし、僕はそれをわかった上で、この長篇を公正に扱うために立ち位置を定めなければならなかった。もし君が結論に達したら、それがどんな道だろうが――何だったら、畜生、赤ん坊殺しを残すやり方でもかまわない――僕は、全力を尽くして、僕に可能な限り、もっともらしく描くことにしよう。

　しばらくは、僕はカザリスには触れずにおいて、直ちに長篇に着手するよ。

マニー

〔……〕

＊8　リーは「カザリス博士による赤ん坊殺しは、本作のメインである〈猫〉の殺人を目立たなくしてしまう」と主張するために、ダネイが赤ん坊殺しの衝撃をアピールする言葉を逆手にとっている。

一九四八年八月十三日

親愛なるマン。

君はこう言ったね。私が新しい長篇のプロットの動機を組み立てる段階になると、落馬してしまう、と――私がエラリーを、事実に基づくことなしに解決にたどり着かせたと――エラリーの解決は、すべてが純粋な臆測だと――エラリーの結論は単なる仮説からたどり着くにはかなり遠い場所にあると――論拠の痕跡は薄っぺらで弱いと――人もあろうにエラリーがそんなことを！ と。〔……〕

長篇から長篇へ、一作の例外もなく、私は取りかかる前に心理的に鞭打たれ、叩かれてきた。私は百万もの決定に直面してきた。これら一つ一つすべてが、精神的な妨害物なのだ。〔……〕

エラリーがいつものような事実に基づかず、いつものようなクイーン的推理抜きで解決にたどり着いた問題を取り上げよう。私は君に――電話での対話と私の手紙の中で――はっきり示したと思っていた。私は意図的に『チャイナ橙の謎』[*1]のクイーン方式を、あるいは『災厄の町』のクイーン方式さえも放棄したのだ。繰り返し繰り返し、私は話したはずだ。私は推理する探偵の物語を描いているのではない、と。〔……〕

わからないのか、マン、私がエラリーに与えたものは――繰り返すが、意図的

＊1　『チャイナ橙の謎』（一九三四年）は初期の「クイーン方式」の代表として挙げ、『災厄の町』（一九四二年）はそこから転換した作として挙げていると思われる。

に与えたものは――心理的魔法の一種だ。彼が紡《つむ》いだ自身の理論は、純粋な臆測であり、それ以上のものではないのに、もっともらしく、完全に信じられる。エラリーはどこでもないところから始め、どこかにたどり着く。[*2] エラリーは何もないところから始め、すべてを得て終わる。これはトリックなんだよ、マン――幻想だ――驚異だ――奇蹟だ。これは鏡――心理の鏡を使ったトリックだ。[*3] これはもしかすると、離れ業でもある。

たぶん、君にとってこの件は、これで終わりにはならないだろうね。私はそう信じざるをえない――そうでなければ、ずっとあとになって、君が事実、事実と質問を繰りだすことはないだろう。さて、もしこれで終わりにならないのなら、私は失敗したことになる。それでも、君自身は魅了されたし――もっともらしい印象を受けただろう。君は、大部分の読者が――圧倒的多数が――エラリーの解決をもっともらしいと見なすだけでなく、納得するとは考えないのか？　もし、読者がそう見なす（と私は考えている）ならば、トリックはうまく機能しているわけだ――普通の探偵小説の観点から見ると、たった一つの事実もないというのに！

人もあろうにエラリーが、と君は言う。そうだ、エラリーともあろう者が、だ。事実も推理もなしのエラリーは、ここから始まる。エラリーはアイデアだけで動く、言葉だけで動く、実体のないものだけで動く。エラリーは自分の頭脳だけで動く――これまでのように、物質的手がかりを扱う代わりに、彼は今、人々の思

＊2　完成稿第十三章では、セリグマンがエラリーに「きみは地図にない道をたどって、真の目的地にたどり着いたわけだ（For you have arrived, by an uncharted route, at the true destination）」と言っている。

＊3　手品のトリックを揶揄した表現をもじっている。

考を、動機を、行為を、秘密を扱っている。〔……〕

ここで、君は何をしたいのかな？　事実と推理を加えるのか？　エラリーにいつものあの手この手を与えるのか？　一つの手がかりに着目し、最後に隙のない推理で問題を解決するのか？　マニー、私がやろうと試みていることは、X氏、X氏だけが犯行をなし得たことを証明する古い〈クイーン方式〉から離れることなのだよ。[*4]〔……〕

物質的手がかりと決定的で超論理的な推理から、私は逃れようとしてきた。おそらく、私が逃れた先はもっと悪いところかもしれない——もちろん、私はそう思ってはいないが。しかし、結局のところ、私は自分がやるべきことをやるべきであり、同様に君は自分が書くべきことを書くべきなのだ。私がやろうと考えていたのは、何か特別のもの、普通ではないもの——他のすべての人がやることとは異なるもの——おそらく自分以外の誰もができる何かとは異なることだ。そして、この技巧と姿勢の両方の変化にもかかわらず、私は今もなお考えている。雑誌掲載の可能性を高めるために、何をやるかを考えている。〔……〕

新しい方式は、数学の公式のように、あるいは試験管での発見のように、反論の余地がないというわけではない。そのため、私はエラリーに何をやらせたか？　質問をするために、何千マイルも旅をさせたのだ！[*5]　繰り返す——質問をするために、だ！　事実、エラリーはセリグマンとの会話の中で、弁解がましい態度をとることもできた。だが私は、エラリーがそんなことをするとは思えなかった。

＊4　初期の国名シリーズなどの愛読者はこのダネイの言葉に衝撃を受けるだろうが、リーの一九五〇年一月二十三日の手紙にも似たような意味の文が出て来る。

＊5　『九尾の猫』の終盤、エラリーはウィーンまで行き、カザリス博士の師セリグマン教授と会う——博士に関する質問をするためだけに。

私はエラリーのうちに、自身の推理と思考における新たな力と、新たな強い確信を見ている――なぜならば、それらが冷たい事実ではなく人間に基づいているからだ。これもまた事実だが、私は君に、失墜の段階が終わりを告げたことに同意する、と書いたね――ただし、失墜というのは、エラリーは正解の前にまず、何もかも間違わなければならない、という意味のつもりだ[*6]。直近の二つの事件におけるエラリーは、「あまりにも遅く、あまりにも無力」だった。次の事件におけるエラリーは、あまりにも遅く、あまりにも無力であってはいけない。それでも私は、エラリーが事実というよりは感性に基づいて結論を出す姿を、まだ見ていたいと思う。

　そして、やれやれ、私は間違ったのかもしれないな！　それにもかかわらず、私はこのアプローチには、強い信念を持っているよ。さて、精神医学的な面についてだ。マン、君は一体全体、私からどんな言葉を期待しているのかな――私に対して、にべもなく、専断的に、自分のように充分な精神医学の知識を持っていないと語ったあとで。それでは、私が何を言っても、まったく意味がないではないか。君は自分の正しさに疑問を抱いていない――私は精神医学を一度も学んだことがないし、治療を受けたこともない。一方で、マン、もし君が私に同じように断固たる物言いで、百の題目をあげて、そのどれにも私は君ほど精通していないと言ったとしても、やはりそれは正しいだろう。私は自分が持っている網羅的で専門的な知識から引っ張り出したものだけで、それ以外のものを一切使わずに、

＊6　正しい解決である〈カザリス夫人犯人説〉にたどり着くには、間違った解決である〈カザリス博士犯人説〉を導き出す必要がある、という意味。

話を組み立てなければならないのか？　もしそうなら、私は大したものは組み立てることができないな。〔……〕

もし私が、登場人物のすべての特性、すべての行動と反応を問題にしなければならないことになったら、私は本を書き終えるまでに、三箇月ではなく三年を費やすだろう――そして、それでもなお、何も成し遂げてはいないだろう。私は登場人物のことをわかっているものとして、扱わなければならない。[*7]〔……〕

私はまさに今、次の長篇のためのアイデアを見つけようと手探りで道を進んでいる最中だが、さっさとそこから離れるべきなんだろうな。しばらくの間、何か別の仕事をやることにするよ。当惑し、完全に信頼を失った状態で、新しい長篇をまとめ上げることができるとは思えない。マン、君が私を追い込んだ――他のすべてのときと同じように、この最新の作においても――君は私のすることすべてを引き裂くが、それがどれほどひどいことか、君がほんの少しでも理解するとは思わないがね。

わが家はみんな変わりなしだ。ビルと私は休暇を切実に求めているが、私たちには数日さえその見込みはない。夏はもうすぐ終わり、子供たちはすぐに学校に戻るだろうが、つらい仕事はだらだら続く。そして私には、夏が去ったことによる悲しみよりも、ずっと深い悲しみがある。〔……〕私たちの望みは、君たち全員の健康だよ。今では、北ハリウッド[*8]は、ここから何百万マイルも離れているように見えるな。

＊7　ダネイの梗概を読むと、作中人物は簡単な設定と属性が書いてあるだけで、リーに任せている部分が大きい。中期作は物質的手がかりから心理的手がかりに移り、事件関係者の精神分析を行っているので、このやり方では問題が生じてしまうのだろう。

＊8　この当時、リーが住んでいた場所。

ダン

［一九四八年］十月二十七日　水曜日

親愛なるダン。

〔……〕この本が雑誌に載るチャンスについては、僕はまったく君に同意できない。この件に関しては、僕は以前（一世紀も前に）、疑問を呈した記憶があるような気がする。僕は今では、小説化が終わった、あるいはほとんど終わった作品について直接知っていることに基づいて話すことができる。そして君は、当然ながらこれはできない。[*1]〔……〕君の問題と僕の問題における**相違点**を見失うのは簡単だ。言うなれば君は、バランスがとれてきちんと形を持ったセットを「注文」できるが、多くの場合、僕はそれに応じることができない。なぜなら、君は僕が仕事をするようにさまざまな材料を渡してくれ、その上で僕は君が渡してくれたものに生命を吹き込み、もっともらしさを与える仕事をしなければならないと感じているのだが、そのさまざまな材料自体が僕をある状況に追い込み、あらゆる材料の連携を狂わせるからだ（「連携」というのは君の梗概に示された連携のことだ）。[*2]今回の仕事において、僕にとって大いなる難題（そして同時に楽しみ）は、都市を――事実上の――登場人物、あるいは少なくともどこにでも存在

＊1　この手紙を書いている時点では、リーの小説化作業はほとんど終わっていたが、まだダネイは見ていないということらしい。

＊2　ダネイの梗概を彼の要求を満たすように小説化しようとすると、梗概の中にある材料が、他の材料とうまく連携しないことに気づく、と言いたいのだろう。

する背景として扱う、普通でない仕事だった。僕が言っているのは、場所や地域や何かそのたぐいの描写のことではない。〝都市〟とは、僕には〝人々〟を意味する――神経過敏になり恐怖する人々が物語を支配し、都市に重要性を与える。われわれ双方が認めているように、それ以外に存在するものは、ごくわずかしかない。〔……〕ニューヨークは七五〇万の人々の住む都市だが、その半数は、まったく新聞を読まないか、まったくニュース放送を聴かない。殺人、自殺、伝染病、神のみぞ知るその他の出来事が、ニューヨークではひっきりなしに猛威を振るっているのに、住人の大部分はそれについて知ることさえない――ぼんやりとは知っているかもしれないが。そうだとすると、間違いなくそれらの出来事は、住人にまったく影響を及ぼさない――その出来事が、家の中か、家の近くを襲ったものでない限りは。ならば僕は何をすべきか？ 僕は、さらなる頭痛を抱えることになった――望む効果を成し遂げるという点からは、連続殺人の性質さえも、真の助けにはならないことを悟ったのでね。僕は、根拠もなくこう仮定してみた。七つ、八つ、あるいは九つの殺人は、都市全体を危険なほどひっくり返してしまう**かもしれない**――もし、それらがある種の性質を帯びていたならば。例えば、殺人が充分にぞっとするものであったならば。もし連続殺人が起こり、各々の犠牲者が〈内臓抜き出しと四つ裂き〉[*3]にされていたり、首を切断されていたり、性器を切り取られていたり、そういった何かをされた姿で見つかっていたならば、もし充分すぎる野蛮さや獣性が殺人において明白だったならば、そういった効果

＊3 かつて国家反逆罪などの重罪を犯した者を処刑した方法で、処刑後に内臓を抜き出し四つ裂きにする。

を得ることができる。しかし、これは明らかに不可能だった。[*4] だとしたら、一体、何をすればいい？　僕はこの点をめぐって、悩んで悩み抜いた。なぜならば、この点について考えれば考えるほど、もし僕が、読者にこの連続殺人の**規模の大きさ**を——君がそう設定したように、恐怖が支配する王国になったことを——わからせることができないと、恐怖が支配する王国では**なくなってしまい**、本は即座に、平均クラスまでやせ細ることは、はっきりしてきたからだ。[*5]〔……〕

僕は問題を解決したと思うが、どうやって到達したかを話すと、解決そのものと同じくらい長くなってしまう。そこには、数えきれない追加や、材料の改変さえ含まれている。まったくいまいましい執筆作業も含まれている。もちろん、僕が思っているほど成功していないかもしれないし、全然成功していないかもしれない。それでも、僕は成功していると思っている。

それでも。このそびえたつ難題を——梗概での扱いを見る限り君がわかっているとは思えない、あるいは少なくとも実際に扱う際の困難をわかっているとは思えない難題を——解くうちに、僕は高級誌の売れ線からは外れざるを得なかった。ニューヨーク市がいかにして、そしてなぜ荒れ狂うことになったかに、[*6] どの雑誌も興味を示すとは思えない。（びくびくする必要は**ない**。僕は君の暴動を大きくしたりはしていないよ！）僕が思うに、雑誌が求めるもの、今でも求めているもの、これからも常に求めるものは、渦中に巻き込まれる人々の物語だ。ダン、この物語は、雑誌には**良すぎる**。僕は、「良すぎる」という言葉を、その通りの意

＊4　カザリス夫人の動機は「夫が与えた命を奪う」というものなので、猟奇的な殺害方法をとる理由はない。

＊5　リーはここでは「自分が小説化を失敗すると作品が凡作になってしまう」と言っているだけだが、ダネイはそう解釈しなかったことが次の手紙でわかる。

＊6　『九尾の猫』第七章の〈メトロポル・ホール〉でのパニックのことだと思われる。

味で使っている。洗練されすぎている、あるいは深遠すぎる、という意味ではなく、手がかりをつかめない型の攻撃を通して明らかになる群集心理の研究といったものでもまったくない。これはまた、リアルすぎる。これはわれわれが初めて取り組んだ――まだハリウッドのままのジミーとセレストを例外として[*7]――人々が作り物ではない現実の人間として浮かび上がる物語だ。そして、僕が言っているのは、〝主要な〟登場人物だけではない。実のところ、主要な登場人物など存在しない。ある意味では、作中の人物全員が主要な登場人物なのだ。われわれは、作中で言及される人々や、その広がりや異質性などの感覚を通して都市を描いたのだ。

僕は、エラリーは――初めて本当に――一人前の人間として登場したとも思う。『十日間の不思議』は――この観点からは――良いきっかけになった。〔……〕僕は、都市の雰囲気を感じさせる多くのことを、エラリーを通してやった。やがてエラリーにのしかかるであろう都市が秘めた力が常にそこにあるような感覚を、いかなるときにも（とまでは僕は思わないよ！）見失うことなしに。君が今取り組んでいる長篇がどんなものであれ、君にはエラリーをリアルなままで、慢心したボール紙のヒーローではない状態を保つことを**頼みたい**。彼がここまで来るのに二十年を要したのだ[*8]。だから僕は、この願いが無視されるのを見たくはない。

〔……〕

ああ、そうだ。こいつは君にとって予想外かどうかわからない。今回は、長め

＊7　書簡ではこの二人は単なる「ロマンス要員」だが、完成稿ではジミーは戦場で人間の本性を見てきたという設定が加えられ、重い言葉も口にしている。

＊8　名探偵エラリーがデビューしたのは一九二九年の『ローマ帽子の謎』なので、この手紙が書かれた時点では十九年が過ぎている。ただし、『ローマ帽子』の執筆はその前年なので、作者から見ると、二十年になる。

の長篇になると思う。どの程度長くなるかはわからないが。『十日間の不思議』は短かった――要したのは本の形で二六〇ページ少々だった。今回はそれを優に超えるだろう。[*9] **むくれない**でくれよ。雑誌側がそう思ったら、いつだってカットできるだろう。とはいえ、もし連中がカットをしたら――これもまた、僕の偏見に満ちた意見だが――作品の出来に傷をつけることになるだろうね……。この件は、おそらく君の予想外だったと思うが、同じように、僕にとってもかなり予想外だった。君は、僕が言ったことを覚えているだろう。当初は、この作はかなり短くなるだろうと思っていた。ところがそれは、目と鼻の先にある困難に僕が気づいていない時点の話だった。君だって、ニューヨーク市を骸骨にすることなんてできっこない！[*10] これは巨大な人体なのだから……。この知らせは、おそらくすべての話の中で、最も大きな一撃を君に見舞うことになるだろうな。僕は、君が評価基準に**簡潔さ**を置いているのを知っているからね――そこが、僕が特に気にした点だったよ！　だが、それなら僕はいつだって、君が僕に宛てて書いた手紙の中にある文を指摘することができるよ。丸っきり別の問題について是認したその手紙の中で――君は、長さをこれ以上縮めることはできなかった、と言っていたね。そう、僕もまた、できないのだ。[*11]

当然のことながら、長くなるほど、僕の執筆も時間がかかることになるわけだ。結果がどうであれ、書き終えるときには、自分がどれだけ**大きな**ことをやったのかわかるだろうね。

＊9　完成稿をざっと見ると、『九尾の猫』は『十日間の不思議』の十五パーセント増し程度と思われる。単行本では問題はないが、雑誌への売り込みは、長すぎると不利になるらしい。

＊10　「skeletonize（骸骨にする）」には「要約する」の意味があるが、あえて直訳した。

＊11　この文はわかりにくいが、おそらく、これまでに出てきた、リーの「梗概をもっと短くしてほしい」という要望に対して、ダネイが「これ以上縮めることはできない」と答えたことがあったのだろう。

さよならだ！

マニー

*1 リーは「梗概が平凡なので小説化の際に質を高くするために苦労した」と言っている、とダネイは解釈したらしい。

*2 「通りを歩く（walk the street）」には、「仕事を探し回る」の意味がある。

一九四八年十月二十九日

親愛なるマン。

昨夜、君の十月二十七日付けの手紙を受け取って二度読み、それから朝まで時間をおいた。私は今、三回目を読んでいて、昨夜に劣らず不快な気持ちになった。

〔……〕

もし、猫の物語が平均以下に堕することから救うために、君が特別に取り扱った都市の背景抜きでは（君が特別に扱ったであろうその他のもの抜きでは）凡作の域にも達しないと言うならば[*1]、マン、自尊心の銀メダルを保持するためだけにでも、私は廃業するしかないだろうね。

もし、猫の物語がいかなる観点からも平均以下ならば、マン、間違った仕事についている私は、外に出て、郵便配達の仕事を見つけるべきだろう——自分が何をすべきか、どのようにすべきかを、そして自分が歩くべき通り[*2]がどこかを正確に教えてもらえる郵便配達人に。

もし、猫の物語が平均以下というのであれば、マン、それならば私は、少しの創作の能力も、少しの批評的な判断力も持っていないことになる。どんな能力も持っていないし、決して持てないことになる。そして、二十年間にわたって、君だけでなく、大衆を騙し続けたことになる。そして、二十年の自己欺瞞と詐欺行為の後でも、探偵小説の基礎のＡＢＣを学んでさえいなかったことになる。

もし君が、長々と、あれやこれやを、ああだこうだと語り続けるならば、私はもう、それを信じるしかないね。

こういった何もかもが、気を滅入らせるよ、マン。他のすべての長篇においても起こったように、われわれは、猫の長篇においても、一つの段階に達したわけだ――君が、（１）梗概をぺちゃんこにして、そののち、（２）完成した作品にふくらませる工程を始めるときが。〔……〕

いいかい、マン。もし猫の長篇が、どんな角度から見ても、まぎれもなく凡作だったら、もし猫の長篇が、君が主張するように貧弱な内容しかなかったら、私は今、その正当な報いを受けているわけだ――そして、畜生、私は身の程を知るべきだろう。それでも、私は生きて呼吸をしているのと同じように、座り仕事で肉体的不調に陥りながら一冊一冊の本に取り組み、私の魂は、君の言うことが真実だとは信じないという判断を下している。

次の長篇のための梗概の第一稿は、ほとんど終わったよ。もし、私が己《おのれ》の最も内側にある欲望、最も奥にある衝動に従うなら、梗概の束を取り上げ、そのページすべてを引き裂いて、千の破片にするだろう。もし、私の以前の仕事のすべてが、君が直近に言ったようなものだったら、この新しい仕事がそれよりましになることはないからね。〔……〕だが、もう一つ、別の見方もある。それは、私は絶対にこれを提出し、君に説明さえ求めなければならないというものだ。その説明とは、雑誌掲載を考えずに作品を扱うという君の決定について、そして、そのやり方で［どのように］作品が持つ収益能力を引き出すことができるかについてだ。〔……〕

今ここで、われわれの財政上の見通しを検討してみよう。われわれがあてにできる確実な収入源は二つある。一つは、年に（最大でも）二冊の新作、そして、《EQMM》からの収入。これ以外はあてにならない。われわれはラジオにも、再版の印税にも、それ以外のものにも頼ることはできないのだ。〔……〕はっきり見えている方向は何か？　雑誌への復帰を試みることだ。*3 だから私は、雑誌（そして映画）を念頭に置いて、猫の長篇を計画したのだ。〔……〕君は今、私に何を言っているのか？　君が最終的に選んだ扱い方、取り組み、解釈は、雑誌に売り込むあらゆる可能性を排除するものだ。そしてもちろん、君がこれを言うのは、問題を議論するには遅すぎることが明らかになってからだ。

君の結論は、非常に厳しいものだったよ。私は、文学上の目的については議論するつもりもない。もし君が、自分は文学上の目的に関する最終決定権を持つと思うのならば、私は同意するだけだ。しかし、その文学上の目的に関する最終決定が、財政上の目的に影響するのなら、同意はしない。君は、私に自分の意見を

*3　クイーン長篇は、一九三六年から一九三八年まで、高級誌《コスモポリタン》誌に四作が掲載され、高額の収入をもたらした。

述べる機会くらいは与えるべきだとは思わないのかな？〔……〕

雑誌への売り込みを不可能（たとえいかに乏しくとも可能性はある、ということもなく）にするやり方で〈猫〉の長篇を扱う決定を君は下したが、私は君に尋ねなければならない。われわれが書いているのはどんな種類の物語なのか？　われわれは何を目指しているのか？　収入の可能性はその一つの要因なのかそうではないのか？　私の取り組みと君の正反対の取り組みには、合致点が存在するのか？　どうやったら私がある方策を計画し、君はチャンスの痕跡さえ消し去るように実行することができるのか。私はひどく混乱し、すっかり気力をなくしてしまった。本当のところ、われわれがどこへ向かっているのか、私にはわからない。

このおそろしく遅い段階になって、私は、自分が今取り組んでいる本に対して、何をすればいいのかな？〔……〕

新しい長篇には心理学的な葛藤はない。それは基本的に君自身が要求したもので、ストレートな探偵小説への回帰であり[*4]、かつてのエラリーへの回帰だ。そうだ、君自身がそれを要求し、そして今、君はエラリーのリアルさを保つことを私に求めている。〔……〕

絶え間ない殴打と乱打が――私の自我と、より重要な私の自信の絶え間ない失墜が――絶え間ない不一致の種まきと混乱の刈り入れが――これらすべてが、マン、そのうち私を一人で働くことができない状態に追いやってしまうだろう。これが、マン、君が本当に考えていることなのか？　これが、君の価値判断や要求

＊4　刊行順だと、これは『ダブル・ダブル』のことなのだが……

の変化、定期的に発せられる矛盾した言葉の背後にあるものなのか？

　今現在の結論は率直に言うとこうだ。私は新しい長篇を放り出している――私はこの本のいかなる部分も担当したいとは思わない。心のもやもやが晴れたと感じたら、偏らない判断を下せるようになったと感じたら、私はこの本に戻るだろう。物語が本になる前、または君が最初にそれを読む前に、徹底的に叩かれることはないと感じることができたら、私はこの本に戻るだろう。

　もし、私が今ここで《ＥＱＭＭ》も放り出すことができるなら、そうしてしまうだろう。思考や、計画や、創造することを求められる、いまいましい仕事はしないだろう――私が現在の精神状態から完全に抜け出すまでは。とはいえ、あいにくと、私には《ＥＱＭＭ》を放り出すことはできない。始末をつけねばならないコンテストがあるし、待っている締め切りがあるからね。

　加えて、残念ながら支払うべき請求書がある。その明細書のために、私は再び舞い戻ることになる――どうして君は、雑誌への売り込み企画の可能性を排除することができたのだろうか？　まず最初に私と話し合うこともなく、少なくとも雑誌への売り込みについて私に申し立ての機会を与えることもなく。[＊5]

ダン

＊5　ダネイは批判しているが、リーの一九四九年五月九日付け手紙によると、『九尾の猫』を雑誌向けに縮める作業をちゃんとやったらしい。

一九四八年十一月三日　水曜日

親愛なるダン。

さあ、またしてもわれわれは、ここにたどり着いたわけだ。僕は、午前四時まで選挙報道を聴いていて、四時過ぎに寝た。七時に玄関のベルが鳴り、君の速達を受け取るために、僕はベッドから体を引きずり出した。このあたりの郵便局は――少なくともこのヴァレーでは[*1]――速達便は、その日の普通便のあとには決して配達せず、翌朝まで待つのだよ。僕がこれまで君から受け取った速達便はどれも、午前六時から七時の間に配達された。

そんなわけで、頭痛がして目がかすむ中、僕は君の分厚い手紙を開き、そら、来たぞ――これで何回目だろうか？　今回だけは、僕は本当に当惑している。僕は即座に君との手紙のやりとりを振り返り、君に書いたものを読み返してみた。そして、直近の二通の手紙を二度ずつ読んだというのに、僕は、ここで何が起こっているのか、いまだに充分に理解できていないよ。僕ができるのは、君の手紙に応じることしかない。ある指摘から別の指摘へと、今日の残り時間をつぶして。まさしく君は、僕をダブルヘッダーに送り込んだわけだ。で、それは何のためだ？　どう見ても消すことができない火に油を注ぐためかな。しかも、三時間にも満たない睡眠しかとっていないというのに。当然のことながら、君が書いた手

＊1　この当時リーが住んでいたのは、北ハリウッドのサン・ファーナンド・ヴァレー。

紙を読んだあとでは、ベッドに戻ることは不可能になったからね。〔……〕

　君のために、僕の見解を少々披露しよう。普通の物語は――例えば『十日間の不思議』は――その質がどうであれ、変わることのない確かな共通の基盤に乗っている。だいたいの場合、その一つは、中心に巻き込まれた一揃いの作中人物たちだ。だが、この物語は（もちろん、いつものように僕の観点ではだよ）そうではなかった。[*2] **そこが僕は気に入っているのだ。**そこが異なっていた。そこに新味があった。そこが可能性を拓《ひら》いていた。僕にとっては、困難が生じることにもなるがね。物語の組み立てという点からは、ジミーとセレストは、「中心に巻き込まれた作中人物」と見なされることは、普通はあり得ない。彼らは巻き込まれた作中人物ではある――が、中心ではない。[*3] 彼らに起こった出来事があらゆることを左右するという意味での中心ではないのだ。〔……〕なぜならば、君の梗概の中で〈ジミー＝セレスト・ギャンビット〉[*4] が実際に占める割合はあまりにも少なすぎる。君の梗概の中で彼らが実際に物語に参加することが、あまりにも少なすぎる。そして、さらにもっと重要な理由としては、君が梗概で提供しているもの――ぴったり二ページか三ページ目で始まり、[*5] ほとんど最後まで緩みなく貫かれているものは、これらの犯罪に対する都市の反応に他ならないということだ。言葉を変えると、僕が見るかぎり、そして僕の理解力では他の見方はできないのだが、〈都市〉こそが君の物語の感情的対位法[*6] を提供する機能を果たしているのだ。そのことは、僕とのやりとりの中で君が確証し――力説さえしていた。重要なの

＊2　『九尾の猫』には、『十日間の不思議』のヴァン・ホーン家のような少人数のグループが存在しない、という意味だと思われる。

＊3　中心になるのは『十日間の不思議』のハワードとサリーのようなカップルだと言いたいのだろう。

＊4　「ギャンビット」はチェスの序盤の戦術。ダネイが一九四八年七月三日付けの手紙で説明している、いったんはジミーとセレストを疑わせる手のことだろう。

＊5　完成稿では一ページ目から始まっている。

＊6　「対位法」とは二つの対照的なものを組み合わせて構成する方法のこと。この場合は「連続殺人による恐怖」と「殺人鬼に挑む知性」だろうか？

は、エラリーは、〈〝人物〟ではなく〉〈都市〉を元に戻していつものハッピーエンドをもたらすために、〈猫〉を捕らえなければならないということだ。〔……〕僕は掘り下げた。恐怖の支配のために君が提供した材料は何だったか？　互いに結びつきがなく、完全に無垢に見えるニューヨーク市民の、謎に満ちた殺人だ。

ここで繰り返すが、君の仕事は、君が〈恐怖の支配〉とその性質と方向性のもろもろを指示したときに終わっている。僕の仕事は、君から与えられたものを手に取ること、そして、**物語がその機能を果たすために持つべき効果**を組み上げることだ。〔……〕**君は規模の大きさ**を注文した――過度の装飾を避けたやり方ではめ込むように、と[*7]。（〈恐怖が支配する都市〉のテーマの）**大きさ**は、物語に不可欠の部分だ。**だから、もし僕が最後まで大きさを達成できないと、この物語は不成功に終わり、物語の大部分で陳腐なやっつけ仕事をやったことになる**。言い換えると、もしこの作が並みの出来にまで低下するとしたら、それは、**僕の過失**になるわけであって、**君のではない**。〔……〕僕はこれをうまく言い表わせていないし、そして君は相変わらず理解できないだろう。ただし、僕にとってはすべてが明白で、少なくとも僕の手紙から君が引きだした推理は何ひとつ当たっていない、何ひとつだ。僕が述べたことは、仕事における自分の担当部分に真っ直ぐ向けられていて、君のではない。さらに、君の梗概への感想や批判のつもりもなければ、そう思ったということでも決してない。〔……〕これは、ちょっとした皮肉だな。自分の担当部分で君の期待に応えようとした試みを説明するつもりが、

＊7　ダネイの七月三日付けの手紙にある指示（10）のことだと思われる。

それが君への非難として――君の仕事の担当部分が悪臭を放ち、僕の担当部分はその悪臭を隠すためにあるという非難として受けとめられるとは。〔……〕

さて、僕は間違いなく的を外している。僕は悪臭を放っている。僕はそれがどこから来ているのかわからない。僕はお粗末な判断をして、身勝手にも逃げ出した。僕はときに書きすぎるし、二十年の間には熱を入れすぎたことさえもある。週給四十ドルで、どこかのオフィスでタイピストでもしていたほうがよかったのは間違いない。それでも事実は否定できない。この作品は僕の飯の種であり、僕の仕事であり、僕が人生を費やしてやってきたもの、僕の社会への貢献であり、これは君が背負ってきたもの、これは僕が二十年のあいだ生き、呼吸し、眠って、食べて、毎朝トイレでくそをたれながら抱えてきたもので、僕の髪を白髪まじりに変え、妻や子供たちに怒りっぽく気違いじみた態度をとらせてきたものだ。そして、君は僕に〈最終決定〉について、〈独占的な領域〉について、〈みじめな収入〉について語る。まるで僕が、どこかの豪華なオフィスに座って指示をし、運命をも――君自身の運命も含まれているのかな?――操る一流の財務の達人であるかのように。君は二十年間にわたって、君だけでなく僕の収入にも影響を与える〈最終決定〉をしてきた――そうだ、しかも君の独占領域で。君は小説の構想を練るために腰を下ろすたび、われわれの収入に影響を及ぼす最終決定を下している。なぜ、僕が持っていない権利を君は持っているのだ？　僕は何なのだろう。雇い主が設計図を放り投げてくるのを待って、道具の前に座っている哀れな下働

きなのだろうか？〔……〕

僕は今、この物語を仕上げるという、単純な仕事を抱えている。一体全体、それが何の役に立つというのか？　まったくの話、いったい何の？　なぜ、僕は君に手紙を書いているのだろう？　なぜ、君は僕に手紙を書くのだろう？　僕らは独房でわめく二人の偏執狂で、お互いをズタズタに引き裂こうとしている。それぞれが、相手が最低の罪を犯しているかのように疑う。それぞれが相手の言葉を一語一語レンズで調べ、考えられるかぎり最悪の解釈を探して、探して、探している。われわれはお互いに、一語たりとも書き送るべきではない。われわれは決して話しかけるべきではない。僕は君が与えたものを黙って受け取るべきだし、君も僕が与えたものを黙って受け取るべきだ。苦々しさは、相手の目に触れないところで、自分の痰つぼに吐き出さなければならない。いつか幸いにも、二人ともくたばり苦しみが終わりになるその日まで。

僕には、いつ長篇が終わるかはわからない。本当にわからないのだ。夜も昼もないスケジュールで、僕は仕事を進めている。しかし、仕事はこれからさらにしんどくなるだろう。仕事がどのように進むかについての完全な知識を持ったとき、あらためて、僕は無得点《グース・エッグ》の状態から始めることになるわけだ。今回だけは、喜びは高まっている。これまで僕は、仕事の僕の担当部分を終えたあとに、その喜びを得てきた。今、仕事はまだ半ばだが、もう喜びが始まっている。さて、この喜びは、僕が僕自身を告発することができる一つの犯罪だな。自業自得というやつさ。

マニー

［一九四八年十一月某日］　木曜日の朝

親愛なるマン。

私は昨日、早い時間に家を出て、午後遅くにようやく戻って――それから私を待っている君の手紙を見つけた。しかし、昨日の私は、二人の医師のオフィスで丸一日を費やし、どうしようもないくらいへとへとになって家に戻ったので、手紙を開封することさえできなかった。

この手紙は、君の手紙に対する返信としては、奇妙なものになると思う。だから、君にはこの手紙の背景を伝えた方が良いだろうね。ここ一年半ほど、私は自分の体の病気についてでは――近況報告程度のものを除いては――君への手紙に書いたことはないと思う。ではここで、そのぞっとする詳細を書かせてもらいたい。――その結果、君の手紙に対するこの返信の奇妙な性質を、理解してもらえると思う。

六年ほど前、私は腹部の右下四分の一ほどに痛みを感じるようになった。それからの六年間、私は〝何人だかわからないが数多くの医者〟の検査を受けてきた。

X線と〝神のみぞ知る何か〟の検査を積み重ねた結果は、私の単純な問い「痛みの原因は何か？」に対する答えさえ、誰一人わからないということだった。痛みの存在を疑う医師は一人もいない――連中は揃って、痛みが存在することには同意しているよ。痛みは想像上のものではない、と。

おそらく君も知っていると思うが、私は以前から痛みをずっと感じていた。二年前の夏――ビルと結婚した直後に――私は特にひどい痛みに襲われ、ひと月近くもそれが続いたことがあった。ビルは、知り合いの有名な医師のところに私を連れて行った。そして初めて私は自分の疑問の答えを得ることができた。医師は私に、君は過敏腸症候群で、それがときに不調をひき起こす、と言ったのだ。

〔……〕

今年の夏は、発作はそれほど猛烈ではなかった――夏のほとんどの間、痛みは続いていたけどね。けれども、私は決めたよ。どのようなものであれ、神経が主な原因なら医師にかかることはない、と。〔……そして……〕夏の終わりに、私は通常の健康診断に出向いた。医師は、私の慢性の大腸炎は慢性のままだが、新たな病気も出てきたと診断した。これは、特に驚くようなことではなかった。私自身の過去と、父と祖父の病歴から鑑みて、そうなるのではないかと、ずっと思っていたからね。*1

いつもの腎臓の検診の際に、医師は――医学的表現を用いるならば――私が砂糖を「こぼしている」のを見つけた。続いて行われた簡易血液検査と何やかやの

＊1　後続の文から見て、ダネイは癌を恐れていたと思われる。リーとは子供の頃からの家族ぐるみのつきあいなので、「父と祖父の病歴」については説明しなくてもわかると考えたのだろう。

結果、〝軽い糖尿病〟と言われたよ。今のところ、インスリンは必要としていない。しかし、私はダイエットを強いられ、事実上、私が本当に食べたいと思うすべての食物を剝奪され、体重を減らすように言われた。今は、それをとてもゆっくりと実践しているところだ。＊2

糖尿病の脅しが一段落すると、新たな辛さがやって来た。口にヒリヒリするような痛みが――頰の内側と唇の上に――生じるようになったのだ。こいつに関して最悪なのは、表面的には、癌の症状を備えていることだ。

さあ、またしても巡回の始まりだ。私は四人の医師と（二人は昨日も）会い、四つの異なる診断結果を主張できるようになった。あいまいで病名すら定まらない病気にかかるとは、まったくもって驚くべきことではないか。

〔第一の診断〕歯に起因する感染症。かくして私は、新しい義歯を含め、完璧な（そして高価な）歯の精密検査を受けることになった。〔結論〕目に見える回復なし。

〔第二の診断〕ビタミン不足によるもの。かくして私は、ここ二週間ほど、膨大な量のビタミン剤を服用した。〔結論〕目に見える回復なし。――ただし、強力なビタミン剤の摂取は、眩暈《めまい》と朦朧《もうろう》状態を引き起こした。ここ二週間、私はまるで、シェルショック（戦争神経症）になったかのようにふらつき続けているが――ときおり、それは大量のビタミン摂取が引き起こしたように思える。

〔第三の診断〕ポリープによるもの。かくして私は、治療を受けることになり、

＊2　ダネイはこの後、死ぬまで糖尿病に悩まされ続ける。

今も受けている。目下のところ、目に見える回復なし。〔第四の診断〕過度の喫煙によるもの。かくして私は、即座に煙草をやめるように言われた。おかげで、私はここ二週間、煙草を吸っていない。〔結論〕これまでにないタイプの震えが、私をガタガタ震わせている。

医師連中は、誰も原因が分からないか、意見が一致していない。二つの点では一致しているがね——病気は癌ではない。そして、私は二度と煙草を吸うべきではない。

こういったすべての出来事の行き着く先、それは、私が疲労困憊しているということだ。最悪の心配が取り除かれ、これからはどんどん回復をしていくと思う。あまりにも肉体的、精神的に消耗しているので、数日はのんびりするつもりだ。それで、体力と気力を取り戻そうとしてみるよ。

そんなわけで、昨日、家の中をふらふらしていて君の長い手紙に気づいたのだが、それを読む力がまったくなかったのだ。現在の消耗しきった状態で、君が書いた物を何であれ読むことが、われわれ二人のどちらにとっても正しいとは思えない。君に何もかもぶちまけて話したのは、手紙を読んでいない理由を誤解されたくないからだ。

どうか私に、立ち直るための一日か二日を与えてほしい。そのあとで私は手紙を読み、それについて君に手紙を書くだろう。

しかし、今朝がたタイプライターの前に座ると、私はいつになく平穏な気分を感じた。そして、この平穏の中で、私は――君の手紙を読むことなく――答えは非常に簡単だと、まぎれもなくはっきりわかった。私は君を理解していなかったに違いないし、君は私を理解していなかったに違いない。そして、われわれ二人はお互いに相手を理解していないまま、ずっときていて――たぶん、このまま続くのだろう。おそらく、それは実際には、それほど悪いことではないのかもしれない。それは、われわれの神経と命をすり減らしているけれど、同時にわれわれ二人に精一杯最善を尽くさせてもいる。そして、われわれがいつまでもお互いを疑い、いつまでもお互いを腫れ物に触るように扱っている間に結果として生じた仕事は――つらい思いから生み出された作品は――まったくもって不思議だが、かえって良いものになった。確かに、代償は高くついた――その点でわれわれ二人は、お互いをもっと信頼することをひたすら学ばなければならない。

マン、この手紙に返信をくれるとありがたい――ただ、今の僕には君の手紙を読んだり、どんな形でもそれに回答したりする余力がないことを理解したと言ってくれるだけでいい。

ここに座って、この一年半を振り返ってみると、自分がやり通せたことが不思議でならない――結婚とそれに伴うさまざまな調整に、新居探しとそこでの子供たちの暮らしを整えること、経済的な破綻、スティーヴ誕生の試練、苦難の時に生じた莫大な出費、それから私を悩ます絶え間のない病気。

これらすべて、いやそれ以上のことがあった。それでも、とにかく桁外《けた》れに生産的な年だった。[*3]この一年半に、あれだけ多くの作業をどうやって成し遂げたのか、私にはわからない。だが、今の私は間違いなく疲れ切っていて、とにかく充電が必要だ。

多くの問題と病気にもかかわらず、私はビルと一緒にいてとても幸福だ。たぶん、これは秘密の話だ。君に話すべきではないが、ビルはすばらしいとしか言いようがない——そしてそうなるために見事な適応力を発揮してきた。さらに、彼女は私の体と心の問題を理解し、常に、それらの問題を乗り越えるために、私を助けてくれている。〔……〕

私は、この手紙を、君の手紙に対する返信としては奇妙なものになるだろうと言うことから始め、ここまで進んだ。とは言え、私は、君に誤解されることは望んでいない。数日中には気分が良くなると思う。そのあとで、マン、最善を尽くして君の手紙を読み、返信するつもりだよ——一切の疑念もなく、相互理解の精神をもって。

追伸。君には言っておくべきだろう。先週ずっと、怯えて具合が悪かったとき、私はただただ、何とかしてそこから逃げなければならなかった。そこで、新しい長篇の梗概の第一稿を書き上げ——それが私の心から悩みを追い払ってくれたが、同時にこれは、私の頭脳の中で今なお沸き返っているものを紙に書き留めたものでもある。私は草稿を取っておき、一、二週間ほどたってから戻るつもりだ。これは危険なことで、見直しは完成を遅らせ、君に送るのも遅らせることになる。

＊3　一九四七年と一九四八年のダネイの仕事は、創作と《ＥＱＭＭ》の編集以外では、テーマ別アンソロジーを二冊、年次アンソロジーを一冊、個人短篇集を七冊、さらには〈アメリカ探偵作家クラブ〉の創設に尽力している。

前に、何かを脇に置いたときは、永久に脇に置いたままになったからね。[*4] われわれには今、とてもそんなことをやっている余裕がない。君が新しい長篇をどう思うかは、神のみぞ知るだが、私がこれをどう思っているかは神様が知っている。今にわかるだろう。

ダン

＊4　素直に読むと、書き上げたがリーに見せなかった梗概があるということになる。そして、マニアが読むと、作中の時代設定が戦時中になっている『第八の日』は、リーが好みそうになかったので見せなかった梗概をA・デイヴィッドスンに小説化させたのではないかと考えることになる。

［一九四八年］十一月十二日　金曜日

親愛なるダン。

僕は君の手紙を読み、少なからずショックを受けたよ。だが、思うにそのショックは、心の底からびっくりしたというよりも、君の病気すべての積み重ねによる効果だと思う。確か、少なくとも過去に一度、こんなことがあったのが記憶に残っている。もし、君の身体がくぐり抜けてきたすべてのことをあらかじめ教えてくれたならば、われわれ双方の相互関係にはるかに良いものをもたらしていたと思う。それで僕はあまりはっきりしなかったところを理解できただろうし、その限りにおいて、僕自身の反応もよりバランスのとれたものになっていたと思う。今回のことで、君の担当部分に対する僕のいらだちの度合いが弱まっていくだろうね。

実に興味深い。

これまでの例から判断すると、僕が言わねばならないことは、君から好意的な反応を引きだせないような気がする。それでも少しは僕の忠告を信じてくれと君に強く言いたい。〔……〕

僕の考えでは、君の肉体的病気の答えは、心身医学の領域にある。比較的最近になって、医学者たちが探り出したことだが、肉体の病気が感情の乱れを引き起こすことがあるように、感情の乱れが肉体の病気を引き起こすことがある。しばしば相互に影響を与え合っているのだ。*1

読書を通じて僕が得たわずかな知識によると、肉体的な病気において、感情的な要因が、重要な、そしてしばしば決定的な役割を果たすのは、確かなことに思える。病気は現実のものであり、想像上のものではない。

こういった病気の一つが糖尿病だ。

別の一つが湿疹――さまざまなタイプの皮膚の発疹。

別の一つが喘息《ぜんそく》。

別の一つが心臓病。

別の一つが高血圧。その他いろいろ。〔……〕

心臓の病を抱える人々に関して、やはり心身医学的な話をすると、彼らに特徴的なのは、「自分をいたわることもなく、楽しんでいるようにも見えない働き過ぎの人」といった傾向が見つかっている。彼らは「長時間の労働を誇りとし、つ

＊1　この「ストレス説」は現在の読者には当たり前の話だが、提唱者のH・セリエが実験を始めたのは一九四五年だったらしい。

いでに、自身の労働に対する感謝の少なさに憤慨している……」。「こういった患者は、表面上の強さが目立つが、実際には、身を守ることに関して極度のもろさを持っている。彼らは極度に均一化され、明確になった人生における役割が、彼らが文化的によく適応したものや、やりがいがあるものだとわかれば、その限りにおいては強い。しかし、彼らの精神的な弱さや不安定さを覆っているもろい殻に一度ひびが入ると、他に身を守るすべはない。殻が外側から壊されるか、内側から壊されるかは、大きな違いではない。結果として、身体は急激に病気へと移行する。働き過ぎは、病気をもたらした精神状態よりも責任が軽いが、同じように、心臓病患者に特有の健康への無関心や、不規則な食生活、常習的で過度の煙草やコーヒーの摂取、睡眠の軽視その他もろもろが、危険信号になる。これらは必ずしも危険ではない。場合によっては、これらの悪い習慣の放棄によって、新たな感情的な乱れが取って代わり、これまでより一層、状態を悪くしてしまうこともあるのだ……。彼らがすでに身についた悪い習慣をやめるのは、彼らにとって良いことだが、その前に、なぜ自分たちがそういった習慣を持つようになったかを理解するよう手助けすべきである。さもなければ、彼らはおそらく、もっと悪い習慣と、もっと難しい病気に突き進むことになるだろう。一般的に、骨折患者などよりずっと素直に、彼らは治療に応じる。それは、長きにわたって彼らは、他人に任せる代わりに自分で問題を片付けてきたからだ。だから彼らは、自分の症状もそうやって解決しようとする。一般に、子供のころから彼らは多くのことを考えてきた。人生を通して、彼らの感情的問題に対する肉体の反応は、衝動的な行動よりもはるかに多く言葉として出るようになる。彼らは自分たちの病気について誰かに相談する代わりに、一人であれこれ思い悩むことになる」。

糖尿病に関しては、心身医学的な話がまだある。「感情の安定は、病気につながる肉体の反応――疲労、衰弱、失調、過敏症などなど――を抑えることになる……。糖尿病患者がこの安定を成し遂げる手助けをする際の最初の大きな課題は、彼らが自分たちの真の感情を議論することに気が乗らないということだ……。彼らはあらゆる葛藤の存在を否定する傾向を持つ」。

＊＊＊

〔……〕僕が助言者として〝輝かしいお手本〟とは言い難いことは、自分でもわかっている。その一方で、君とは違って、実際に身体にあらわれる不調は、僕にはなかった。[＊2] 君の病気は、そして君に痛みや不快感や不安をもたらすものは――お金はさておいて！――そのいくつか、あるいは大部分は、適切な専門医の協力で退けることができるだろう。心身医学的な技術はごく最近のもので、生理学を専門とする多くの医師は、知識不足か経験不足におちいっている。

治療という観点からの君への答えは、感情的な不調による肉体的な症状を診断する資格を持つ医師の手に君自身を委ね、ゆったりと休むことだろう。僕と同じように、自分が心の奥底に根源的な感情の乱れを持つことについては、君は否定しないし、否定できないと思っている。君がこの感情の乱れの真の性質を――僕

＊2　リーはこの後、心臓病にかかり、ダネイより先に死去する。

以上に――わかっていないことも明らかだ。君が必要なものは、君自身の感情と軋轢《あつれき》を体験してみること。そして、その感情と軋轢が君の体に与える影響を体験してみることだ。この高度に専門化された分野において、訓練と手腕によって資格を得た人物の診察を通じて、君は、その体験を得ることくらいはできるだろう。

なぜ、僕自身は自分の忠告に従わないのか？　以前言ったように、あるいはほのめかしたように、僕らのような人間に典型的な反抗心が僕にはあるようだし、今のところ、助けを求めなければならないようなことは、僕の体には何も起こっていないからだよ。

＊＊＊

われわれについて。

君は僕が書いたものへの返信で思い悩むべきではない。くそくらえだ。君には他にやるべきことがあるし、それは僕も同じだ。最も良いのは、ファイルして忘れることだ。

長篇について。僕はまだ四つん這《ば》いになって這い回っているところだ。そして、十一月十五日の期日[*3]はもはや達成できない。〔……〕

僕は、長篇の執筆において、きちんとしたペースを維持することが、どうしようもなく難しくなってしまった。すべての文を絞り出さなければならない。誓ってもいいが、どうすればこれが、とてもなめらかですらすら読めるようになるのか、僕にはわからない。だが、タイプライター上での追っかけの際に、「特別な

＊3　リーの七月三十一日付けの手紙では初稿が仕上がるまで「三箇月」と言っていたが、いつの間にか「三箇月半」になったらしい。

意欲」がわいてこないのだ。クイーン長篇でこういった経験を味わうのは、僕には初めてだよ。

　この問題については、何とかやるしかない。僕は、充分すぎるほど悩まされている――この問題に対する自分の罪悪感を抑え込めないまま、不条理なくらい多くの時間を費やすことについても。神ぞ知る、これは努力や時間が足りないからではない。これはまさしく最悪のペースだよ。僕に見える自分の姿は、近道をして追いつこうと試みて、無駄な努力しかもたらさず、結果としては怠けたことになってしまう姿だよ。それでは仕事をしたことにはならない。疑いもなく感情的な要因があるが、われわれの関係は助けにならない。

　君が今やっていること、あるいはやったことに関しては、くよくよしないことだ。僕は、君の衝動強迫[*4]を知っている。自分のそれを知っているからだ。われわれはお互いに、もう一方の相手が怠けて〈ライリーの生活[*5]〉を送ったりしていないことを知っていると思っているよ。いくつかの事柄に関しては、どうしても速度を上げることができないし、いくつかの状況に関しては、どうしても無視することができない。

＊＊＊

　君が手紙の中に書いていたことで、一つ、僕をとても喜ばせて安堵させたことがある。それは、君とビルとの関係についての箇所だ。僕は、ここ数箇月のやりとりの中で、君がほとんどビルの名を出していないという気がしていた。これは、

＊4　自己の意志や願望に反したことを行おうとする強い衝動のこと。
＊5　気楽でぜいたくな生活のこと。一八八〇年代に流行したポップソングが出典。

君とビルとの関係が、あまり上手くいっていないからではないかと思ったわけだ。君が書いてきたことは、この推測に対する大きな否定、好ましい否定だった。だから僕は、君たち二人のためにとても喜んだ。ビルはすばらしい女性だと思うし、困難な状況にあることに疑問の余地はないように思う。彼女は最高のものを受けるに値する——金銭的な意味で言っているのではないよ。そして、もし君が彼女の立場と個人的な問題に気づいているならば、それが何だろうが、結婚生活を成功させるためには、出だしでつまずくことはできない。ケイと僕は、多くの困難にぶつかりながら、六年以上どうにかやってきた。思うのだが、僕たち二人をつなぎとめる唯一のものは、共通の問題を解くために双方が必要とする役割を、基本的には自ら進んで、自ら望んで果たすということだった。それなしでは、とっくの昔に僕たち二人は途中で挫折していただろう。

マニー

＊＊＊

［1948年］11月12日

〔……〕家族を大事に——そして、僕が君に書いたことを、じっくり考えてほしい！

一九四八年十一月二十九日　月曜日

親愛なるダン。

〔……〕長篇について。今のところ、書き終わった初稿は――送ることができる段階まで仕上げた原稿は――三五〇ページほどだ。僕はこの作では、いくつもの理由のため、これまでの仕事とは少し違った進め方をした。僕の見積もりでは、これまでのように完全に仕上げようとしたら、おそらくは、四〇〇ページ近くになるだろう。〔……〕

合衆国郵便が、これは重量オーバーだと見なしても、かんしゃくを起こしたり、腹を立てたりしないように。この本に関しては、僕の心は六月のカリフォルニアの空のように澄み切っている。僕はこの本では、過去のどれよりも猛烈に、徹底して働いた。それはまさしく、こき使われる犬のごとく。僕は二週間前には、真正の自家中毒で悩まされたよ。十日が過ぎ去ったというのに、原稿は五ページも進んでいない。僕はこの本で、途方もなく長きにわたり、神経と意志の消耗を積み重ね続けた。この期間は何も書かなかったと言うのが正しい。僕は数え切れないほど紙を捨てた。特に、本の難しい部分では。そして、きわめて厳しい時期には心が折れてしまったよ。それに加えて、多くの調査をしなければならなかった。僕は実在するものを扱っていて――それは、ライツヴィルについて書くようにはいかない。こちらは、裁っていない生地から切り抜くようなものだったからね。[*1] 物理的にも、この仕事は負担が大きかった。原稿のすべてのページに原本と控えの四部を作るのは多くの時間がかかる。〔……〕遅れてしまったが、出来上がったものは、満足のいくものになっている――いつものように急いでつけ加えると、これはあくまでも僕の意見だ。君がこの原稿をどう思うかは、僕には言うことはできない。だが、僕には確信がある。この作は、あらゆる点から――プロットと文章の双方から――これまでのクイーン長篇の中で、他を百万マイルほど引き離して優れていると見なされるだろう。少なくとも批評家の間で、一種の古典として評される絶好の機会だと思う。僕はこの作を知識人向けに持ち上げているわけでもなければ、見下しているわけでもない。僕はこの作が間違いなく、実際に連中を大きく揺さぶると思ったし、今も思っている。確実に映画化されるだろうとも思っている。この作の競争入札が行われるうらやましい立場にいる自分たちの姿さえ目に浮かんだ。僕がやってみたいと思うのは、ゲラを手にして映画会社に売り歩くことだ。

　今、僕の目の前にあるのは最終コーナーで、ここからは比較的楽になるだろう。テープが見えてきて、意気込んで走っているところだ。二週間でこれを仕上げることができるだろう。僕がやろうとしているのは、君にすべてを送ることだ――原本も含めて全部で四部のコピーを――もし君が望むのなら。それとも君は、君の分のコピーを一部だけ送って、残りは君に言われるまで手元に置いておいた方

＊1　「裁っていない生地から切り抜く」は、「まったくの作り話」の意味。現実のニューヨークを舞台とする『九尾の猫』は、架空の町を舞台にする〈ライツヴィルもの〉より調査が必要になる、と言いたいのだろう。

がお気に召すかな？　君には粗末なカーボンコピーではなく、原本で原稿を読んで欲しいと思っている。どうか教えてほしい。

僕にはまだわかっていない。今回の仕事がどこまで広がり、どこまで枝葉を伸ばしていくか、どれだけ過小評価していたのかが。今、この仕事を振り返ってみると、自分が先見の明を欠いていたことに驚かされているよ。

どうか怒らないで待っていてくれ。そんなに長くはかからないと思う。

僕たちの愛をビルと子供たちに――

マニー

一九四九年　「この黒人の役割」

※本章では『九尾の猫』の真相に触れています。

リーの『九尾の猫』についての確信は至極もっともだった。彼はこの作が「一種の古典として評される」ことになると考えていた。彼は正しかった。『猫』は多くの批評家からクイーン文学の頂点だと見なされている。しごく当然な理由――『猫』は多面的な楽しみを提供するという理由によって。この作は、『十日間の不思議』の精神医学的な複雑さを備え、戦後のマンハッタンの生き生きとした描写を呈示し、倫理的かつ知的な内容を、信じられないほどサスペンスに満ちた追跡の物語に注ぎ込んでいる。困難に挑み、手際よく巧みに達成されている。もし、ジミーとセレストがハリウッド好みの恋愛興味という出自をはみ出すことがなかったならば、二人はこの本を実際に傷つけることはなかっただろう。[*1] 彼らは、偉大な作品における小さな傷である。

『猫』の売り込みに成功した雑誌も映画もなかった。一九七一年になって、『エラリー・クイーン　後ろを見るな』と題されたテレビ・ムービー版がNBCで放映されたが、

＊1　このグッドリッチの文を裏読みすると、ジミーとセレストは単なる「ロマンス要員」にとどまっていない、ということになる。

どんな喝采も受けることはなかった。リチャード・レヴィンソンとウィリアム・リンクの合作コンビは、自分たちの脚本に対してなされた変更にひどく落胆し、その名をクレジットから外し、ペンネームに変えた。[*2] 四年後には、レヴィンソン&リンクはEQを小スクリーンに持ち込んで、成功を収めることになるのだが。

　実際のところ、ダネイとリーは、ほとんどの場合に、すべてのことについて、一致しない。それゆえ、《コスモポリタン》誌の一九四九年四月号で初めて活字になったレイモンド・チャンドラーの『リトル・シスター』[*3]の短縮版に対して二人が同じ嫌悪感を抱いたことを発見するのは、驚くべきことだと言える。リーの返信には、職人としての軽蔑心と上品ぶった傾向がはっきり表れている。ダネイの手紙にあるのは、嫉《ねた》み——そして落胆である。なぜ『女《シスター》』は掲載され、家を求めて鳴いている『猫』は見捨てられたのか?

　他には二つの争点——一つは比較的小さく、一つはずっと大きい——があり、それは一九四九年からの複数の手紙で、何度も議論されている問題である。一つ目は、『九尾の猫』として出版されることになる長篇に付ける題名の問題。ダネイとリーは、共通の課題として、ふさわしい題名をあれこれ探し回らなければならなかった。それよりずっと大きな争点も、『猫』に関するものだった。リーが「この黒人の役割」[*4]と呼んだものについて、争わざるを得なかったのだ。従兄弟は二人とも、言論の自由と公平な権利を実践する、良きリベラルだった。その彼らが、『猫』において、どのように人種的な要素そのものを描き出すのか。そしてさらに、ダネイとリーが、自身の作品が時代に寄り

＊2　*Ellery Queen: Don't Look Behind You* が日本でテレビ放映されたときの題名は『青とピンクの紐』。脚本家の名前は「テッド・レイトン」となっている。主演はピーター・ローフォード。詳細は本書の序文や『ミステリの女王の冒険』（論創社）を参照。

＊3　チャンドラーの *The Little Sister* は一九四九年刊行。本書では『リトル・シスター』（村上春樹訳）を参照した。

＊4　「役割」の原文は "business"。この単語はいろいろな意味があるが、二人がこだわっているのは、「黒人にエラリーを事件捜査に乗り出す役割を持たせるか」だと思われるので、こう訳した。

添いつつ、変化していく商業的・美学的な要求を取り入れるために試みた手法に、どのように人種的な要素を反映するのか。

エラリー・クイーン[*5]のユダヤ系のアイデンティティに関するダネイの記述もまた、興味をそそられる。ダニエル・ネイサン（ダネイ）とエマニュエル・レポフスキー（リー）にはユダヤの血が流れていることを、否応なしに気づかされるからだ。正典を読んだ人なら誰でもわかるが、エラリーの倫理観や、正義や書物への愛、それに学識などは、典型的なユダヤ系のものだ。

『九尾の猫』は、クイーン的な品質証明書をすべて備えた、心を釘付けにする物語である。しかし、都市の複雑で精密な描写は、作品をまったく別の分野にも押し上げている——みなさんは、自分たちが一九四〇年代終わり頃のマンハッタンにいる、と断言するに違いない。それ以上にこの長篇が読者を打つのは、『十日間の不思議』の出来事によって一個人としても専門家としても危機を迎えたエラリーの落ち込みと、それを乗り越えるやり方である。

〈世界的なテーマ〉もまた、本書にさらに複雑な層を提供している。都市のパニックは、戦後の世界のそれを反映している。雰囲気とアイデアを備えた豊潤さ——『猫』は、文学界の巨匠にふさわしい作品である。

以下で言及される「イーディス」とは、〈カーティス・ブラウン・エージェンシー〉でダネイとリーの文芸エージェントを務めるイーディス・ハガード。「オマリー」とは、〈ウィリアム・モリス〉のエージェント、ハリー・オマリーのことである。

＊5　この「エラリー」は作中探偵を指している。

一九四九年四月十二日

親愛なるマン。

〔……〕私はまだ禁煙を続けていて――これで六箇月ほどになる。喫煙と完全に縁を切ることができたならば、私の口内の感染は、喫煙との縁切りに伴い、完治とまではいかないだろうが、大きく好転するだろうね。その一方で、禁煙ははっきりと、私の結腸の調子と胃の不調を改善してくれて――以前ほど痛みに悩まされなくなってきた。とはいえ、痛みに襲われる日々は相変わらずあって、その痛みが続いている間は、私はみじめな気持ちでいるのだが。〔……〕

リトル・ブラウン社からは何も聞いていない――まったく反応がない。イーディスはまだ雑誌掲載の可能性を追っている。〔《サタデー・イヴニング・ポスト》誌は〕間髪容れずにはねつけたよ――「謎解き部分が多すぎ、〝ロマンス〟が充分ではない」と言ってきただけだ。〔……〕

この件について私が考えている間、君には、《コスモポリタン》誌最新号に「長篇一挙掲載」されたレイモンド・チャンドラーを読んでほしい。君の感想を聞かせてほしいのだ。私は、本気で編集者の肩書きを捨て去り、チャンドラーの名前で買われて掲載されたとしか思えないこの〝本〟――これまで読んだ雑誌掲載作の中で最も恥ずべき一篇として、私に衝撃を与えた作品——の書評を書こうと考えた。この物語は私に一撃をくらわせた。信じられないほど安っぽく、粗雑で、ハードボイルド主義の最悪の欠点を持ち、そして、どうやら重要ではないらしい単純明快さという点から見て、私はこの話が理解できない。一体全体、これは何についての話なのか、誰が誰を、なぜ、どのように、どこで殺したのか——何もわからない。[*1] この物語のどこに、「雑誌が求めるもの」があるのだろうか?

いや、気にしてもしょうがないな。クイーンとしては、こんな批評家にならない方が良い。それでも私は、この物語に対する君の意見を知りたいな。ついでに言うと、猫の物語も今は《コスモポリタン》誌にある——実のところ、二週間ほど預けたままだ。何をどう考えれば、《コスモ》が猫の物語をはねつけることができるのか、私にはわからない——連中は、チャンドラーの作を買ったというのに! 実のところ、チャンドラーの物語は私を勇気づけてくれたよ。われわれは《コスモ》に売ることができるだろう! 私は大真面目だよ。〔……〕

今、私は新しい基本アイデアを練っているところだ。このアイデアがどう仕上がるかはわからない。だが、私はこいつが気に入ったので、進めているわけだ。新しいテーマの興味深い点は、この本のための完璧で説得力のある題名を、私はすでに持っていることだよ![*2]

二つの長篇が進んでいる——が、『猫』のために真にふさわしい題名の方は、まだ見つかっていない。

＊1 『リトル・シスター』の訳者あとがきで、村上春樹も「結局誰が誰を殺したのかと訊かれると、急には答えられない」と語っている。

＊2 『九尾の猫』の次作の題名は『ダブル・ダブル』(*Double, Double*)で、『マクベス』に登場する魔女の台詞から採っている。正直言って、「完璧」な題名には見えないが、この時点では別のプロットだったのだろうか?

めぐりめぐって、私は雑誌[*3]に引き戻された。実際には、新しい長篇に費やす時間を捻出するために、雑誌の仕事を先行して進めたというわけさ。ただし、私は君に伝えるべきだろう――雑誌を先行させ、空き時間を作るというやり方はもはや通用しない、と。私が仕事を先行して進めているにもかかわらず、雑誌は毎日、邪魔をするのさ。マン、雑誌が成長していくにつれて、求められる時間がどんどんどんどん増えていき――私を悩ませることになる。私はもはや雑誌から完全に逃げ出すことはできないし、他の仕事のための時間を完全に確保することもできない。理由はいくつもある。二つだけ挙げると、まず、良質な新しい短篇を見つけるのが、ますます困難になってきたこと――若い作家は、男性も女性も、短篇形式では良質の作品を書いていない。今のところ、年次コンテストは毎年の新作短篇に関する限り、こういった危機を逃れてはいる。しかし、年次コンテストもまた、かなりひどい頭痛と、かなり多くの仕事をもたらす。二つ目の理由としては、良質な古い短篇を見つけるのが、ますます困難になってきたこと――かくして、オブライエンとO・ヘンリーの中から、穴埋め用の作品を急いで探し求めるわけさ。[*4]

この件について聞いてほしい。良質な古い短篇を探し出すことが困難になっているだけではなく、著作権をクリアすることが、ずっとずっと困難になっているのだよ。わかるかな。最近、《EQMM》のために三十五作の再録の権利を買いたいと申し出たのだが、二十作がはねつけられてしまったのだよ！！　時代が

＊3　ここでの「雑誌」は《EQMM》を指す。

＊4　どちらも年刊の短篇アンソロジーのことで、エドワード・オブライエン他が編んだ *The Best American Short Stories* は一九一五年開始、*O. Henry Memorial Award Prize Stories* は一九一九年開始。有名アンソロジーからの再録は安易なので、ダネイは気が乗らないのだと思われる。

悪いのか現在の風潮なのかは、私にはわからない。エージェントも著者も、自分たちがなぜそうしたかについては、あまり語ろうとはしない――どうしてこうなった、どう見ても厳しい（そして、さらに厳しくなってきた）時代になったのかは、神のみぞ知るというわけだ。〔……〕

雑誌は私の輝かしい活動の一つだった――かくして、私の信念が深く根付くわけだ。雑誌をこの分野の頂点に君臨させ続けるために、私は自分のできることをすべて（これには、私の「特別な」編集者のコメント[*5]も含まれている）やるべきだと。結論――私は新しい長篇の仕事のために必要な分よりも、ずっと少ない時間しか確保できない。そして、そのさらなる帰結として、新しい長篇の仕事はゆっくりになる――とてもゆっくりに。そして、私を疲労困憊させる。マン、結局のところ、ここ二年間に私が生みだしたものは、実際に求められるものが多すぎたよ。長篇に専念すれば、充分なものを生み出せるだろう。雑誌の編集に専念すれば、すべての時間を使って仕事ができるだろう。付随して生まれる仕事や、それで失う時間については、一切触れないでおいての話だが。

これはうんざりする構図だな。自分のことを言わせてもらうと、どうしようもなく私は〝休息〟を欲している。雑誌からの収入やラジオからの収入は、私がかなり必要としているものを――どうしようもなく必要としているものを――手に入れる役に立つ。財政的なものだけではなく――おそらくは、それよりもずっと重要な、士気を。ある種の休息の取り方は、私の頭からは外しておこう。われわ

＊5　この時期、《ＥＱＭＭ》の収録短篇の大部分にダネイはコメントを添えている。長さが半ページから二ページあり、執筆の時間も馬鹿にならなかったと思われるが、これが雑誌の魅力でもあった。

れがかつてやった全面的な崩壊[*6]——くそ、君は私の言いたいことがわかっているね——をもたらすという確信が大きくなっているからだ。どこまで落ちれば〝どん底〟なのかな？

こういったことすべてと共に生きていくことが、私を図太く厚かましくするわけだ。おかげで、ヒルダは汚れ仕事をさせられているよ。

おそらく、私は書くべきではなかった——おそらく、書かない方が良かったのだろうな。

ダン

一九四九年四月十四日

親愛なるマン。

昨夜、第一月の〈過越《すぎこ》しの祭り〉の晩餐《セデル》[*1]のために、私はヒルダの母の家に行き——猫の物語に使えそうな題名を抱えて辞去した。

〈過越しの祭り〉の祝日に使う祈禱書は、君も知っているように、〈過越しの式文《ハツガダー》〉で——"Haggadah"という単語は、「話すこと」あるいは「語ること」あるいは「物語り」を意味している。ところで、この伝統的な〈過越しの祭り〉の歌の一つに、おそらく君も覚えているだろうが、「一匹の子ヤギ《ハド・ガドヤー》[*2]」がある。

＊6　ダネイが一九四〇年に長期入院していた時期のことか？

＊1　「過越しの祭り（Passover）」はユダヤ暦第一月（三〜四月）に行われる出エジプトを記念するユダヤ人の祭り。晩餐（Seder）では、後出のエジプト脱出の物語を含む式文（Haggadah）が朗読される。

＊2　「一匹の子ヤギ（Chad Gadya）」の該当部分の歌詞

この「一匹の子ヤギ」の中に、次の一節がある――

「そして猫が来た（And The Cat Came）」。

これは本のためのすばらしい題名になる、という考えが浮かんだ――あるいは、それよりもこう言った方がいいな。考えれば考えるほど、私はこの題が気に入ってきた、と。簡潔だが陳腐ではない。この題はその簡潔さにもかかわらず、確かな味わいを持っている。そして私には恐ろしく不気味に見える。

もし使うことになったら、私は丸ごと引用することを勧めたい。献辞のための扉ページに、出典を添えて、以下のように――

And the cat came and ate the kid...
Chad Gadya, Haggadah
そして猫が来て子ヤギを食べた……
「一匹の子ヤギ」『式文』より

ユダヤ系の人たちは、もちろん、〈過越しの祭り〉の歌の一節が出典だとわかるだろう。しかし、キリスト教徒はおそらく、古代アラム語かサンスクリット語か、何かそういったものの引用だと解釈しそうだ――が、それはまったくもってけっこうなことだ。引用文と出典のどちらも、重々しく響くからね。「一匹の子ヤギ」は、寓話として、いくつもの意味を持っている。この歌は、「ジャックが建てた家」[*3]の古いヴァージョンで、さまざまな動物や品物が、ユダヤ人の迫害者を寓意で表しているわけだ。例えば、アッシリアは〈猫〉、バビロニアは〈犬〉、

は以下の通り（拙訳）。

一匹の子ヤギ、お父さんが二枚のズジム（ユダヤのコイン）で買った一匹の子ヤギ／そして猫が来て、お父さんが二枚のズジムで買った一匹の子ヤギを食べた／そして犬が来て、お父さんが二枚のズジムで買った一匹の子ヤギを食べた猫にかみついた。

*3　マザーグースの歌で、「一匹の子ヤギ」同様、単語が次々と追加されていく。

ペルシアは〈火〉、ローマは〈水〉、などなどだ。「子ヤギ」（山羊の子供）は、ユダヤ人を――抑圧され、迫害され、焼かれ、水死させられ、そのほかいろいろな目にあった――だが、決して歴史から消えたりはしなかったユダヤ人を表している。[*4]迫害者たちは絶滅し、「子ヤギ」（ユダヤ人）は生き延びる。

もちろん、ここにあるのは深い象徴的な意味だよ。これが、長篇それ自体とは、象徴的な、まわりくどい結びつきしか持たないことは事実だ。しかしそれにもかかわらず、この象徴性は私の興味をそそる。とどのつまり、われわれがこのことについてどんなに繊細になろうと、本の著者たちはユダヤ系なのだ。そして、作中人物のエラリー・クイーンもまた、最も深いところにある感性は、何もかもがユダヤ系なのだから。

余談をもう一つ。「そして（And）」で始まる題名には、アルファベット順に並んだ本のリストにおいて、トップに、あるいはトップ近くに位置するという実利的な利点がある。[*5]

君はどう思う？

＊＊＊

〔……〕《グッド・ハウスキーピング》と《コスモポリタン》両誌の現在の編集長であるハーバート・メイズは、この長篇をはねつけた。《G・H》向きではない――というコメントしかなかったが、どうやら同じように《コスモ》にも不向きらしい。

＊4　ペルシアの〈火〉は、ゾロアスター教が火を崇拝していることからか？　他は不明。

＊5　ダネイは《EQMM》一九四一年秋号に掲載されたA・アボットの短篇に添えたコメントで、アボットの“About”で始まる題名はアルファベット順の書名リストでトップに来ると言っている。もちろん“And”より“About”が先に来ることは言うまでもない。

雑誌の状況がここまでやる気を削ぐと感じたことは、これまでになかったと思う。お願いだから、《コスモ》の最新号のレイモンド・チャンドラーの小説を読んでくれないか。そして、どうしてメイズが、チャンドラーのガラクタを買って、猫の物語を拒絶したのか、筋の通った説明をしてくれないか？　どうしてだ？　どうしてだ？〔……〕

ダン

〔一九四九年〕四月十六日　土曜日

親愛なるダン。

〔……〕僕は、自分の最良の判断に逆らってまで家を出て、《コスモ》を買ってきた。なぜ君がこうやって僕を苦しめるのか、理解できないよ——君が、露見していない犯罪のかどで僕を懲《こ》らしめたいというサディスティックな欲望を持っているのでなければ。僕は貴重な三十五セントと二時間ほどを無駄にしたが、他のことに費やした方がよかったな。そうだ、こいつはクズだ。それがどうした？　クズこそが連中の欲しがるものだ。クズこそが連中がこれからもずっと欲しがるものだ。こいつにも取り柄はある、さまざまな色と大きさのクズが揃っている——おっぱいがあり、ルビーのように硬い乳首があり、[*1]「乳房」[*2]があり、少なく

＊1　単行本版では第三十四章。

＊2　第十二章「私がその乳房（mammaries）を～」。

とも三回は「寝る」ことに言及している。[*3] そして、主人公の舌を噛み切らんばかりのフレンチキスも。[*4] いくつもの死体があり、大量の血も。そして、二時間分の正真正銘、まじりけなしの退屈がある。〔……〕これは単なるクズではない――これは明らかにクソだ。ああ――そして、そうだ、まるで意味をなさない。まったく意味がない。僕はこれを読んだときに理解できなかったし、今も理解できない。〔……〕僕は、誰がどの人物かさえわからない。しかも――ここだけの話だが――それでまったく構わなかった。読んでいる最中ですら、そうだったよ。

メイズがクイーンの小説を採らなかったのは、良いことだと言わせてもらおう。当然のことだ。それは、われわれが提供すべきなのは、正気で、清潔で、わかりやすく、楽しめる作品であることを証明している。なぜならば、明らかに彼が欲しているものは、狂っていて、不潔で、理解できない、退屈なものだからだ。そして君は、まわりくどい書き方をしていると僕を非難していたわけだ！

忘れてしまおう。不正なペテン師連中のむかつく群れのことは、きれいさっぱり忘れてしまおう。作家連中はペテン師で、編集者どももペテン師だ。作家――編集者――ペテン師連合が与えるクソを「好む」のなら読者たちもペテン師ということになるが、そいつは神のみぞ知る、だ。読者がこいつを好むことは無理だろうな。そんなことはあり得ない。僕は、メイズでさえも、こいつをお気に召したのか疑っているよ。間違いなく、チャンドラーは気に入っていない。彼は、クズで――ばかで――ぶっきらぼうな――話し方でメイズのような人々を虜にし、「おお、高

*3　第十二章「私は最近ギャングと寝てないわよ」、第十九章「彼と寝ているのかって」、第二十八章「たとえ寝るだけにしても」か？
*4　第十二章「（彼女は）私の舌の先を噛み切ろうと試みていた」

級誌上のヘミングウェイ！」と言わせる魔法の〈クソ形式〉を見つけ出したに過ぎないのさ。〔……〕

＊＊＊

［《サタデー・イヴニング・ポスト》誌は］この物語は「ロマンスが充分」ではない、と言う。［《サタデー・イヴニング・ポスト》誌にとっては］ロマンスは重要なもので、《コスモ》と《グッド・ハウスキーピング》誌にとっては別のものも重要だ。〔……〕それに加えて、上っ面は「見栄えが良い《スリック》」ものであれ、だ。＊5 この単語が意味するものは、固く、ミリミクロンの厚さの見せかけのことだ。そこにあるのは、洗練された色目—皮肉なからかいの言葉—「俺たちゃ世慣れた粋なやつら」—ナイトクラブ—ストリッパー—「黙らせる」銃—隠語による会話—マリファナ中毒者売春婦同性愛者ギャングだ。そして、もちろん、その気質の中に道徳心も良心のとがめも持たない「主人公」がいる。彼は美しいご婦人を見るやたちまち勃起して、彼女と会ってから三十分以内に寝て、銃で死地に追いやり、すべての章で銃やナイフで襲われ、最初から最後まで何も知ることはなく——「こいつは謎だな、わかるかい？」——最後になってから、「不意にひらめいたよ——すっかりわかったよ、おまえさん」——と言って、われわれからすれば、狂人さえも納得できない乱暴な算術で理解する。ああ、そうだ。それから、主人公がいつも本職の警官と争うことを忘れてはならないな。彼らは彼を疑い、彼らは彼を気に入らず、彼らは彼をしょっ引き、彼らは彼に悪態をつき、終盤になると、彼らは

＊5　一般に、《コスモポリタン》誌などは「スリック（slick）マガジン」と呼ばれ、本書では「高級誌」と訳している。“slick”は上質紙のことで、すべすべして光沢がある。

彼の話を傾聴し、名誉をひったくる。

　以上が定型だ。人物がらみのプロットはこんなものにしましょう。それを二音節を上回ることのない単語で、納得できるものは何一つない、ぶっきらぼうな会話をたっぷり添えて書きましょう。そして、探偵が若いときに四学年を通過したことを示すためだけに、少なくとも一回は、詩的な引用を――僕はまったく記憶に残っていないが――させましょう――そうすれば、畜生、あなたは掲載権を《コスモ》に売れます。たぶん、［《サタデー・イヴニング・ポスト》誌の場合は］少しばかり多めに巧妙さが求められるだろうね――彼らについては僕は知る由もない。

　君は何で頭を悩ませているのかな？　心配は何だ？　お金のことか？　多くの連中が銀行強盗で良い暮らしをしていたら、それは君も銀行強盗をしなければならないということを意味しているのか？　事実を受け入れろ。連中はクソを欲していて、連中はクソで、連中を満足させるためにクソの専門家が雇われている。不運なことに、われわれのどちらも、まったく適任ではない。われわれは険しい道に沿って戦い続けるしかないのだ。

＊＊＊

［……］君が提案した題名『そして猫が来た』について。僕はあえて、数日返答しなかった（今日は日曜日だよ）。君がこれをとても気に入っていることは明らかだったので、いつも以上の労力を払って、頭の中であれこれ転がしてみて、そ

の題名になじめるか試しているところだ。僕はこの題名を受け入れることができるし、この題名は僕を悩ませはしないようだし、一応のところ、この題名を気に入ったようでもある。しかし、僕は、これは「ふさわしい」とは言えないという感覚を、まだ抱えている。とどのつまり、題名というものは、君が言っているような出典を気にすることなく、それ自身の足で立たなければならない。

この題名のどこが、僕にはしっくりこないのか、分析してみた。あらためて考えてみると、その字面から受ける味わいが大きいようだ。僕はいつも、「そして」で始まる題名はしっくりこない。「そして」は不要に見えるし、現代風とはかけ離れている――それに聖書風だからね。[*6] そして、この作品はどの点から見ても現代の物語だ。

たぶん、僕は的を外しているのだろう。たぶん、君が正しいのだろう。僕にはわからない。〔……〕

僕の『そして猫が来た』に対する見方が恣意的だと取られたくはない。なぜなら僕はそうは思っていないからだ。この題名には確かな可能性がある。ただし、僕はそれにはあまり乗れないというだけだ。もう少し寝かせてみよう。たぶん、［リトル・ブラウン社の編集者スタンリー・］サルメンがそのうち何か思いつくだろう。その間に、われわれはもっとじっくり考えることができる。

〔……〕今は四月十八日の月曜の午後だ。僕はひどい鼻腔の発作を起こし、こいつが僕の頭脳を根こそぎ奪っていった。それに加えて風邪だ。こいつは治るきざ

＊6　聖書（の英訳）は“And”で始まる文が多い。クイーンの『第八の日（*And On the Eighth Day*）』は「創世記」の“And on the seventh day”のもじりなので、“And”で始まっているが、これはリーではなくA・デイヴィッドスンが小説化を担当している。

しさえもなく、ここ二週間ほど続いている。だが僕は、自分の体の病気で君をうんざりさせるという過ちを犯したりはしない――同じ過ちという意味だよ。僕自身の病気は、君の病気と比べたらささいなものに見える。もちろん、僕にとってはささいどころではないのだが（要は、誰のケツが蹴られているのか、という問題だと思う）。[*7]〔……〕

君の意気消沈は、もちろん僕の方にも跳ね返ってくる。あらゆることが、同時に崩れているように見えるな。最も深刻なのは、言うまでもなく再版の状況だ。[*8]率直に言うと、僕にはこの状況が理解できない。何かが今すぐ起きなければ、一九四九年は決断の年になるという考えに、僕は同意するよ。もしオマリーが、少なくとも夏の改編で［エラリー・クイーンのラジオ番組のための時間帯を］工面することができなかったら――それはそこそこの確実性、あるいは少なくとも可能性のある唯一の外部収入なのだが――僕たち二人とも、今年をどうやって乗りきったらいいのか、わからないよ。

明らかに、雑誌は継続的な収入源として維持しなければならない。もし君が雑誌を運営しながら新しい長篇を進めることが難しくなったり、ほとんど不可能になったら、僕には次の選択肢しかないように見える。君のために、雑誌の仕事を助けてくれる人を見つけて、実質的に君の重荷を軽くすること（君は以前、それは実行不可能だと言ったが）。[*9]あるいは、僕のために、君は長篇を離れて、そこから先は一切手を引くやり方を試してみること。長篇から離れた君は、雑誌以外

＊7　リーは「誰にとっても自分の痛みは大きく感じられるものだ」と言っているようだ。

＊8　この時期のクイーン作品はきちんとペーパーバック化されているので、重版がされなくなった、という意味だろう。理由としては、一九四八年からスピレーンのペーパーバックが人気を博したことが考えられる。また、P・S・フリューデルスの『ペーパーバック大全』（晶文社）では、この頃から「大衆の好みの変化が明らかになり、ミステリーが減り、SFが増加」とある。

＊9　「梗概が書き終わったらダネイは一切関与しない」やり方を提案していると思われるが、梗概の作成からも手を引く方法を提案しているようにも読み取れる。

のことについて悩むことがなくなるわけだ。〔……〕君が考えている、僕が充分に役に立てるやり方を教えてくれないか。君自身の気持ちと病気と目下の能力不足だけを考慮して。〔……〕僕はといえば、行動において自分の好みを優先する考えは一切締めだしている。君が同じようにして、純粋に、何をしなければならないかという観点から僕と話し合いをしたならば、役に立つだろうと思う。

今月、こちらはずっといやな天気だ。そちらよりこちらの方がしのぎやすいとは思えないな。

ヒルダと子供たちによろしく。

マニー

レイモンド・チャンドラー（一八八八～一九五九年）は、よく知られているように――そして、意地の悪いことに――フレッド・ダネイが一九五〇年代の初めに《エラリー・クイーンズ・ミステリ・マガジン》のために実施した「存命のミステリ作家のベストテンは?」[*1]投票への参加を拒否した。もちろん彼自身、偉大な作家の一人である。とはいえ、一般には『リトル・シスター』は、チャンドラー作品の中では劣る方だと見なされている……しかし、必ずしもリーが挙げた理由のためというわけではない。これは、うんざりした男の冷笑的な本である。チャンドラーのロサンゼルスへの、映画業界への、彼自身への、そして彼の境遇への嫌悪感が露骨に感じられる。[*2]皮肉なことにチャンドラ

＊1　該当する企画が《EQMM》に見当たらなかったので、グッドリッチに問い合わせたところ、「手元に資料がなく、わからない」とのこと。この時期に実施したギャラップの類似の企画に《EQMM》は協力しているので、その件だろうか。

＊2　この評はグッドリッチ自身の評と言うよりは、チャンドラー自身の書簡からの引用に近い。

ーは、ダネイとリーをひどく立腹させた『リトル・シスター』の短縮版への嫌悪感も抱いていた。彼は《コスモポリタン》誌がやってきた、長篇を圧縮し、さまざまな削除や追加を施すやり方に不満を示したのだ。この件のすべてで一つだけ良かったことは、お金だった――チャンドラーは、一万ドルを受け取ったのだ。[*3] これが、ダネイが雑誌に売れることを渇望した理由に見える。

リーはチャンドラーの俗悪さと暴力を糾弾したが、それはおそらくミッキー・スピレーンの作品――戦後のペーパーバックにおいて、売り上げと性的刺激の点で特筆されるべき作品――によりふさわしいものだろう。スピレーンには擁護者たちがいるが、ダネイとリーはその一員ではなく、自身の拳で考える超ハードボイルドな探偵は、彼らの長篇や短篇、そしてEQのラジオ番組で、何度もパロディの対象となった。[*4]

リーの「そして」で始まる題名への嫌悪は、明らかに、何年もかけて弱まったようだ。『第八の日（*And On The Eighth Day*）』（一九六四年）は、後期のクイーン長篇では最も印象的、かつ独創的な作の一つである（そう、代作ではあるが、その力は衰えてはいない）。[*5]

［一九四九年］四月――かもしれない

親愛なるマン。

＊3　現在では約十万ドル。
＊4　すぐ思い浮かぶのは、長篇は『ダブル・ダブル』と『真鍮の家』、短篇（元はラジオドラマ）は「マイケル・マグーンの凶月」。
＊5　『第八の日』はダネイの梗概をアヴラム・デイヴィッドスンが小説化したもので、リーの関与は少ない。だから“And”で始まる題名が使えたのか？

〔……〕私は雑誌に専念して働きたいと望んでいるわけではない。意識してであろうが、無意識であろうが、それは私の望みではない。そんなことは、一度も頭に浮かんだことすらない――ここできっぱりと断言しておく。実際のところ、仕事の配分がそうならないように私は戦っているのだよ。一つには、私は創造的な仕事から完全に手を引くことは望んでいない。創造的な仕事による消耗も心痛も頭痛もいやでいやでたまらないのだが、私は手を引く気にさえなれなかった。もう一つには、雑誌はフルタイムの仕事を要求するわけではない――少なくとも、今の私はそれを求められてはいない。実のところ、雑誌の仕事は絶え間なく増え続けている――が、今のところはフルタイムの仕事ではない。〔……〕

君は、私が長篇を離れて、そこから先は君がすべてを掌握することを提案したね――告白しなければならないが、その提案は小便をもらすほど私を怖がらせたよ。これが――われわれ双方にとって――何を意味するかを君が理解しているのか、私には疑問だね。時間の点だけ見ても、この方法によってどれだけの時間が確保できるのか、私は本気で疑問に思っているよ。もちろん君は、自分が猫の物語に――プロットが完全に仕上がってから――九箇月を費やしたことを理解しているね。では、新しい長篇を私の手を離れたところから引き継ぐのに、どれだけの時間が必要か、君は理解しているのかな？[*1]〔……〕

われわれが今苦しんでいる根本的な不一致――完全な合意にもとづいて一応は境界を定めたはずの仕事における不一致のことを考えてくれ。マン、私の仕事の

＊1　今でもリーが梗概を長篇化している間はダネイは《ＥＱＭＭ》の編集に注力できている。つまり、長篇化をすべてリーに任せても、ダネイの空き時間はさほど増えない。

分担を受け入れるという君の約束にもかかわらず、君が私の仕事を真に受け入れたことは、これまで一度もなかったではないか。君の提案が際限のないさらなる苦悩にたどり着かないと、どうして言えるのかな？

　もちろん、私が君の提案の背後にある動機を理解すらしていないことは、認めなければならない。これは、君がやりたいことなのか？　心理的に、君は本当に私が雑誌に専念することを望んでいるのか？　心の底で君は本当に、私が長篇の仕事における自分の分担を手放すことを望んでいるのか？　私にはわからないし、推測しようともしなかった。ただ途方に暮れているだけだ。

＊＊＊

〔……〕私はまだ、『そして猫が来た』を気に入っているよ——しかし、これについては、二人とももう少しよく考えてみたらどうだろう。何か他に出てくるかもしれないからね。こんなのはどうだ？——『ミスター・キャット（*Mr. Cat*）』。ビング・クロスビーの新しい映画が[＊2]「ミスター・ミュージック（*Mr. Music*）」という題になるのを知っているんだ。「ミスター・キャット」は「猫の王」を暗示している[＊3]。思いつきに過ぎないが……。

＊＊＊

〔……〕長篇に対する反応に関しては、サルメンからまだ何も聞いていない。イーディス・ハガード[＊4]は今日、私に電話してきて——君が彼女に手紙を書いたこと、そして彼女がそれに返事を出したことを話してくれた。イーディスが言うには、

＊2　ビング・クロスビーの*Mr. Music* は一九五〇年公開。日本未公開。
＊3　『ミスター・キャット』の「ミスター」は「その分野を代表する人」という意味らしいが、読者に〈猫〉が男だというイメージを与えようとしているのかもしれない。
＊4　リーとダネイの文芸エージェント。

〔《グッド・ハウスキーピング》誌の〕詳細と《コスモ》の反応を私に伝えるのを忘れていた、そしてその話を君への手紙に書いたときにそれを思い出した――かくして君は、私が知る前にそれらの事実を知ったわけだ。

私は君に、私の知っていることを伝える。私は君に、私自身が知らないことを伝えることはできない。

ダン

＊＊＊

さらに一日が過ぎてしまった……。

〔一九四九年〕四月二十三日　土曜日

親愛なるダン。

〔……〕今回の件すべてのために、一度、お互いについて理解をしよう。僕は君の特権を侵すことは望んでいない。僕はプロット作りをしたいとは思わない。僕はプロット作りは好きではないのだ。その上、君のようにはできないからね。プロット作りを続けてくれ。**頼むよ**。ただし、お願いだから、それがどれくらい困難かを僕に語るのは続けないでくれ、もし君が引き継ぎに関する僕のいかなる提案も望まず、受け入れるつもりがないのなら――その提案は君の愚痴の結果、ひとえにその結果としてなされたものにすぎない[*1]。僕は、君が長篇のプロット作りを続けていきたがっていることに安堵したよ。僕は君に感謝の念すら抱いている。ただし僕は、君が――君自身の行動の結果として――助けを必要としていると思ったときに手を差し出すのは好きではないし、その手に短刀が隠されていないか君が調べるのも好きではない。君だって、そんなことは好きではないだろう。君がそういうことを嫌うのはいやというほど良くわかっているよ。

ダニー、君の不満は何だ？　何をいらいらしているんだ？　君の手紙には毒がある。君は小型の原子爆弾を僕の上に落とし続けている。なぜだ？　君は、いかに自分が疑り深い人間か、気づいているのかな？　君はどうして、僕が言うことすべてに「隠された動機」が存在すると、いつも決めつけるのかな？　万事において、君はどうしてこんなに扱いが難しいのかな？　どうして君は僕に、考えうるすべての機会に、意地の悪い一発をぴしりと加えるのかな？　例えば、君の手紙の最後にあった、イーディス・ハガードとの一件は、まさに典型的だ。君は僕に、彼女が君に話したことを書いた。君自身が、「これが彼女が言ったすべてだ」と言った。あるいは、そういう意味のことを言った。僕はそれ以上のことを知りたいと思った。僕は彼女に手紙を書いた。彼女は返事をくれた。僕は即座に君に手紙を書いて、彼女が僕へ書き送ってきたことを伝えた。その手紙で僕は、君が彼女の話を誤解したか、彼女は君に何かまったく異なることを話したかのどちらかだと言う羽目になった――彼女が言った話として君が僕への手紙に書いた

*1　要するに、リーは「こっちのアドバイスを聞く気がないなら愚痴をこぼすな」と言いたいのだろう。

ことと、彼女が僕に書いてきたことが、完全には一致しないことから見て、他の可能性は存在しない。君に対して僕は、一切の批判も非難もしなかった。僕は彼女を批判した。さらに君は、そっけなくこう書いてきた。「私は君に、私の知っていることを伝える。私は君に、私自身が知らないことを伝えることはできない」、と。僕が、君が情報を与えないか、偽って伝えていると責めたかのような調子で。確かに君は、君の知っていることを僕に伝える。確かに君は、君自身が知らないことを伝えることはできない。君が伝えていないと誰が言った？　君にはできると誰が言った？　そんな推測を誰がした？　なぜ、ぴしゃりとやり返す？　そもそも、どうしてこんなことを書かなくてはならないのだ？

＊＊＊

［1949年］4月23日

〔……〕『ミスター・キャット』はだんだん好きになってきた。もうしばらく練ってみよう。

トニーは目下、インフルエンザらしき高熱のため丸一週間寝込んで、今は鼻のラジウム治療を受けている。坊やは今まさに熱を出しているところだ。通りをへだてて水疱瘡《みずぼうそう》が流行っているので、たぶん、感染した子供とみんなが遊んで、通りのこちらでも流行ったのだろう――

失礼。トニーはたった今、今日二回目の嘔吐をしたところで、体温は一〇三度[＊2]近い。坊やは吹き出物だらけに見えるよ――水疱瘡か麻疹《はしか》だ――それなのに私たちは、一流のビヴァリーヒルズの小児科医をここへ連れてくることもできず、ま

＊2　セ氏では約三十九・五度

あ、やつのことなどどうでもいい――地元の医師を呼んできたが――長くかかりそうだ。

それでは、また。

マニー

ダネイとリーの創作上および性格上の相違は、状況の中に人種問題が登場したときに、くっきりと詳細に浮かび上がる。

人種は、本の舞台となる（そして、エラリー自身と共に主人公となる）ニューヨーク市の一部として、『九尾の猫』の要素になっている。にもかかわらず、いかに人種を活用するかが、従兄弟たちの争いの元になった。そして、その文学的・社会的な波及効果が、激しく言い争われることになった。彼らは二人とも、公明正大かつ厳正たらんと欲し、そしてその務めにおいて相手が失敗したと信じていた。実際には、二人はリベラルな信念を持つ情熱的な男たちで、正しい側で戦い続けている。

リトル・ブラウン社の編集者スタンリー・サルメンは、リーが『猫』の原稿にいくつかカットを施せないかとダネイに尋ねた。リーは拒否した。彼は、カットは不必要で有害だと信じていたのだ。それゆえ、ダネイからの以下の手紙は……

一九四九年五月五日

親愛なるマン。

君は、カットをしないという自分の決定は絶対に正しく、カットは本にダメージを与えると確信している、と言った。君は、この確信は感情的な思い込みではなく、理性的な確信だ、とも言った。君は、この確信は特権を振りかざして好みを押しつけたものではなく、純粋に、ただ単に、この本自身のためにこれが正しいと感じたのだ、とも言った。

マニー、私もまた、まさにこういう風に感じることができるとは、君は一度も思わなかったのか？　私も純粋に理性的な確信を持つことができるし、深く完全に確信することもできるし、何が作品のためにベストかをわかっている、という考えは君にはないのか？　おそらく君も、それを考えたはずだ。だが断言するが、単に私の中にそういう深く明白な確信が存在する可能性を認める以上のことは、君は決してやらなかった。

マン、長年にわたって私の中では、君が私の確信の範囲を制限しているという思いが大きくなってきた。君が「特異な」才能と呼んでいる、ある種の創造的な私の才能――君がそれを信用していることを、私は疑っていない。だがそれが、より深い批評的な確信、より大きな文学的で創作的な知識や感性になったとき、君は私をかなり低く評価しているのではないか。私は、プロット構築と着想においては、ある種の優れた才能を持っている。だが私は、君がこれらすべてを、むしろ表面的な貢献ととらえているように感じている――それがより重要な執筆における多様性や哲学に関係するときには、私はただの賢い発案者にすぎない、と。[*1]

われわれの仕事は、あまりにも明白に区分けされているので、私はただ、可能なかぎり自分の分担にしがみついてきた。それが、執筆に関しては、私は提案以外のことを決してしなかった理由だ。執筆は君の領域だからね。そして私は、君を執筆の領域における最終決定者として遇するよう最善を尽くしてきた。これこそが、私をプロットの領域における最終決定者とすることを渋る君に、深いいきどおりを覚える理由だ。プロットに対して私がある扱いを求め、君がそれを変更する。そして私は断固としてそれに同意せず、君は私のやり方で扱うことを拒否する。君は自分の仕事の分担だけでなく、私の仕事に対しても最終決定権を行使している。この件に関して君が間違っていることは――完全かつ不当な間違いであることは――私は深く確信している。もし君が執筆における最終決定権を持つならば、君はプロット作りにおける私の最終決定権を認めなければならない。もし君が自分の仕事の分担について確信を持つことができるならば、君は、私の仕事の分担についての私の確信の正しさを認めなければならない。

雑誌版に対する君の態度を取り上げよう。君は、自己の判断と希望に大きく逆らう雑誌版への変更作業をやった。[*2]雑誌版を仕上げたとき、君はこう公言したね。

＊1　リーは合作における自分の立場について一九四八年十一月三日付けの手紙などで語っているが、今回はダネイが語っている。

＊2　リーはこの頃、雑誌に掲載するために、『九尾の猫』を短縮する作業をやったらしい。

これで何もかもが悪くなった、書籍版の持つ価値のすべてがきれいさっぱり消え去った、雑誌版はとても売ることはできないと。まあ、たぶん、売れることはないかもしれない。しかし、ここまでの反応は、君が間違っていることを証明している。時代と出版界の状況に普通に恵まれれば、われわれは、何の問題もなく、猫の物語を雑誌に売り込むことができたかもしれない——実際、まだ売れるかもしれない。

何が本にとってベストか、何がわれわれの収益にとってベストかについての君の確信を、これでも私は簡単に受け入れることができるのかな？

そして、私自身の確信はどうなる？　君は猫の物語に一つの変更を加え、私にとっては、未来永劫、この物語は台無しになった。私の知る限りでは、君はこう言ったはずだ。君はこの本がとても気に入っている、と。君はこの本における自分の担当部分を誇りに思っている、と。そして、こういったことすべてが、君にとって、「疑問のある材料をただ削り取るだけでは——僕ではなく——本にとって損失になるという絶対的な自信が僕自身の心の中にあるとき、『妥協』に降参することを」一層困難にしている、と。〔……〕

君がこの本の中でやった、まさにこういった変更の件に入らせてくれ——黒人女性殺しの件だ。[*3] 私はすでに自分の見解を完全にはっきりさせたね。この考えに関しては、私にはどんな誤りも存在しないので、ここで繰り返させてもらおう。私は雑誌のことを考えて、黒人殺しは絶対に反対だと言った。これは純粋かつ単

＊3　完成稿では六番目の殺人。梗概では白人女性だったらしい。

純に、実務的な問題だ。私が思うに、君が書いたような黒人殺しのくだりを掲載する雑誌は存在しない。作中に黒人殺しがある物語を、どんな雑誌も買うとは思わない――君が言い張るように、最小限度の含意しか持っていないにしても。

雑誌の話はもう終わりだ。君は、雑誌のために黒人殺しを削除することには同意した。君は、私が正しいと考えたので同意したのではない。君はただ単に、どっちにしろ、この物語がいかなる雑誌にも載る機会があるとは思っていなかったので、そして、雑誌版についてはまったく気にしていなかったので、同意したのだ。

さらに、君が唯一関心がある書籍版についても、私の見解ははっきりさせておいた。私はこう言った、黒人殺しを入れてもかまわない――エラリーが積極的に事件捜査に乗り出すきっかけの殺人として提示するのでなければ[*4]、と。私はこの見解のためにとことん戦った。黒人殺しをエラリーを事件に招き入れる前に、あるいは後にするならばかまわない。しかし、黒人殺しを引退からエラリーを引き戻すきっかけにするのは、私は望まない。

マニー、黒人問題に対する気持ちでは、われわれは二人とも塀の同じ側にいる。しかし、この気持ちをどう表現すべきかについて、われわれの意見が一致しないのは確かだ。猫の物語の原稿を読む時はいつも、黒人の事件のくだりで私はいたたまれなくなった。物語のこの部分のことを考えるたびに、私は決まりの悪い思いをしたよ。

＊4　エラリーは五番目の殺人の話を聞いても捜査に乗り出さず、六番目の殺人で乗り出す。

エラリーを、原稿で描かれているようなやり方で事件捜査に参加させるのは――私の最も深いところにある、あらん限りの確信をもって言うが――恐ろしい過ちだ。黒人たちは特別扱いを望んでいない。彼らは平等な扱いを望んでいるのだ。もしエラリーが、白人の連続殺人をきっかけにして事件捜査に参入する気になれないのならば、黒人殺しをきっかけに事件捜査に参入するべきではない。[*5]それはある種の不快で邪悪な寛容さで、私に吐き気を催させる。これは理屈で説明された寛容さで、私の意見では、これは不寛容の最悪のタイプなのだ。そして、この問題があまりにも大きいため、私には本が損なわれたと感じられてしまう。結局のところ、マン、エラリー・クイーンの名前は、われわれ双方に属しているのだ。その使用は、われわれ双方に個人的な影響を与えることになる。エラリー・クイーンと署名された本は、私自身をも表現している。私の思想と感情を反映したものを世間に語っている。それなのにこれは、私がとことん忌み嫌っているものを語っている。同じように、作中人物のエラリー・クイーンは、われわれ双方を表している。エラリーが一人の作中人物としてやることは、われわれ双方を個人的に反映している。それなのに、エラリーがこの本でやることは、私のやることではない。黒人問題に対する彼の反応は、私のものではない。〔……〕エラリーがこの本でやることは、私を反映していない。

この本は一人分しか勘定に入っておらず、私は消えてしまっている。心底恥じ入るなんてものではない。私はどうしてもこの本について考えることができない

＊5　完成稿では、エラリーは黒人殺しにより一九三五年の「ハーレムの無秩序（ハーレム暴動）」が再び起こるのを危惧して捜査に乗り出す、という巧妙な理由づけがなされている。

し、見ることもできない。私は、君がある種の不快で邪悪な寛容さを持っているとは言わない。君は真の寛容さを備えていると思っている。ただし、私は心の底からこう思っている――君は自分の寛容さを、きわめて不寛容なやり方で表した、と。

これで、私の確信がどれくらい強いか、ある程度わかってもらえたと思う。たとえどんなに困難でも、自分の確信を重んじるために私は君と戦う。最後には、君が自分のやり方でやるとしても、だ。私はこういった何もかもを、電話や手紙ではなく、顔をつきあわせてまで議論したね。そして、それでも私は負けた。負けただけではない。顔をつきあわせての議論の後、君は家に帰り、私の嘆願を無視したばかりか――君はわかっているのかな？――私の傷口に塩を塗り込み、傷口をナイフでえぐった。なぜ君は「ウィルキンズ」という名前を「ホワイト」に変えたのかな？[*6]　私がこの黒人殺しという犯行についてどう感じたかを知っていたら、どうしてそんなことができるのかな？　黒人の少女の名前をホワイトに――肌の色の特徴を不自然に強調してしまう名前に変えるようなことが。

これらすべてにおいて、君が何を考えているのか、私にはわからない。君はそれをねじまげて、私の本心はまさに最悪のタイプの頑固者だという仮説に達してさえいるのかもしれない。最終的に君が何を考えようが、どうでもいい。君が自分の確信について書いてきた場合を除いて、もう二度とこの件について書いたりはしない。そして、他人が感じたり考えたりしたことを目の前にしながら、どう

＊6　完成稿では黒人の被害者の姓は「ウィルキンズ」だが、「ホワイト」だった時期があったようだ。

して君は、自分の考えが本にとってベストだという決定をまだ下せるのか。私の心の中の深い深い奥底では、人が持ちうるすべての確信をもって感じている――エラリーは恥ずべきことを、許せない不寛容なことをやった、と。そして、残りの人生の間、私はこの本を、そしてこの本が表すものを、心と頭の中で遠ざけるだろう。

君は、いかにこの本が特に気に入ったかを、いかにこの本の自分の担当部分を誇りに思うかを、いかに君にとって妥協が困難だったかを手紙に書いてくれたね。マニー、この本は私の中で生まれ、私の中で育ったのだ。私がこれを育てた。私がこれを創造した。それなのに、最も重要な局面のいくつかで、私はそれについて何も言うことができなかった。君は、私の確信を拒否したのだ。君は、もともと私が思いついたものを本に残すための嘆願を無視した。私のこの本への偏愛は、私の誇りは、私の最も深い確信は、じわじわと崩壊させられた。そして今、君が私に求めているのは、君の最後の戦い――本はどうあるべきか、本にとって何がベストかについての君の確信を保つための戦いを、全面的に心から受け入れることだ。〔……〕

君が完全に無視したように見えるもう一つの要素がある。〈世界的なテーマ〉についての長いくだりがなくては、都市全体が我を失うようなパニックを読者は受け入れないだろう、と君は感じている。少なくとも二箇所で、とりわけ一九四九年という時代の混乱と不確かさを明白に示すべきだ、と君は感じている。[*7] 君の

＊7　リーは〈世界的なテーマ〉を長々と説明する場面を二箇所に入れたらしい。一つはグッドリッチも指摘している第七章のプロメテウスが語る場面。もう一箇所は――完成稿にも残っているとすれば――最終章だろう。

読者はこの混乱と不確かさそのものを感じ取っていると、君は考えないのか？猫の物語を読む今日《こんにち》の読者が、世界規模の混乱と不確かさを実感する（その原因を知ろうが知るまいが）ところまでたどり着くとは、君は考えないのか？ 君は、読者にこの感情を濃縮した薬を投与すべきではない。[*8] それはそこにあるのだ。それは、気づくか気づかないかはともかく、すべての読者の意識の中にある。それは存在するのだ。物語の中の出来事は、たとえ意識下であっても、あらゆる立場のあらゆる人々が今日感じている支配的な雰囲気と結びつくだろう。この一九四九年の空気の存在が、私が物語にこめたもの、基本的なテーマを発展させたものと大いに関係していると、君は考えないのか？ 私はこの物語を一九三八年や一九二一年には考えつくことはできなかった。そして、読者はこの物語を一九三八年や一九二一年には正しく理解できなかった。しかし、彼らは一九四九年にこれを読むことができる――これが一九四九年の出来事だと、くどくど言われて思い出すことすらなく。そして、読者はこの物語を受け入れることができる。なぜならば、彼らのまわりのすべてが一九四九年のものだからだ。なぜならば、彼らの考えが一九四九年のものだからだ。なぜならば、彼らが――読者自身が――〈世界的なテーマ〉を本に持ち込んでくれるからだ[*9]（彼らがそれを自分自身の中でいかに想像し、解釈しようとも）。

私はこの手紙を、できる限り感情に流されずに、理路整然と、知性的に、きちんと理解して書こうと努めた。私は君自身の手紙の最後の一節を繰り返して、君

＊8　ダネイが言いたいのは、「〈世界的なテーマ〉は〝私の〟梗概のアイデアやプロットに存在するので説明しなくても読者には伝わる」ということだろう。
＊9　もしダネイの主張が通ったら、現在の読者はこの作を充分に理解できなかっただろう。

は同じことをやれるのかと問いたい[10]——つまり、私の手紙を読む際には、その手紙が私が自覚するかぎりただ一つのもの、すなわち何がその本にとってベストかという感覚に基づいていることを思い出してほしい。私は君よりさらに一歩進むことができた。そしてこの手紙は、この本だけでなくわれわれの合作仕事全体にとって何がベストかに基づいている。なぜならマン、われわれの相互理解の不足と、われわれが各々の活動分野における最終権限を委譲する気がないことが、全体として仕事を駄目にしてしまうという点に、疑問の余地はないからだ。〔……〕

　さてと、私は仕事に戻らなければならない。こいつは一時間ほどは、私を他の問題に向かわせてくれるだろう。この手紙が特定の問題だけでなく、一冊の本から生じるより大きな問題に役に立ったと証明されることを、私はひたすら望んでいる。

ダン

＊10　リーの一九四九年四月十六日付けの手紙のことか？

　私は本書の他のページで、ダネイとリーを野心的な人間として描いてきた。けれども、その野心をいかにして実現するかが、不一致の元となっている。

　ダネイはジャンルの内側から仕事に取り組み、彼の創作と編集の人生は、ミステリ小説の可能性を守るために費やされた。本質的にリーは、この形式にはそれほど魅了されていなかった。『九尾の猫』の〈世界的なテーマ〉は、リーが「重要な」作品と考えたものを、くっきりと照らしだしている。

大集会[*1]が暴力へと爆発し、混沌がマンハッタンの通りを吹き抜け、割れたガラスと略奪と流血の惨事がその通り過ぎたあとに続く。翌日の早朝、やつれたエラリーは、ロックフェラー・センターに座り、巨大なプロメテウスの黄金像が話しかけてくる夢を見る。あとに続くのは、人類の本質についての、長く、あからさまな思索だ。

本のこの一節は哲学的な興味をそそり、作中の出来事をどう解釈すれば良いかを提示する重大なポイントになっている。そして、構成上は、われわれが〈猫〉を探して先に進み続ける前に、一息つく余裕を与えてくれる。リーがここも気に入ったのは明らかだろう。

しかし、ダネイはそうではなかった。彼は、時代はそれ自体が語るものと信じていた。そして、その時代が生みだした読者は、はっきりと言葉で示さなくても、「時代の混乱と不確かさ」を認識するだろうと信じていた。

どの観点から見ても何らかの論争を招くが、『猫』の〈世界的なテーマ〉の部分が、徹底して描かれていることに否定の余地はない。そして、出来事に対する突き放した見方は、どこかハードボイルド小説のようでもある。

一九四九年五月九日

＊1　第七章で描かれるメトロポル・ホールで開かれた、〝ニューヨーク市民活動隊連合〟の集会のこと。

親愛なるダン。

〔……〕まずはこの黒人の役割についてだ。この件に関する君の論点は、つまるところ次の二つになる。

（1）僕は君の連続殺人の一つを黒人殺しに変える権利を持たない。そして、

（2）僕はその殺人を、「エラリーは恥ずべきことを、許せない不寛容なことをやった、と。そして、残りの人生の間、私はこの本を、そしてこの本が表すものを、心と頭の中で遠ざけるだろう」と君に言わせるような場所に入れる権利も持たない。

（1）合作における各々の担当範囲をめぐる、われわれの長い議論は、基本的かつ長期にわたるもので、どうやら解決の望みがない。遠い昔、われわれは仕事を分かつことに同意した――君は「プロット作りをやる」、僕は「執筆をやる」。しかし、前にも言ったように、われわれはすべての点で大きく異なっている。

〔……〕エラリー・クイーンの名前は僕たち二人に属するものだし、エラリー・クイーンと署名された本は僕の代わりでもあり、その内容は僕の思想や感情を反映したものを世間に語っているのではないのか？　もちろんそうだ。では、本が「語る」ことを、どちらがよりコントロールするのか――君なのか僕なのか？

これまで、数えきれないほど長い年月にわたって、すべてのクイーンの本は、大体において君が語りたいと望んだことを「語って」きた――つけ加えるならば、大体においてどころではない。君の困ったところは、君が本に語らせたいことを、

何か、、ら何まで、、、語らせようと望むことだ。〔……〕本当のところは、これまでクイーンの本でエラリーがしてきたこと、表現してきたことは、主として君を反映していたし、君そのものだった。君はエラリーの行動を指示してきた。彼の心理を、彼の交際を、彼の事件を、彼の解決を、彼の任務《コミッション》と同様に彼の手抜かり《オミッション》も指図してきた。苦しみの市場を君が買い占めることはない、ダニー。僕もまた、たっぷりと身もだえするような苦しみを味わってきたからね。〔……〕

ダニー、君のつま先を踏まないように、僕は苦労して仕事をしてきた――君が知っているよりも、ずっと苦労をして。これまで僕は、材料を正当に、壊すことのできないプロットの一部として扱ってきたし、君の梗概の指示に沿うように、ありとあらゆる骨折りをしてきた――僕の意見がそれとは大きく異なっていた場合でさえも。しかし、今回の場合は提示された状況が異なっていた。最初の梗概では、被害者の身元に関してプロットに影響するような具体化や造形の指示は少しもなかった。九人の被害者はどんな人物でもあり得る。実のところ、それが肝心な点なのだ。[*1] プロットにも、出来事にも、事件のミステリ部分の展開で少しでも変えられたところは、何も――繰り返すが何も――ない。解決は同じままだ。〔……〕僕が言わんとすることは、こうだ。この作品では君の物語の本質が、作中人物に関する通常以上の自由を、探偵小説部分にはみじんも影響を与えることなく、僕に与えるように思えたのだ。言うまでもないが、作中人物の大幅な変更は、材料の大幅な変更を要する。だが、それはどんな素材だ？　ここがまさにポ

＊1　『九尾の猫』の被害者は、人種や性別や年齢や職業といった〈属性〉で選ばれたわけではない、というのがプロットの核になっている。だからリーは、これまでの作品とは異なり、被害者の肉付けは自分の自由にやってかまわないと考えたようだ。

イントなのだ。君にとっては、すべての材料が君一人の支配下にある。僕のほうでは、プロットに影響を及ぼさない材料に関しては自由がある。これが僕に物語の中で多少の発言権を与えているのは事実だ。しかし、誰がどうやったら、まったく遺漏のないプロットの梗概から、物語に何らかの影響を及ぼすことなく本を書けるというのか？　僕は、自分が物語に何らかの影響を及ぼす権利を持つと主張する。自分が権利を持っていると考えようが考えまいが、物語に何らかの影響を及ぼさないわけにはいかないと主張する。他の誰かのプロットを基にした執筆作業において、影響を及ぼさずに書ける者などいない。君にも、僕が物語に何らかの影響を及ぼさないことを期待する権利はない。[*2]〔……〕

さらに僕が梗概を検討していくと、ある構成要素が欠けているという感じを強くした。それは、作中人物の中にあった。君が、ニューヨークの横断面を提出するために作中人物を選んだことは明らかだ。そしてこの着想に対して、僕は全面的に、心の底から同意した。それから僕は、何が欠けているかを悟った。ニューヨークの現実的な物語において、そこに住む九人の被害者が〝ニューヨーク〟を表現する、あるいは表現しようとしているのに、最も有力な少数民族の一つが描かれていなかったのだ——ニューヨークに特有の風味を与えているユダヤ系、アイルランド系、そしてアフリカ系の三つの大きな少数民族の一つが。被害者の中にユダヤ系とアイルランド系はいたが、アフリカ系はいなかった。被害者の一人を黒人にすることなく、僕がどうやってニューヨークについての物語を——ニュ

＊2　リーはいつもダネイの梗概が詳しすぎると文句をつけていた。今回はそれを利用して「梗概が詳しすぎるので物語に影響を与えずに長篇化することはできない」と主張している。

ーヨークを〈作中人物〉とする物語を――書くことができたかわからないな。黒人抜きでやることは、お上品ぶった姿勢で、偏見への譲歩でもある。彼（または彼女）は、彼または彼女の完全なる不在によって、目立ってしまうことになる――特に、この本の設定では。[*3] 黒人の排除を正当化できる唯一の可能性は、誰かの〝つま先〟を踏まないようにした、ということだろうね――黒人と白人は、どんな階層でも、たとえ死者でも、混在すべきではないと考える人々のつま先、たとえ墓地においても人種差別を実践する人々のつま先のことだよ。黒人の排除によって台無しにするには、物語の着想全体があまりにもすばらしすぎる。だから、現実的な土台に立って、黒人を含めることが必要になるわけだ。君個人の感性が、意識的にせよ無意識的にせよ、黒人の排除を指示したことは、僕にとって思いもよらないことだったよ。まず思ったのが、君はそもそもこの問題を考えることがなかったか、あるいは考えたが、君は排除が意味するところを認識することなく頭から閉め出したということだ。あとで明らかになったが、君の主たる排除の理由は、考えなかったからでも、考えた上で不要としたわけでもなかった。君は、連続殺人の中に黒人殺しがあると、それがどんなものだとしても、雑誌への売り込みを妨げることになると感じたわけだ。僕がそれを完全に見落としていたのは、この物語を雑誌向きだと思ったことは一度もなかったからだ。それにもかかわらず、君がこの件を指摘したときは、黒人殺しを雑誌版から丸ごと削除することに同意し、作中人物を白人の女性に戻した。〔……〕僕が、この物語が雑誌に載る

＊3　犯人の動機は、「カザリス博士が出産させた子供を殺す」というものだった。博士は患者を差別しないので、被害者に黒人がいないのは不自然だという意味。

とは考えていなかったことは事実だ。しかし、それが雑誌版用の変更に僕が同意した理由だというのは、絶対に事実ではない。君が、僕のせいにするのが好きな嫌味の一種にすぎない。それは、僕が雑誌版にまったく関心がないという、かなり近視眼的な歪曲でもある。僕は雑誌版のために懸命に働いた――だから君には別のことを言おう――僕が雑誌版に費やした労力を知った上で、僕が雑誌版にまったく関心がないとどがめるのは、まったくの思い上がりだ、と。〔……〕

次に行くと――

（2）僕はビアトリス・ウィルキンズを黒人にしただけでなく、彼女の殺人を「エラリーが積極的に事件捜査に乗り出す」地点に置き、この黒人殺しを……「引退からエラリーを引き戻すきっかけ」にした。そうすることで、僕は君に、「ある種の不快で邪悪な寛容さで、私に吐き気を催させる」ものを提示したわけだ。〔……〕「この問題があまりにも大きいため、私には本が損なわれたと感じられてしまう。……この本は一人分しか勘定に入っておらず、私は消えてしまっている。心底恥じ入るなんてものではない。私はどうしてもこの本について考えることができないし、見ることもできない」などなど。

こいつは勇猛果敢な突撃だな。上等じゃないか。とんでもなく面の皮が厚い人間でも縮み上がるだろう。そして僕は、とんでもなく面の皮が厚い人間ではない。間違いなく僕は縮み上がって、ついには消え去ってしまうだろうね。僕は君に吐き気を催させ、君を恥じ入らせて――君に不快で邪悪な「寛容」を塗りつけたわけだ。エラリーは「恥ずべきことを、許せない不寛容なことをやった、と。そして、残りの人生の間、私はこの本を、そしてこの本が表すものを、心と頭の中で遠ざけるだろう」か。

激しい言葉だな、ダン。強烈だよ。不快？　邪悪？　恥ずべきこと？　許せないこと？　胃がひっくり返る？　残りの人生？〔……〕

僕はそれが君を驚かせることがわかっているが、君は何かわかっているのかな、ダニー？　君は同じ罪を犯したのだよ。そうです、閣下。さらに言うと、君がその罪を犯したのは、まぎれもなく同じ本の中だ。

君の異議のすべては、僕が黒人殺しを置いた場所にある。君は、「黒人殺しをエラリーを事件に招き入れる前に、あるいは後にするならばかまわない（原文ママだよ）」と認めているね。そうだ、君をいたたまれなくさせ、きまり悪くさせ、恥ずかしいと感じさせ、君にとって本を台無しにしたのは、黒人殺しの事実ではなく、それが存在する場所だ。そうだ、僕は黒人殺しを、エラリーが捜査に飛び込むきっかけにすることに決めて、この場所に置いた。それは、重みを持たせるべきだからだ。重みを持たせる場所だからだ。そこで殺されるのは――オライリーやアバネシーやステラ・ペトルッキのように[*4]――群集の一人では駄目だ。目立つ被害者だ。それでこそ犯罪だ。そのために、この本における特別な段階に黒人を置いたのだ。正しいだろう？

君が、物語の中での立ち位置と重さによって殺される人物を選び出すならば、

＊4　オライリーは第三の、アバネシーは第一の、ペトルッキは第八の被害者の名前。

エラリーを事件捜査に参加させる人物を上回らないまでも、少なくとも同じ程度まで突出させるべき被害者がいる——君は、エラリーを見せかけの解決に導くきっかけとなる人物を選び出す際、別の代表的な少数民族に対する大きな「反感」を選んだ……ユダヤ人に対する！[*5]

なぜだ？　なぜ君はドナルド・カッツ殺しを、エラリーが事件を解決する——この段階ではそう信じ込んでいる——きっかけにしたのだ？　君が九人のニューヨークの人々にユダヤ人を含めたのは、非の打ち所なく正しい——君はユダヤ人を（あるいは黒人を）避けることはできなかった。ユダヤ人（あるいは黒人）抜きのニューヨークは、真のニューヨークではない。ダン、ユダヤ人たちは特別扱いを望んでいない。彼らは平等な扱いを望んでいるのだ。〔……〕

黒人殺しの前に、警視が五つの殺人を物語る長い章がある。[*6] ここでは、社会的な重要さがくっきりと、間違いようがなく語られている。これは、君の梗概にあったやり方であり、このやり方は正しかった。そして、僕は全面的にこの内容に同意する。その重大さは、すべての殺人が——ニューヨークの人々に対して——ニューヨークでなされたことによる。何かが湧き起こる、[*7] と警視は言う。異常な何かが——あたりに漂っている——ニューヨーク市民が連続殺人に反応する態度が気にくわない。これは特別な何かだ。「五つの殺人事件で、みんなが、これは世界の終わりだと考えるだろうさ！」[*8]。警視が恐れているものは明らかだ。市全体で道徳がポキンと折れることであり、無秩序であり——ついに起きてしまうこ

＊5　九番目の被害者（ドイツ系ユダヤ人のドナルド・カッツ）の年齢が手がかりになり、エラリーは真相にたどり着く。ただし、これは偽りの真相だった。

＊6　完成稿では第二章。

＊7　完成稿二章での警視の言葉にそのまま使われている。

＊8　完成稿二章の「五つの殺人事件で、世界一の大都市が震えているんだぞ！」に対応する初稿版の台詞か？

とになる――パニックである。この段階で、黒人がハーレムで殺される。ただちにエラリーは自ら乗り出すと言う。次のページ。市長が夜明けの記者会見を開く。「この殺害に人種上の作為はまったくありません」と彼は記者たちに保証する。「われわれが避けねばならないのは、一九三五年のハーレムの無秩序をもたらすようなことです」と、あるいは、そういった効果を狙った言葉を告げる。[*9]〔……〕すでに一触即発の状態にまで神経が高ぶったニューヨーク市で、ハーレムで暴動が起きれば市の蓋を吹き飛ばすであろうことは明白ではないかな?

言い換えると、当局が案じているのは、法と秩序についてで――黒人のことではない。そして、黒人が六番目の被害者だという報告を受けた警視が青ざめ、エラリーが捜査に飛び込んだときに――法と秩序、公共道徳の状況、暴動の防止以外に、彼を飛び込ませる他の根拠が何があるのか? 物語を通して、エラリーは――そして警視も――公共道徳の立場からの反応を示している。物語を通して、エラリーは暴動になる前に解決しようと戦っている。エラリーが言ったりやったりすることすべてにおいて、切羽詰まった死にものぐるいの時間との闘いの感触がある。これは、はっきりと描かれた目的のためだ。なぜ人々は、エラリーをレノーア・リチャードソン殺し[*10]やステラ・ペトルッキ殺しやドナルド・カッツ殺しに関わらせたのは公共道徳だが、ビアトリス・ウィルキンズ゠ホワイト殺しに関わったのは親黒人主義のためだと考えなければならないのか? エラリーは黒人を憎み、恐れ、巧妙にリンチにかけることができるというのは事実だ。だからこ

＊9 このあたりは、完成稿の二章終わりから三章初めまでに対応している。原文が同じ場合は邦訳に合わせて訳した。

＊10 リチャードソンは七番目の被害者の名前。

そ、本のその部分では、一語たりともカットや変更をしてはならない、というのが僕の主張だ。[*11]

＊＊＊

今は朝の五時三分過ぎだ。僕は、昨日の夜からここに座り、一晩中、この手紙を書いている。外は明るくなり、鳥がさえずり、僕以外のすべての人が幸せな眠りの中にいる。

一体、これは何なのだろう？

どんな種類の呪いが、君と僕に、これらの馬鹿げた、無駄な、辛い、毒のある、避けられないやりとりをやらせるのだろう？

君の前便は僕にとても深く刺さったよ。僕はそれを不公正だと、故意に侮辱していると、著しく不合理だと感じた——さらに、不公正で侮辱的で不合理な数千語を、最後の一節で「私はこの手紙を、できる限り感情に流されずに、理路整然と、知性的に、きちんと理解して書こうと努めた」と述べることによって、言いつくろおうとしているとも感じた。

サルメンのために、どんなことについて何をすればいいのか、何を言えばいいのか、正直いって僕にはわからない。僕は今、自分には何をする権利が、あるいは何をしない権利があるのか、サルメンに何を書けばいいのか——少しもわからない。わかっていることが一つある。これまでの人生における何よりも、『猫』の長篇が——文句なしに——いやになったということだ。そんなことがあり得る

＊11 リーは「エラリーが捜査に乗り出す動機が法と秩序や公衆道徳や暴動の防止以外にないと読者にわかるように書いてあるから、変えるべきではない。もし変えたら、エラリーが黒人を憎み、恐れる存在でもあり得るという事実が読者の脳裏に浮かんでしまう」と言いたいのだと思われる。

とは考えもしなかった。しかし、そうなのだ。こいつは、満ち足りた環境の下で暮らすことを、どうしようもなく困難にしてしまう。とはいえ、今の方法で取り組むしかない――くそっ。
二時間半の眠りのあとで

〔……〕われわれ各々の義務と権利に関して、君が二重基準《ダブルスタンダード》による判断を受け入れている理由は一つしかあり得ない。君は、僕と僕の仕事に対して異常なまでの嫌悪感と軽蔑心を抱いている、ということだ。君が根拠もなく自分のものにした基準では――基準でなければ、義務と権利では――僕は「ふさわしくない」。僕は劣った者だ。君がボスだ。パパは最善のやり方を知っている。[*12] 二十年間にわたって、僕が間違いをしでかしたことが明らかな出来事が起こった際には――これはしばしば起こったが――君は、僕にいやみを言い続けるのを我慢できたことが一度もない。君は僕の失敗に楽しみを、苦い満足感を感じている（そして付け加えると、それは僕の仕事での失敗に対してだけではない）。われわれは二人とも、負けっぷりの良くない敗者だ。しかし、君の方は、勝ちっぷりの良くない勝者でもある。これは、君だって僕に悪口を浴びせることができるとは思えないという告発だよ。いくつかの出来事は、君もときどき間違うことを証明している。しかし、僕は決して、君の失敗に対して勝ち誇ったりはしないし、その件で君に自分の考えを押しつけたりもしない。

こういった反吐《へど》が出るような何もかもが成し遂げたものは何だ？　白昼の陽光

＊12　原文は "Papa knows best" で、この年からラジオ放送が始まった「パパは何でも知っている（Father knows best）」とは異なる。

――今は午前半ばだ――と、こういった行動すべてにともなう苦悩と欲求不満だ。こんなものはくそくらえだ。

マニー

一九四九年五月十二日

親愛なるマン。

私は以下の言葉を書く際に、自分自身に神聖な誓いを立てている。どんな状況の下でも、われわれの関係の個人的な面について君に書くことは、もう二度とない、という誓いだ。[*1] これ以降の手紙では、私は長くならないように努めるし、基本的には、否定を連ねただけのものになるだろう。私の君への手紙は、厳密に仕事上のもの、百パーセント非個人的な仕事上のものだけになるだろう。だから、もう二度と、われわれはこの恐ろしい苦悶を、非人間的な苦しみを味わうことはないと思う。今まさに、私は肉体的にも精神的にもかなりひどい状態で、それは君も同じだと思うが、それがもう一度起こったとしたら、それは完全に私自身のせいであり、私はその報いを得るだろう。

仮に、誰かが私にこう言ったとしよう。長年にわたって、そもそも根本的な理解において大きく隔たっている二人の人物がいる。そして、その二人はそれぞれ、

＊1　リーの一九四九年四月二十三日付けの手紙で叩かれたためだろうか？

〔相手に〕こういった長文の手紙を書くことができる。それなのに、いまだに一方がもう一方に語っていることを理解することさえ達成していない――単なる理解もおぼつかなく、どんな形であれ合意については言うまでもない――私なら、こんなことは絶対的にあり得ないと言うだろうね。もし、われわれの間の状況を一冊の本にまとめたら、そいつはとても信じられない代物になるだろうな。

　君が言うことすべてに私が返事を書いても何一つ意味はない。実のところ、君が言うことのどれかに私が返事を書いても何一つ意味はない。「何一つ意味はない」というのは、改善案が示される可能性がないことであり、説明される望みさえないことだ。〔……〕

　君が言うところの、梗概の忠実な引き写しなど私は望んでいない。ほとんどの場合に、いくつもの変化や変更などが必ず存在することを私は認めているし、いつも認めてきた。私は梗概を逐語的に、句読点もそのままで、ただふくらませていくのを望んでいないし、期待してもいない。私が望み期待しているものは、そして私が期待する権利を持っていると考えているものは、ただこれだけだ――君が重大な変更を加える際には、少なくとも私とその件で話し合うこと。だが君は、今回はそれをやらなかった。きわめて重大な変更を君はいくつも行い、私がそれらの変更を知ったのは、原稿が書き上がった後だった。プロットや作中人物や見解への重大な変更について話し合うことを、私の方で期待し、求めるのは、不合理なことかな？　私はそうは思わない。重大な変更について話し合うことは、作品を仕上げるために有益だと私は考えている――たとえ、われわれが最後まで同意できないとしても。私は、重大な変更について話し合うことは、義務であるべきだとも考えている。〔……〕

もちろん、猫の物語における黒人に関する変更は、話し合いをすべきだった。――私が「話し合い」という単語に傍点を打ち続けているのは、「話し合い」を強調したいからだ。「話し合い」が意見の交換以外の何ものも意味しないことを――同意をほのめかしていないことを――きちんと理解してもらいたい。〔……〕

黒人殺しの重要性に関してだ。君は、私は同じ不寛容の罪を犯したと、そしてまぎれもなく同じ本の中でその罪を犯したと言ったね。そのあと君は、黒人殺しと物語におけるその配置を、いわゆるユダヤ人殺しと物語におけるその配置と比較した。マニー、もし私がこの件では君が正しいと考えたならば――ほんのわずかでも、ごくわずかでも正しいと考えたならば――私はもう二度と、自分と向き合うことはできないだろう。そして私は認めなければならないだろう――自分が完全なる偽善者であることを、自分の体を流れる血の一滴一滴、そのすべてが、自分の体の細胞すべてがとことん不正直だと。

君は本当に、この二つの殺人を比較できているのか？　君は本当に、カッツ殺しが「エラリーを事件の見せかけの解決に導くきっかけ」だという考えを持っているのか？　いずれにせよ、私には似ても似つかぬものに思える。一方の例では、エラリーを事件に引っ張り込むのは被害者の肌の色であり、その事件捜査に乗り出すのをこれまで彼が拒絶した理由は、また別の肌の色だ。もう一方の例では、それとユダヤ性にどんな関係があるのだ？ ユダヤ性は、エラリーを見せかけの事件の解決に導くきっかけなのか？[*2]

そもそも――そしてこれは些末な点にすぎないが――関係性が絶対的なものかどうかを見れば、比較は不可能だ。黒人殺しに一人の黒人が関わっていることは疑問の余地はない。しかし、こういった限定は、カッツ殺しではまったく問題にならない。カッツ家はユダヤ人でもかまわない。同じようにたやすくドイツ系ユダヤ人以外にすることもできる。〔……〕

黒人の特質は、物語において、エラリーに影響を及ぼす重大なきっかけになる点にある。カッツの名前のユダヤ人らしさは、何のきっかけにもなっていない。どうして君は信じることができるのかな？――カッツという名とカッツ殺しの状況は、私が元々の梗概に書いた通りなら、ユダヤ人に特別な扱いを指示していることになると。一体全体、どうして君は本気で書けるのかな？――もしエラリーが八人のキリスト教徒殺しを捜査したあとで事件を解決できなかったなら、彼は一人のユダヤ人殺しの捜査のあとでも解決すべきではない、というようなことを。カッツ殺しはユダヤ人殺しではない。その上、エラリーがこの時点で事件を解決したというのは事実ではない。[*3]

もう、どうでもいい……

誠実に、正直に、心から、私の知る限りのやり方で言っていいかな？ われわ

＊2 カッツ殺しが事件解決のきっかけになったのは誕生日によるものであり、ユダヤ人かどうかは関係ない。

＊3 エラリーがカッツ殺しで得た手がかりからたどり着いた解決は間違っていた。

れの間に存在しうるとは考えてもみなかった不公正と虚偽の深みから、君は私を非難していると思う。私も言おうか？　もし私が言うと――何か良いことに――ほんの少しでも――なるのかな？

それにもかかわらず、私は言おう。自分が知っている単純で明白な言葉で、私の心と言葉の中にある真実だけを言おう。私には君の仕事に対する嫌悪感も軽蔑心もない。私は嘘偽りなく不同意だが、それでも君は、嘘偽りない不同意は誰もが――私でさえも――持つ権利だと認めるべきだ。私は、君が私や私の仕事を称賛していると自分が思っているよりも、ずっと君と君の仕事を称賛しているし、それを嘘偽りなく信じていると言おう――だから、われわれはそういうことにしておき、こだわるのは前向きな意見だけにして、比べたりせずにいようじゃないか。私は君のことを自分より下だとは考えていない。そして、私がいつか君のことを自分より下だと思うことがあるなんて、とても信じることができない。私が「そう言ったじゃないか」という態度をとると君は非難するが、正直なところ、それが正しいとは私は思っていない。君の仕事上の失敗が何であれ、私は楽しみを感じたりはしない――私の仕事上の失敗が何であれ、そこから受ける楽しみ以上の何かを、君の失敗に対して感じることはないと言おう。正直なところ、君が自分の人生でやった仕事以外の失敗が何であれ、私には苦い満足感はないし、甘い満足感もないと言おう。〔……〕私はここで、あらためて誓おう。もう二度と、われわれの相違点や見解や信条や苦痛や成功や失敗について個人的な話し合いを始めることはない――たった今から。神に誓って、私の手紙は純粋に、非個人的な仕事上のもの、ただそれだけになるだろう。

ダン

一九五〇年　悪の起源

※本章では『悪の起源』の真相に触れています。

手紙の内容を、個人に関係ない、純粋にビジネスとしての事柄に限るのは、ダネイにとって不可能なことだった。それはリーにとっても同じだった。すべてが自分への当てつけと受けとられるのだ。もっとも、次にお目にかけるいくつかの手紙のように、全部が全部、〈疾風怒濤《シュトゥルム・ウント・ドランク》〉というわけではない。しかしながら、『悪の起源』に移る前に、刊行順では『九尾の猫』に続く本である『ダブル・ダブル』（一九五〇年）について、少々言葉を費やすことにしよう。

ダネイの文書には、『ダブル・ダブル』に関する資料はそれほど含まれていない。これは、ライツヴィルにおけるEQの第四の冒険には、リーが突きつけた混乱がそれほどなかったことを示している。この作品は、神の死などの重い題材は扱っていないし、屋台骨を揺るがしたり、境界を押し広げたりもしない。エラリーはトラウマを負うこともなく、その信念が危機に瀕することもない。[＊1] 彼に課された務めは、混じり気のない単純

＊1　本格ミステリの評論が盛んな日本では『ダブル・ダブル』は「見立て殺人テーマの問題作」という評がいくつもあるのだが、アメリカにはないらしい。

な——あるいは、ダネイのプロットにしては単純な——もので、「金持ち、貧乏人、乞食、泥棒……」で始まる童謡に沿った事件の謎を解くことである。『ダブル・ダブル』のプロットは、ダネイが生んだもう一人の偉大な〈操り人形遣い〉によって制御されていて、彼は出来事を規定する隠されたパターンを作り出し——そして、最後にはそれらの出来事に追い越される。[*2] リーの文章は切れが良く効果的である。謎は巧妙に扱われ、本はどんどん進む。だが、『ダブル・ダブル』の本当の強みは、ライツヴィルとその住人の生き生きとした描写である。町に対しても、そこに住む人々に対しても、深い愛情が感じられるのだ。全体として、『ダブル・ダブル』は真っ直ぐ定型に戻っている。おそらくは、これが本作をめぐる往復書簡が比較的少ない理由だろう。議論がほとんどなかったのだ。

『悪の起源』では、かなりの歳月を経て[*3]久し振りにハリウッドに戻って来たエラリーを見ることができる。エラリーは新しいミステリ長篇のための材料を求め、いかなるときもけばけばしさと **outré**《ウトレ》（とっぴさ）の供給源であるハリウッドで、仮の住居を構えていた。エラリーが前回滞在したときから、街はいろいろな面で変わっていた。テレビが映画にボディブローを見舞ったのだ。壮大で華やかな時代は終わりを告げていた。[*4]

しかしながら、変わっていないものもいくつかあった。殺人は相変わらず起きる。そしてエラリーは、相変わらず事件の解決を頼まれる。ローレル谿谷《けいこく》のエラリーの住処《すみか》に、愛らしい十九歳のローレル・ヒルが、信じられないような主張を携えて押しかける。ロサンゼルスの有名な宝石商である父親のリアンダー・ヒルが、家の戸口の上がり段[*5]に置

＊2　ネタバラシにならないように訳したので未読の人には意味がわからないと思うが了承してほしい。

＊3　探偵エラリーは『ハートの4』（一九三八年）などではハリウッドで映画の脚本を書いている。

＊4　本作の冒頭には、ハリウッドが「テレビに殺されて、検屍まですんでしまった」とある。

＊5　邦訳は「家の入り口のステップ」。

いてあった犬の死骸に怯えて死んだ*6——彼女はそう信じているのだ。

エラリーはあっという間に、リアンダー・ヒルの死によって影響を受ける人々の人生に引っ張り込まれる。ヒルの共同経営者にして車椅子に縛り付けられた暴君、ロジャー・プライアム。プライアムの妻にして歩く肉欲への誘い、デリア。デリアの最初の結婚での息子にしてハリウッド流の筋骨たくましい男、水爆が落ちたときのために服と文明を捨てて樹上の住居で暮らしているクロウ・マクガワン。デリアの父にして切手と蝶の蒐集家、この狂った環境における唯一の正気の人、コリヤー氏。そして、プライアムの男性秘書にして慇懃《いんぎん》で謎めいた人物、アルフレッド・ウォレス。彼の仕事の内容にはプライアム夫人と寝ることが含まれている。

『十日間の不思議』同様、『起源』における復讐殺人の筋書きは、（隠されてはいるが）有名な体系に沿って組み立てられている。今回は、ダネイ好みのスケールが大きい着想で、チャールズ・ダーウィンから得たものだ。死んだ犬の種類はあとになってビーグルと判明するが、これは、ダーウィンが航海に用いた船の名前だった。うなぎに似た生き物から人類《ホモ・サピエンス》に至る進化の各段階に沿ったデータがエラリーに与えられる。そして、手がかりを解釈するために必要なこれらのデータを手に入れた彼は、過去の出来事を再構築し、殺人者の正体を突きとめる——実のところ、二度にわたって。プライアムは殺人者と見なされるが、彼はウォレスの手先に過ぎなかったのだ。*7

『起源』は、『不思議』や『猫』の水準には達していない。一作にあまりにも多くのものが詰め込まれているのだ——例によって才気に満ちたクイーン流の脱線だけでなく、

＊6　原文は"frightened"なので、邦訳の「びっくりして死んだ」でも間違いではないが、内容から見て「怯えて死んだ」と訳した。

＊7　真相はもっと複雑で、「ウォレス（実はアダム）の単独犯」→「ウォレス（アダムではない）は主犯プライアムの手先」→「主犯ウォレス（実はアダム）が自分を手先として使うようにプライアムを操った」となる。

ハリウッドの諷刺や人間の本質についての論、そして世界情勢のレポートまで。[*8] エラリーが官能的なデリア・プライアムに魅了されることは理解できる。しかし、そのあとで、デリアとウォレスの肉体関係がエラリーに抱かせた彼女に対する嫌悪感は、現代の感覚では、手きびしい判断であり偽善的な懲罰という印象を受ける。リーがリアリズムとファンタジーを混ぜ合わせる処理に懸念を抱いたのは正しかった。『起源』において、彼がこの二つに橋を架けたやり方は、終始成功しているわけではない。ハリウッドの節操のなさと猥雑さが彼の文章にも感染したように見えてしまうのだ。『起源』はクイーンの長篇で最も〝オーバーヒート〟した作品である。それでもなお、この大胆さは忘れがたいし、読者を楽しませることに失敗したとは決して言えない。

　ここでは、ダネイの梗概に対するリーの返信から始めることにする。リーが変更した箇所は、小説化に際しての数々の質問と、出版された本の中でそれらの質問がどのように処理されたかを突き合わせることによって、はっきりわかる。その処理の中で、カリフォルニア風の狂気を体現していたコリヤー氏の人物造形は、理性の声に変わった。コリヤーは作者の代弁者を務め、人間の行為の残酷さや愚かさ、無分別に対して批判的な告発を突きつけている。[*9]

　処理の中で同じように注目すべき点は、クイーン警視の存在だ。彼はこの長篇には姿を見せることはなく、その居場所は、ハリウッド警察殺人課のキーツ警部補に奪われている。これらの例は、そしてこれ以外の例も、リーが梗概への入口を探し、命を吹き込む方法を求めたことを、われわれに教えてくれる。それは、ダネイの梗概に対する、思

＊8　物語の終盤では、クロウは朝鮮戦争に出兵し、ローレルは陸軍婦人部隊に入る。
＊9　このシーンは第七章にある。

慮深く、バランスのとれた返信だ。
ダネイの徹底ぶり――プロットを組み立てる際に、最大の要素だけでなく最小の要素にまで注意を払っている――は、作中人物の名前に関するリーの質問への答えで証明されている。これによって、彼らの名前が、『起源』の進化論の構想に寄与するものであることが明らかになる。そして、ダネイの説明は、往復書簡には珍しい（だが歓迎すべき）ちょっとしたユーモアを提供してくれている。

［一九五〇年］一月二十三日

親愛なるダン。

〔……〕今回のプロットにおけるファンタジー性に関する問題のような、われわれの間に存在するトラブルは、お互いの観点の対立から生じていることは、僕にはわかっている。そして、その観点の対立は、大抵、いずれの場合においても、合作におけるそれぞれの定められた立場と役割に左右されている。僕は、物語の中で〝リアリズム〟を――人生の現実と彩りをわれわれが生きている世界と調和させることを――追求している。君は、プロットの中で〝超人〟の心理めいたものを追求している。そこでは着想の巨大さと大胆さがほぼすべてだ――読者を打ち倒さないまでも、ぐらつかせようとする途方もないアイデアが。現実の生活では、そんなアイデアはあるとしてもごくまれだから、君が物語の細部を練り上げる際には、必ずファンタジー的な展開も持ち込まなければならなくなる。実際、着想が大きければ大きいほど、物語はますますファンタジー的になるのだ。そのあとで僕は、リアリティへの渇望を抱えてこのプロットに立ち向かい、トラブルが始まるわけだ。僕が本質的に〝リアリズム精神〟の持ち主で、君が本質的に〝ファンタジー精神〟の持ち主というわけではない。とはいえ、ある程度は――創作の際には――それも真実だ。僕はそれ以上に、梗概に対してお互いにとれる手段が限定されているため、というのが真実だと思う。問題が自分の管理下から移り、完成させる満足感を得られなくなったあと、君の創造的エネルギーは、得られない満足感を埋め合わせるためにねじ曲がる。そして、輝かしい印象を作り出すために、自分の仕事に詰め込めるものは、すべて詰め込む。梗概の外まではみ出て、僕が梗概に対してやろうとすることを侮辱して、最後まで才気をひけらかす。僕の担当部分に関しても、ある程度は、こういった姿勢がないわけではない。無意識のうちに、同じように何らかの〝強い〟印象を与えようと試み、自分の担当部分を〝印象的〟にしようと試みている。リアルな細部や独特の文体などに注力することによって、僕が君と反対の方向に進んできたという事実はそれを示している。われわれはお互いに影響を及ぼしているのだ。ある意味では、われわれのより良き成功は、各々のより激しい反応が次の反応を生み出した結果と言える。この過程で、それぞれの担当部分につきまとってくるものがある。それは、いつまでも続くだけでなく、ふくれあがっていく欲求不満の感情だ。われわれが完成させるために行う最善の努力のすべてが、相手に拍車をかけることになる――「おまえの担当部分では、この上を行く努力をするように」と。われわれは、回転する踏み車の上で走っている二頭の猟犬のようだな。お互いに相手より早く走ろうとすると、相手にさらなるスピードを与えることになるわけだから。

今回の物語におけるダーウィン説の着想は、われわれの果てしない競争が君を連れていった場所を示す見事なサンプルになっている。これは壮大な着想だ。大胆で、独創的で、「スケールが大きく」――〝古典〟に列せられるのにふさわしいミステリ上のアイデアだ。その一方で、君も僕と同じくらい知っているように、スケールが大きくなれば、飛び越えなければならない落差も大きくなる。このアイデアが要求するのは、こういったことだ。ある人物が、別の人物に対する犯行計画を立てる。そして、その計画の主要部分は、進化の各段階に沿っている。この必要性の要求に応えるべく、君は注意深く、ときには見事に話を進めている。僕はこういったことすべてを認め、拍手さえする。しかし同時に、その成果を見てもなお、僕は言わざるを得ない。「だが、何とファンタスティックなのだ。誰がこんなことをやると――やれると――いうのだ？　そんな人間はいない。これが持っているアイデアの見事さに比例して、現実の生活にはまったく即していない。見事であればあるほど真実味が薄れ、説得力が弱くなる。それなのに僕はこの物語を、一般大衆から見て納得できるような、『現実的な』背景で書かなければ

ばならないのだ」と。〔……〕

物語の舞台としてハリウッドを選んだことは、僕も賢明だと思う（一般的には、ハリウッドは「ファンタスティック」な場所と思われているから、ファンタスティックな物語にふさわしい舞台だ）。だが、君がどの程度それを伝えられたかについては疑問がある。君が登場人物を通してハリウッドの誇張され歪んだイメージを描いている――それも確かに考慮すべき点だが――という理由ではなく、読者が読むときには「度を越えた」イメージは「度を越えた」解答に支えられて、全体として「度を越えた」印象を与えるように仕組まれているからだ――つまり、完全なファンタジーの、平板な印象を。[*1] これは、大惨事を引き起こすことになると、僕は思うのだ。本は現実の生活にしっかりと根を下ろしたものには見えなくなってしまう。僕は、こういった物語におけるエラリーの立ち位置がどうなるか考えることを、すっかりあきらめてしまった。

もちろん、すべての重要な箇所において、完全なファンタジーが生じているように見えるのは、君の意図するところではない、と僕は考えている。[*2] もしそう考えなかったら、議論を行う土台の大部分が失われてしまうからね。

僕が「ハリウッドの誇張され歪んだイメージ」と言うとき、正確にはどんな意味だと思う？　それは、実際の土地を意味しているのではない。なぜならば、厳密に言えば、君はそれに触れていないからだ。〔……〕そう、君の梗概では、われわれは作中人物を通してハリウッドを見ている。では、それはどんな作中人物

＊1　わかりにくいが、「作品要素のファンタジー性をファンタジー的な説明で裏づけると全体がファンタジーになる」という意味だろう。
＊2　「ダネイが最初からファンタジーを描こうとしているならば、そもそもリアリズムに関する議論が成り立たない」という意味だろう。

だろうか？　いいかい、ここでは彼ら一人一人に踏み込むことはせず、全員をひとくくりで「作中人物」だ——それは、さまざまな段階の奇癖や愚かさを持つ、きわめて明白な個性の持ち主だ。あるいはヒロインの場合には、激しい感情の持ち主だ。息抜きとなる人物はほとんど、あるいはまったくいない。かくして、読者はまともな作中人物を、合衆国のこの場所に住む比較的まともな数百万のひとり……すなわちリアリティとの接触を求めて声を上げる。*3〔……〕

度を越えた部分を削る試みについてだが、ミステリ的な構造を損なうことなく削ることができる部分がどこなのか、僕にできるのは提示することだけだ。この修正案は僕を喜ばせるためのものではない。僕は、この修正がより良い作品の完成をもたらすだろうと考えている。……まあ、いずれにせよ、より良いバランスはもたらしてくれるだろう。こんな風に言えばいいかな。君にとって真の中心人物であるプライアムは、一人で本全体を支えられるほど度を越えている。彼は単に、車椅子に縛り付けられている体が不自由な者で、（ミステリ上の理由から）そこから決して離れようとしないのではない。彼は、車椅子に四六時中縛り付けられている体が不自由な者で、その車椅子は、彼のベッド、執務室、食卓、たぶんトイレ（そして風呂も？）などとして役立つような機能が組み込まれているのだ。ついでに言うと、外見をより一層目立たせるために、あごひげを伸ばしている。これに加えて、海賊を思わせる造形がなされ、そのすべての行動原理は横暴さと強迫観念によるもので——まちがいなく度を越えている。その最たるものが、

＊3　作中人物が理解不能の変人（ファンタジー的）ばかりだと、読者は自分が理解できる普通の人（リアリズム的）を求める、という意味だと思われる。

彼が人の道を踏み外した男でもあると判明することだ――下半身の麻痺のない強壮な秘書たちを自分の美しい妻と同衾《どうきん》させるために雇う男ほど、道を踏み外した男にふさわしい性格付けは他にはない。[*4]（その上さらに、物語の中で、彼は事実上の犯罪者であることが判明する。）[*5] 言わせてもらえば、この作中人物は長篇六冊分に相当する。

　プライアムに肩を並べるのがその妻だ。エラリーさえも彼女に魅了されずにはいられない、桁《けた》外れの性的魅力を持つ成熟した女性。冷淡で意味ありげで――モルモットと同じ程度にしか道徳心を表に出さない。明らかに彼女は、自分の夫が雇った男全員と同衾することについて、良心のとがめを感じていない――夫がわざわざ、自分の妻と同衾させる目的のために彼らを雇っていることを知りながら。さらに言うと、彼女は、「世間体のため」に、夫のもとを去ろうとしない。この女性については、丸々一冊の本を書くことができる。彼女は極端すぎる作中人物である。

　さらに、デリアが前夫との間にもうけた息子がいる。本のかなりの部分において、読者はこの男が、原子力時代を見越して、ハリウッド大通りから石を投げれば届く距離で、ターザンのような樹上生活を送っている姿を見せられる。最後には、彼はこういったことすべてを、映画会社から声がかかるように、宣伝のためにやっていたことが判明する。だが、その事実をもってしても、奇行に走る彼の姿が根本的に見直されるわけではない。〔……〕

＊4　グッドリッチの説明ではデリアが肉体関係を持ったのはウォレスだけに思えるが、実際はそれ以前の秘書全員とも寝ている。

＊5　プライアムとヒルは、二十年前に宝を二人で独占するために仲間のアダムを殺そうとした。

最後に、こういったまごうかたなき「変人」たちの中に、デリア・プライアムの父、コリヤー船長がいる。彼ははっきり言うといかれている――耄碌《もうろく》してはいないが、度を越している。梗概の三十五ページにある彼の振る舞いが――半ズボンとセーターと麦わら帽子を身につけ、自転車に乗り、口には葉巻を、耳には棒付きキャンデーをはさんでいる――その証拠となる。*6

アルフレッド・ウォレスは、プライアムがポパイだとすると、自分がレッドの役割（フォークナーの『サンクチュアリ』を憶えているかな？）*7を果たすことにまったく抵抗がない。おそらく彼は、配役の中で最も普通の人物だろう。もっとも最後には、この異常きわまりない出来事の数々を指揮していたのは彼の頭脳であることが判明するのだが。

われらがヒロイン、ローレル・ヒルでさえ、一分間は冷静な主張をするが、残りの時間には、ヒステリーを起こして銃を撃つ女性なのだ。*8〔……〕

ここまで自分が書いたものを見直すと、君に誤解されるかもしれない、という考えに襲われた。僕が短所ばかり過度に強調してあげつらって、長所についてはほとんど考慮していないと、君は感じてしまいそうだ。だから、あらためて言いたい。僕は今回の仕事は〈tour de force《トゥール・ド・フォルス》（離れ業、大傑作）〉だと思うし、さまざまな意味で、君がこれまでやった中で最も輝かしいものだと思う。言及した作中人物に関しても、プライアムにもデリアにも他の誰にも、僕は個々の作中人物に対して異議はない。彼らの一人か二人に関しては、強い印象を受けさえした。つまり僕は、作

*6　完成稿では、コリヤー船長の外見はこの手紙とは大幅に変えられている。

*7　「ポパイ」と「レッド」はウィリアム・フォークナーの『サンクチュアリ』（一九三一年）の登場人物。『悪の起源』との共通点は、リーの次の手紙に説明がある。また、完成稿の第九章では、ウォレスが「わたしは、彼がフォークナーの『サンクチュアリ』か、クラフトエービングの著書の一ページを真似しているのではないかと思ったものです」と語るシーンがある。

*8　第十三章で、デリアが犯人だと思い込んだローレルは、彼女に向けて銃を撃つ。

中人物一人一人ではなく、彼らの数が多すぎると感じているのだ。そして、彼らの数の多さが、あるいは彼らの数による圧力が、本の全体的な感触をゆがませてしまう。この本にはもっとバランスが必要だ。僕の具体的なコメントや質問や提案を読む際は、このことを忘れないでくれ。明らかにそれらはみな君の意見には同意できないという異議申し立ての性質を持つものになるだろう。異議をとなえようが心から賛同しようが、そういったことを同じように検討している時間も、その必要もない。

＊＊＊

僕のメモを書きとめた通りに写しておこう、タイプ別に分類したりはせずに。いくつかは説明を求める質問になるだろうし、それ以外は、別の種類の疑問を提示することになるだろう。

（1）名前に関する質問。君は僕宛ての特記事項のどこかに、「名前のいくつかの〝変更〟は慎重にしてほしい。大部分の名前の背後にはある狙い、あるいは目的が隠されている」と書いていたね――君のメモはどこかへ行ってしまったし、今は時間をかけて探し出す気はない。それで、この警告で君は何を言おうとしたのかな？　そして、この警告で君はどの程度まで変更を禁止したいと考えているのかな？　もちろん僕は、「アルフレッド・ウォレス」[*9]の名をそのままにしておく必要性はきちんと理解している。その一方で、白状すると、それ以外の名前の背後にどうやら存在するらしい狙いが、僕にはわからなかった。だから、それが

＊9　「アルフレッド・ウォレス」は実在の博物学者（一八二三―一九一三）の名。自然選択説、進化論の提唱者のひとり。進化論をダーウィンに奪われた人物とされている。ある作中人物がこの人物と同じ名前であることが重要な手がかりになるので、変更はできないというわけ。

何かを知りたいと思っている。僕はその狙いについて考えてみたのだが、例えば、「リアンダー・ヒル」の、「リアンダー」が、きちんと理解できていないようだ。これは、「プライアム」と並べるための強引なこじつけに見える――両方ともギリシャ神話から採られている。[*10] もしこれが君の頭の中にあったことの一部だと言うならば、僕にはその狙いがわからない。そうでないのなら、その狙いが何かを教えてほしい。〔……〕

（２）なぜこの物語に警視が出てくるのか？　僕が気づくことができた警視のたった一つの役割は、要所要所で、エラリーの聞き役になることだ。そして、もしこれが警視が登場するたった一つの理由だとしたら、あるいは、たった一つの重要な理由だとしたら、僕は警視抜きで済ませることができると思う。まず第一に、すでにキーツは物語に登場しているのだから、キーツをエラリーの聞き役にできる（いずれにせよ、大部分の場面で彼はその役を務めている）。第二に、これでは警視が陸《おか》に上がった魚のように見えてしまう。彼は物語に必要不可欠な行為は何一つしない。梗概の物語の大部分で、彼のことは言及さえされていないではないか。父と子の絆のために警視を出すことによって得るものは、僕は何一つ読み取れなかった。細部を見ても雰囲気を見ても、父と子の絆は物語には何の関連もない。つけ加えると僕はこう感じている、エラリーを個人的な関係によって邪魔されることのない一匹狼にした方が、物語はずっと良くなる、と。[*11]〔……〕

（３）現行の梗概では、エラリーを雇うために、ローレルとデリアは二人とも同

＊10　"Leander" はギリシャ神話の「レアンドロス」の英語読み。同じく "Priam" は「プリアモス」。

＊11　リーの意見が通ったのか、完成稿にはクイーン警視は登場しない。

じ日に訪ねてくる。これには僕は、まったく不必要な偶然の一致だという印象を受けた。もしそんなことが起こったとすれば、間違いなく、事前に打ち合わせをしていたことになるだろう。それなのに、そんなことが起こったわけだ。例えば、エラリーのハリウッド滞在が、地元の新聞などで報道されたとしよう。そうすれば、探偵の助力を求める人々が踵を接して彼のもとを訪れる、もっともらしい理由になるはずだ。君はどう思う？[*12]

（4）一ページ。ローレルはエラリーに父親に起きた奇妙な出来事を説明する。差出人不明の贈り物として死んだ犬を――首輪に何らかのメッセージが入った銀の箱を付けた「猟犬の一種」を受け取ったのだ。そのあと彼女はこう語る。父が心臓発作を起こしたあと、犬を探したが、それは「衛生所によって」荷車で運び去られていたことがわかった、と。梗概では、この出来事に対するエラリーの関心は――物語のあとの方で、猟犬の正確な品種を特定するために彼女に尋ね、ビーグルという答えを得る場面にいたるまでは――消えたメッセージがすべてであり、それだけに限定されている。リアンダーがとっておいたメッセージの写しを見つけたとき、エラリーのこの出来事に対する関心は明らかに失われている。[*13]

僕には、エラリーはここで重大な手抜かりという罪を犯しているように見える。最初に浮かんだ疑問は、僕が答えを探し求め、この梗概のどこにもそれを見つけることができなかった疑問は、こういったものだ。どうやって、その犬は届けられたのか？　郵便袋で届けられたのか？　箱詰めだったのか？　戸口の上がり段に

＊12　完成稿ではリーの提案通り、新聞報道が引き金になっている。

＊13　完成稿にはローレルが「父が怯えたのは紙片であって犬ではない」と言い、エラリーが犬への関心を失う場面がある。

置いてあっただけか？　どんな種類の猟犬だったのか？（大丈夫だ、これに関しては適切な時機が訪れるまで伏せておくしかないことは理解している）［……］なぜエラリーは、犬の飼い主[*14]をたどろうとしないのか？　なぜ彼は、消えた紙片と同じように、消えた首輪も探そうとしないのか？

（５）プライアムの車椅子に関しては、僕がすでに触れた疑問点に付随して、新たな疑問点が浮かび上がってきた。（八ページ）もしプライアムが「十五年間、車椅子を離れることはなかった」なら――これを文字通り解釈するなら――彼はどうやって服を着たり脱いだりしたのかな？　どうやって大便や小便をしたのかな？　どうやって風呂に入ったのかな？　彼が――これまで――昼も夜も――どんなときでも車椅子を離れなかったというのは必要条件だ。そして、必須であればあるほど、この件への興味が、彼の日常的な肉体活動に関する臆測を生み出すことになる。僕は、そんなものが入りこんでくるべきだとは思わない。そして、そうさせずに済む最も単純な方法は、答えをほのめかしておくことだ[*15]。［……］

（６）コリヤー老船長。この作中人物は、僕がすでに述べた、度を越した人物設定やハリウッドの偏《かたよ》った描写に関するすべての疑問を生み出している。［……］コリヤーは天秤を大きく傾ける要素の代表であり、最初から受け入れがたかった。僕は、バランスを崩す要因を取り除くことができるかどうかを重んじている――そして、これはちゃんとした意図があっての提案なのだが――コリヤーを梗概にあるような人物から、この上なく正気な人物に変更するのはどうかな――可能な

＊14　完成稿では、キーツは犯人が他人の飼い犬を盗んだことを突きとめたが手がかりは得られなかった、となっている。

＊15　完成稿では「ウォレスの手を借りた」となっている。

限り普通の、正常な人物にするのだ。彼には正常な人物らしい趣味や関心を持たせることができるはずだ。可能ならばこの老人は、何か科学がらみの経歴を持っ[*16]ていることにしたい。僕は彼を、今起こっていることすべての静かな観察者と見なしたい。いらぬおせっかいはしないし、情報は提供せず、自分の地味な趣味にふけっているが、正気で、今よりは筋の通った行動をとる。加えて、外見と性癖は、可能な限り普通にする——退職した老人で、カリフォルニアで一生を終えるつもりの一般市民のように——とりわけ、南カリフォルニアの、いわゆる陽光の下で息を引き取るためにやって来た、典型的な何十万の人々のように。今より正気で、今より寡黙になった彼は、他の作中人物との夾雑物のない対照性によってバランスをとってくれるだろう。そしてこの変更によって、たとえこれが大して重要ではないとしても、彼はすぐれた黒ニシンになるだろう。彼の趣味を植物学と生物学の両方にまたがるようにできるからね。[*17]〔……〕

（7）十三ページ。現行では、ローレルは自分の父親が日記をつける習慣があったことを、エラリーの実を結ばない紙片探しのあとになって、ようやく「思い出す」。彼女のまったくもってふさわしいタイミングでの——紙片を探し求めて挫折したあとでの——記憶の回復は、僕には都合が良すぎるように見える。これはとても些細な点だが、僕は、「エラリーは紙片探しに失敗したあと、ローレルに入念な質問をし、その質問を受けて、彼女は父の日記のことを思い出す」という変更を提案しておきたい。[*18]

＊16　完成稿にはそれらしきデータはないが、蝶の採集をしたり、雨ガエルの学名を知っているという描写はある。
＊17　この文はわかりにくいが、「コリヤーの趣味を生物関係にしておけば、読者は犬やカエルの送り主を彼だと思い込む」という意味か？　「黒ニシン（dark herring）」は、読者の注意をそらす“red herring”のもじりだと思うが、なぜ“dark”なのかは不明。
＊18　完成稿では、警告文が書かれた紙片は、エラリーの捜査によって見つかっている。

（８）二十五ページ。カエルの出来事の後。エラリーとキーツは、「警察本部で相談する」。僕には、彼らがまず最初に「相談」すべきは、ほぼ間違いなく、死んだカエルをばらまいた人間は、どうやってプライアム家に入り込むことができたのか、正確にはそれは何時だったのか、といったことに思える。加えて、なぜその人物は三番目の警告としてカエルを選んだか、なども。[19]〔……〕

（９）二十五ページ。エラリーとキーツのvis-à-vis（差し向かい）での調査報告から浮かんだ、プライアムとヒルの素性への疑問。ここでは、年表が重要になると思う。そして、何よりもまず僕が提案したい問題は、少なくともこの調査報告で触れられた経歴については、より具体的に扱う必要があるということだ。もしプライアムが十五年間も体が麻痺していたのなら、十五年前に「六つを超える保険会社によって」、検査を受けたあと、「麻痺は本物である」と見なされた時点で、保険金を手に入れたことにならないか？　君はこう言っているね。警察は、「二十年ほど前に彼らがロサンゼルスに来るより前」の時期に関しては、プライアムとヒルについてどんな情報も入手することができなかった、と。この場合、明らかに、プライアムの持つ保険証書が二十年以上前のものということはない――実際には、十五年前から二十年前の間ということにならざるを得ない。なぜならば、二十年以上前の保険証書には、プライアムの、いわば〝プライアム人格以前〟についての情報が含まれているからだ。[20]それは、君が残すことを望まない過去の痕跡を残すことになってしまう。〔……〕

＊19　完成稿では、本部ではなく現場で（リーが挙げている内容を）検討している。

＊20　「プライアム」という名前は、二十年以上前に犯した犯罪のために改名したもの。つまり、プライアム名義の保険証書は二十年以上前のものは存在しないはず。完成稿では、「プライアムは全然保険をかけていません」となっているが、これは次のダネイの手紙を受けてリーが修正したのだろう。

（10）三十四ページ。鰐《わに》革の紙幣《さつ》入れについて。キーツがこの件に関連して行う最初の行動は、その紙幣入れの指紋を調べることだろう。これは調べさせるわけにはいかないことは明らかだ。従ってプライアムは、キーツに紙幣入れを渡すのを断らなければならない。*21

（11）これはこの位置に書くのは不適切かもしれない。だが、僕が抱いたこの疑問全体は、程度の差こそあれ、本のほとんどの部分にしっかりと枝を張っていて、僕がどこでこの疑問を抱いたかは大した問題ではない。その疑問とは、エラリーのデリアに対する反応についてのものだ。君が彼の反応を描写するたびに、僕は当惑をおぼえた。だが、エラリーがデリアに関して「やましい気持ち」を感じ始めるという場面まで進んだとき、僕はその原因を突きとめることができた。まず第一に、デリアの明かされた本性にエラリーが抱くのは軽蔑の念だけだ。彼女はプライアムから毎日のように酷い仕打ちを受けているのに、「世間の手前」、夫との暮らしを続けている。彼女はどんなことにも不服を唱えない――僕はどこにもそれに反するものを見つけることができなかった――プライアムの段取りに従ってアルフレッドと寝ることにも、あるいは、プライアムの家の中でアルフレッド以前に雇われた他の男の誰とでも寝ることにも、彼女は不服を唱えることはない。そうだ、彼女は人として弱く、身持ちが悪い。だから僕は、彼女について自分が考えたことに対してエラリーが「やましい気持ち」を抱いた、という見方はとてもできなかった。エラリーは彼女に惹かれたのか？　いいだろう。だが、純粋に

＊21　完成稿では鰐革の紙幣入れの指紋については、「見つからなかった」とある。この男性用紙幣入れはデリアの女性用バッグとペアになっていて、エラリーはデリアの反応からそのあたりを見抜くのだが、梗概では指紋が残っているという設定だったのかもしれない。

性的な理由以外で、どうして彼女に惹かれるというのだ？　わかった。エラリーは彼女に情欲を感じたとしよう。この関わりにおいて、彼が「やましい気持ち」を抱く唯一のありそうな理由は、エラリーが自分自身に失望したからというものだ。だが僕は、彼はやましい気持ちをこれっぽっちも抱かなかった、とした方が良いと思う。僕はこちらの方にしたい――おそらくは、少しゆがんだ面白さを感じながら、エラリーはまさに自分自身に驚いたのだ、と。デリアがどんな女だったか、よりも、エラリーのちょっとした青臭さのせいだったというのが、他のどれよりも、僕にはしっくりくる。彼のアルフレッドに対する反応に関しては、どちらかといえば、ジャングルにおけるある種の性的な嫉妬以上のものにすべきではないだろう――そして、こちらの文脈でも、エラリーは自分自身を面白がることができる。実を言うと、僕はこれを適切な時系列にはめ込んではいない。それでも僕は、エラリーの感情は、はっきりした起伏を見せるべきだと考えている。まず冒頭、エラリーはデリアに初めて会ったとき、彼女の性的魅力に惹かれる。だが、彼女はそう思われているような人間ではまったくないのでは、という疑問を抱く。彼は、アルフレッドが彼女と同衾していること（三十一ページ）、そしてそれ以上のことも見つけ出す。これはプライアムの、奨励ではないとしても黙認の下――三人全員がちゃんと知っているという状況の下で――行われているのだ。これに対するエラリーの反応は、純粋な嫌悪感となるべきだろう。エラリーに、他にどのような反応を示すことができるだろう。そして、彼がデリアに抱いた性的感情が、強い欲求が、冷水に突っ込まれたように冷めてしまうだろうということが、僕にはわかる。エラリーが他のやり方で反応することは、僕は考えたくないね！　やり方によっては、この一連の流れは、ハリウッド生活が持つフォークナー的側面における〝ＥＱの教育〟といったたぐいの性質を持たせることができそうだ。[*22]

(12) これについては、途方に暮れていることを認めよう。無価値の株券の手がかりに関するものだが、そこから導き出される結論は、こういった株券は業界用語で「猫と犬」と呼ばれるというものだ。ダン、これは僕が唯一、ひどいこじつけという印象を受けた手がかりだよ。こんなことを思い描くのは僕には難しい――ある人物が、進化の階梯を示す要素が探偵によって推理される必要がある計画を立てる。そしてその人物が〈看破される手がかり〉の一つとして、〈「猫と犬」を意味する無価値の株券〉を用いるなんて。[*23]〔……〕

(13) アダムと彼の「一億ドル」。僕が最初にこの件を知ったとき、まったく必要ないという印象を受けた――僕が言いたいのは、その金額のことだ。もちろん、梗概の終わりまで読んだところで、その理由はわかったが。[*24]〔……〕

(13)(原文ママ) 五十四ページ。ここではちょっとした指摘がある。エラリーは、プライアムに死が迫っているという警告をしたあと、明らかにわざと彼を無防備な状態に置く――あとで、それはプライアムを捕らえるためのエラリーの計画の一部だと判明するのだが。〔……〕これでは、読者がエラリーに失望することは避

＊22　エラリーの反応は第十章に書かれているが、邦訳では書簡の言葉との関係がわかりにくいので、訳し直してみた。
「彼女を見る今の彼は何一つ感じなかった。不快感さえも感じなかった。みぞおちに感じるむかつきは、彼自身に対して、そして、やましさに対してのものだった」

＊23　完成稿ではプライアムがエラリーに「無価値の株券は『猫と犬』と呼ばれる」ことを説明する場面が存在する。

＊24　この「アダムの一億ドル」については不明。第十四章には「アダムは富豪だった（ので金への執着はない）」という意味の台詞が出てくるが、梗概では「一億ドル」と書いてあったのかもしれない。

けられない。ただし、この件については、僕自身が必要なときに参照するために、単にメモしているだけだ。この件を、関連するすべての要素と適合させるように扱わなければならないからね。〔……〕

(14) 六十二ページ。プライアムのヒル殺害の動機をエラリーが再構成する場面。僕には、ここで君が必要もないのに込み入った理論を組み立てているように見える。〔……〕以下の設定の方が、僕にはずっと単純で、ずっと状況との関連において信憑性があるように見える。プライアムは体が麻痺しているため、その性格の命ずるところに反して、座って見ているしかなかった。一方、ヒルは肉体的には何の問題もなく、そのために二人の事業の実務を担っていた。それゆえ、この二人の関係においては、プライアムの支配への欲求は長年にわたって満たされることはなかった。そこでプライアムは、仕事上で単独の命令権を得るために、ヒルの死を計画したのだ。これは金銭上の理由などでは決してない。これは、プライアムが持つ支配への圧倒的で抑えがたい欲望の完全に首尾一貫したなりゆきである、と僕は考える。それゆえ、物語にずっと自然に溶け込むだろう。そして僕の考えでは、エラリーが「再構成」する時までに、プライアムの暴君的性格はしっかりと確立しているだろうから、動機は単にもっともらしいものではなく、必然的と思われるようになるはずだ。君はどう思う？[*25]

(15) 六十六ページ。この事件の「解決」から三箇月後、アルフレッドがエラリーのために働いていることが明らかになる。プライアムの裁判においてアルフレ

＊25　完成稿でのプライアムの動機は、リーの案とほぼ同じになっている。梗概では、金銭上の動機があったのだろうか？

ッドが果たした役割については何も語られず、彼が裁判で何らかの役割を果たしたのかさえも語られることはない。[*26]

（16）六十七ページ。僕の指摘の（2）——物語における警視の存在に関するもの——で言及しているが、もし君が、警視は除くことができると同意してくれるならば、そのときは、六十七ページの終わりから始まる場面における、警視の「聞き役」としての役割は、エラリーの家に立ち寄ったキーツに交替することができるだろう。君が警視に言わせたのとまったく同じ異論を携えて、キーツは立ち寄ることになる。僕の考えでは、実際には、赤の他人のキーツから出た質問の方が、より説得力があり、鋭く、興味深くなるだろう。そしてそれは、すべての結末をより良いものにしてくれるだろう。

（17）七十二ページ。僕はここ、このページの最後の段落で悩まされた。〔……〕プライアムが過去の出来事をアルフレッドに話した理由が、僕にはわからない。プライアムにそれをほのめかすために、アルフレッドは表面上、その出来事を把握していたはずだ——加えて、プライアムの疑惑をかきたてないやり方でアルフレッドが過去の出来事を「教わる」ことが計画のために必要なのだが、その方法もわからない。[*27]〔……〕

（18）七十六ページ。物語の最後の二つの文について。梗概を読み終えてから目を通した君のメモには、いくつかの注意点が記してあったね。その中の一つで、この最後の二つの文は「議論を呼ぶだろう」と、君は書いている。どうやら君は、

＊26　完成稿では「プライアムがすべての罪を背負い、ウォレスは罪を免れた」とある。

＊27　この文はわかりにくいが、こういう意味だろう。アルフレッドがプライアムに示唆する犯行計画は、二十年前の犯罪を利用している。ただし、アルフレッドはこの犯罪を知ってはいるが、〝表面上は〟知らないふりをしなければならない。ということは、アルフレッドはこの犯罪のことをプライアムに教えてもらう必要がある。だが、プライアムとしては過去の犯罪のことは話したくない。しかも、彼の目的はヒルを殺すことだけなので、過去の犯罪のことは隠したままでもかまわないのだ。

この趣向を用いることの妥当性に疑問を抱いているようだ。もしそうならば、僕も同じ考えだ。作者が本から飛び出して直接読者に質問を投げかけるのには、僕は反対だからだ。われわれは何年も前に、時代遅れの趣向だとして、〈**読者への挑戦**〉をやめたではないか。僕にはあの時代に逆戻りする理由がわからない。〔……〕とはいえ、アルフレッドは三百五ページかそのあたりで微笑み、クイーンの本はそこで終わるべきだろうね。[*28]

この最後のシーンを通してアルフレッドがひと言も話さないのは、とても良い趣向として、僕には印象深かった。[*29] だが、僕がここまで小説化を進めた時にどんな感情を抱くかは、予想できない。そこで、質問を投げかけたままにしておいた。

〔……〕

題名について。以前も伝えたと思うが、『悪の起源』という題名は——君の質問に答えると——「僕に耳打ち」してはくれなかったので、仕掛けを見抜くことはできなかった。今でもそう思っているが、『悪の起源』は、題名としては申し分ないのだが、クイーン長篇の題名としては気に入らない。というのも、これがミステリ長篇だという感じをそれほど受けないからだ。これは言ったと思うが、この題名は、ミステリ長篇というよりも、クイーン編のアンソロジーの一冊のように思えるし、それよりもさらに、ノンフィクションの本のように思えるに違いない。ダーウィンの著作と結びついた「起源」という単語は、まさしく、ノンフィクションのような感じを与える。ダーウィン説との対応のことを知る前でさえ、

＊28　梗概の「最後の二つの文」が完成稿にも残っているとすれば、邦訳書では最後の四行だろう。ここでは「法で裁くことができない犯人をどうするか？」という問いが投げっぱなしになっている。

＊29　完成稿ではアルフレッドは最後にひと言だけ発している。梗概ではその前のエラリーの言葉で終わっていたのだろうか。

僕はそう感じた。〔……〕

自分も一つ提案したい。少なくともダーウィンとの結びつきに関しては、『悪の起源』よりずっと大胆な題名を。それは進化論を連想させる成語だが、この題にはさらなる利点がある。これは、一般に、探偵学や探偵文学において使われる成語でもあるからだ。もし、この成語がエラリー・クイーンによる小説の題名として使われたならば、たちまち、その意味は素人がよくする連想——つまり、その犯罪的含みに結びつけて考えられるだろう。かくしてエラリーは、この本を通して、本の題名となった成語が呼び起こす「それ」を探し求めることになる。

その題名は——『失われた環《ミッシング・リンク》』[*30]。

利点を見てみよう。『失われた環』は、クイーンの名前と組み合わされることによって、探偵小説的な含みを持つ。この成語——その隠された意味——は進化論を連想させる。さらに、「失われた環」という成語の定義が持つ言外の意味は、「ヒトを」——類人猿と人類の間をつなぐ仮説上の生物を——「探せ」だ。さまざまな点で、すばらしく適切な題名だと僕には思える。とりわけ、エラリーがこの成語を手軽に、しかも自然に使うことができるということもある。例えば、梗概のどこかに、エラリーは何かを見逃していて、その何かがすべてを結びつけるような感覚を抱く場面があったね——いつものエラリー流アプローチだ。ここで彼に、「失われた環」という成語を使わせれば、手がかりが真に意味するものを、きわめて自然に、少しも疑念をかき立てることなく、持ち込むことができるだろ

＊30　進化論では「存在が予測されているが化石が見つからない生物」を示すが、ミステリでは「隠された被害者間の結びつき」などを示す。

う。どこの誰であろうと、これを物語の仕掛けと結びつけることができるとは思わない――たとえ、この成語の進化論的な意味がたまたま浮かんだとしても、そこまでだ。僕はこの仕掛けはかなり深く隠されていて、発見するのが難しいと思う。[*31]

＊31　完成稿には“missing link”という言葉は出て来ない。第十章でエラリーが語る「四つの警告を結びつけるものがあるはずだ」の「結びつける」は“link”だが。

さてと、この手紙は内容を考えるのに数週かかり、実際に書くのに数日かかった。そして今日、自分がささやくような声になっているのに気づいた――風邪が声帯を冒し、変わってしまったのだ――いわゆる神の怒りを受けたような気がする。この手紙に締めくくりをつけ、君に送り、進展を待つことにしよう。〔……〕

ケイは子供をもう一人授かりそうだ。僕たちは昨日、医者に確認してもらった。妊娠二箇月で、出産は八月三十日あたりを見込んでいるそうだ。偶然だが、所得税の支払い日とぴったり一致しそうだ。おまけに、一年で最も保険料の支払いが発生するしんどい月でもある。きちんと計画を立てておかなくては！　今年のわが家は徹底的に節約し、〝贅沢〟にお金は使わないようにしよう――使えるようなお金はないだろうからね。僕は必死に考えないようにしているよ――何についても。〔……〕

マニー

右の文で言及されている子供が産まれることはなかった。ケイ・ブリンカー・リーが流産に見舞われたからだ。リーの家族に新たな子供が加わるのは、ランド・B・リーが産まれた一九五一年三月になる。

〔一九五〇年〕一月二十七日

親愛なるマン。

新しい長篇についての君の長い手紙を受け取ったよ――もし君の手紙がシングルスペース（行間を空けない打ち方）でタイプされていたら、梗概とほとんど同じ長さになっただろうね[*1]――では、君の質問のすべてに答える試みに取りかかるとしよう。一読して、命取りになるほど重要な指摘は一つもないことがわかった――今のところ克服できない難題はなかったし、きわめて重大な難点さえもなかった。その根拠の一つに、私はすでに、今回の君の難しい異議のいくつかにかなり上手く対応する変更にたどり着いていることがある。〔……〕

私は今でも『悪の起源』は完璧な題名だと思っているが、君の指摘もわかる。読者はおそらく、これはノンフィクションだと解釈するだろうね。そしてそう、これはおそらくはアンソロジーの題名にも見える。そうだな、この題名をかなり気に入っているという事実にもかかわらず、私はこの題名を捨てることに同意するよ。[*2]

＊1　リーの手紙は長いと言っても訳文で三十枚程度。梗概は百枚を超えているようなので、ダネイが大げさに言っているのだろう。

＊2　とダネイは言っているが、結局は『悪の起源』という題で刊行された。

君が最初に異議の声を上げてから、手の空いたときには新しい題名について考えていた。そして君に提案できそうな題名を考えついた。だが、まず最初に、君自身が提案した『失われた環』についてだ。私は二つの難点を除いては、この題名を気に入っている。一つ目。もし君が、周囲の人々に「『失われた環』という成語で何を思い浮かべるか」と訊いたとしよう。私の考えでは、全員ではないとしても、圧倒的な大多数がこう返すだろう――「猿かゴリラ」と。そして、そこから先に連想が進むことはない。「猿かゴリラ」という概念あるいは含意は、この本にとってはまったく的外れだと私は思う――君が言ったように、この成語は別の意味も持っているし、これも君が言ったように、進化論に結びついてもいるのだが。だが、こういったことすべてにもかかわらず、猿やゴリラの〝イメージ〟は、実際には不適切だと私は感じる。つけ加えると、私はこの題名から、荘重さや雄大さを感じることはなかった。私は、この本の題名には、厳粛で荘重で雄大な感じを持たせるべきだと思う。

しかしながら、この題名は破棄せずにおこう。なじんでくるか試してみて、しっくりくるか見てみよう。〔……〕

次は、作中人物の名前についてだ。〔……〕私はここで遊んでいるし、君がそれを見抜くだろうかとも思っていた。私の感じる特別な面白さのようなものが、他人にも明白かどうか、知りたかったのだ。そして、私の頭の中にあるものが君にわからなかったという事実は、明白ではなかったことを証明してくれたわけだ。

とはいえ、私が君に強く望むのは、せめて、君に伝えた名前の持つ面白さを充分に理解した上で名前を変えてほしい、ということだ。〔……〕

以下が私の考えだ。もし君がこれを気に入らないのならば、もちろん、名前を変えてかまわない。だが、君がこれをわからなかった——ほとんどの読者が気づかないであろう隠された意味に関する知識を持っている君でもわからなかった——という事実が、作者たちが抱く楽しみを残したまま進めるように君を説得する材料になるのではないかな。

リアンダー・ヒル（Leander Hill）は——「ネアンデルタール（Neanderthal）」に近い。

プライアム（Priam）夫妻は——「プライアム連れ合い《メイト》（Priam-mates）」、すなわち「霊長類《プライメイト》（Primates）」。

クロウ・マクガワン（Crowe Macgowan）は——「クロマニヨン（Cro-magnon）」に近い。

どれもぴったりの名前じゃないか、そうだろう？　うんうん、だから私は楽しんでいるわけだ。[*3]

他の名前は、このパターンにまったく従っていない。〔……〕

さて、君の手紙にあった手荒い注文に出てくる他の問題に行くとしよう。

われわれの「リアリズム」と「ファンタジー」の方向性に関する議論だが、おそらく、純粋に価値があるであろう二、三のコメントをする以外のことは、私に

＊3　後年の『心地よく秘密めいた場所』ではさらに悪のりして、Importuna、Virginia、P.Ennisという命名をすることになる。

とっては意味がないように思える。君に先日送ったプロットの性格にもかかわらず、君が認めているより、私はずっとずっとリアリストだと思っている。思い出してくれ、マン。われわれ自身の過去の作風から『災厄の町』のプロットによって抜け出し、『災厄の町』と『フォックス家の殺人』にあれだけの意味を持たせてライツヴィル歴史物語《サーガ》を始めたのは私だということを。これも思い出してくれ、マン。〈ライツヴィルのファンタジー〉（『十日間の不思議』）から抜け出して、『九尾の猫』に進んだのも私だということを。抜け出したのは君に促されたからではない――少なくとも、どんな指図も押しつけも受けていない。それでも、抜け出したときは常に、相対的にはリアリズムに向かったし、われわれ二人の間ではごたごたが起きた。君は、こういった点について私と議論して悩んだりせず、考えを改めた方が良い。手遅れになる前に。さもなくば、君がプロットの何もかもが気に入らなかった[*4]『災厄の町』の場合のようになる――それとも、あのときのことを思い出せないのかな？〔……〕

　正直に言うと私は、探偵小説の分野において、われわれが真のリアリズムを備えた長篇を実現できるとは思っていない――探偵小説は、私がリアリズムと呼ぶものではないからだ。[*5]さらにだ、マン、正直に言うと、悪しきリアリズムの中よりも、良きファンタジーの中の方に、よりリアリズムがある、と私は考えている。〔……〕

　〝リアリズム対ファンタジー〟の見解をいくつか提示している暇が私にあったら、

＊4　『災厄の町』のプロットをリーが気に入らなかったというのは意外だが、「プロットだけ」抜き出すと、確かに不自然かもしれない。

＊5　ダネイがここで言っている「探偵小説（detective story）」とは、いわゆる「謎解きもの」だけを指している。

次の長篇の題材を育てるべきだろうね。私が今、どれくらい疲れているかを君に伝えることはできないが——どうしようもないほど、疲れているのだ。ここしばらく、新しい長篇に取りかかることができていない。雑誌の仕事を先に進めていたからだ。もし医師連中が決めたのならば、手術のためにスティーヴをクリーヴランドに連れて行けるようにしておかなければならないのでね。手術が私たちをどれくらい長くクリーヴランドにとどめることになるかはわからない。だが、求められる日数がどれだけであろうと、準備をしなければならない。スティーヴの体調はすぐれない——これはどう見ても控えめの表現だよ。実を言うと、マン、私はスティーヴについて君に書くことができない——どうしてもできないのだ。ビルと私は願っている、祈っている——それが私が言えるすべてだ。

だが、遅かれ早かれ、私は新しい長篇に取りかからねばならない。そこで何をする？　私はすでに決めてしまった——君の直近の手紙よりずっと前に——君がファンタジーと呼ぶようなことと似たり寄ったりの何かをすることはない、と。私はそれとは手を切った——間違いだと思ったからではなく、われわれの間で心が張り裂けるようなもめ事が続くからだ。[*6]〔……〕

しばらく本筋から離れたい。『悪の起源』（最初の題名で言及させてもらうよ）は昨年の夏に仕上げた——このときは、マン、私はどうしようもないほど苦しんでいた——スティーヴのことで情緒的にも精神的にも。そして、私自身も重い病気で、一日一ポンドずつ規則正しく体重が減り、目もほとんど見えなくなってし

＊6　『悪の起源』の次の長篇は『帝王死す』（一九五二年）。巨大な軍需産業が支配する孤島での予告付き密室殺人を扱ったこの作が「リアリズム」というのは謎である。あるいは、この時点では、次作は『緋文字』（一九五三年）だったのか？

まった。仕事ができたのはまったくの奇蹟だったよ。私が生みだし、私が傑出した物語になると信じている――その特有の輝きが私には感じ取れる――ものは、とにもかくにも、まさにその環境のために生まれたのだろう。緊張が、重圧が、病気が、盲目が、絶望さえもが私を動かし、おそらくは私に霊感を与えさえもした――のかな？　だが、こういった犠牲には長く耐えられないな。〔……〕

また、これも前に言ったのを憶えているが、私の考えでは、君がどんなことがあっても見落としてはならないことが、もう一つある。われわれが生み出せるリアルな探偵小説が、どれくらい良いのか、どれくらい悪いのかは、私にはわからない。だが、私はこう言うだろう。クイーンが有名になったこの分野で、そういったことができる者は一人も――「一人も」だ――いない。この分野で、『悪の起源』を生み出せる者が他にいるのか？　もし君がこれを正しいと認めるならば、君は君自身に、こう問わなければならない。「クイーンは、クイーンの読者がクイーンに期待しているものを生み出し続けるべきではないのか？」と。クイーン風のファンタジーは、どこにでも売っている商品ではない。われわれがすべての点で相手と異なっているならば、そしてその異なる点がクイーンに何らかの個性を刻みつけているならば、リアリズムに関するやりとりを続けることに、どれくらい価値があるのというのかな？[*7]〔……〕

私には、ハリウッドはこの物語にとって自然な場所というよりは、むしろ完璧な場所に見える。度を越えたその様《さま》については、再び、君の意見を尊重すべきだ

＊7　ここでダネイはリーの前便を逆手にとって、「われわれ二人が異なっていることがクイーンの個性を生み出しているなら、合わせる必要はない」と言っている。

ろう――結局のところ、君は私よりも近くに住んでいるのだから。ただし、ハリウッドの外にいる人々がこの場所について考えていることや知っていることについては、君は過小評価していると思う。ハリウッドはこの十年の間それほど刷新されておらず、変人と奇人の巣窟という評判は完全に失われてしまった。ここで言わんとしているのは、君がこの観点を持ち出したあとでもなお、私は実際には困っていない、ということだ。この物語は、ハリウッドの断面図を描いたものと見なすべきではない。それはこれら特別な人々についての物語であり、彼らは彼らのままなのだ（これについてはあとで詳しく述べる）。もし、誇張や歪曲があれば、それは全体としてはハリウッドではなくなるが――ハリウッドをそういうものとして描こうと試みているわけではない。この物語はハリウッドに住む人々を描いているのだ。その上、誇張は諷刺の道具であり、そういうものとして受けとめられる。そして、この物語には実に多くの諷刺があることを、君は間違いなく認めてくれるはずだ。

ところで、ちょっと余談に入りたい。チャンドラーの物語は、典型的なハリウッドの物語ではないのかな？　私の見たところ、作中人物たちは軒並みずっと不道徳だし、ずっと誇張され歪曲されている。それでも、チャンドラーの物語はハリウッドに根ざしていると見なされているのではないかな。〔……〕

すでに伝えたように、クイーン警視は、物語における〝まともな人間〟として登場させている。さらに彼は、エラリーがその周囲の狂った世界から逃げる際の避難所を意味している。[*8] 警視はエラリーの「聞き役」であるのに加えて、エラリーの錨であり、弾み車であり[*9]――そして、皮肉なことに、このときの警視は病気から回復中なのだ！[*10] だが、もし君が望むならば、私は、警視を丸ごと削除することに反対はしない。私は、それでは何かが――警視がいつもエラリーの人間性に加えていた、あるいは加えることができる何かが――失われると思う。前面に出ないときの警視はいつも、エラリーをより人間らしくするという特別な才能を持っているからね。だが、私はこの決定に関しては完全に君に従おう――警視を残すにせよ、この物語から丸っきり外すにせよ。〔……〕

ローレルとデリアが、同じ日にエラリーに相談に来るだけでなく、踵を接することがとても重要だと私は思っている。かなり初めの章で、エラリーの目の前で二人が出会うことが重要なのだ――そうすれば、二人の秘めた敵意が、二人の対照的な性格と同じくらい、早々と読者の印象に残ることになり――この秘められた敵意、二人の間のクライマックスの場面（ローレルがデリアを撃つシーン）で最高潮に達する悪意が、エラリーの目の前で口火を切られ、物語の中で彼女たち二人が顔を合わせるたびに続くことになる。この秘められた敵意は、もちろん、彼女たちの対照的な性格、デリアに代表されるある種の女性と生活に対するローレルの反発、そして彼女たち二人が好意を抱いていて、まったく異なるやり方で求めているクロウが混じりあったものだ。ローレルのヒステリックな射撃に対するデリアの反応は、デリアが自ら認める非道徳性（そのほうがよければ「不道徳

＊8　これもリーの前便を逆手にとって、警視の存在意義を「異常な人物の中の正常な人物」としている。
＊9　回転軸に取り付けて回転速度を安定させる仕組み。エラリーの暴走を抑える役割ということだろう。
＊10　完成稿では警視の出番はキーツに取られたので、病気の話も出て来ない。

性」）と、ひどくからみ合った因襲尊重（彼女は「世間の手前」プライアムから離れることができない）にもかかわらず、ほとんど怪物じみた大人の対応を見せることになる。[*11]もし君が、彼女たちが踵を接してエラリーの家に来るのが、エラリーのハリウッド滞在が報道された結果とした方が良いと感じるならば、私も同意しよう。――ただし、彼女たちは最初の章で踵を接してエラリーを訪れなければならない。〔……〕

では、犬と首輪について。ここで何よりも重要なのは、死んだ犬と首輪をどれだけ調べてもどこにも行き着かない、ということだ――その調査が、エラリーとキーツのどちらによってなされたとしても。手がかりは存在してはならない――初めのうちは、そしてエラリーがローレルに犬の品種を特定させるまでは。こういったわけで、ただ単に、犬はドアの正面に置かれただけにするのがいいと、私は考えた。もし君が犬の死体を箱に入れたいというならば、それでいい。――だが、私はそれが必要だとは思わない。[*12]私は、「犬はどこか遠くの突きとめることができないところから入手した」で良いと思う。だが、もし君がそれを盗んだことにしたいならば、それでいい。ただし、痕跡を追ってもどこにも行き着かない、とすべきだ。〔……〕犬の正確な品種は、非の打ち所がない、単純にして申し分のない理由のために、決して言及されることはない――あとで、エラリーがその重要性に気づくまで。それは、誰も――エラリーさえも――品種を質問する理由がない、あるいは品種には何らかの重要性があると考える理由がない、というこ

＊11　デリアは自分を射ったローレルを訴えず、クロウに「ローレルを見すてちゃだめよ」と言う。
＊12　完成稿では犬はむきだしで戸口に置かれている。

とだ。〔……〕

マン、世界には下半身が麻痺している人や、全身が麻痺している人が、何千人もいるだろう――プライアムよりずっと麻痺の範囲が広い人も。しかし、彼らはみな、何とかやっているし、彼らはみな、小便も大便もやっている。ここでも同じことを言うが、私は細かい点まで踏み込む必要はないと考えている。例えば、車椅子の座部やその下に、ある種の身体機能を可能にする仕掛けのようなものを私は思い描いていた――が、それを説明する必要はない。プライアムは自力で着替えや入浴ができたのだろう。そうでなければ、アルフレッドによって、充分な介助がなされていたのだろう[*13]――これは男性看護士の仕事だからね。〔……〕きわめて重要な点は、プライアムは十五年間、車椅子から離れられなかったということだ――そしてこれは、とても信用できないことでも、信じられないことでもない。こういった状況は、世界中のすべての街で、日々生じているからね。

〔……〕

私は、プライアムの保険契約の情報は偽造だと想定していた。というのも、保険契約を無効にする情報は、保険の対象となる肉体的な状況に関する嘘やごましだけだと理解していたからだ。さらに私は、情報の偽造でさえ、ある程度の年数にわたって有効だったあとは、契約は無効にならないだろうと理解していた。だが、保険契約の件を確認するよりも、この状況を処理するための、はるかに良いやり方があると思う。プライアムの保険契約に触れた部分をすべてカットする

＊13　完成稿ではこの説明が用いられている。

のだ。[*14]〔……〕

エラリーのデリアに対する反応について。一点を除けば、私は君の分析は正しいと思う。私は、ゆがんだやり方にせよ他のやり方にせよ、エラリーは単に自分自身に驚き、そのあとに面白がったとは考えない。私の考えでは、エラリーは自分自身に怒り、自分自身をけっとばす――単なる面白さや驚きよりも、もっと力強い感情だ。エラリーのデリアに対する反応は、百パーセント、肉体的、性的なものだ。明らかに、霊的、精神的、あるいは審美的なものではない。これは単に、雌性に対する雄性の反応に過ぎない。そう、エラリーはやましい気持ちを抱いている――なぜならば、彼は自分自身に失望させられたからだ。彼はデリアがどんな女なのかを知っている――それでもなお、自身が彼女を欲するのを防ぐことはできない。あるいは、青臭い若者のようにふるまうのを――自分が純粋に肉体的にデリアに魅了され、彼女が自分に注意を払わないことに傷つくのを――防ぐことはできない。そうだ、彼の嫉妬はまさしく君が言うところの――ジャングルにおける性的な嫉妬だ。エラリーの感情ははっきりした起伏を見せるべきだというのも、その通りだ――私は梗概でこれを示したと確信しているよ。同様に私が確信しているのは、彼が最初にデリアに会ったときに魅了されたことも、そして、アルフレッドが彼女と寝たことに疑問の余地がないと知ったときのエラリーの嫌悪感（私はこれを「不快感」と書いたと思う）も、梗概で示しておいたことだ。君も認めてくれると思うが、こういったことすべてが、エラリーにとっての〝新

＊14　完成稿ではこの解決策が用いられている。

しい要素〟[*15]なので、君はもちろん、これを注意深く扱わなければならない。だが、それは、エラリー自身が人間の雄《オス》だからであり――それが、エラリーは単純に自分の反応を面白がるべきではない、と私が強く感じる理由だ。面白がるとは、状況にたいする知的な反応の一種だが、この場合は、エラリーは知的であるべきではない。彼は自分自身をいまいましく思い、不快に思い、それから自分自身を恥じる――エラリーのやましい気持ちはここから来ているのだ。〔……〕
もし君が、クイーン警視を外すことに決めたのなら、もちろん、最後のシーンで、警視が今やっている異議申し立てを行う役は、キーツにしなければならない。〔……〕
ところで、私はフォークナーの『サンクチュアリ』を読んだことがない[*16]――そのため、君のこの件に対する言及（君の手紙の四枚目の終わり近く）が理解できなかった。君の言いたかったことを説明してくれないか。〔……〕
私は嘘偽りなく思っているよ、マン。この本は里程標になり得る――われわれにとって華々しい本になるだけでなく、〈探偵‐ミステリ〉[*17]の分野自体においても。これが人を揺さぶる着想だということは、私個人に関する限りは、まぎれもない事実だ。数箇月たった今でも、私はまだ揺さぶられているからね。君に伝えるべきではないだろうが、これは作り上げるのが桁外れに難しいプロットで、私はとてつもない苦境の中、血の汗を流したのだ。だが、何とかやり遂げることができた。そして今、君を悩ませたいくつかの問題について、私は片付けたと考え

＊15　エラリーが女性に対して「雄として」反応を見せるのは本作が初めてという意味だろう。
＊16　ダネイがフォークナーに言及した文を調べてみたが、この手紙の前も後も、『サンクチュアリ』への言及はなかった。『墓場への闖入者』には触れていたが……。
＊17　「探偵‐ミステリ」は、ダネイが評論などで使う表現で、探偵が登場する謎解き小説と、探偵が登場しない謎解き小説を合わせた分類。謎解き要素が少ないものは「犯罪（小説）」に分類される。

ている。そして、君がより満足するであろう重要な変更を伴う他の問題については、私は君に同意したと考えている。これで君は、これまでより落ち着いた心で、小説化を終わらせることができるようになったと期待している。そして、落ち着いた心よりもっと重要なものがある。それは、真に傑出したものにするためにできることに、あるいはすべきことに、とことんのめり込む心だ。私は君に対してこの本を過大評価しているつもりはない——どちらかといえば、最初に君に梗概を送ったときは、故意に過小評価していたくらいだ——それでも、これは重要な探偵小説であり、真の古典だ。〔……〕

　君が考えている自分の時間的な問題点と作業スケジュールについて、教えてくれないか。そうすれば、少なくとも私の方から君と同期しようと試みることができるからね。

　他の問題はすべて、個人的なものも含め、次の手紙で。

ダン

［一九五〇年］二月二日　木曜日

親愛なるダン。

〔……〕エラリーのデリアに対する反応について、僕はまだ君に全面的に同意したわけではない。君は、エラリーがデリアに動物として惹かれることを基本的なものとして見なしているが、それはデリアをめぐるあれこれとは関係なく、そしてさらに他のことを発見しても変わることがない。僕はそんなエラリーを理解することはできない。それはエラリーではない。エラリーが純粋に動物的な理由で、手もなく女性に惹かれることはあるだろうが、一方で、この感情はある時点までしか続かないように見える。彼女の真の姿が明らかになり――その真の姿がともかく僕にはおぞましい不快感を与える時点で――エラリーの彼女に対する肉体的な渇望は影響を受けるように、僕には思える。エラリーは、卑猥なことや不道徳なことを考えて基本的欲求が影響を受けるようなたぐいの男ではないし、なったこともない。〔……〕すべての男――ほとんどすべての男――は、めったにいないセクシーな女に対しては、一時的な渇望を感じることがある。ある者はそれにやましい気持ちを抱いて当惑し、女を追いかけることも通り過ぎることもしない。それは彼らがどんな種類の男なのかによる。そう、エラリーは渇望を感じた。エラリーはそれに対して何もしなかった。[*1] そうだろう？　それからエラリーは、彼女が汚れていることに気づく……。よかろう。このまま進めてみて、書き上げるとどんな結果になるか見てみるとするか。こいつはおそらく、僕に悩みを引き起こすだろうな。そして、われわれはおそらく、この扱い方について最後まで意見が合わないだろうな。それでも僕はやってみるよ――何とかしてわれわれ双方をかなりの程度まで満足させるであろうやり方を。〔……〕

＊1　完成稿の第八章を読むと「何もしなかった」わけではないようにも見えるが……

フォークナーの『サンクチュアリ』？　君が読んだことがないというのは、かなりの驚きだ。僕は君が彼の作品に親しんでいるのを知っているし、『サンクチュアリ』は、間違いなく彼の傑出した長篇の一つだからね。（余談だが、フォークナーは、これは純粋に、そして単純に金のために書いたと告白している――その作家活動の初期に、備えていると自負する才能をもってしても、出だしでつまずいたために*2）これはミシシッピー州を舞台にした、残酷で、陰惨で、荒廃した長篇だ。おそらく登場人物たちに関しては、すべてのフィクションの中で最低の設定がなされている。ポパイは人間の姿をしたクズで、大都市の邪悪な一部だ。彼は、たまたま自分の人生に迷い込んできた十七歳の少女と、ジャガナートの流儀*3で寝ようとする。そして、すべてのフィクションの中で最も鬼畜のような場面で、彼はそうする。それから――フォークナーはミステリの技巧を多用してこの本を書いているので――本の少しあとで、山場が訪れる。読者は、実際には、ポパイが少女とまったく寝ていなかったことがわかる――彼は不能だったのだ。ポパイがやったのは、少女にトウモロコシの穂軸を突っ込んだことだった（聞いているかい、シャーリー？）*4。だが、僕がレッドの名を挙げたのは、以下の出来事についてだ。その後、ポパイは少女を連れ去り、知り合いの女主人が経営している売春宿に強制することなく入れる。売春宿で本来の仕事をさせるのではなく、単に、自分自身の「楽しみ」のために入れたのだ。どうやらトウモロコシの穂軸の利用には飽きたのだろう。というのも、ポパイは知り合いの賭博師でレッドと

*2　ウィリアム・フォークナーは、『サンクチュアリ』が〈モダン・ライブラリー〉に収録された際、「私としてはこれは安っぽい思いつきの本だ。なぜならこれは金をほしいという考えから書いたものだからだ」（加島祥造訳）という序文を寄せている。

*3　Juggernaut はヒンドゥー教のクリシュナ神の像だが、「圧倒的な力で」という意味がある。

*4　原文は“Are you there, Sharlie?”で、電話の相手に反応がない場合の言い回し。現代風に意訳すると、「引かないでくれ」だろうか。

いう名のがっしりした大男を売春宿の少女の部屋に連れて行き、自分のために彼女と寝るように持ちかけるのだ。その間、彼はベッドのわきに立ち、楽しんでいる……わがことのように。ポパイの〝掟〟を知る奇妙な指標として、少女がやがてレッドの心遣いを楽しんでいる様子を見せた時、彼はレッドを容赦なく叩きのめす（それとも、殺したのだったかな。僕はどっちだか憶えていない）[*5]。それはともかく、君の梗概を読んだとき、僕はポパイとレッドを思い出してしまった――プライアムは、自分の妻と同衾させるために秘書を雇ったわけだからね。たった一つの違いは、プライアムは明らかに、行為中にはベッドの脇に座っていない、ということだ。これで君の質問の答えになっているかな？〔……〕

あと一つ残ったのは、スティーヴ坊やに関する君のコメントだが、これについては多くは語るまい。君にとって、これがどれくらい辛い話題にならざるを得ないか、僕は即座に理解した。僕にできることは、物事はそう見えるほど悪くはない、と願うことしかない。この件については、言うまでもないが、ケイも僕と一緒に、これ以上ないくらい真摯に受け止めている。これも言うまでもないことだが、もし、僕たちが手助けできる何らかの問題があれば、どんなことでも僕たちに知らせてくれ。

ケイの体調はいい。そして――神に感謝を――馬のように食べているよ。彼女は痛々しいくらいひどく痩せていたのにね。医師はケイは文句のない体型で、妊娠期間中は何も問題は起きないだろうと見ている。これは彼女の最後の赤ん坊に

＊5　小説では殺している。

なるだろう——僕たちはそう決めたのでね。僕たちは二人とも、赤ん坊が女の子であることを望んでいる。これで、僕が明かせる秘密はなくなったと思う。僕たちの愛を、ビルと子供たちに——

マニー

[一九五〇年] 二月二十日

親愛なるマン。

私は、悩みの種が増していく君の手紙を受け取り続けてきた。そして毎回、君の手紙を読み終えると、私は問わずにはいられない——「次は何が起こるのだろうか?」と。私は、今度こそは、誰もが快方に向かうことを望んでいる——咳をしている上に肺の病気にかかりやすいケイは、きちんと徹底的にチェックすべきだし、キットの耳の異常も、とことん慎重に診るべきだ。

おそらく、私は君に、私自身の問題について、詳しく話すべきだろうね。実は、先週、私の仕事の予定を根本的に見直さなければならない出来事が起こり、もはやそれを避けることはできなくなった。そしてもちろん、君はそれを知るべきだ。一つ目は、スティーヴについて。ヘレン[*1]がどこまで君に手紙で伝えたのかはわからないが、私なら、君にすべてを余すところなく伝えることができる。昨年のク

*1　グッドリッチによると「リーの姉妹の一人で、この時期はリーが面倒を見ていた」とのこと。

リスマスに、医師連中が私たちに、「スティーヴの余命は、あと一箇月ほどしか期待できない」と伝えた。これが私たちへのクリスマス・プレゼントというわけだ。今では、その一箇月を余裕で超えてしまった。そして、スティーヴの状態は現に好転している。この好転が何を意味するのか、私たちにはわからない。一時的なものなのか、そうでないのかも、私たちにはわからない。この子は一箇月にわたってインスリン注射を受けているのだが、この注射を始めてから好転したのは疑いの余地はない。注射をしているのはビルだよ。もし君とケイが、キットに注射をするのは忍びないというなら、ビルもそうなんだ――とりわけ、今この手紙を書いている時点では、スティーヴの体に針を刺せる場所がそれほど残っていないのでね。

医師連中は、ここひと月ほどでスティーヴが好転したことに気づいている。前よりずっと敏感に、活動的になったし、ずっと神経も落ち着いてきて、よく眠るようになったし、ほとんどの点で良くなっているように見えるからね。ほんの少し体重も増えたが、一年前に比べたら、まだまだ減ったままだ（これで、昨年はどんな感じだったか、君にもわかったと思う）。医師たちはこういったことを自分の口からは言おうとしない。ありていに言うならば、連中はスティーヴの障害が何かを正確には知らないのさ――脳の中に何かがある、という点だけは全員一致らしいがね。

過去一年半にわたって、ビルと私は、とことん打ちのめされてきた。今、私たちはその日その日を生きている――次の日のことを考える勇気がないのだ。私は自らを鋼《はがね》のようにしようとしてきたので、冷たく、よそよそしくなったように見えるかもしれない。君の問題に関する限りは、私ができるだけ客観的な態度を無理矢理持続しようとしただけに過ぎない。一週間前まで、私はとてもしんどい思いをして働いていた――長時間にわたり、へとへとになるまで集中して。だが、正直に言うと、これは逃避の一形態だし、もちろん私はそれをわかっている。私は自分の時間を埋め尽くし続けることによって、先のことを考える時間を最小にしようとしているわけだ。

しかし、先週、私の考えと計画のすべてが再調整を強いられる事態が起こった。先週の初め、わが家は初めて大量の降雪に見舞われた――六インチもの。私はシャベルを手にして外に出て、玄関前の歩道と裏手の階段の雪かきをした。そして家に戻ったとき、私はしつこく続く眩暈《めまい》に襲われ、二日間、横になっていた。今では起きてはいるが、まだときおり眩暈に襲われる。質《たち》の悪い風邪にかかったみたいだ――涙が流れ、鼻水が出て、その他にもいろいろと。なぜ眩暈が？　私にはわからない。たぶん、シャベルで骨の折れる仕事をした結果、軽い心臓発作を起こしたためだろうと、私は思っていた。ただし、医者は違うと言っているがね。だが、寝ている間、私は考え始めた。

君も知っているように、私は昨年の夏は重い病気だった。スティーヴに関するどうしようもない不安が糖尿病による鋭い痛みを引き起こし、目がほとんど見えなくなる症状も出てきた。私はもうインスリン注射はしていないが、毎日尿の検査はしている。すると、私の血糖値は変化し、上がったり下がったりするたび、視力が変動する——ある日は快調に、ある日は不調に。タイプしている今このときは調子が良いのだが、私の視力はまったくお粗末になってしまったよ。何を言いたいかというと、ビルと自分の肉体的な衰弱が、危険な領域に近づきつつあるのは間違いない、ということだ。ビルが非の打ち所なくすばらしい女性であることは、君に話す必要はないだろう。だが、そんな彼女でさえ、休むことなく、来る日も来る日も私たちにのしかかってくるものを背負って、先の見えない中を進むことはできない。

加えて、私たちは上の子供たちのことも考えなければならない。彼らはスティーヴの絶え間なく続く病気に対して、刮目に値する理解力を見せている。私たちは家の中での苦しみをやりすごしながら暮らし続けているが、こういった状況は、君には縁がないだろうね。

かくして、床に伏している間に、私は結論を出した——ビルと私は、自分たちの健康と子供たちの健康を守るため、何かをすべきだと。君には言うまでもないことだが、私たちの力はすべて、スティーヴを助けるために使っている。そして、必要とあればどこにでも行くし、助けになりそうならば誰とでも会う。私たちは、スティーヴに関しては、医師の、そして神様の手の平の上だ。

私は決心した。今年の夏は家を閉め、どこか他の場所に家を借りることを——

おそらくケープ・コッドか、おそらくメイン州のどこかだ。私たちはここから離れるべきだし、変わるべきだ――少しでも良いことがあるように。私の計画は、私たちと、もちろん子供たちも一緒に、メイドと看護師を連れて、夏の間だけの新しい環境を持つというものだ。医師は、私たちがスティーヴを連れて行くことにも同意してくれたよ。私たちが大きな都市の――例えば、ボストンかケープ・コッドのような都市の――近くに住むというのが条件だった。これに費やすであろう金額としては、経費は――食事、メイド、看護師、などにかかる分は――ここにいるときと同じくらいの額になるだろうと見積もった。それ以外の負担は、家具付き貸家の賃貸料、そして、私は一度で済むことを期待しているが、運送料を含めて、まあ、千ドルだろう。〔……〕

学校が休みに入ったらすぐ移ることができるように、雑誌の四号分を先行して準備しておかなければならない。〔……〕そうだよ、私は調子が良くなったら、急いで雑誌の仕事に戻るつもりだ。これは、実際には六号分を編集することを意味する――締め切り前の今号と次号の二号分。そして、夏の終わりまでに片付ける予定だった四号分。こうしている間も、ビルはあちこちの貸家についての情報を集めている。もちろん、これ以外のことも起こるかもしれない。もし、スティーヴの容態が急変したら――だが、私たちにできるのは、計画を立てることだけだ。

雑誌の仕事は、かなり先行して準備できる。それから私は、夏の期間を、少なくとも次の長篇にとりかかるところまで注力したい。梗概を仕上げるところまで進めるつもりだ。次の長篇のために、使える夏の時間のすべてを費やして――少なくとも、できる限りの時間を費やして。〔……〕

君は直近の手紙で言っていたね。君の家が非常事態にもかかわらず、普通に看護師を雇う金銭的余裕がない、と。マニー、それは本当なのか？　病気という非常時に、看護師を一週間か二週間ほど雇うことができないと、本当にそう言っているのか？――つまり、君の貯えは今のところはどこかに消えてしまい、今のところは空っぽで、看護師の一週間か二週間分の給料の支払いさえも、まったく不可能だということなのか？

私は言わねばならない（おそらく私に批判する資格はないのだが）これは私をぎょっとさせたよ。なぜ、君はふところが寂しいのだ？　私が知らないところで大きな支出があったのか？　私がこういった質問をぶつけるのは、でしゃばりでもなければ、単なる純粋な好奇心を満足させるためでもなく、心から案じているからだ。私は、われわれ二人がいくら稼いでいるかを知っている。実を言うと、ときには君の収入が私のより上だということにも気づいている――ケイがラジオの仕事をしていた当時にはね。[*2]〔……〕

マン、もし君のふところが寂しく、貯えが空っぽならば、今より大きな非常事態が起こったら、どうなる？　われわれの収入が急に悪化したら、どうなる？　われわれの一人が働けなくなったら、どうなる？　君はどうする？〔……〕

＊2　リーの妻ケイは寿退職したが、一九四八年にはラジオの仕事に復帰し、『エラリー・クイーンの冒険』でニッキイ役をつとめた。

　私は君が、カーティス・ブラウン社[*3]を通じて金を借りていることを知っているよ。マン、私は心から懸念している。われわれの収入をできる限り現在の水準に保ち続けるには、われわれは何ができるのか？　もちろんわれわれは、維持するだけでなく、さらに増やすために、ベストを尽くすことができる。だが、われわれの仕事の不安定な性質については、君は知っているはずだ。ああ、雑誌がどうにかして上手くいかなくなったら、どうすればいいのか！　これは、私ができる限りの誠実な努力をしたとしても起こりうるのだ、マン。
　もし君が、この件について私と話し合いたくないというなら、私は理解するよ。だが、もし君が、君の問題を――私の知らない問題の一部でも――ほのめかす程度でも教えてくれるならば、少なくとも、私は闇の中で迷わずにすむ。そういうことだ。〔……〕
　私はへとへとになって、ベッドに入るところだ――アスピリンとヴィックス[*4]を飲んでから。私は、シングルスペースのタイプで六ページにわたって語ることができる、何か本当に陽気なことが、何か本当に元気になることがあればいいと望んでいる。だが、もしそんなことがあったとしても、想像もつかないな……。
ダン

＊3　クイーンの小説関係のエージェント。
＊4　アメリカ製の咳止めドロップ。

［一九五〇年］二月二十四日　金曜日

親愛なるダン。

僕は君の手紙に返事を書く気分ではないし、体もほとんど動かない。それでも返事を書かなければならない。

誰も、他人のトラブルを真に理解することはできない。われわれの中でトラブルにどっぷり浸かっている人々にとって――そこにはわれわれ二人とも含まれる――理解の欠如を悪化させているのは、自分本位的というよりは、むしろ自己中心的な〝自己〟への専念、そして霧を深くし、壁を高くするだけの自己への没入だ。他人のことを第一に考えろ、自分の都合は忘れろ、なんて言っても何の役にも立たない。どうせできっこない。本人のトラブルは最前列に、他人のトラブルはその後ろだ。他人のトラブルを前列に回すのは、たまに、そして短い時間だけで充分だし、すぐにまた後ろに戻せば良い。

そう、これは君と僕のことだよ。僕は君のトラブルを正しく認識していて、気持ちもわかる。だが、僕は自分自身のことで頭がいっぱいなのだ。君は僕のトラブルを正しく認識していて、気持ちもわかる。だが、君は君自身のことで頭がいっぱいだ。

そしてまた、一方のトラブルともう一方のトラブルの重さを比べて、こっちの

［1950年］2月24日

方がそっちより軽いとか、こっちの方がそっちより重いとか言うことには、わずかな価値さえもない。一方がそう言うことはできるが、その言葉は何も意味しない。人は誰でもその人自身でしかないのだ。僕のトラブルは君には取るに足らないように見えるだろうが、僕には途方もなく大きく見える。君のトラブルは僕には重要性が低いように見えるが、君にはきわめて重要に見えるのだろう。

　われわれの間のトラブルは、家族の病気より深いところに横たわり、家族の病気がそうであるのと同じくらい重大だ——とりわけ、君にとっては。信じてほしいのだが、僕は、君とビルがこれまでスティーヴィーに対してやってきたことを、軽視しているわけではない。僕は、こんなことを言う必要はないと思っている。君の家のような状況に直面したことがないので、仮にこういった状況が僕の家を襲ったら、どんな対応を見せるか類推を試みることさえできない。僕は、君とビルよりはるかに勇気に欠けた反応をするかもしれないな——おそらく、すると思う。もっとも仮にそうなったら、僕がもう少しだけ勇気を奮い起こす理由になるかもしれない。これは僕たちに何が起こるかという話ではない、これは僕たちがどう対応するかという話だ——そこが重要なのだ。われわれの少年期と青年期は、人生の危急の際に対処するための長い準備期間だった。少なくとも僕の場合は、準備はでたらめで貧弱だったよ。僕の命綱がとうとう切れてしまったという点から見るとね……まあ、切れたのは一本だけだが。全部切れるのは、もっと先の話だ。

スティーヴィーのことと、インスリン注射がはっきりした効果を見せたという知らせについては、僕はケイと一緒に、こう願うことしかできない——君とビルが、ようやく見込みのある、治療に役立つ、続ける価値のあるものに出会ったのでありますように、と。僕は自分の身に置き換えて考えることはできない。僕には想像することしかできない——しかも不充分に——これが君に与えるすべてのことを、絶え間ない不安を、神経の消耗を、ショックを、それ以外のものを。力を振り絞れ。希望を失うな。歯を食いしばれ。これが、仮に君の立場になったら、僕が自分自身に与えるであろう、唯一のアドバイスだ……。こういったことすべてが君の体調に影響を及ぼすことは、不思議でも何でもない。君がここ数年の間にくぐり抜けてきたものに加えて、このずるずると続く不幸は、最もしっかりした人間にさえ大きすぎるだろう。どこかから君は戦う力を見つけなければならない。何が起ころうと、何があらわれようと、答えは降伏の中ではなく、戦いの中にしかない。僕はそう確信している。困ったことに、僕が考える〝戦い〟は、象牙の塔（超越的態度）に引きこもるようなものだ。表に出ない、内部で荒れ狂う戦闘で、大部分は外の世界に知られることはない。それがわかるのは、ときおり怒りがわきあがったり、心因性の身体異常として不意にあらわれたときしかない。これが僕の、何年も何年も前からの〝戦い〟の概念だった。そして、僕が挑んできた戦いの種類がこれだ。どうやら僕はいつも、そいつが負け戦《いくさ》だと思い知らされているようだがね。今では、僕はそれを知っているわけだ。そしてそれが、僕がさっき言った命綱なのだ。

僕を満たしているのは、緊張、罪の意識、恐れ、圧迫感、重荷、意見の食い違い、混乱、理解と不理解だ。近頃では、心身症の徴候まで出ている——疑いもなく心身症だ。やってしまったよ。僕は、自分の〝力〟——これは実は臆病のことだ——について勘違いしたプライドめいたものを持っていた。こんなことになる前にはずっと。少なくとも、困った状態の大部分を抑え込んだままでいられる力は持っているというプライドを。だが、僕の最大限の努力にもかかわらず、影響が肉体にまであふれ出したとき、僕は壁に書かれた文字（不吉な前兆）を認めなければならなくなる。僕はケイのためにならない、子供たちのためにならない、君のためにならない、あるいは、自分のためにならない。そして僕は、さらに悪化させてしまう。意志の麻痺とも言うべきものに少しずつ屈服していき、あらゆる点で死者であることがわかるのだ。臨床医学的に言うならば、僕は、医師連中が「鬱病」と呼ぶものにかかっている。これは重すぎる、僕には重すぎる。僕は他の場所でも、声を上げて援軍を求めながら戦っているというのに。ある見方では、これは戦争における陥落で、もっと重要な見方では、これは戦略的撤退だ。助けを求めることができたのは、ずっとわかっていた。それについては、僕の心の中では疑いの余地はまったくない。だが、僕のトラブルの症状は——すっかり詳しくなってしまったよ——助力に向き合うのを拒絶する意志が強固になる、というものだ。ケイは長い間、僕に向かって、助けを求めるように言ってきた。僕は彼女にも逆らってきた。

今、サム・ヨーケルソン[*1]が、彼の妹にかかわる悲しい仕事のため――彼女は癌で死につつあるのだが、本人はそれを知らない（それとも、僕は君に書いたことがあったかな？）――ここを離れることになった。そして、次はいつ彼に会えるか僕にはわからなかったので、機会をとらえて助けを求めた。サムは今、僕に対する準備を整えているところだ。僕は彼をかかりつけ医師にしたいわけではない。なぜならば、僕を診るのは地理学上、医学上の両方で不可能だからだ。でも、彼の同僚が近くにいる。サムはこの医者を完全に信頼していて、僕の精神分析による治療ができるように、現在も引き継ぎを行っているところだ……。わかっているよ、金だろう。サムはわが家の財政事情を知っている――僕が彼に言ったからね。費用が一番安い方法にしてほしい、と。治療はおそらく二年はかかるだろう。僕はこれをやらなければならないし、やり通さねばならない。そして、僕に友達がいることに、その友達が僕を助けようとしてくれること、助けることができることに、感謝をしよう。もし僕が心ではなく体の病気にかかった場合は、毎週の定期的な治療が必要になり、そのためのお金を何とかして手に入れることになるだろうね。さもなくば、請求書の支払いのために物を売ることになるか。僕はこれ以上、お金に足を引っ張られるわけにはいかない。僕はあまりにも長い間、お金を言い訳にしてきた。同じように長い間、僕は自分以外の家族のために、医療請求書に多額の支払いをしてきた――即時払いも後払いも。

＊1　サム・ヨーケルソンは、リーの精神分析医。リーの一九四八年八月九日付けの手紙を参照。

　さてと、これがすべてだ。そして僕は、一度このたぐいの治療を始めたら、精神分析医以外の者とは議論すべきではないということを、いつだって理解している。もし今の段階で何かあるとしても、君に大したことは話せないだろうしね。だから、僕がこの問題にもう二度と言及しなくても、君はその理由をわかってくれると思う。陰鬱な思いを、肉体の消耗を、そしてどうしようもなく葛藤する人格を抱えて、僕は治療を受けることになるだろう。そして治療を離れたとき、僕は自分が適度に「正常な」人間になることを望んでいる。頭脳明晰で、(僕が失ったも同然の)集中力があり、能率的な仕事ができて、比較的安定している精神を――向き合うべき人生に向き合う力を――持ち、そしてもちろん、とりわけ楽しむことができる能力を持つ人間に。今のところは、楽しむどころか重荷になり、罪のなすり合いになっている。僕が恐れているのは、このやり方でずっとずっといってしまうのではないかということだ――僕は、「恐れ」を文字通りの意味で使っている。僕にはまだ、好きにできる数年がある。僕は自分の家族に安心感を与えていないし、多くの幸福も与えていない。みんなはその二つを与えられる資格があるが、もし僕がこれまでやってきたことを続けるのなら、みんなはこの両方を与えられないだけでなく、僕が重荷だと気づくだろう……。大げさに言っているのではない。僕はある種の危機に瀕していて、その危機は長い長い時間にわたって蓄積されてきたものだ。わかりきったことだが、家族に影響を及ぼすようなことは君にも影響を及ぼすだろう――やり方が異なるとしても。好もうが好むまいが、われわれはお互い、経済的につながっている。そして君と僕がいつかお互いから逃れることができるとは、僕には思えない。やるべき賢明なことは、明らかに、われわれの結びつきを円滑な、そして協力的なものにすることだ――今まで、そして今もそうであるような、怒りや嫌悪や非効率なものなどではなく。

君の計画について。ダン、それは君の計画で、君にとって緊急の問題から生じたものだ。だから君は、君がベストだと思うことをしなければならない。すでに述べたように、僕は評価できる体調ではない。〔……〕

今朝の時点では、僕の銀行預金は百ドルほどしかない。その半分は、デイサービスの女性への支払いと、必要な食材のために引き出さなければならない。そして月曜日にはベティ*2に七十ドルの小切手を送らなければならないので、僕はこのために証券を現金化せざるを得なくなるだろうね。さらに数枚の未払いの請求書が、まだ僕のデスクの上にある。

昔はだいたい、こういった状況は僕の頭をおかしくしたものだった。だが、今の僕は体の具合が悪い。体の具合が悪い上に疲れている。だから、こういった状況を、ぼんやりと、当惑したような愚かさでしか眺めることができない。僕はまだ、過去六週間分の医療費の請求書を受け取っていない。この請求書が届いたとき、僕はどこでそれを受け取るのだろう？　僕にはわからない。僕にはわからない。僕は苦境から這い出せるとは思えない。僕がやりたいのは、もっと深いところまで這い込んでこの苦境が見えないようにすることしかない。僕が精神科医の

＊2　ベティはリーの前妻。一九二七年に結婚、一九四一年に離婚。七十ドルは慰謝料と思われる。

助けを捜し求めているのは、こんな風に感じているのが理由だ。少なくとも、これが重要な理由の一つだ。僕は、こんな風に感じるべきではない。苦境を抜け出すために、己《おのれ》の最善を尽くすことにしよう。とりあえずは、自分ができる最善のことを何とかやってみるべきだろうね。最近まで、僕は一週間単位で暮らしていた。今は一日単位で暮らしている。サムから、いくらか金を用立ててくれるという、気前の良い申し出があった。当然、僕は断った。だが、これを受けることになるかもしれない。より深みに入ったならば。〔……〕

仮に、僕がベティのために過去十年間だか十一年間だかに払った金額を合計し、それに、離婚、訴訟、カリフォルニアへの引っ越しなどにかかった費用を加えたら、収支はとんとんになると思っている。僕のお金は間断なく、無慈悲に流れ出していった。ケイと僕は、「上流」の生活を送っていない――まるでその反対だ……。ところで君は、どれだけの金を、自分の短篇小説ライブラリー[*3]に使っているのかな？　僕はまったく理解できないのだが。

この手紙は、何もかもがとても支離滅裂なので、やめるとしよう。

＊＊＊

〔……〕僕は少なくとも、まだ心の病に冒されていないものを、君にあげることができる。それは、スティーヴィーがさらに健康な状態に向かってほしいという、僕の心からの願いだよ。そして、ビルにも僕の愛を込めて。

マニー

＊3　ダネイはこの時期、世界有数のミステリ関係の短篇コレクションを持っていた。

一九五〇年三月九日

親愛なるマン。

〔……〕これを聞いたら、君とケイが喜んでくれるであろうことを、私はわかっている。この間、君に手紙を書いてから、スティーヴはさらにめざましい回復をとげたよ。この子は体重が増えた(病院で失った分を全部取り戻し、さらに増えている)。もう一度立つことができた。精神状態も良くなった――以前の比較的良かった状態よりも、さらに良い。ビルと私は高揚しているよ。甘い希望はほどほどにしておくようにと、自分自身に言い聞かせてはいる――もちろん、この回復が続くかどうかは、私たちにはわからないからね。医師たちはびっくり仰天して、どう考えていいかわからないようだ。これは、私たちが一日二回与え続けてきたインスリンのせいかもしれない。理由が何であれ、このまま良い方向に進んで欲しい。ビルの楽観主義は決して揺らぐことがない――くじけても当然だと言うのに。もしスティーヴの好転が続いたら、ビルと私の人生に新たな活気が生まれることを意味するだろう。私はもはや、自分がかつてそうだったような、無神論者の小賢《こざか》しい奴ではなくなった――今までなかったことだよ。私は、自分の知性に対するうぬぼれを残すには、あまりにも多くのトラブルを抱えてきた。トラブルは尊大ささえも屈服させてしまう。そして、トラブルの最中に私は学んだ――自分には助けが必要であることを、そして、単純にして根本的な信念は、それほど単純ではなく、はるかに根本的だということを。自分なりのやり方で、私は学んだ――自分はこれまで夢想していた以上に、ずっとずっと信心深い人間だということを……。

ダン

別れの言葉

ダネイのスティーヴンへの希望がかなうことはなかった。回復は恒久的なものではなく、スティーヴン・ダネイは、一九五四年に六歳で死んだ。

一九五〇年に、リーと彼の家族は東海岸に戻り、最終的にはコネチカット州ロクスベリーに移り住んだ。

続く二十年間にわたって、間違いなく、さらに多くの手紙が交わされた。その中の二通はこの書簡集の締めくくりにふさわしいと思う。間違いなく、さらに多くの電話でのやりとりがあり、さらなる縄張り論争があり、さらに熱い意見の応酬があり、さらなる本があった。だが、われわれは〈ダネイ文書〉に残された書簡の終わりに着いたのだ。

本書を、リーからの二通の手紙で閉じることにする。

一通目は、リーが心臓関係の問題で——最後には彼の命取りとなる問題で——入院する直前に書いたもので、肉体的な、そして感情的な痛みに満たされている。二通目は、従兄弟たちの最後の長篇になってしまった『心地よく秘密めいた場所』の原稿についてのメモの一部となる。

1950年3月9日

二人の手紙のやりとりの中心となる激しい闘争と仕事は、最後の最後まで、ダネイとリーの人生の支えでもあったのだ。

一九六二年四月十五日

親愛なるダン。

〔……〕僕は死を真に恐れてはいないよ、ダン。その一方で、死にたいとは思っていない。なぜならば、僕は、死後も人格が存在し続けると信じて自分を慰めたりはしないからだ。だから、僕にとって死は消滅を、抹消を意味する。だが、存在し続けようが消滅しようが、その違いが個人個人に何ができるというのだ？そう、君は眠りにつき、そして君は目を覚まさない……。僕について言えば、死それ自体《パーシー》は恐怖ではない。ある意味では、人生への恐怖――生命資源と機会の莫大な損失を意識させられることへの恐怖、そして圧倒的な規模の個人的な失敗を、自分の妻と子供たち、君、そしておそらく他の人たちに不幸な影響を与えてきたことを意識させられることへの恐怖だ。

僕は生き続けたい、そうして難破船から荷を引き揚げ、混沌から何らかの秩序を引きだし……避けられない運命がやって来る前に務めを果たすべき人間として意味のあることをしたい。自分の人生を振り返ってみると、その内容は、ほとんど人間のものではないように思える。ここで言う人間であることとは、成し遂げることができて、自分自身を乗り越えることができて、分が悪くとも人生から何らかの勝利を手に入れることができる、という意味だ。僕は一度も幸福ではなかった。僕はひとときの心の平安を持ったことさえ、一度もなかった。僕は自分に純粋な誇りを感じたことは、一度もなかった。僕は、自分が天秤に置くことができるわずかな楽しみより、ずっと重い多くの苦痛を愛する人たちにもたらしてきた……。それを考えると腹が立つ——つまり自分自身に腹が立つ。そして、自分にはできるとわかっていることをやる機会がほしい——最初は自分自身のために、次に、自分を通して他の人たちのためにやる機会が。というのは、他のどんな順序でもこれはできないからだ。〔……〕

ときおりわれわれ二人が言っているように、君と僕はお互いと結婚しているようなものだ。そして大抵の結婚が——双方にとって——地獄への道行きのように感じられるならば、われわれもそうだ。しかも、われわれのどちらも、過去三分の一世紀に、何かを成し遂げたわけではない。誤解しないでくれ。僕はガラハッド卿[*1]に向かって「Mea Culpa!《メア・クルパ》」[*2]と叫んでいるのではない。われわれは罪を分け合っているのだ——結婚には二人が必要だからね。われわれ各人の弱点は、心理学的に言えば、お互いにお互いを必要としていた、ということだ。そして、おそらくは双方が生きている限り、われわれはお互いを必要とし続けるだろう。だが、その必要性は不健全なものだ。そして、僕としては、二人の関係が病気から回復

＊1　アーサー王の円卓の騎士の一人で「高潔な人」の代名詞。
＊2　ラテン語の祈りの文句で「わが過ちなり」。

し、健康なものになるのを見るために、充分長く生きたいと思っている。可能性は低いが、僕が病院から戻って来ることができなくなった場合のため、君にこのことを知ってほしかったのだよ。

マン

もう一つ。ケイはものすごい重圧がかかっている。彼女は心配していないふりをしているが、もちろん、しているわけだ。そして、僕が退院して、ジクマロール[*3]に無事戻るまで、彼女はこのままだろうね。君はケイを、そして僕を大いに助けることができる。これをいつものビジネスとして——特段の不安を見せることなく——扱うことによって。医師の見込みでは、水曜日には僕は自分の足で立てるようになっているそうだ。だから、君が直接病院に電話することができない理由はない——もっと言うと、火曜日でもかまわない。ビルによろしく。

*3　抗血栓薬。「投薬だけですむ生活に戻る」の意味だろう。

一九七〇年六月十九日

親愛なるダン。

〔……〕僕は新しい長篇の原稿を、来週の中頃には君の手に渡すつもりだ。

マン

最後の一撃

時の流れは、ダネイとリーを特別扱いしなかった。作家と探偵のエラリー・クイーンは、大衆の意識から徐々に消えていった。ミステリ評論家のマーヴィン・ラックマンは、クイーンの地位の低下の原因を西洋文明の没落に帰している。彼はジョークを言っているのだが、このジョークには苦い真実がある。もはや、推理や知的な活動に大きな価値を置く文化ではない。注意力の範囲は狭くなり、大仕掛けな見世物が優勢となり、規範は『探偵《スルース》』（アンソニー・シェーファー脚本の舞台劇および映画で、洗練された緻密なプロットを持つ）から〝洗練されていないもの《アンコース》〟に移った。映画や本では煽情的になった法医学が、「事件に関する事実」に対する合理的な思考に取って代わった。ポアロの小さな灰色の脳細胞が興味をそそるとしたら、三八口径の警察拳銃でその脳が壁にぶちまけられたときしかない。

エラリー・クイーンは、ミステリ界の〝忘れられた男〟である。パズルを基本とした頭を痛めつける初期作から、ＥＱ正典の自身による再利用の後期作まで、すべての本が品切れになっている。エラリーは、ＮＢＣ放送での一九七五～七六年のシリーズ以降、テレビに登場していない。このシリーズを故リチャード・レヴィンソンと共に製作したウィリアム・リンクは、この番組が失敗したのは、大部分の視聴者にとって、あまりにも知力を要するものだったからだ、と信じている。

クイーン的なものの失墜について、もう一つの理由が考えられるが、これは、少々奇妙な皮肉を感じさせる。フレッド・ダネイは、エラリーと彼の冒険譚が時代に遅れないように、時代と共鳴し続けるために苦労してきた。エラリーの性格は、変化する世界と市場に対応するために、年を追うごとに変化を重ねてきた。結果として、たまたま手に取った読者にとって、イメージをつかめる〝ただ一人のエラリー〟というものは、存在しなくなった。ガートルード・スタイン（詩「聖なるエミリー」の一節、「薔薇は薔薇であり、薔薇であり、薔薇である」）をもじるならば、「ポアロはポアロであり、ポアロである」だが、エラリーはその姿を次々に、そして大きく変えてきたのだ。『ローマ帽子の謎』の気取った血の通わない好事家は、『十日間の不思議』の良心に苦しめられる血肉を備えた人間とは、何一つ似ていない。初期の頃の長篇を好むファンは、常にEQの後期における遠出に魅了されるわけではない。そして、その逆も言える。

探偵小説の枠組みの中で野心的だったダネイとリーは、自らの存在意義を枠の外に声高に告げることは一度もなかった。レイモンド・チャンドラー風に上手く立ち回ることはなかったし、文学的な意義や社会的な傑出を大っぴらに主張することもなかった。彼らはこの分野の中では巨匠として尊敬されているが、世間一般に人気のある評論家や研究家たちにとっては、ありふれたミステリ作家コンビに――些末な作品を提供する単なる娯楽作家に――なってしまうのだ。

ジョン・L・ブリーンは、EQが一般大衆の意識から消えたことについて、実に鋭い一文を書いたことがある。ブリーンが言うには、フェアプレイに基づく古典的な推理の演習は女性作家とイギリスのものであり、それゆえ、クリスティ、セイヤーズ、マーシュ、アリンガム、その他《エタリア》の領域と見なされている。アメリカの探偵小説は、ハメットやチャンドラーやその一党の《ブラックマスク》派の独壇場だと思われている。アメリカ版探偵小説は、非情にして冷笑的で男性的なのだ。これは、この分野の大いに単純化した歴史観ではあるが、有力な見方でもある。「このように分類すると、アメリカの古典派の男性作家は」とブリーンは書いている。「その最も偉大な者がエラリー・クイーンなのだが、枠外に追いやられる傾向にある」と。そして、それゆえ忘れ去られたのだ。

　ブリーンは、彼らの本の文体は一部の読者にとってはとっつきにくい、とも述べている。リーの書き方はいかにも装飾過多で、ときには読者の理解力を超えている。もっとも、正典の円熟期の本は驚くほど生気があり、驚くほど心をとらえるのだが、これはリーの作家としての巧みさによるものに他ならない。

　ブリーンは、チームでの執筆は単独の著者より尊敬されることが少ない、とも指摘している。そして、合作の成果に対する批評家の反応を要約すると、「二人がかりで小説を書くことは、良い商法かもしれない。だが、芸術作品を創る際に、各自の独創的な構想力は、どのようにして協力できるのだろうか？」となる。唯一の（そして無二の）声こそが、われわれの作家についての認識を形作るロマンティックな理念なのだ。コルク張りの部屋（防音された部屋。プルーストの部屋を想起しているか）か、お湯の出ないアパートで、一人きりで働く。それ以外はやっつけ仕事なのだ——

　ブリーンはまた、一九六〇年代から七〇年代にかけてのエラリーものではない代作シリーズが、ダネイとリーの名声を傷つけたと信じている。彼に同意する理由は大いにある。このシリーズは、褒めるところがほとんどない平凡な作品群に過ぎない。このシリーズは、大衆の前にEQの名前を出し続け、いくばくかの金を金庫に入れた。しかし、振り返ってみると、この長篇群は、入った金よりも大きな不利益を与えてしまった。これが原因で、多くの人に〝エラリー・クイーン〟はブランド名であり、商品権だと気づかれてしまったからだ。

いくつかのエラリーもの長篇は――リーの一九五〇年代の終わりから一九六〇年代中頃まで続いたひどい作家としてのスランプのために――ダネイによって構想されてはいるが、執筆は第三者によってなされた。シオドア・スタージョンが『盤面の敵』（一九六三年）を書いた。アヴラム・デイヴィッドスンが『第八の日』（一九六四年）と『三角形の第四辺』（一九六五年）を書いた。リーとダネイがこの三作すべての原稿に手を入れていて――存命しているダネイの二人の息子、ダグラスとリチャードが主張するように――これらは正当なクイーン長篇と考えるべきである。一九六八年刊行の『真鍮の家』は、ある者はスタージョンの、別のある者はデイヴィッドスンの作だとしている。この作も正典に含めるべきだろうが、それでもこれは、クイーンの最も貧弱な作品の一つである。

EQが消えた根本的な理由としてブリーンが挙げているものは、マーヴィン・ラックマンとウィリアム・リンクの意見と、ぴったり重なり合う。「エラリー・クイーンが一般の注目を浴びることがなくなった理由。それはわれわれの、知性に対する敬意や文化的教養、注意力を維持する能力といったものすべてが、あまりにも低下しているためなのである」。

以上のすべてにもかかわらず、私はまだ、エラリー・クイーンの生き残りを信じ続けている。一九七五〜七六年のテレビ・シリーズが、二〇一〇年の秋にDVDでリリースされた。この一昔前の魅力的な作品は、視聴者を書籍に――あるいは電子書籍に、と言った方が良いかも知れない――導くに違いない。いくつかのクイーン作品は、今はデジタル形式で手に入るのだ。インターネット上では、クイーンへの関心が復活するきざしが見える――いくつかのウェブサイトはEQに捧げられているし、多くのクイーン信奉者同士の議論が、ミステリ関係のブログで盛り上がっている。

ダネイとリーの世界への視座は、しばしば〈ノアール〉の黒さに接近している。しかし、彼らは決して、聖者の鎧をはぎとるようなことは――コーネル・ウールリッチやデイヴィッド・グーディスが称賛されたようなことはしなかった。ときおりエラリーは、絶望の淵へ突き落とされることがあった。しかし、絶望の沼は彼の終《つい》の棲家ではなかった。エラリーは最も痛みに満ちたやり方で、推理と論理は自分に対して使われる武器にもなり得ると学んだことがある。それでも彼は、推理も論理も決して放棄しなかったのだ。

ダネイとリーが支持されたのは、彼らの作品のすばらしさ故である。彼らの最高の作品は、ミステリが手に入れた最高の作品と見なしてもかまわない。

目新しさは色あせる。流行はすたれる。しかし、高い質は続いていく。『十日間の不思議』や『九尾の猫』や『悪の起源』のように優れた本は、これからの長い歳月においても、読まれ、記憶され、他人に薦められるだろう。

謝辞

『エラリー・クイーン　創作の秘密』は、〈フレデリック・ダネイ文芸資産信託〉と〈マンフレッド・B・リー家文芸資産信託〉の許可がなければ実現しなかった。受託者のダグラスとリチャード・ダネイ、それにパトリシア・リー・コールドウェルとランド・B・リーは、自分たちの時間と労力を実に惜しみなく割いてくれたし、信託の代理人ジャック・タイムも同じだった。

ニューヨーク市のコロンビア大学〈稀覯本と生原稿の書庫〉の公共サービス担当司書のジェニファー・リーと、知識と親切さを備えた彼女の部下に、ふさわしい感謝を。

ウィリアム・リンクは、テレビとミステリの世界において、技巧面の達人にして伝説的な人物であるのみならず、誰もが会いたいと望むようなすばらしい人物である。彼がこの本の一部を占めてくれたのは、とても嬉しい。

ダネイやリーやエラリー・クイーンについて書く人は誰であれ、フランシス・M・ネヴィンズの恩恵に浴することになる。『エラリー・クイーンの世界』は、クイーン研究における輝かしい基本文献である。ネヴィンズは、われわれがダネイとリーの仕事を考察する際の、決定的な枠を定めてくれた。

ジョン・L・ブリーンとマーヴィン・ラックマンも、クイーン研究に価値ある貢献をしていて、すべてのファンの感謝の気持ちを受け取るに値する。

謝辞のいかなるリストでも、何くれとなく手伝ってくれた友人や仲間に頭を下げずに終わりにはできない。アイリーン・コノリー、マイケル・コノリー、ブレンダ・コープランド、ゴードン・ダルキスト、ラリー・ゲイネム、バリー・ジェイ・カプラン、E・J・マッカーシー、マイク・ネヴィンズ（フランシス・M・ネヴィンズ）。

パトリシア・ザブロフスキー夫人は、初めて会ってから三十五年、この着想の源であり続けた。

ジョーン・シェンカーは、適切なときに適切な言葉を発してくれた。

マリオン・クリステンセンは何年もの間、裏方として地道に働いてくれた。この企画に——他の多くのことにも——対する彼女の支援と信頼には、喜んで感謝の言葉を送りたい。

ホーナー・モロイは、この本の整理、編集、注釈付けにおいて、最高の助力をしてくれた。天分に恵まれた作家が、私の本をより良くする手助けのために、自分の仕事の時間を割いてくれたのだ。列挙できないくらい多くの件で、彼女ははかりしれないほど貴重な存在だった。従って、彼女は私の心からの最大の感謝と愛を得ることになる。

編者について

ジョゼフ・グッドリッチは小説家・劇作家で、その戯曲は世界中で上演されている。サミュエル・フレンチ社から刊行された『パニック』は、二〇〇八年のエドガー賞の最優秀脚本賞を受賞。〈アメリカ探偵作家クラブ〉の現役会員であり、短篇がMWAアンソロジー *The Rich and the Dead* に収録されている。彼のノンフィクションは、*Crimespree* 誌に掲載されている。ニューヨーク市ブルックリン在住。

写真　アイリーン・コノリー

訳者あとがき

本書は二〇一二年にアメリカで刊行されたJoseph Goodrich編の*BLOOD RELATIONS: The Selected Letters of Ellery Queen 1947-1950*の完訳となる。この本は、F・M・ネヴィンズの『エラリー・クイーン　推理の芸術』で絶賛されていたため、邦訳を望んでいたクイーン・ファンは多いに違いない。もちろん私も、この本はまず、クイーン・ファンに読んでほしいと思っている。ただし、本書を訳し終えた今、私は、本格ミステリのファンすべてに、いや、ミステリのファンすべてに、いや、小説のファンすべてに読んでほしいと思うようになった。

Readers

本書は〈エラリー・クイーン書簡集〉と言えるのだが、他の作家の書簡集とはまったく異なっている。例えば、〈夏目漱石書簡集〉ならば、夏目漱石が知人と交わした書簡が収められているが、本書はそうではない。収められているのは、エラリー・クイーンが知人と交わした書簡ではなく、エラリー・クイーンがエラリー・クイーンと交わした書簡。具体的に言うと、

〝エラリー・クイーン〟というペンネームで合作している二人の作家、マンフレッド・B・リーとフレデリック・ダネイの間で交わされた書簡が収められているのだ。

そしてまた、他の作家の書簡集の大部分を占めているのは——編集者とのやりとり以外は——プライベートな話題なのだが、本書はそうではない。大部分を占めている話題は、創作をめぐるもので、しかも、これまで書いてきた作品についてではなく、今書いている作品について。具体的に言うと、エラリー・クイーンの作品は、「ダネイがプロットを考え、リーがそれを小説化する」という方式で執筆されているが、その際の二人の打ち合わせ内容が手紙に書かれているのだ。まさに、〝空前〟にして、間違いなく〝絶後〟になるであろう、ユニークな書簡集と言える。

そして、その打ち合わせの対象となる作品は、『十日間の不思議』（一九四八年）、『九尾の猫』（一九四九年）、『悪の起源』（一九五一年）の三作。世界のミステリの中でもトップクラスに位置する二作と、クイーン長篇でも上位に属する作の創作秘話なのだから、クイーン・ファンにとって興味深く、かつ、面白い本であることは間違いないだろう。みなさんは、自分が何気なく読み進めたあの箇所やこの箇所の背後に、リーとダネイの徹底的なディスカッションがあったことを知って、驚くに違いない。

しかし、あなたがクイーン・ファンではないとしても、『十日間の不思議』や『九尾の猫』を読んでいないとしても、本書を楽しむことができると思う。

この本の原書が出たとき、私は〈エラリー・クイーン・ファンクラブ〉の会誌で特集を組むため、一部分だけ訳して何人かの本格ミステリ作家に読んでもらい、感想を寄せてもらったことがある。その中から、次の二つを紹介しよう。

【太田忠司】この往復書簡を読んでいて、妙に馴染みのある感覚に囚われました。これ、僕が毎回小説を書いているときに、頭の中で繰り返している問答と似ています。僕の頭の中にもダネイとリーがいて、ああでもないこうでもないと議論しているんですよね。それを文章化されたように感じました。

【大山誠一郎】私事で恐縮だが、私も、作品を書くときにはかなり綿密に梗概を作るタイプだ(悲しいかな、穴だらけだが)。重要な設定については、なぜそのような設定にしたのか理由や根拠を書き込んでおく。そうしないと、いざ小説化するときに忘れてしまい、その設定を十全に活かすことができなくなるからだ。
だが、私の場合、設定の中には「何となくそうした」というものも多いし、理由や根拠を書き込んだ設定でも、その理由や根拠はあいまいなことが多い。それは、私の思考能力が高くないためもあるが、「なぜそうしたのか?」と訊いてくるリーのような恐ろしい相棒がいないためでもある。一人で構想を練っている限り、「なぜ?」と訊いてくるのも自分であり、どうしても追及が甘くなる。こうしようと決めた根拠は特にないけれど、まあいいじゃないかなどと思ってしまう。脳内ディスカッションの限界である。

つまり、リーとダネイが手紙でやっているディスカッションは、プロの作家ならば、程度の差こそあれ、誰でもやっていることなのだ。それを、頭の中だけの漠然とした形ではなく、異なる個性の持ち主によるディスカッションとして読めるのだから、興味深くないとは言えないだろう。実際、書簡で論じられている内容の大部分は、他の作家によるミステリにも当てはまるはずである。また、創作とビジネスの関係などは、ほとんどの作家は読者に語ることはないので、これまた興味深いと思う。

今、この文を読んでいるあなたがクイーン・ファンではないとしても、ぜひ本書を読んでほしい。言及作品を読んでいなくても、編者のグッドリッチが詳しい紹介をしているし、私も注釈を添えているので、内容は理解できると思う。あるいは、これを機に、『九尾の猫』などを読んでみても良いかも知れない。

さらに本書は、別の楽しみ方もできる。それは、「異なる個性を持つ二人が、あるときは協力し、あるときは対立しながら作品を創り上げていく姿を描いた物語」としての楽しみ方。大場つぐみ・小畑健の漫画『バクマン。』のように、『十日間の不思議』などを——内容を知らなくてもかまわない——〝作中作〟として扱うわけである。

おそらく日本には、こういった読み方で楽しむことができる人が多いと思う。というのも、リーとダネイの合作方法は、漫画において原作者と漫画家が行っているやり方と同じだからだ。違いは、原作者のプロットをふくらませる際に、文字を使うか絵を使うかしかない。例えば、ちばてつやは、『あしたのジョー』で、高森朝雄（梶原一騎）の原作を漫画化する際、「白木葉子というキャラクターが理解できなかった」と漏らしている。これは、本書におけるリーの言葉と何も変わらないだろう。

異なる個性の持ち主が合作する際の〝ひずみ〟や〝ゆがみ〟、一人の個性からは生まれない〝魅力〟や〝精彩〟、互いに主導権を握ろうとする戦い――こういったものを描いた書簡形式の作家小説という読み方をしても、本書は充分楽しめるはずである。

つまり、この本は、クイーン作品の創作秘話として読んでも面白いし、ミステリの創作やビジネスの物語として読んでも面白いし、二人の作家による共同作業の物語として読んでも面白い。今、この本を読むかどうか迷っている人には、自信を持ってお薦めする。

Compilers

ここでは、読むことを決めたみなさんが本文に進む前に、補足的なことを書かせてもらおう。

本書の編者グッドリッチについては、原書の紹介文を訳しているが、ここで補足しておきたい。というのも彼は、原書の刊行以降にも、クイーンに関する活動を続けているからだ。

まず、二〇一六年に、カナダで上演されたクイーンの『災厄の町』の舞台版の脚本を執筆（邦訳は《ハヤカワ・ミステリマガジン》二〇二一年三月号）。これは、地元でその年の最優秀脚本賞を受賞している。

続いて、アメリカで二〇一八年に出たクイーンの贋作・パロディ集 *The Misadventures of Ellery Queen* には、オマージュ短篇 "The Ten-Cent Murder" が掲載（初出は《ＥＱＭＭ》）。これは、

『推理の芸術』にも出てくる、ハメットとクイーン（ダネイ）のミステリ講座で起こった殺人の話。ハメットをワトソン役にしたダネイが、ダイイング・メッセージの謎を解き明かす。

さらに、クイーンについての文章をいくつも書いていて、二〇二〇年に出た評論・エッセイ集 *Unusual Suspects* では、二割をクイーン関係が占めている。

私が知っているのはこれだけだが、それでも、クイーン・ファンを喜ばせるには充分だろう。

次は、本文の翻訳時の方針を記しておく。

（1）書簡で言及される三作の邦訳は、すべてハヤカワ・ミステリ文庫を参照したが、『推理の芸術』と同じく、「エラリー」表記を用いている。

（2）訳文は、『十日間の不思議』と『九尾の猫』は越前敏弥訳、『悪の起源』は青田勝訳を参照。ただし、（刊行は逆になったが）『十日間の不思議』の新訳より本書が先行していたため、私が本書の引用部分などをどう訳すか問い合わせる形で連携を進めた。応じてくれた氏には感謝する。また、氏は『十日間』の新訳にあたり、この書簡集を大いに参考にしたそうなので、併せて楽しんでほしい。

（3）ダネイの一九四八年六月二十四日付けの手紙に登場するラジオドラマに関しては、ジョン・ダニングの *The Encyclopedia of Old-Time Radio*（Oxford University Press, 1998）を参照した。

（4）親しい二人の間で交わされた手紙なので、第三者が読むとわかりにくい箇所が多い。そういった箇所では、「彼」や「それ」などの指示代名詞を、「エラリー」や「梗概」などの具体名に置き換えている。手紙らしくない訳文だと感じるかもしれないが、了承いただきたい。

（5）それでもわかりにくい場合は、注釈を添えた。読者があちこち移動をしなくても済むように、注釈文はページの下段に入れている。ちなみに、この注釈の入れ方は、国書刊行会から一九九四年に出たクイーンのエッセイ集『クイーン談話室』と同じなのだが、この本は本書と同じく藤原義也の編集で、私が（EQⅢ名義で）注釈と解説を書いている。

（6）リーの一人称は「僕」、ダネイは「私」と訳して、違いを出した。基本的に、リーが「僕たち」と言えば「リーとその家族」、「われわれ」と言えば「リーとダネイ」のことだと思ってほしい。

Letters

ここから先は、読み終えた人に向けた文になるので、まず本文を読んでほしい。

中国に"ellry"というペンネームを持つ、熱烈なクイーン・ファンの出版者兼編集者兼翻訳者兼評論家がいる。彼は、この書簡集の中国語訳を出す際、原書に収録されていない二通の手紙を加えているのだが、氏の厚意で、私はこの手紙を読むことができた。訳すわけにはいかないので、代わりに詳しい紹介をさせてもらおう。

一通目は、日付けはないが、リーがダネイに『十日間の不思議』を小説化した原稿を送る際に添えた手紙らしい。二通目は一九四八年四月十四日付けで、その初稿を読んでのダネイの意見。これを受けたリーの返事が、本書掲載の一九四八年四月十六日付けの手紙となる。

まず一通目は、リーが梗概を小説化する際に、精神分析的なアプローチを加えたことを述べている。理由は後出の手紙で詳しく語られているので省略するが、そこには出てこない話を紹介しよう。それは、ハワードの記憶喪失の理由について。どうやらダネイの梗概では、単に〈インスリン過多症〉となっていたらしい。完成稿では、「一日目」の章でハワードがこの説を述べるが、本人もエラリーも納得していない。確かに〈インスリン過多症〉の症状には記憶喪失が含まれているが、これは、リーによる精神分析的な理由づけの方が上に見える。

続いて、「七日目」での第二の脅迫で、金の受け渡し方法を、ライツヴィル駅のロッカー利用に変えたことを述べている。具体的には書いていないが、ダネイの梗概では、金の受け渡しは銀行を利用して行うことになっていたらしい――が、リーは、この方法では巧くいかないと感じた、と言っている。

最後は、章の題名について。完成稿では「何日目」だけだが、梗概では、すべてに“DEC”で始まる単語が用いられていたらしい。おそらく、「第一章　decadence（退廃）」、「第七章　**decamp**（遁走）」、「第九章　decease（死亡）」といった感じだったのだろう。

これに対して、リーは「梗概に従ったが、僕は今でも間違った趣向だと感じている」。「この趣向は、“DEC”で（十戒 Decalogue の）『十』を示すためだろう」。「だが、実際に使われた単語で『十』を意味するのは、十の章題の中の二つしかない」。「がっちりしたこれ以外のすべての部分に比べると、雰囲気が合わないように見える」と批判している。そして、さらに、リーが「章番号を『第一章』、『第二章』ではなく、『第一』、『第二』と変えた」理由として、「書名の『十日間』に沿った『第一日目』、『第二日目』という意味を持たせ」、「さらに、（真相が明らかになったときは）『第一の戒律』、『第二の戒律』という意味を持つようにするため」だと語ってもいる。

この章題に関しては、ダネイの一九四八年四月十四日付けの手紙では、これを受けて、「章題は外し、『一日目』、『二日目』と変えよう」と返信している。さらに、「第一部には『九日間の不思議』と添え、第二部は『十日目の不思議』と変えたい」とも。これで完成稿の章題になったわけである。


そのダネイの四月十四日の手紙はかなり長く、リーの四月十六日の手紙（以下「返信」）の四分の三ほどの長さがある。章題以外の指摘は以下の通り。

まず、「三十～四十ページほど（全体の一割程度と思われる）カットして短くした方が引き締まる」という指摘。リーの返信からは読み取れないが、ダネイは具体的にカットすべき箇所を指摘している。例えば、「各章の冒頭の前置き的な文は話の流れを止めてしまうのでカットした方が良い」とか、「二日目」は、「『石に温かみがあった。』で終わらせ、その先はカットした方が良い」とか。リーの返信にある「『十日目』が長すぎる」という指摘にも、「この章はエラリーとディードリッチの再会から始めたらどうか」という案を添えている。ただし、完成稿を見た限りでは、リーはほとんど採用しなかったようだ。

続いて、ダネイが気になった部分の指摘。リーが返信で触れている「廊下には、亡き者たちの足のにおいが消え残っていた」という文や、モップがけをする老人への不満も、ここに登場している。同じシーンに登場する「欠けた陶製フック（chipped-china hook）」についても、「衣服を掛けるフックが脆《もろ》い陶器製というのはおかしい」と文句をつけているが、完成稿に残っているところを見ると、ダネイが間違いを認めたのだろうか？

さらに、「新聞各紙はオーガズムに達した（The newspapers had orgasms）」という文も批判。これは、単に、雑誌社や出版社の居心地が悪くなるから、という理由らしい。完成稿には見当たらないところを見ると、リーが修正したようだ。おそらく、完成版「九日目」の「The newspapers did nip-ups」という文の初稿版がこの表現だったのだろう。そこで、越前敏弥氏に、どう訳すか聞いてみたところ、「自分は『新聞各紙は色めき立った』と訳すつもりです。『nip-up』は、『あおむけの姿勢から跳ね上がって起きる』動作のことですが、乳首にからめたジョークなどにも使われるようですね。リーはかなり抑えてその表現にしたのでしょうから、『色めく』程度にします」という回答をもらった。新訳版『十日間の不思議』のほとんどの読者は気にもとめなかったと思うが、訳者はここまで考えて訳しているのだ。

指摘には、「全体的に〝やりすぎ〟、〝書きすぎ〟の傾向がある」というものもある。ここでダネイが例として挙げているのが、リーの返信にも出てくる「ハワードが自身を三重に殺した」一件。

リーが行った精神分析の導入に対しては、ダネイは三つの角度から批判している。

一つ目は、「この件は事前に私と打ち合わせすべきだった」という不満で、リーは返信で長文の反論をしている。

二つ目は、「君が加えた〈父親像〉は、私にはわかりにくく、込み入って、矛盾しているように見える」という批判。「平均的な読者が理解するのは難しい概念だ。精神医学のデータを用いる知性的な探偵にとっても」と断じてから、「エラリーを背より高い水の中に立たせてはいけないのに、君は立たせてしまった。精神分析的なテーマを専門的な調査や知識抜きで扱うのは危険だ」と指摘。さらに、「君は『これは解決の幅を広げて豊かにする』と言ったが、これは解決を冗長にして複雑にしている」と批判し、「読者が理解するのが難しく、矛盾を解消するのが難しいならば、この追加は得るものよりも失うものの方が多い」と結んでいる。

この指摘に対して、リーの返信では、〈父親像〉の必要性を語っているだけで、読者の理解については触れていないように見える。ただし、ダネイの指摘を受けて、リーが説明を補足した可能性も無視できない。

三つ目は、リーの返信でかなり激しく反論されている、「〈父親像〉が、〝ハワードとサリーの愛〟に及ぼす影響」について。

まず、「〈父親像〉の観点は、ハワードの人物設定をぶち壊し、サリーを貶《おとし》めてしまった。ハワードはもはや（梗概で）意図された人物ではなく、それは本に悪い結果をもたらす」と批判。その〝悪い結果〟とは、「『ハワードはサリーを真に愛したことはなく、父親の愛を取り戻したかっただけなのだ』と知った時点で、読者はハワードに背を向けるか、軽い不快感が明白な嫌悪感に変わってしまうことだ」と指摘。そして、「このために、ハワードは読者の共感を得られなくなってしまう」。だが、「私の考えでは、ハワードとサリーは、読者がわずかな疑いも持たず、無条件で共感すべき人物だ」。それなのに、「今の物語では、ハワードに感情移入できるのは、娯楽を求める読者ではなく、精神分析医になる。精神分析医ならば、ハワードを心の底からきちんと共感して、理解するだろうがね」と皮肉を言う。そして、さらに続けて、「サリーへの読者の共感も弱くなる。彼女が本物の愛をぶつけられたわけではないと知ることによって、不純物が入り込むからだ」と指摘。

この後で、リーの返信に引用されている「読者の心を開かせる鍵の一つは——この本における重要な鍵は——ハワードとサリーの、お互いに対するまったく不純物のない愛だ」という言葉が登場。「(リーの初稿にあるような)片方向の愛ではなく、双方向の純粋な愛こそが、二人を共感できる人物にするのだ」と語っている。さらに、「それでも二人がハッピーエンドを迎える見込みはないが、この物語における真の悲劇は、二人が純粋に愛し合っていることであり、その愛よりも状況の方が強いということなのだ。状況が愛よりも力を持っていることが真の悲劇なのだ。この完全なる悲劇の中で、良心、道徳心、人間の弱さ、といったものによって、純粋な愛は砕かれるのだ」と語る。これが、ダネイの考えた『十日間』のテーマの一つなのだろう。

さらに続けて、「もし、この純粋な愛によって、二人が自分たちを越える力に立ち向かうとしたら、読者の共感はどんどん高まっていく。そして、二人の愛が悲劇的な結末を迎えたとき、読者の共感は頂点に達するだろう」し、「そのとき初めて、読者はエラリーとディードリッチの最後の対話の意味を——正義の遂行を——共有することになるだろう」と、熱く語っている。

そして、締めくくりは、「上手く説明できていない気がするが、君にはわかってもらえると思う。これは灰色のない〝白か黒か〟の問題ではない。素朴な(ヘレニズムの)〝美と知〟の問題でもない。実際に人生に存在する力は、人々の大部分が明白に理解しているものなのだ。そしてこれが、悲劇の最もはっきりした、くっきりした要因になっているのだ」。「今のハワードからは純粋な悲劇は失われてしまった。今の作品にあるのは、制御可能だが混沌としている

人と読者の間に壊すことができない壁を築いてしまったのだ」。「この変更は、サリーも痩せ細らせてしまった。私には、サリーは生気のない感情的な人物に見える。ハワードも、どうしようもなく混乱しているため、読者は二人の幸福など、どうでもよくなってしまう。これらすべては、マン、君が、ハワードは〈父親像〉の動機を持つべきだと感じたからだ」。（悲劇の）要因だ。彼は本当は彼女を愛してはいなかった――この単純な一文が、愛し合う二

最後に、ここまでの指摘に対する自分のスタンスを明らかにしている。

「自分が編集者のようであることはわかっている。私はそうなることは望んでいないが、それが避けられないこともわかっている。しかし、もし私の返信を純粋な編集者的意見として無視したとしても、君は認めなければならない。これらすべてのコメントには何らかの価値があることを――たとえ、手遅れであるにせよ」。

「この手紙が反対意見ばかりに見えることもわかっているが、これも避けることはできない。反論はいつも、称賛より重要だからだ。この本には、すばらしいものが数多くある。君がプレッシャーと闘い、乗り越えてきたこともわかっている。しかし、私が称賛したからといって、本が良くなるわけではない。もし、私が言ったことでこの本が良くなるとすれば、それは、私が君に与える反対意見によってのみだ」。

「私は、君にこの提案を受け入れろとか、受け入れなくていいとか言うべきではない。君は好きなようにすればいい。これらは単なる――〝提案〟に過ぎない。最終的な執筆は君の領域だ。だから、私は君に条件をつけずに、その領域から去ることにする――私が言いたいのはこれだけだ」。

ダネイの指摘自体を読むと、リーが返信できちんと反論していることが、よくわかる。個人的な感想を言わせてもらうと、ダネイが言っていることは正しいのだが、それでは、『十日間の不思議』は、〝傑作〟にはなっても、〝大傑作〟にはならなかったと思う。

そして、気になった点が一つある。「純粋な愛が状況によって砕かれる」というのは、『災厄の町』のテーマだと思うのだが、リーもダネイも、この件にからめては、まったく触れていない。二人にとって、『災厄の町』には、このテーマは存在しないのだろうか？

なお、ellry氏からはダネイの一九四八年七月三日付けの手紙で言及している雑誌連載時の構成案も見せていただいた。それによると、全十三章の分載時の構成は以下の通り。

〔四回連載案〕①1～／②5～／③8～／④11～13。

〔六回連載案〕①1～／②4～／③6～／④8～／⑤10～／⑥13。

また、この構成案には（完成稿にはない）章題も載っていた。こちらも興味深いので紹介しよう。

1　Room to Swing a Cat（猫を振り回せる部屋＝広い部屋）
2　How Many Tails Has the Cat?（猫の尻尾は何本ある？）
3　Cat-and-Mouse（猫と鼠）
4　Catechism（公開問答）
5　Catalogue of Murder（殺人の列挙）
6　Cat-and-Dog（猫と犬＝大げんか）

7　Catastrophe（大惨事）
8　Cat-o'-Nine Tails（九尾の猫＝先が幾筋にも分かれた鞭）
9　Cat's-Paw（猫の手＝手先）
10　Cat Out of the Bag（鞄から出た猫＝秘密の暴露）
11　A Queen May Look at a Cat（クイーンでも猫を見られる＝「猫でも王を見られる」のもじり）
12　Catalyst（触媒）
13　Catharsis（浄化）

Writers

書簡を読み終えた読者は、いくつもの面白さを感じ取ったに違いない。だが、面白くはあるが、二人のあまりにも激しく、相手の人格まで批判する生々しいやりとりに、辟易した読者もいただろう。和気藹々《あいあい》ではない二人の姿に失望したり、幻滅したり、軽蔑したり、嫌悪感を抱いたりするクイーン・ファンもいただろう。くさすネタが見つかったと喜ぶアンチもいるかもしれない。

だが、私はどの反応も、この書簡集にはふさわしくないと感じている。なぜならば、これだけ激しくやり合いながらも、本が完成したからだ。これだけ相手を否定しながらも、本が大傑作だったからだ。逆に考えると、これだけやり合ったからこそ、大傑作になったのだ。仮に、リーがダネイの梗概に何一つ文句をつけず、ダネイがリーの小説化に何一つ文句をつけなかったとしたら、『十日間の不思議』も、『九尾の猫』も、今より劣った作品になっていたに違いない。

しかも、こういった相手に対する批判が存在するのは、創作関係のやりとりにしかない。本書にはプライベートなやりとりも収められているが、ここだけ読むと、親友同士にしか見えないはずである。二人が創作に対して真剣に向かい合っているからこそ対立が生じていることがよくわかるし、二人が心の底では相手の才能を――自分にはない才能を――認めていることもよくわかる。おそらく、編者のグッドリッチも、それを読者にわかってほしくて、プライベートな箇所も本書に含めたのだろう。

この本の興味深い点は、創作関係以外にもある。それは、〝商品としての創作物〟という観点。合作であるがゆえに、お互いの収入を完全に切り離すことはできない。リーは《ＥＱＭＭ》からの収入を得ているし、ダネイはラジオドラマからの収入を得ている。そのため、手紙では収支をあいまいにせずに、はっきり書かざるを得ない。これもまた、他の書簡集では読めない、本書だけの魅力だろう。

そして、本書で浮かび上がった二人のビジネスに対する姿勢は、実に興味深い。二人とも、自分たちの作品が〝売れ線〟ではないことがわかっている。しかし、決して、売れ線を狙って書こうとはしていない。「売れ線ではない自分たちの本をいかにして売るか」を考えているのだ。この時期は、それが完全に成功しているとは言えず、チャンドラーの作に対する（正確には、それをもてはやす編集者に対する）不満などは、そのあらわれだろう。最初から売れ線を狙って書く作家にはありえない、こういった不満を読むことができるのも、本書の魅力と言える。

余談だが、『九尾の猫』の中盤、第七章のラストに「わが同胞Qよ、おまえはおしまいだ」で始まる文が登場する。法月綸太郎など、このくだりを好きなファンが多いのだが、本書によって、その理由が明らかになったと思う。この文は、雑誌に二回分載した際に、前篇の締めくくりとなる――そして、後篇への〝引き〟となる――重要な文だったのだ。つまり、ダネイが二回分載を意識していなければ、この魅力的な文は存在しなかったかもしれない。これは、ビジネスとしての手法が作品のプラスになった例だと言える。

Supporters

本書の翻訳にあたっては、さまざまな人に協力を仰いだ。ここで、感謝の言葉を述べたい。

訳者の問い合わせに応じてくれたグッドリッチ氏と、氏に連絡してくれた三門優祐氏に感謝する。おかげさまで、不明点がいくつも解消できた。

訳文のチェックをしてくれた薗田竜之介氏、浜田知明氏、竜ヶ森裕也氏に、W・L・リンク関係のチェックをしてくれた町田暁雄氏に感謝する。おかげさまで、質の高い訳文が提供できたと思う。

原書に未収録の書簡を提供してくれたellry氏に、新訳版『十日間の不思議』『九尾の猫』との連携をしてくれた越前敏弥氏に、エッセイの掲載を許可してくれた太田忠司氏と大山誠一郎氏に感謝する。おかげさまで、原書にはない、日本版独自の魅力を加えることができたと思う。

そして、何よりも本書の編集者である藤原義也氏に感謝をしたい。氏は、さまざまなアドバイスやミスの指摘で翻訳の質を高めてくれた上に、注釈を入れるというアイデアを出し、それを実現することによって、日本版独自の魅力を加えてくれた。しかも、それだけではない。本書の企画は、氏が出版社にかけあって実現してくれたものなのだ。

最後に、読者のみなさんにお礼を――と言っても、本書の読者のことではない。『エラリー・クイーン　推理の芸術』の読者に対して、お礼を述べさせてもらいたい。実は、『推理の芸術』を出す際に、私は藤原氏と「この本が売れたら、次は書簡集を出しましょう」という約束を交わし、氏はその約束を果たしてくれたのだ。つまり、本書の刊行が実現できたのは、みなさんが『推理の芸術』を購入したり、広めたりしてくれたからだと言える。

本書もぜひ、応援してほしい。そうすれば、次の企画で、またお目にかかることができると思う。

エラリー・クイーン 創作《そうさく》の秘密《ひみつ》
往復書簡《おうふくしょかん》一九四七—一九五〇年

二〇二一年六月一〇日初版第一刷発行

編者——ジョゼフ・グッドリッチ

訳者——飯城勇三

発行者——佐藤今朝夫

発行所——株式会社国書刊行会

東京都板橋区志村一—一三—一五　電話〇三—五九七〇—七四二一

https://www.kokusho.co.jp

印刷・製本——中央精版印刷株式会社

装丁——水戸部功

企画・編集——藤原編集室

ISBN——978-4-336-07186-6

訳者紹介

飯城勇三（いいきゆうさん）

一九五九年生まれ。東京理科大学卒業。エラリー・クイーン研究家。著書に『エラリー・クイーン論』『エラリー・クイーンの騎士たち』（論創社）、編著に『エラリー・クイーン パーフェクトガイド』（ぶんか社文庫）、訳書にフランシス・M・ネヴィンズ『エラリー・クイーン推理の芸術』（国書刊行会）、エラリー・クイーン『間違いの悲劇』『エラリー・クイーンの国際事件簿』（創元推理文庫）、『ナポレオンの剃刀の冒険』『死せる案山子の冒険』（論創社）『チェスプレイヤーの密室』（原書房）、『エラリー・クイーンの災難』（編訳、論創社）などがある。

エラリー・クイーン 推理の芸術

フランシス・M・ネヴィンズ　飯城勇三訳

本格ミステリの最高峰クイーン評伝の決定版。デビューから晩年まで全作品を解説しながら多彩な活動を辿り、合作の内幕、代作問題、知られざる横顔まで新事実満載。

別名S・S・ヴァン・ダイン　ファイロ・ヴァンスを創造した男

ジョン・ラフリー　清野泉訳

1920年代、名探偵ファイロ・ヴァンス・シリーズで絶大な人気を博し、クイーンにも多大な影響を与えた作家の知られざる生涯を鮮やかに描いた傑作伝記。MWA賞受賞。

探偵小説の黄金時代

マーティン・エドワーズ　森英俊・白須清美訳

セイヤーズ、バークリー、クリスティーらが結成した〈ディテクション・クラブ〉の歴史を通して、英国探偵小説黄金時代の作家群像を生き生きと描くMWA賞受賞作。

世界ミステリ作家事典 ［本格派篇］

森英俊 編著

古典から現代作家まで、欧米の主要本格ミステリ作家250人の全作品リストを掲載、代表作などを紹介した、本邦初の本格的ミステリ作家事典。日本推理作家協会賞受賞。

世界ミステリ作家事典

［ハードボイルド・警察小説・サスペンス篇］

森英俊 編

ハメット、ウールリッチ、シムノンからトマス・ハリスまで、ミステリ作家150人余を収録。本格派篇とあわせ主要作家を網羅した、ファン必携のミステリ事典決定版。